U0693005

全国教育科学规划教育部重点课题"女性文学与成人教育"（GKA103002）

温州大学"十二五"学科提升战略建设项目中国语言文学资助出版

巫文化视域下

残雪

小说
研究

Research of Canxue Novels in the
Sight of Witch Culture

马福成 / 著

ZHEJIANG UNIVERSITY PRESS
浙江大学出版社

目　录

绪　　论

在 20 世纪 80 年代得天独厚的文学生态中,残雪小说如一株株诡异的新新物种横空出世,刷新国人的视野,在被吸引的同时,也遭遇前所未有的挑战。残雪的小说"晦涩难懂"是读者的共识;无法归类,则是当时理论界的尴尬。不过有挑战,就有应战,时至今日,她的小说依然不乏读者,在理论界也始终保持一定的关注度,这就是明证。

学界习惯将残雪的小说归为"先锋派小说"。虽然,残雪的小说太另类,无法用任何单一的范畴予以归类,但若从其精神特质观之,这种归类自有一定的合理性。洪治纲于《守望先锋——兼论中国当代先锋文学的发展》一书中,将"先锋文学"的审美特质归纳为五点,即"独创性"、"叛逆性"、"区域性"、"动态性"和"前瞻性"。①残雪的小说的确具备以上审美特质,但残雪不喜欢这种"便利贴"似的标签,也不愿将其小说归入"先锋小说"一派,可见作家也有自己的考量。在残雪看来,所谓"思潮"或"流派",是季节性很强的"候鸟",而她却是"受命不迁"的"垂直发展的植物",因此,她更喜欢称自己的小说为"新实验小说"、"一种特殊的小说"、"描写本质的文学"或"灵魂的小说"。但吊诡的是残雪却是一个真正意义上的"先锋"坚守者,正如高玉教授所言:"90 年代之后,当先锋作家们纷纷'转向'或者放弃、或者停止'先锋'探索的时候,残雪则独守'先锋',艰难而孤独地探索,艺术上独树一帜,取得了很大的成就。"②

一

有人曾问我最近研究什么,我说残雪,他说残雪有点小众,言下之意就是研究价值不大。而我看重的却是残雪小说的独特性,正如高先生所言,"残雪不仅是中国文学中独一无二的作家,也是整个世界文坛上独特的作家",这种

---

① 洪治纲:《守望先锋》,广西师范大学出版社 2005 年版,第 13—19 页。
② 高玉:《论残雪的写作及研究意义》,《文艺争鸣》2011 年第 6 期。

"独特性"正是残雪小说研究的价值所在。爱因斯坦的"相对论"在他的时代是百分之百小众的,但事实证明了它有划时代的意义。因此,不能以是否"小众"作为衡量研究价值的标准。或许出于相同或相近的认识,自从残雪小说面世以来,时至今日,国内外一直不乏研究者,尽管离"显学"的距离仍相当遥远,其研究成果却也相当可观。其研究的现状和态势,按照致思理路和类别,并参照栗丹教授的观点归纳如下:

从域外的接受与研究现状来看,的确存在"墙内桃花墙外红"的现象。从作品的译介看,目前,国外已出版残雪小说 10 多个译本,是中国当代作家中译著最多者之一,当然,与获得诺贝尔文学奖的莫言还无法比肩;从评论界看,其定位也相当高,尽管我们不能排除其意识形态的因素,比如,不少论者把残雪的小说看作是中国的"政治寓言"或"社会寓言",这显然是一种误读或偏见,不符合残雪小说的实际。不过,也有不少具有艺术良知的论者,从文本出发,肯定残雪小说的世界意义。他们认为,残雪的小说是对中国现实主义的超越,可与西方的现代主义作品相媲美;残雪小说表现了人类衰弱的感受力所抓不到的根源世界和人的力量,表现了人类的共同的心理特征。这些观点颇为深刻,对域内的研究者也有启示意义。

最具代表性且值得关注的有近藤直子的"画布说":"使读者受到冲击而战栗起来的,并不是她小说里出现的这一幅或那一幅图案,而是使图案不断地得以成立的,那画布部分。如果,人一般并不直接住在叫做'世界'的现象里,而只有其通俗的解释里,才能感觉到安心的话,那么,在残雪的小说里彻底缺少的,就是这种安居之地,她丧失了叫做'世俗'的眼罩或容缓地带,直接面临'空荡荡的世界',迎着'孤独的风'而站着,形成她作品世界里那种难于描绘的气氛的,就是这'空荡'。"①近藤直子的这种"直觉"式的阅读感受,颇有灵性,也相当准确,不过对中国哲学中"无中之大有"观,毕竟还隔着那么一层,若比照一下鲁迅《野草》中《影的告别》,或许会有更深的领悟。

迄今为止,对残雪小说评价最高的是日本的著名作家日野启三的"世界意义"说:他以其宏阔的视域,将残雪小说置于世界文学的格局中予以考量,并断言,"它学会了世界最新的表现形式后,再表现先进诸国衰弱的感受力所抓不到的根源世界和人的力量。残雪的作品不就是新的'世界文学'强烈的、先驱的作品吗"?② 残雪的作品在美国也颇具影响力。美国《纽约时报》Charlotte

---

① ［日］近藤直子:《有"贼"的风景》,《作品与争鸣》1998 年第 6 期。
② 日本《读卖新闻》1991 年 7 月 22 日。

lnnes 说:"中国女人写的这些奇妙地使人困惑的小说,跟同时代中国文学的现实主义,几乎都没有关系。实际上,它们令人想起的是,艾略特的寓言、卡夫卡的妄想、噩梦似的马蒂斯的绘画。"① 显然,其直觉式的描述,基本符合残雪小说的事实。

另一美国的评论家夏洛特·莫尼斯在残雪小说集《苍老的浮云》的英文版前言中认为,"在西方,残雪已被称为出自中国的最好的现代作家之一";并以《黄泥》和《苍老的浮云》为例,指出其非写实性,认为,"与欧洲和美国的超现实主义以及古典中国文学有着更多的共同点","残雪之所以令人感兴趣不单因为她在描写中国,尤其是因为她用一种新的、有趣的方法描写了人类,读者仅仅需要展开他们的想象,即使他们不总是懂得残雪,他们将毫无例外地被挑战,被吸引,被激发"。② 这倒与残雪自己的说法十分契合,其中不乏精辟的论述,至于"虽然她的世界可能看起来是噩梦般的、遥远的、印象主义的,读者应该记得,人们在故事中的举止完全像他们在任何地方的举止。他们搞阴谋、恋爱、相互讨厌、欺骗自己、受苦,仍然盼望更好的事情"之论,却不敢苟同,首先,"像他们"中的"他们"特指"中国人",将"中国人""他者"化,是西方世界想象中的典型"中国"形象,是一种典型的西方中心主义的表现,这不但与前文的"极端的非写实"观自相矛盾,而且带有浓厚意识形态偏见,理应引起国内学者的高度警惕。

美国著名作家布莱德·马罗对残雪的评价极高。他称"她是一位世界级的作家",并从残雪的写作路向出发,指称残雪所探索的是"想象本身那永远动荡不定的境界。在那里,幻象,梦,魔术和噩梦决定一切,而在同时我们却并不需要她的探索为她在那里所遇到事物提供答案和解释,在这个意义上,她是一位纯作家"。马罗还从残雪小说的语言向度出发,指出"在她那里,语言本身不断转化,恢复了活力。她有能力用语言来建造的这个绝对无法预见的、独一无二的世界,具有一种难以描述的冲击力。她的描述显然是离奇古怪的,是明显受到非理性,和一种令人叫绝的思维创造力所驱使,这种思维能够毫不费力地出入幻觉。而她的背景则经常是可辨认的,普通的"。③ 布莱德·马罗的观点对作家及作品的把握还是十分准确的,不乏真知灼见。

美国的苏哲安认为,残雪通过异想天开的丑陋意象和不合逻辑的手法,试

---

① 美国《纽约时报》1988 年 9 月 24 日。

② [美]夏洛特·莫尼斯:《苍老的浮云》序,美国西北大学出版社 1991 年版。

③ [美]布莱德·马罗:《中华读书报》2004 年 5 月 12 日。

图建立一个完全属于自己的田地。这只是一种印象式的描述:"丑陋的意象"
是只见"毛毛虫"而不见"蝴蝶"的表层认知;"不合逻辑",从表层看,的确如此,
但从深层看,残雪的小说,自有其深层的逻辑,即灵魂的逻辑。至于其有关残
雪小说叙事的"围墙"之说,有一定的道理,这"高不可攀的围墙",是残雪的强
力理性所形构,目的是拒绝世俗的自我,当然也包括世俗的读者,是为了进入
那纯粹的境界,而不是故弄什么叙事圈套,因为她的小说始终向每位读者
敞开。

另外英国《时报》Harrie Evans 认为:"残雪的小说,是中国今年来最革新
的——她的小说也不能放进任何单一的范畴。"①这种观点对那些"削足适履"
式的批评倒有一定的警示作用。至于加拿大学者李明天的"残雪只能用一种
间接的、荒诞的方式来抨击社会真相"说,以及法国《世界报》Michel Braudeau
的"残雪像弗兰西斯·培根的画那样,表现中国的噩梦"之论,都采用"社会学"
的批评范式,不但批评的方法陈旧,而且也不符合残雪小说的实际。

从域内的接受、研究现状即态势看,残雪的作品一直保持一定的发行量,
总有一定的读者和研究者,近几年来,读者和研究者的层次,呈上升态势。概
而言之,理论界大体有这么一些观点:或采用"社会学"的批评范式,指认残雪
作品是中国社会现实人生的"噩梦"式展示,是"社会"或"政治"寓言;或以西学
为参照,认为残雪的作品是自我的象征,残雪的世界是封闭的、反逻辑的、非理
性的;或从作家性属出发,认为残雪作品是从女性内部发声,表现了中国女性
的灵魂图景;或以叙述学为致思理路,认为残雪作品是叙事迷宫,是一种叙事
策略,否定其内部存在深刻的精神探索;或从接受美学的角度出发,阐释残雪
小说的"反阅读"或"反懂"审美特质。为了综述的方便,不妨按照文学史、著作
及有代表性的论文三个类别予以描述。

文学史类有陈思和、金汉、杨匡汉、田中阳、於可训、吴炫等主编的当代文
学史,均将残雪纳入其中,并对其作品予以高度评价。

从专著类看,目前还较为单薄。值得一提的有萧元于 1993 年主编的《圣
殿的倾圮——残雪之谜》一书,这是残雪研究的第一部论文专辑,书中汇聚了
残雪研究的早期成果,为残雪研究夯下了坚实的基础。湖南文艺出版社 1998
年出版了《残雪文集》4 卷,包括了残雪大部分作品和有关残雪的评论,为后来
的研究提供方便。邓晓芒先生在《灵魂之旅——九十年代文学的生存境界》一
书中,第十章专论残雪,对上世纪残雪小说作系统而富有创造性的解读。邓先

---

① 英国《时报》1992 年 1 月 31 日。

生认为,尤其是"建立一种自我现身的新型人格"及"她有意识地运用自己的'分身术'"时,她与史铁生一样进入到了灵魂的内部探险;但与史铁生不同的是,残雪的主要人物虽也是一个理想原型分化而来,但这些人物在残雪那里往往处于极其尖锐的对立之中,不仅反映出原型人格内心的不同层次、不同方面,而且体现了一种撕裂的内心矛盾,由于这种矛盾,残雪的原型人格呈现出一种不断打破自身层层局限向上追求的精神力量",这些观点,可谓犀角烛照,为残雪小说阅读乃至研究指明了方向。罗璠独辟蹊径,以比较研究为范式,对残雪小说作深入研究,其专著《残雪与卡夫卡小说比较研究》是新世纪残雪研究最为扎实而具创新意义的成果之一。栗丹教授的专著《荒漠中的独行者——残雪小说创作论》,把着眼点置于研究空白的填补上,针对"90年代中期以后的作品解读和评论并不多见"的研究缺憾,特别强化了对残雪近期创作的解读,引起了研究界的高度关注。

至于论文类就比较庞杂,只能选取其中具有代表性的,作蜻蜓点水似的评述。1985年第9期《作品与争鸣》转载了《公牛》小说,并同时刊登沙水与伍然两篇针锋相对的评论文章,首先揭开残雪评论的序幕;王绯的"天启的力量"说,颇有想象力地道出残雪小说创作的状态,可惜语焉不详;唐俟的"开敞自身"说,倒是契合残雪小说的"启蒙自我"论,然而,艺术家又是借助什么力量,以何种方式"开敞自身",唐先生却以"病患者"予以阐释,不免落入弗洛伊德精神分析的俗套,若将王绯的"天启的力量"与唐俟的"开敞自身"嫁接,或许更能揭示残雪的创作状态和文本生成过程;戴锦华的《残雪,梦魇萦绕的小屋》一文,站在历史和文化的宏阔背景下,从救赎的缺席、权利与微观政治、阐释的游戏、残雪与世界文学等几个方面全方位地解读了残雪的作品,是残雪研究中较有价值的论文之一;谭桂林的《论新时期湖南小说的含魅叙事》认为残雪的创作思维方式有楚巫文化特征,并将其推向极端,角度独特,颇有启示意义;肖欣的《潇湘女》认为残雪对于人类灵魂学说贡献了一个个性与共性共存的中国女性的灵魂图本,可谓慧眼独具;高玉则致力于残雪小说的"话语"与"阅读"视角研究,颇有价值;至于王蒙的"黑箱内层"说、王彬彬的非"真的恶声"说、吴亮的"臆想"说、程培德的"梦"说,均揭示出残雪小说的某些症候及其价值,标示出接近残雪艺术世界的大致路向;萧元从残雪散文《美丽南方之夏夜》中寻找进入残雪艺术空间的钥匙;沙水则把残雪小说《天堂里的对话》视为作者的"创作谈",并以它为敲门砖,叩问进入残雪世界的门径,他们对残雪艺术世界的那份持续的热情、执着的追问,令人肃然起敬。

纵观域内外研究的现状,我们不难发现,残雪小说的研究虽然取得了长足进步,但还存在很大问题:一是重复研究、拼凑观点、牵强附会的现象严重;二是套用西方文艺理论,作削足适履式、暴力式阐释现象严重;三是研究方式和思维方式陈旧。总之,研究还不够深入,尚有许多空白有待填补,比如"残雪小说的价值论"、"自动写作的创作机制"、"巫文化视域下残雪小说研究"等深层次问题,依然是空白之页。

二

本书的写作,缘起于对残雪"自动写作"和"搞巫术"的浓厚情趣,在广泛阅读残雪小说的同时,多方搜罗有关巫术理论,后来发现卡洛斯·卡斯塔尼达的灵术理论中有关"抹去个人历史"、"失去自我重要感"、"死亡忠告"、"对自己负责"、"成为一个猎人"、"使自己不被得到"、"打破生活习惯"、"世上最后一战"、"把自己开放给力量"、"战士的心境"、"力量的战争"、"不做"、"力量之环"、"停顿世界"、"前往伊斯特兰的旅程"等灵修过程,与残雪的生命经历和体验及创作时从不构思,"脑海空空",拿起一支笔,就开始"自动写作",称自己写小说为"搞巫术"的写作方式竟然具有惊人的相似之处,并与中国道家的"静照忘求、澄怀观道"的审美范式也有异曲同工之妙。于是,我想,若能抹去"巫"的迷信色彩,破除成见,从卡斯塔尼达"日常认知系统"的关闭,"陌生认知系统"的开启,即从原初的古老思维重拾与激活出发,不仅能有效地破解残雪小说文本的生成之谜,解决残雪研究中存在的难题,而且能确证残雪小说的现代意义,何乐而不为呢?于是,有了撰写本书的计划。本书引援巫文化的资源,尤其是美国人类学家卡洛斯·卡斯塔尼达通往心灵密境之旅的巫术感知方式,以及道家的"静照忘求、澄怀观道"的审美范式,创设"巫小说"的概念,并以巫的思维为致思理路,阐释残雪小说"自动写作"的心理机制,破解其小说文本生成之谜。在此基础上,启用"陌生认知系统",从作家、创作过程、文本表征、接受方式、审美价值及现代意义等相互关联的向度着力,企图建构残雪研究的全新体系,开拓出残雪小说研究新的视角与途径,提供一条进入残雪小说文本所展现的"无限活跃的领域"——心灵密境——的迷宫入口,揭示残雪小说在抗拒无处不在的异化、心灵史的救济及身心重建的追寻等方面的现代意义。

本书共分十章。第一章引援巫文化的资源,尤其是美国人类学家卡洛斯·卡斯塔尼达通往心灵密境之旅的巫术感知方式,以及道家的"静照忘求、澄怀观道"的审美范式,以阐释残雪小说"自动写作"的心理机制,破解其小说文本生成之谜,提供一条进入残雪小说文本所展现的"无限活跃的领域"——

心灵密境——的迷宫入口,冀以把握残雪小说的现代意义。

第二章为指涉残雪研究的理路,引援卡洛斯·卡斯塔尼达"生命回顾"理论,企图从有残雪精神自传之称的《趋光运动》中勾画出既能凸显作家自我灵魂景深,又具普泛性价值的生命蓝图。从"启蒙自我"的精神向度审视残雪的"精神自传"与其颇具巫性品格的小说恰成相向态势,两者互为文本。

第三章涉及"黑暗的意识海洋"即"潜意识世界"如何现身问题,从"显形"、"祛魅"、"拯救"、"神性在场"等路径考量"光"在其小说中的叙事功能,从而揭示残雪小说在"光"的照耀下,开启黑暗的灵魂之窗,与生命本真的晤面中,走向存在,实现自我的拯救与解放之路。

第四章引援列斐伏尔等西方空间理论资源,从残雪小说的空间构形出发,揭示残雪小说从"家园"到"道路"的空间转换,这不仅意味着对同质化空间权力统治所造成的异化的抗拒,同时也意味着抵抗压迫空间进而改变空间、寻求自由解放的多样化差异空间的可能性。

第五章涉及残雪小说的精神向度及社会意义的评述,从"天堂之路"与"灰烬之路"的逻辑关系与时空转换出发,阐释残雪小说以"巫"的方式,跨越生命之界,于涅槃中追求永生的心路历程。

第六章针对学界"审丑"说及对残雪小说"意义缺席"说,引援雅克·拉康的镜像理论,以《苍老的浮云》为个案,从"肉的丑陋无比,却是启蒙之光的诞生地"的辩证关系出发,分析残雪小说的形象意义。

第七章引援西方女性主义资源,从"双性同体"及道家的阴阳学说维度切入,检索残雪小说性别叙事的特点及全新性属观念建构的努力。

第八章引援有关语言学的资源,从"巫"的维度切入,探索残雪小说言语机制,揭示其语言的巫诗品格。

第九章引卡洛斯·卡斯塔尼达的灵术及中国道家的体察世界的方式,从"潜文本"(包括作家、精神自传、读书笔记及创造谈)和"显文本"(小说文本)两个角度切入,分析两个"文本"的互文关系,并介绍了如何达到"心斋"、"忘坐"的前阅读状态,在此基础上,引援卡洛斯·卡斯塔尼达有关理论,具体介绍了"凝视"、"看见"、"做梦"、"从旁听者"到"故事中心"及发展"替身"、"置换"等方法的训练,不断提升自己的层次,并以《最后的情人》中"乔"的创造性阅读为个案,探索残雪小说的阅读方式。

第十章鉴于残雪小说中充斥"暗示"、"含蓄"、"隐喻"、"深邃"、"模糊"、"神秘"、"多义"等特质的"意象",引援象征主义、符号学美学及中国的意象说理论,采用个案法,阐释残雪小说的"意象"构形方式,冀以达到举一反三、联类旁通的效果,为残雪小说的阅读和研究提供一些线索。

　　十章之中第一、五、六、八章是难点,尤其第一、八两章以"巫文化"来阐释残雪小说的创作机制、文本生成、文本表征及言说方式,这是全新的尝试。虽然万晴川曾以"巫文化"为视野,对中国古典小说作过系统研究,其专著《巫文化视野中的中国古典小说》颇有启发性,但在作家的巫诗品格,在巫的状态下,以巫的方式创作及巫文本的研究方面尚属空白之页。至于其他学者的研究,则更多地停留在文本中的"巫"元素上,因此,第一、八两章不仅需要具备对原有研究边界突破的勇气和胆略,有效地抹去"巫"的迷信色彩,汲取个人心理的健全与意识的完整发挥的原初精华,而且需要整合美学、文化学、心理学等各学科的研究成果,具有庖丁解牛似的技术性难题。然而,只要坚定不移地从关节处入手,攻克难关,其他问题则豁然而解。第二、六、七、九章是重点,涉及残雪小说阅读欣赏及研究的理路,解决进入残雪"异端世界"的路径,否则,就会陷入卡夫卡《城堡》中的 K 的宿命,"迷宫"近在眼前,却无论如何也进入不了,误读也就在所难免。

第一章　巫言如梦：巫视野下的残雪小说

　　本章引援巫文化的资源，尤其是美国人类学家卡洛斯·卡斯塔尼达通往心灵密境之旅的巫术感知方式，以及道家的"静照忘求、澄怀观道"的审美范式，以阐释残雪小说"自动写作"的心理机制，破解其小说的文本生成之谜，提供一条进入残雪小说文本所展现的"无限活跃的领域"——心灵密境——的迷宫入口，冀以把握残雪小说的现代意义。

一

　　在 20 世纪 80 年代得天独厚的文学生态中，残雪小说如一株株诡异的新新物种横空出世，读者不由自主地被吸引，并且被挑战，即使"不少以阅读和写作为职业的人"搜肠刮肚，企图予以归类、命名，如"先锋小说"的标签，如《封神演义》中余元的"如意乾坤袋"，只要愿意，什么敌人、宝物，尽可一股脑儿往里装，但人家作家不愿意并提出抗议，也终于以失败而告终。按当下评价标准，被一个大师级的人物难倒也就罢了，被一个"没有接受过正规文学训练"而名不见经传的作家难倒，毕竟不是长脸的事。因此，面对残雪小说，漾出一缕有意味的笑，三缄其口可算一种生活的智慧；然而，有挑战，就有应战。如萧元，一个以中国当代先锋文学和前卫艺术的推进为己任的作家、《芙蓉》杂志的主编，谈到自己大约在两三年的时间里，为读不懂残雪的作品而沮丧；经过多年的参透，才有了逐步接近残雪的底气，却也不敢妄言已经读懂残雪作品。① 这番言论，绝非自谦之词，而是君子自道的喟叹，却也恰如其分地揭示出学界残雪研究的现状：应战者中不乏自以为看懂了其实没看懂残雪的作品的人；自然也有慧眼独具之识者，历经筚路蓝缕的跋涉，正在逐渐接近残雪：如王绯的"天启的力量"说，② 颇有想象力地道出残雪小说创作的状态，可惜语焉不详；唐俟的"开

---

　　①　萧元：《圣殿的倾圮》，贵州人民出版社 1993 年版，第 17 页。

　　②　萧元：《圣殿的倾圮》，贵州人民出版社 1993 年版，第 1 页。

敞自身"说,①倒是契合残雪小说的"启蒙自我"论,然而,艺术家又是借助什么力量,以何种方式"开敞自身",唐先生却以"病患者"予以阐释,不免落入弗洛伊德精神分析的俗套。若将王绯的"天启的力量"与唐俟的"开敞自身"嫁接,或许更能揭示残雪的创作状态和文本生成过程。至于王蒙的"黑箱内层"说②、近藤直子的"画布的部分"说③、吴亮的"臆想"说④、程培德的"梦"说⑤,均揭示出残雪小说的某些症候,标示出接近残雪艺术世界的大致路向;萧元从残雪散文《美丽南方之夏夜》中寻找进入残雪艺术空间的钥匙;沙水则把残雪小说《天堂里的对话》视为作者的"创作谈",并以它为敲门砖,叩问进入残雪艺术世界的门径,他们对残雪艺术世界的持续的热情、执着的追问,令人肃然起敬。然而残雪并不领情,多次抱怨没人懂她,甚至怀疑国内学人的理解能力。残雪的言论虽为尖刻,甚至有点不近人情,不过,"墙内桃花墙外红"的现象也的确存在。显而易见,国内残雪研究者大都落入卡夫卡笔下 K 的宿命:城堡虽近在咫尺,但费尽周折,却怎么也进不去。

　　然而,残雪的艺术世界,毕竟不是 K 面对的城堡。残雪本人也意识到国人的欣赏习惯问题,终于责无旁贷地承担起一个作家培育欣赏者的重任,出版了《艺术复仇》、《灵魂的城堡》、《残雪创作谈》、《残雪文学观》等许多读书笔记、创作谈之类的铺路性工作。笔者以为,真正进入残雪艺术世界的客观条件已经具备。遗憾的是,迄今为止,依然很少有人能真正找到进入的门径。究其原因,则在舍本逐末,犯了买椟还珠的毛病,换言之,探秘者们没有向迷宫的建构者索要图纸,弄清迷宫(残雪小说文本)是如何生成的。愚以为,若将残雪的创作谈化约,最为关键的是四句话:一是"我"的小说拒绝阅读。参透这句话并不太难,也就是她的小说是反阅读的,残雪以否定的方式告知欣赏其艺术的方式。二是"我"写小说是搞高级巫术。这句话指涉创作方法。或许人们对原始初民的思维方式隔膜太久,错把宝贝当糟粕,或许对巫的"负价值的反文化、非道德"的指认,尤其黑巫术的臭名昭著,阻断了人们的想象力,因此,误把作者掏心掏肺的真言当作自我调侃的姑妄之言。总之,没人当真,更没人去深入地追问。三是启蒙自我。这句话,道出其小说创作的目的,属于价值论的问题。

---

① 萧元:《圣殿的倾圮》,贵州人民出版社 1993 年版,第 41 页。
② 萧元:《圣殿的倾圮》,贵州人民出版社 1993 年版,第 25 页。
③ 萧元:《圣殿的倾圮》,贵州人民出版社 1993 年版,第 17 页。
④ 萧元:《圣殿的倾圮》,贵州人民出版社 1993 年版,第 83 页。
⑤ 萧元:《圣殿的倾圮》,贵州人民出版社 1993 年版,第 65 页。

若不囿于成见，以更开放的胸怀去体察生命与世界的奥秘，也不难索解其弥足珍贵、不可替代的价值。四是西方的种子在中国的土壤中长成的新新物种。这句话说明其小说的种类，试图以现成的小说理论去定性，自然会陷入削足适履式的尴尬。若能参透这四句话，许多残雪研究的问题就会迎刃而解；若能不断地化约、逼问，就能廓清笼罩在残雪艺术世界的雾障，"巫小说"的本相就会现身，与众里寻他千百度的追寻者晤面。

二

"巫"的历史，与人类社会的文明史一样久远。在中国，最早的甲骨文中，就已有"巫"的存在了。作为一种具有普泛性的社会历史文化遗存，学者们从人类学、社会学、宗教学、历史学、民族学、心理学等维度切入，各取所需，且颇有斩获。而有关"巫"的概念也因此众说纷纭，莫衷一是。"巫"作为一种文化现象，自然鱼龙混杂，精芜并存；其种类有黑白之分。是精华就要有胆量"拿来"，并发扬光大；是糟粕就要口诛笔伐地予以批判，并弃之如敝屣；一时难断妍媸稂莠者，不妨先搁置存放，以待识者。这才是科学的态度。

文学艺术与巫文化的关系，国内外学者都做过较为深入的研究，而巫文化与小说关系的系统研究则由万晴川开了先河。其力作《巫文化视野中的中国古代小说》对中国古代小说的创作思维、主题结构、内容等方面所作的巫文化阐释，颇见功力。如其对"巫术观念与古小说中的故事情节的生成"的论述中，以神魔小说《西游记》三十三至三十四回佐证，阐释其情节由"姓名巫术"衍化生发而成，就颇具说服力。然而，综其所论，万晴川教授也仅止于巫文化与古小说的关系，即古小说中的巫元素。在"巫与古小说家"的论述中，做到论从史出，指出干宝（"好阴阳术数"）、张华（"图纬方技之学，莫不详览"）准巫者，郭璞（以巫术为王敦所杀）、郭宪为巫者，却没有对准巫者或巫者的文本《搜神记》、《博物志》、《洞冥记》、《列异传》的生成作深入阐释，颇有遗珠之憾。[①] 谭桂林《巫楚文化与20世纪湖南文学》一文，从文学的地缘性出发，宏观地考察20世纪湘籍作家与巫楚文化的姻亲关系，其中"巫诗传统"、"巫史传统"的划分与命名颇有创意，[②]却竟然把更具"楚人血液"并自称写小说为搞"巫术"的残雪排除在外，实在不可思议。是无意疏忽，还是另有苦衷，有意绕过残雪？ 有一点可

---

① 万晴川：《巫文化视野中的中国古代小说》，中国社会科学出版社2003年版，第64页。

② 谭桂林：《巫楚文化与20世纪湖南文学》，《理论与创作》2003年第3期。

以断定:残雪太另类了,人类迄今尚无一人自称写小说为搞巫术,也无人对此做过研究的尝试。本文以残雪的"巫小说"的创作机制及过程作为研究对象,以"他山之石,可以攻玉"的策略,引援马塞尔·莫斯巫术三要素理论(巫师、行为、表征)、卡洛斯·卡斯塔尼达的巫术感知方式及道家的"静照忘求、澄怀观道"的审美范式,来破译"巫小说"文本生成之谜,或许也有投石问路、抛砖引玉的价值。

至此,有必要对"巫小说"的概念进行界定。所谓"巫小说",特指具有巫之卓异品质的作家,在巫的状态下,以巫的方式从事小说创作,其文本整体呈现出巫的表征的小说。"巫小说"必须具备三大要素,即马塞尔·莫斯所说的"巫师"、"行动"、"表征"。① 不具备"巫师"的卓异品格,就不能进行巫的行动(以巫的方式进行文本创造),其文本自然也不可能是"巫小说"文本;具备巫师卓异品格,却不在巫的状态下,以巫的方式进行创造——残雪的读书笔记、创作谈及散文——其文本也不能称为"巫小说"文本;具备巫师卓异品格,在巫的状态下,以巫的方式进行的非小说的文本创作——残雪的《残雪自我印象》——其文本也自然不是"巫小说"文本。可见,三者之间,互为因果,缺一不可。残雪的小说就契合"巫小说"的概念预设,或者说,以上概念是从残雪小说文本的生成实验中归纳提炼生成的,因此,残雪的小说,应是经典的"巫小说"。下面,笔者以"三要素"为向度,探究残雪的"巫小说"文本生成奥秘。

三

许慎的《说文解字》给巫下了明确的定义:"巫,巫祝也,女能事无形,以舞降神者也。……觋,能齐肃事神明者,在男曰觋,在女曰巫。"《辞海》定义为:"各种行使巫术的人的泛称。皆被视为具有超自然力,并能借以行巫术。鬼神和精灵观念出现后,更被视为能与鬼神交往,并驱使为之服役。"两个定义虽然有别,如若求同存异,遗貌取神,有一点却是一致的,即巫者具有"三才"(《周易》的创造:天才、地才、人才),是"上下通神"、"归天矩地"的"超自然力"的人。天有天道,地有地道,人有人道,巫者具有沟通人道与天地之道的超自然力。按照古希腊"林中隙地"神话,火(霹雳—神的意志)使得空间("林间隙地")敞开,成了"先民"居所;而"火"是神意的使者,是具有"诗性言说"卓异能力的巫

---

① [法]马塞尔·莫斯、昂利·于贝尔:《巫术的一般理论献祭的性质与功能》,杨渝东等译,广西师范大学出版社 2007 年版,第 26 页。

(预言家、先知、诗人)。而残雪就是拥有这种"诗性言说"——"逻各斯"活动潜质的作家。其佐证如下:

(一)残雪,本名邓小华,1953 年 5 月 30 日生于长沙。从文化地域学看,长沙属古楚文化圈内。《汉书·地理志》云:"楚有江汉川泽山林之饶……信巫鬼,重淫祀。"明人陆粲《庚巳编》卷八云:"楚俗好鬼,最多妖巫……"还有现代出土的"卜巫记录"竹简为证。由此可见,说巫是楚文化的核心并非无稽之谈。恩斯特·卡西尔《人论》宣称"人为文化的动物"。人创造了文化,文化也创造了人。有关文化与地域的关系古人早有卓见:"邹人东近沂泗,多质实;南近滕鱼,多豪侠;西近济宁,多浮华;北近滋曲,多俭啬"(《邹县志》);"潇湘间无土山,无浊水,民乘是气,往往清慧而文"(刘禹锡《送周鲁儒序》)。残雪生于楚地,长于楚地,接受氤氲其间的楚风巫雨浸润,具有"楚人之血",或说秉承巫楚附魅文化中的"巫诗传统"(老子、庄子、屈原等擅长诗性言说者,其梓里均为楚巫文化圈内),也绝非空穴来风。

(二)残雪没有接受系统的学校教育(小学毕业即辍学),"文革"的生态,致使她对儒家正统文化及当下的主流话语有一种天然的疏离感和抵触情绪,没有机会对巫楚文化进行清理、祛魅;成长过程中喜好充满怪乱力神的古典小说,尤其对西方的现代派小说情有独钟,更孳乳了其秉承巫诗传统的品性。

(三)残雪的父母是三四十年代的中共党员,多次出生入死为党奋斗,是意志超群,对党无限忠诚、无限纯粹的人。二人虽在 1957 年反右运动中被扣上"反党分子"、"右派头子"的帽子,却依然痴心不改,在厚厚的马列主义著作中汲取精神滋养,永葆自己的信念,赋予残雪"对事物追究到底的遗传因子"。残雪自小不善于与外界交往的秉性,使得她逃避外部世界,返回内心,在孤独的生命体验中,养成内敛、"向自己内部"叩问的品性,致使她与颇具巫风的外婆有一种自然的亲和性。残雪由外婆一手带大,这位受尽磨难的"外乡人",善于在庸常的时间之流中,编织离奇的故事,以抗拒俗世生命难以承受之重,为童年的残雪敞开了一个异质的生命空间。相濡以沫的暖,在残雪稚嫩的生命沃野上催生出一串串丰腴的生命意象,并在匮乏、无聊的日复一日的时间之流中,进行常态与异质空间之间的自由往返,锻造出超凡的巫性。残雪散文集《趋光运动》中"我的外婆"之"好的故事",以"生命回顾"的独特方式,叙述了残雪孩提时,一个如何进行异度空间自由往返的故事:一次残雪随外婆到报社食堂开家属会,为了抗拒冗长、无聊、压抑的常态空间的挤压,3 岁的残雪轻而易举地遁入想象的异质空间中,她想象自己爬上了一棵很高且被风吹得树枝乱摇的树,两只手紧紧抓稳树枝,就不会掉下去。她在心里对自己说,"我一定要抓紧啊,我一定不能松手啊……"一边胖子、老太婆、老头无聊地絮叨,一边残雪陶醉于"斗霸王草"、"电丝草"之类的"好故事"中。虽然她不记得会议是如何开完,也不知那天自己想出多少个"好故事",然而,这囚笼中的"好的故事",却锻造出鲁迅式的于绝望处反弹出希望、于漆黑处造光的卓异本领。①

<h2 style="text-align:center">四</h2>

　　指认残雪具有巫的潜质,或许不难为学界接受。说其写小说是一种巫的"行动",即"搞巫术",则近乎故妄之言。然而,若能放弃成见,抹去巫的迷信色彩,把巫作为一种难以描述的创造状态,说写小说为搞巫术也并非天方夜谭。残雪称自己的写作为"自动写作"。何为"自动写作"? 她如此描述道:"我每天努力锻炼,使自己保持旺盛的精力。然后脑海空空坐在桌边就写,既不构思也不修改,用祖先留给我的丰富的潜意识宝藏来搞'巫术'。"②细细咀辩,这俭省的五十来字,正是"巫小说"文本生成过程的完美言说:"努力锻炼",是为了集聚"精力",因为"搞巫术"是一项颇耗精力的活动,有的巫师搞巫术后显出疲态,甚至口吐白沫乃至虚脱也是常态,凡有一点巫文化知识的人都不难接受。至于"脑海空空"的前写作状态,却非深谙巫文化三昧者所能通达。

　　"脑海空空",对照卡洛斯·卡斯塔尼达的巫术理论,可将其称为"停顿世界"后的"内在寂静"状态。"停顿世界"的逻辑前提是其世界观,卡洛斯·卡斯塔尼达的老师唐望将世界分为"日常世界"与"真实世界"。"日常世界"也称"理性世界",是一个由"日常的认知系统"所诠释,即"语言的制式"所诠释的世界,这个世界类似于列斐伏尔所说的一个巨大的"被书写出来"的"假装"的世界,正是这种典型的"符号拜物教"造成了现代社会的全面异化。"'停顿世界'是体验世界真相的先决条件,当人的内在思维暂停后,日常世界的真实描述与巫术世界的奇妙描述也都停止其作用,这时便到'停顿世界'的状态,人因此获得知觉上的自由。"③唐望认为,人作为"明晰生物","生下来便有两种力量之环,但是我们只用其中之一创造了这个世界。这个力量之环便是理性,它的同

---

　　① 残雪:《趋光运动》,上海文艺出版社 2008 年版,第 225 页。

　　② 残雪:《残雪文学观》,广西师范大学出版社 2007 年版,第 61 页。

　　③ [美]卡洛斯·卡斯塔尼达:《前往伊斯特兰的旅程》,鲁宓译,内蒙古人民出版社 1997 年版,第 27 页。

伴是语言，它们一起造成并维持了这个世界"。① 另一个力量之环是意愿，它直接跟"感觉、做梦及看见"相连。与"理性"与"意愿"相对应的观念为"Tonal"与"Nagual"。"停顿世界"是为了阻断"理性"的束缚，压缩"Tonal"钳制，解放"意愿"，让"Nagual"现身。换言之，"停顿世界"意味着拆毁已知世界（日常世界）的结构，用另一种了解世界的方式来取代，以达成与"真实世界"（直观世界）接壤。由此可见，"停顿世界"意味着"日常世界"的锁闭，"真实世界"的开启，对像唐望一样的灵士所经历的过程来说，抵达"停顿世界"的状态，意味着"一个时代的终结"。

　　既然这样，那么又该如何"停顿世界"，抵达"脑海空空"的"内心寂静"状态呢？巫有巫的方法。一般的巫者或以催眠方法"停顿世界"，这在民间的巫觋祈雨仪式中最为典型，无需赘述；或以服用各类改变知觉状态的神奇药草而达到知觉开启的状态，作为人类学系的研究生，卡洛斯·卡斯塔尼达研究重点就放在印第安人所使用的这类药用植物上，成为门徒之初，唐望对这个坚执现世功利而冥顽不灵的他，只好用药草来阻断其日常生活的延续性，"轰毁"其已知世界的结构；或通过古代遗存的仪式来通达"内心寂静"的灵境，因为遗存仪式具有原始性的生命完整意识的品质，而仪式的信仰则先在于仪式的效应，而对仪式的信仰则表征了"日常认知系统"的中断，"陌生认知系统"的启用，仪式能让人类沉睡于其中的潜能（生命完整意识）重见天日。然而，无论采用催眠、药草，还是仪式，都是一种借助外力的非常规方式达到"停顿世界"的目的。而唐望的"停顿世界"则是灵士心智重建的一个不可或缺的关键步骤，通过解构日常认知结构的方式，如"抹去个人历史"、"生命的回顾"、"失去自我重要感"、"死亡的触摸"、"打破生活的习惯性"、"做梦"、停顿"做"的盲流、解开"不做"的力量等具体而可操作的方式训练，日积月累，滴水穿石，就能掌握"停顿世界"的能力。如果把唐望"停顿世界"的训练方式与道家的"心斋"、"忘坐"等修身法门相匹配，两者之间就有连通之处。"心斋"为道教斋法的最高层（供斋、节食斋、心斋），《庄子·人间世》说："唯道虚集，虚者，心斋也。""心斋"的目的在于摒弃智欲，除却秒累，洗涤灵府，以期致虚守静，澡雪精神。因为"虚其心则至道集于怀也"。由此可见，如果抹去唐望的"停顿世界"、道教的"心斋"，乃至禅宗的"跳出三界外"的鸟瞰式的观照世界方式的巫术及宗教色彩，可与残雪的"脑海空空"前创作状态圆融。残雪的"脑海空空"也与东坡居士的"静故了

---

① ［美］卡洛斯·卡斯塔尼达：《力量传奇》，鲁宓译，内蒙古人民出版社 1999 年版，第 91 页。

群动,空故纳万境"及画家郭熙的"林泉之心"的前创作状态相似,其目的在于以一种非常规的观照世界的方式,进入一个别开生面的境界,以便更透彻、更洞明地把握幻影背后的真实。

卡洛斯·卡斯塔尼达成年方遇上唐望,接受灵士的教诲,故历尽辛酸后,才出现"崩溃点",了悟"停顿世界"后的"内在寂静"的妙境;而残雪童年便接受颇具巫性的外祖母的濡染:3 岁时,幼儿园的那道栅栏便分割出残雪生命个体中的"Tonal"和"Nagual",那背对栅栏内的游戏和歌声(社会化训练)迎向栅栏外的外祖母(巫诗传统的濡染)的姿态,以及"秋千架"上"升飞"(回肠荡气的生)、"坠落"(阴森可怕的死)的镜像,①均清晰地呈现出残雪的生命蓝图,一如"乔治·康普斯"与"卢卡斯·克罗纳多"是卡洛斯·卡斯塔尼达的生命蓝图。②对庸常的生活的拒斥,致使残雪封闭了与外界交流的通道,造光的冲动,又驱使她敞开"黑暗的意识海洋"。在成长的过程中,历经无尽的日常与穿越日常之界的"力量的战争",锻造出残雪那收放自如的"停顿世界"的能力。正缘于此,残雪到了不惑之年,才开始小说创作——因为达到"停顿世界"的"内心寂静"之境需要磨炼的时间。另外,残雪也从卡夫卡、博尔赫斯等西方作家那里获得以"巫"方式创作小说的自信,当然还有 20 世纪 80 年代的文学生态——走向"心灵密境之旅"。

"脑海空空",又怎么写?写什么?"用祖先留给我的丰富的潜意识宝藏搞'巫术'"一语,揭示了残雪小说的创造机制及内容。"潜意识"又称"无意识",是相对于"意识"的一个概念,由心理学家西格蒙德·弗洛伊德在其《精神分析学》理论中首先提出,是指潜藏在我们一般意识底下的一股神秘力量。弗洛伊德依据其假设,将人的心理结构划分为三个层次:意识、前意识、无意识。荣格则将"无意识"划分为"个体无意识"和"集体无意识"。"无意识"又称"右脑意识"、"宇宙意识",因为它聚集了人类数百万年来的遗传基因层次的信息,囊括了人类生存最重要的本能与自主神经系统的功能与宇宙法则,是人类原本具备却忘了使用的"潜能"。春山茂雄在《脑内革命》一书中称它为"祖先脑"。故残雪特意表明是"祖先"的遗存。利用"无意识"的神秘潜能进行艺术创作实验早已有之,对无意识与艺术创作关系的研究也相当充分,如巴隆的《创作和个性自由》的研究即颇为深入。为什么残雪又非要自称其创作为搞"巫术"不可

① 残雪:《趋光运动》,上海文艺出版社 2008 年版,第 25 页。

② [美]卡洛斯·卡斯塔尼达:《穿越生命之界》,鲁宓译,中国盲文出版社 2003 年版,第 30 页。

呢？显然她对弗洛伊德的观点有所保留，尤其对弗氏的泛性化不以为然。残雪之所以借用弗氏的"潜意识"概念，是出于标示其创作"向内投射"的策略需要，因为其创作为"黑暗的灵魂之舞"，不关乎外部世界。虽然弗氏的"潜意识"是一个动态的、积极的范畴，这个范畴影响着意识，并把无意识的内容升华为有意识的感觉、情绪、行动（荣格称升华的本质为："不过是一种炼丹式的把戏，把无耻的转化为高尚的，恶心的转化为美的，无私的转化为自私的。"），以及弗氏虽有些臆断的对梦景的视觉性、象征性特征的解释，对阐释残雪式的神秘创作过程的心理机制颇为有效，也更能为大众所接受，残雪却为何不愿顺水推舟，而非要坚称"巫术"不可呢？究其原因，在于"潜意识"无法描述或阐释其神秘而复杂的创作机制。

　　用"潜意识"进行创作，按主体的创作状态分类，可分两类：一类为主体创作时处于理性状态，因为熟谙"潜意识"的心理机制，仅仅以"潜意识"为技术性手段进行创作，作品的主旨较为明晰且为创作主体所操控，如鲁迅的小说《肥皂》就是在这种状态下创作的经典文本。"四铭"听了围观的两个光棍对年轻的女乞丐充满色情意味的打趣（"阿发，你去买两块肥皂来，咯吱咯吱遍身洗一洗，好得很哩。"），引发了性冲动，竟莫名其妙地去买了块"葵绿色"的香皂——年轻女乞丐胴体的象征……作为小说形式实验的先锋，鲁迅有意地利用"潜意识"，让笔下的"四铭"演示了从性的发动到消解的整个过程，从而揭示了四铭伪道学的嘴脸。这类文本完全可以用弗氏"潜意识"理论去条分缕析。另一类为创作主体处于"潜意识"状态下的创作，并贯穿创作的整个过程，其创作是自我灵魂的历险，其文本具有自我精神自叙性质，主旨大凡晦涩且不为创作主体所操控，如卡夫卡的小说就是这种经典的范式。残雪认为卡夫卡的生活分裂成白天与黑夜两个世界。白天，卡夫卡是一个听话的儿子、善良的同事、敬业的律师，但这种死寂的物理生活总被内在的灵魂撕裂。只有到了夜晚，被撕裂的灵魂才能稍感安息，因为夜晚的卡夫卡回归了自我，回归了写作，写作是他超越于意识（世俗）走向潜意识（灵魂）澄明之境的桥梁。[①] 残雪在《城堡》的分析中，阐释了卡夫卡式的艺术创造的真谛。她认为，K 作为艺术家与城堡秘书毕尔格的遭遇，是"意识与潜意识在无边的黑暗中的一场壮观的较量。在这种搏斗中，沉睡的潜意识浮出底层，战胜希腊大力士毕尔格，取得了暂时的胜利。由热情所激发的创造开始了"。[②] 检索《灵魂的城堡》一书，我们发现：残雪也巧

---

① 罗璠：《残雪与卡夫卡小说比较研究》，人民出版社 2006 年版，第 78 页。
② 残雪：《灵魂的城堡》，华东师范大学出版社 2008 年版，第 215 页。

妙地借用了弗氏理论,从"生存意义的探询"、"艺术与艺术家的关系"、"灵魂的自省"三个维度,对卡夫卡的作品进行了富有创造性的阐释,而对卡夫卡小说文本生成过程却缺乏系统的分析。由此可见,弗氏理论作为工具理性,对于破译"潜意识"状态下创作的小说文本还是有一定的有效性的,却无法系统阐释其文本生成的神秘过程。或许缘于这种不得已的苦衷,残雪才将自己的神秘的创作过程以"搞巫术"予以描述。而唐望的巫术理论却恰恰能有效阐释残雪"巫小说"文本的生成过程。

"停顿世界"抵达"内在寂静"灵境的创作主体,随"启蒙自我"的"意愿",找到一个"开路者",走上终极的灵魂探险之旅。所谓"开路者",指称"某个非常清晰回忆起的生命事件"。如残雪《最害怕的事》中,那个逃避爆竹鸣响而"捂着双耳飞奔的长腿的小姑娘"就是这样一个"开路者"。① 对于童年的残雪,"爆炸就相当于死亡,在那个东西欲来未来之际,我的想象就进入了疯狂状态"。就如唐望所说,死亡在人的左边,如影相随,人随时要警惕他的潜猎。"避死趋生"的生命事件,"作为一盏明灯,使生命回顾中一切事件都具有相同的清晰度"。② 故残雪说:"由于与生俱来的极度恐惧,我才选择这种死亡演习的写作……每一篇小说都是危机四伏,他们那催命的鼓点越敲越紧,但表演的,不是死神战胜,而是生的希望和生的光荣。"③"天桥"、"断崖"、"井"、"伤趾"、"吹火的外婆"等都是残雪灵魂探险之旅的"开路者"——类似传说中的"避水神珠","黑暗的意识海洋"为之展开,或为盘古遗落的开天巨斧,将混沌劈成一个生与死肉搏的生命场域。残雪的每一篇小说,都有一个核心的"行动元",即抗拒死亡潜猎,渴慕生命永生的完美舞蹈。小说《气流》就是这种旋舞的经典范本:"劳"作为一种生命存在状态的隐喻,为了她分裂的个性,灵魂,在"凡俗"与"神圣"两极奔跑。"劳"正是在"白脸人"——生命本质(死亡)——的不断挑逗下,进行一次次的灵魂舞蹈;若把"白脸人"看作"死亡"代表,"白鸟"看作"生命"的代表,那么,"白鸟"则象征灵魂最深处(最脏处),生出的最纯净的形式——那种在天上飞的形式,是"向死而生"的生命,在存在的虚无背景中,填充或抒写自我生命的价值与意义。而《归途》中那悬崖边的黑房子,则是死亡的隐喻,在前有流沙,后有悬崖,陷于失去来路、断了去路的生命中表演了一场绝地的反

---

① 残雪:《趋光运动》,上海文艺出版社 2008 年版,第 127 页。

② [美]卡洛斯·卡斯塔尼达:《穿越生命之界》,鲁宓译,中国盲文出版社 2003 年版,第 106 页。

③ 残雪:《趋光运动》,上海文艺出版社 2008 年版,第 23 页。

击,是"向死而生"生命哲学的寓言。灵魂的探险由浅入深,步履所及,生命的景观一一现身,并呈现出一一对应的纯净结构,而生命热力的旋舞却日趋繁杂。而艺术主体则一如开天的盘古,在"天日高一丈,地日厚一丈"的裂变中,也"日长一丈"。

在"开路者"的导引下,空无而灵动的创作主体,如"猎人"进入生命的"野地",不动声色地目击生命热力的舞蹈,捕获黑暗的断裂处跃出的象形文字。对于残雪来说,经过几十年的锤炼,手中的笔就是"开路者":"创作之际总是脑海空空的,我什么都不想,也不构思……我只知道一件事,那就是只要我移动笔,就会有奇异的、生动的、一时难以释义的句子从笔尖流出,它们那么迫不及待,就像已经在我里面等待了几十年,或许更久。"①这种语言不属于"语言的发生,已经意味着人的蜕化和健全本能的丧失"②的"制式的语言",而是一种类似于但丁的神曲那种具有无法僭越的神圣性,与本源相关联,且能"唤起原型空间的开展,插入于侵蚀万物的时间之流中,阻断之,使物得以永恒"的语言。③

上文从心理机制、内容、结构、语言等向度对"巫小说"文本生成过程作了粗线条的勾勒,其间尚有一项技术性的难题有待解决:既然说"巫小说"文本是在"巫"的状态下生成的,那么那些非一次性完成的文本,尤其是长篇巨制,又该如何处理中断与延续的技术问题,做到天衣无缝呢? 有论者称残雪的小说如梦魇,这的确是卓见,因为该论者起码洞悉"巫小说"的文本表征。然而,梦大凡是残缺的片段,尤其梦魇,大都因为无法承受,为个体的防卫机制所干扰而中断。显然,在不同的时空中,很少有人能将中断的梦魇渐次演绎完整。比如标举"静了万动,空纳万境"审美观照方式的苏轼,就有"作诗火急迫亡逋,清景一失后难摹"的遗憾。然而对具有卓异巫性品质的作家来说,这却并不是什么难题。唐望认为:"宇宙是由无数能量场所构成的,这些能量场像是明亮的纤维,对人类等生物起作用。生物的反应是把这些能量转变成感官资讯。然后资讯被诠释,这种诠释就构成我们的认知系统。"④从巫师独特的能量观出发,唐望将灵士分为两类,"一类是做梦者,另一类是潜猎者。做梦者非常善于移动聚合点;潜猎者则非常善于把聚合点固定在新的位置上。做梦者与潜猎

---

① 残雪:《趋光运动》,上海文艺出版社 2008 年版,第 37 页。

② [德]尼采:《偶像的黄昏》,周国平译,湖南人民出版社 1987 年版,第 26—27 页。

③ 洪涛:《逻各斯与空间——古代希腊政治哲学研究》,上海人民出版社 1998 年版,第 70 页。

④ [美]卡洛斯·卡斯塔尼达:《穿越生命之界》,鲁宓译,中国盲文出版社 2003 年版,第 77 页。

者相辅相成,一起合作,以各自的擅长来帮助双方"。① 引援巫师"聚合点"的移动与固定的经验,有关"巫小说"的断续等棘手问题就能迎刃而解。残雪做梦时就有这样的经验之谈:如何中断梦境? 只要往悬崖一跳即可。可见梦的断续全凭她的意愿。据残雪说,"巫小说"的创作,每天也就写下七八百字,或千把字。"由于已经成了老手,一发力就能到达那个领域……我的大脑某处有个开关,只要一触动那里,我便进入冥想,剩下的工作就只是如何将它更好地持续一段时间了。"②可见其"用力"也好,"开关"、"维持"也罢,恰恰与巫师唐望的"聚合点"移动与固定经验相契合。

五

"表征",特指巫状态下生成的小说文本特征,即"巫小说"的审美特征。为了论述的方便,本文借用认知心理学 A. 帕维奥的双重代码假说,从语言与表象两个认知编码系统予以阐释。

从"表象认知编码系统"看,所谓"巫言如梦","梦境"即为"巫小说"的"表象"系统。弗洛伊德认为,梦并不是偶然形成的,而是被压抑的愿望伪装的满足。人的梦境有两种:显性梦境(显相)和潜性梦境(隐意)。做梦好比制作谜语,显像是谜面,隐意是谜底。所谓"梦的工作",就是把隐意变作显相的过程。梦的工作有四种方式:凝缩、移置、象征化和润饰。"巫小说"的"显相"(表象)则由环境、人物、情节三要素构成。庄子说:"其寐也魂交。"③"寐"即"睡",可理解为《荀子·解蔽》中的"心卧则梦"中的"心卧"。"寐"意味着唐望所说的"日常认知系统"的锁闭与"陌生认知系统"的开启;"魂交"即"能量交换",由于交换方式不同,则演绎成多姿多彩的"显相"。因此,从"日常的认知系统"来看,"巫小说文本"所展示的是一个虚幻的世界,是象征的丛林,具有怪诞、反常化的审美特征。然而,若能唤醒或启用"陌生的认知系统",通过对"显相"的解码,拆穿"隐意"的伎俩,"本真世界"就会现身。就残雪的小说文本而言,其"显相"即具上述特征:环境已成生命栖居的废圮的家园,成为生命存在的异己力量,如同残酷的井,正在吞噬、催逼着生命;他人是地狱,人的伦理、身份、职业

---

① ［美］卡洛斯·卡斯塔尼达:《穿越生命之界》,鲁宓译,中国盲文出版社 2003 年版,第134 页。

② 残雪:《趋光运动》,上海文艺出版社 2008 年版,第 61 页。

③ 南怀瑾讲述:《庄子南华》,上海人民出版社 2007 年版,第 100 页。

甚至生命的价值似乎被抽空,成为空洞的力量能指;人与环境及人与人的关系化约一种能量交换的类似道家"阴阳鱼"图式,成为灵魂舞蹈的不可或缺的动力;情节结构的非线性、反逻辑地推进,飘忽而不可掌控。而"隐意"可化约为一个追求生命完美、具有忧患与反思意识的主体走上心灵密境之旅的生命体验,是一个置身地狱,凝眸天堂,骨子里乐生的生命举行的规避死亡的"死亡演习"。"隐意"的结构为纯净而对称,在"凡俗"与"神圣"两极间奔走的生命蓝图,或称宇宙的图式。

从"语言认知编码系统"看,"巫小说"的"巫言"应属非日常的工具性"制式语言",是一种在"黑暗意识海洋"中跃出的语言,具有神圣性、直观性、本源性等审美特征。用索绪尔的现代语言学分析,"巫言"的"能指"具有"表象"性,吊诡性,如"泥沼中挣扎的乌龟"、"不愿意盖在人身上,会从窗口自己飞走"的"毯子"、"在肚子里越长越茂盛"的"芦秆"、"极神秘、极晦涩,而又绝对抓不住,变化万端"的"王子光"、"传说中的宝物"、时时响起在衰老伤感的三叔耳边的"山那边的歌声",等等。其"所指"具有晦涩性、多义性、非独立性、象征性等审美品格,如《末世爱情》中的"房子基脚打到地心去的""青砖瓦屋"中的那间"空房间",作为"显意象",其语义是不确定的,只有与屋主"夜猫子"似的四爷及"潜意象"——"没有家具"、"邻居劝四爷租出去,或养鸡养鸭"——的组合,所指的语义才逐渐清晰:"空房间"容不下"家具"、"鸡鸭"等一切功利,抵抗着周围滚滚的红尘,是四爷精神寄存的灵地,而"夜猫子"四爷则成了夜的深处灵地的守望者象征。[①] 若引援格赖斯的合作原则,来分析"巫小说"的"巫言",其会话则违背了会话双方必须共同遵守的基本原则,无法顺利交流,却达到"巫言如梦"——本真言说的神奇效果。格赖斯认为,会话合作原则是使所说的话有所"要求",在一定的程度上这"要求"的出现,其目的会被对方接受或导致双方对话交流。他的四个会话原则为"质的原则"、"量的原则"、"关系原则"和"方式原则"。下面是小说《公牛》中的一段对话:

(1)当我要睡的时候,那只角就从洞里捅进来。我伸出一只赤裸的手臂想要抚摸它,却触到老关冰凉坚硬的后脑勺,他的后脑勺皱缩起来。

(2)"你睡觉这么不安分。"他说,"一通夜,田鼠都在我的牙间窜来窜去,简直发了疯。你听见没有?我忍不住又吃了两片饼干,这一来全完了。我怎么就忍不住……"

---

① 残雪:《末世爱情》,文汇出版社 2006 年版,第 144 页。

（3）"那个东西整日整夜绕着我们的房子转悠，你就一次也没看见？"

（4）"有人劝我拔牙，说那样就万事大吉。我考虑了不少时候，总放心不下，一想到拔牙之后，再没有什么东西在口里窜来窜去，心里'怦怦'直跳。这样看起来还是忍一忍好。"

这是一段夫妻间的对话，（1）是对话展开的动因；（2）中"你睡觉这么不安分"是对妻子睡眠状况的真实判断，并不需要妻子回答，接着话锋一转，絮絮叨叨述说自己被龋牙折磨的苦况；（3）妻子述说被"那东西"纠缠的焦虑；（4）丈夫继续述说有关自己龋牙的问题。从上述简单梳理可见，双方都违背了会话合作的"量"、"关系"、"方式"三项原则，因而，虽为夫妻，会话却无法顺利进行，他们活在自己的世界里，叙说各自真实的生存状态与体验，也就是各自生命的本真言说，似乎以各自的方式演绎"我说故我在"的哲学命题。其实"妻子"与"丈夫"是"自我人格"分裂的对称两端，核心的轴心是"自我"：丈夫"老关"的"龋牙"话题指涉"肉"的痛苦，妻子"我"倾心于外面的"公牛"及遭雨摧残的"玫瑰"，指涉"灵"的关切。这种非对话的对话，是深层的潜意识层面的对话，话题没有关联，甚至是逆向的，以自我为目的。正如巴赫金所说："重要的不是主人公在世界是什么，而是世界在主人公心目中是什么，他在自己心目中是什么。"①"龋齿"间"窜来窜去"的"田鼠"、"整夜整夜"绕房子转悠的"公牛"及遭遇摧残的"玫瑰"，是心灵密境看见的异物。在不同的文本中，"这样的异物可以无限地变换，正如人在异境中可以无限地分身"。这样的异物"从文字间的暗示里被释放出来"，"放到耳边，便响起宇宙的回声"。②

六

残雪喜欢以"舞蹈"来描述自己"巫小说"神秘的创作过程，她说："有这样一种舞蹈，它不是出自编导的构思，也没有事先的情节安排，演员们的灵感启动全部以一种神秘的氛围的诱导作为媒介。"③对于这种本色的"灵之舞"应该如何评价，对于身处所谓"后现代"的人类又有何种现实价值，这是残雪研究不可回避的问题。

---

① ［前苏联］巴赫金：《陀思妥耶夫斯基诗学问题》，白春仁等译，生活·读书·新知三联书店 1988 年版，第 82 页。

② 残雪：《从未描述过的梦境》，作家出版社 2004 年版，第 3 页。

③ 残雪：《残雪文学观》，广西师范大学出版社 2007 年版，第 103 页。

马悦然从文学史的宏观视野出发,在与卡夫卡的横向比较中肯定残雪的价值,认为残雪是"中国的卡夫卡,甚至比卡夫卡更厉害,不断提出抗议,是位很特别的作家"。刘再复从文学的生态入手,指认残雪为"保持文学尊严与灵魂活力的'稀有动物'"。陈晓明从作家的独特气质及怪异的感觉方式之维肯定残雪的意义。日本《读卖新闻》则称残雪的作品为"新的'世界文学'的强有力的、先驱的作品"。笔者认为,残雪的小说是西方的种子在东方的沃土上苗壮的异物,这种"异物"名为"巫小说"。"巫小说"的现实价值有二:一是心灵史的救济;二是巫诗传统的唤醒与集中展演。

残雪称自己写小说为"启蒙自我"。"启蒙自我"过程,就是唐望所说的压缩"Tonal",使"Nagual"现身的过程,这一过程,类似海德格尔的"真理现身"前的"去蔽"过程,其目的在于身心重建的追寻,在于以"巫"的方式达成无懈可击的完美生命的锻造。因此,对于喟叹"世界的失去",深受人为环境的挤压,精神日益异化的所谓"后现代"人类来说,残雪的"巫小说",可归为一种人文精神领域的"心灵史的历史救济""筹谋"。残雪"启蒙自我"中的"启蒙",不属于麦克斯·霍克海默与特奥多·阿多诺在《启蒙辩证法》中指涉的启蒙,她不以理性和科学为武器,而更具巫性品格。老子曰:"道可道,非常道,名可名,非常名",但巫师唐望还是对"Tonal"、"Nagual"进行了描述:每个人都有两部分,两种分离的实体,相对立的两部分在出生时开始作用。一边称为 Tonal,另一边称为 Nagual。Tonal 是一个守护者,保证着我们的存在。Tonal 是世界的组织者,是我们所知道的一切。它开始于出生,而结束于死亡。Tonal 是一座岛屿,我们对于自己及所知道的一切都是在 Tonal 之岛上。Nagual 是我们之中完全被忽略的一部分,不属于 Tonal 之岛。Nagual 在环绕 Tonal 岛的力量盘旋之处,它永远存在,没有界限。Nagual,负责创造,听候战士的差遣,它可以被目击,但无法被谈论(不可名)。"Tonal"与"Nagual"的关系唐望有如下的描述:我们在出生之后,便觉察到我们都有两部分。在出生时及之后一会儿,我们完全是 Nagual。然后感觉到为了能够生存,我们还需要另一半,即 Tonal。然后Tonal 开始发展,变得对我们的生存非常重要,以致遮蔽了 Nagual 的光芒,使之相形失色,甚至完全变成 Tonal。每个 Tonal 都有两部分,一个是较外在的部分,与行动有关,一个是内在的,是决定与判断。正确的 Tonal 是这两部分达到完美的平衡与和谐的 Tonal。只有行动与决定的和谐,然后是 Tonal 与

Nagual 的和谐。① 唐望有关"Tonal"与"Nagual"言说,虽然玄而又玄,却有助于对残雪小说的定性。残雪小说虽有非理性的成分,但并不反理性,与唐望的巫理论相契合,与一度流行的去文化、去崇高、去价值,一味解构而无建构的文学具有本质的不同,甚至与卡夫卡乃至鲁迅的文学也判然有别。残雪从"启蒙自我"出发,对人类身心重建多了一份乐观、一份自信、一份执着,因为她凭着"天启式"的力量发现:生命就是从最脏的东西里面生出来的,但是它的形式感是非常纯净的,在天上排成美丽的文字。② "巫诗传统"从未死去,它寄身于各类艺术作品中,在边缘化的处境中苟且存活。其实心灵史的救济来自对语言的反省。比如 20 世纪 80 年代的那场寻根运动,最后就寻到了语言之根上,韩少功的《马桥词典》的灵感或许来自后现代主义理论家弗·杰姆逊的"语言说我"论:"说话的主体并非控制着语言,语言是一个独立的体系,我只是语言体系的一部分,是语言说我,而不是我说语言。"③ 从语源学的角度看,"巫诗思维"是以"感同身受"的方式出现,而不是理性与逻辑,它没有文字的魔咒,却有着生命的韵味。按照马利坦的说法,本源的诗,是一种预言,就是说出本源,也就是神意的显现。④ 预言的形式就是"诗"。诗人与预言家(占卜师)在拉丁文是同一个词(vates),诗人不过是"在天神指示下表演他的艺术"。⑤ 当然这种"巫诗的言说"不是被动的接受神意,而是迫使神吐露真言,故马利坦又将这种神圣之言,称为"诗性认识"。⑥ 由此可见,残雪的"巫小说"的创作,若抹去"巫"的色彩,就是被"制式语言"遮蔽了的"诗性认识"的唤醒与集中展演,若进一步将这种展演纳入心灵史的救济思潮之中,其价值不言自明。

---

① ［美］卡洛斯·卡斯塔尼达:《力量传奇》,鲁宓译,内蒙古人民出版社 1999 年版,第 109—172 页。

② 残雪:《残雪文学观》,广西师范大学出版社 2007 年版,第 37 页。

③ ［美］弗·杰姆逊:《后现代主义与文化理论》,唐小兵译,陕西师范大学出版社 1986 年版,第 29 页。

④ ［美］马利坦:《艺术与诗中的创造性直觉》,刘有元、罗选民等译,生活·读书·新知三联书店 1991 年版,第 15 页。

⑤ ［古希腊］荷马:《奥德修斯记》,杨宪益译,工人出版社 1995 年版,第 93 页。

⑥ ［古希腊］赫西俄德:《工作与时日》,张竹明、蒋平译,商务印书馆 1991 年版,第 1—2 页。

第二章　童年回溯：一种生命蓝图的呈现方式

　　《趋光运动》是残雪展示自我秘密的精神自传。本章引援卡洛斯·卡斯塔尼达"生命回顾"理论，企图从中勾画出既能凸显作家自我灵魂景深，又具普泛性价值的生命蓝图。从"启蒙自我"的精神向度审视，残雪的"精神自传"与其颇具巫性品格的小说恰成相向态势，两者互为文本。

　　人作为一种生命存在，独具超越性的观看能力：以"此在"为视点，或前瞻，超越"此在"的迷障，观看"未在"的生命"图景"；或后顾（回顾），阻断生命的盲流，廓清历史的雾霭，审视"已在"生命的原初本相。按价值论而言，上述两种向度的观看，若比照唐君毅先生的"心通九境"之说，应是"各各相应"、"相互为用"的。① 回溯童年，作为一种"生命的回顾"，彰显人类独具的反思品格，并呈现出一种生命的蓝图。"剑"与"笔"是博尔赫斯回溯童年时呈现出的生命蓝图，虽然因身体的原因而远离他所向往的"剑"（史诗般事业的军旅生活），而作家"笔"下的墨花，却始终激荡着森然的剑气；② "五猖会"与"鉴略"是鲁迅"朝花夕拾"时现身的生命蓝图，虽然因父命难违而接近"鉴略"，而"五猖会"却成了作家拒斥"鉴略"（旧式教育）的不竭动力。③ 由此可见，"三岁看大，七岁看老"，回溯童年，是一种生命蓝图的呈现方式。本文引援卡洛斯·卡斯塔尼达"生命回顾"理论，以残雪的《趋光运动》为个案，企图从中勾勒出一幅既能凸显作家自我灵魂景深，又具普泛性价值的生命蓝图。

一、避死趋生的死亡演习

　　按照唐望的说法，"生命回顾"是一种灵士的灵术计划，是灵士穿越生命之界，走上终极之旅的进程中不可或缺的灵修步骤；"生命回顾"是一个由表浅到

---

① 唐君毅：《生命存在与心灵境界》，中国社会科学出版社 2006 年版，第 3 页。
② 杨正润：《外国传记鉴赏辞典大系》，上海辞书出版社 2009 年版，第 1—8 页。
③ 鲁迅：《朝花夕拾》，人民出版社 1979 年版，第 33—41 页。

深层,由混沌到清晰的过程,某个非常清晰回忆起的生命事件,可以当成一盏明灯,使生命回顾中一切事件都具有相同的清晰度,一旦越过了某种界限,就会有一张蓝图出现,且呈精致的对称结构。①《最害怕的事》中那个背对点燃的爆竹,吓得魂飞魄散,捂着双耳飞奔的长腿小姑娘,就是残雪生命的某种蓝图:小姑娘背对的那欲来又未来的"爆炸",就是死亡,"捂着双耳"、"背对"的姿态,表征小姑娘不能同"那个东西"(死亡)面对面,而"飞奔"的急促与野性则来自永生的信念。这"避死趋生"的精神图景,是残雪生命存在的本真状态,它犹如一盏明灯,把生命回顾中"井边打水"的小姑娘、"走钢丝的"绿衣小伙、"搭椅子的红衣少女",以及"秋千架"、"断崖"、"长满青苔的石板"和"深渊中的鲛鲢鱼"、"长着美翼的螳螂王子"都一一照亮,并具有相同的清晰度。《井》中"幽幽发着微光"的深渊,恰如几千米深的海底"鲛鲢鱼"那根"可以发光的触须"(诱饵),充满死亡的诱惑,而叉开腿,站在井口打水的小姑娘那娴熟的技巧,则是抗拒死亡的战斗中催生的生存智慧。《美》中那表演"搭椅子"的红衣少女,是一种极致的美:在那昏沉的夜幕中,灯光只照亮她活动的那一小块地方。椅子已经搭得很高,场里和场外的观众都可以看得清清楚楚了。在那短暂的一两分钟里头,"我"那小小的脑袋已经被突如其来的"美"震昏了。这种鲜明的极致之美,是以死亡为维他命,并在"死亡唇边"绽放的奇异花朵。《追求极致》中"秋千架上的女孩",在拒斥"地心引力"(死神)的捕猎中,感受"升飞"(生的自由)时回肠荡气的乐。

死亡来自生命内部,内在地与生存交织在一起。海德格尔和莫尔特曼认为:死亡不是从外面置入的一个生命线的特定时刻,不是生的一个内在界限,而是时时刻刻都内在固有的。② 残雪对死亡的体悟最早来自"风湿病"的体质,来自"肺叶上的洞"。《疾病的体验》一章,就详尽地描述了一种"道高一尺,魔高一丈"式的"生与死纠缠得最紧的极端生活":《肺叶上的洞》中,"我"可以切身感受到那些"吃了我的肺,就在那里筑了巢"的结核杆菌的活动,而"我"却凭借着"耗"功,强壮自我,让病菌无以存身;《异质生存》中,"我"与"风湿病"旷日持久的对抗中,学会"将疼痛当作一件理所当然的事,一个可以战胜的对手",不把"病"看作是病,而是看作自我特殊的异质生存方式;《痛感》中,"我"在"咬

---

① [美]卡洛斯·卡斯塔尼达:《穿越生命之界》,鲁宓译,中国盲文出版社2003年版,第14—108页。

② 靳凤林:《死,而后生——死亡现象学视阈中的生存伦理》,人民出版社2005年版,第152页。

紧了牙关死扛"中，不断锤炼惊人的耐痛能力，并参透"痛"是"身体显示其存在的主要方式"……总之，在"我和我的病"中，终于了悟与剧痛对峙的那个"我"——"活的意志"！

死亡也来自生命的外部，如影随形。唐望以"猎人"指称死亡："死亡是我们永恒的伴侣。它永远在我们的左边，一臂之遥，它在监视着你。"①残雪于"高空杂技"、"秋千架"、"断崖"、"井"、"长青苔的石板"等对象中，触碰来自生命外部的死亡潜猎，并参悟人只有对自己负责，把一切做得完美无缺，才能无懈可击，拒斥死亡潜猎的生存智慧。面对死亡的内外夹攻，人无时无刻不置身于危机四伏之中，死亡是人的最本己的可能性，本真的存在是向死而在。尽管残雪害怕死亡，不敢与它面对面，甚至忌讳"死"字，称它为"那个东西"，却又时时处处彰显出与死亡抗争的生命热力与韧性。因此，残雪宣称：在我的作品里，是没有消极、颓废和死亡的位置的。我的作品是生命之歌。②柏拉图以"哲学"进行"死亡的练习"③，而残雪却以"文学"进行"死亡演习"。她说："由于与生俱来的极度恐惧，我才选择了这种死亡的演习进行写作。我的每一篇作品里头都有死神，也有那些决不放弃、绝不低头的怪人或奇异的小动物，它们身上凝聚着千年不死的东西……我的每一篇小说都是危机四伏，它们那催命的鼓点越敲越紧，但表演的，不是死神的战胜，而是生的希望和生的光荣。"④"避死趋生"的死亡演习意义有三：一是有助于阻断生活盲流，从沉沦于同"常人"共在状态中超拔出来，回到本真的存在状态。在一个死亡是潜猎者的世界里，只有意识到悬临着的死亡时，你才能从"烦忙"、"烦神"的生存境遇中超拔出来，专注于内部的纯粹状态之中，正如残雪所说，我生病的生活是一种纯粹的生活，一种生与死纠缠得最紧密的极端生活。与死神硬碰硬的奋斗生活，是我最愿意过的、最本质的生活。二是于不断的演习中提升不被死亡潜猎的能力和智慧。莫尔特曼对当今人类社会的各种死亡性恶性循环进行了深入透彻的剖析，认为恶性循环的任何打破都会制止死亡的过程，并从人的心理和政治两个向度提出了打破死亡的恶性循环，使得生命得以解放的具体路径。"死神的面目越

———————————

①　[美]卡洛斯·卡斯塔尼达：《心灵密境之旅》，鲁宓译，中国盲文出版社 2003 年版，第 37 页。

②　残雪：《趋光运动》，上海文艺出版社 2008 年版，第 128 页。

③　罗班：《思想和科学精神的起源》，陈修斋译，广西师范大学出版社 2003 年版，第 191 页。

④　残雪：《趋光运动》，上海文艺出版社 2008 年版，第 128 页。

狰狞,表演的难度越大,舞者的精神也越振奋。"①残雪正是在"死神面前走钢丝"、"断岩的边缘舞蹈"等高难度的表演中,走向人性的完美与无懈可击。用残雪的话来说,就是"每一次的死里逃生之后,你就成了一个新人"。三是在意识到死亡(生命的有限性)并试图超越死亡的永生信念指引下,将更多的生命内容注入这一有限过程中,使生命过程由自在走向自为,由实然走向应然,绽放出绚丽多彩的无限价值与意义之花。按照马斯洛的超越需要理论,人类正是借助超越性的形上追求从肉体死亡的恐惧中摆脱出来,实现精神的永恒与不朽。残雪的这种死亡演习式的写作,是人生命之外的延伸,是生命的自由伸展与突进时展露出的永恒之美。

二、漆黑中造光的精神图景

人作为一种历史的存在,只有不断返回过去,才能发展自己,正如狄尔泰所说:人依赖对过去遗产的诠释和对过去遗留给他的公共世界的诠释来理解自己。② 回溯童年,残雪发现,是外婆培育了她于黑暗中造光的生存信念。《吹火》中有这样一幅图景,每当"我"被浓烟呛得奔逃时,外婆总是及时出现:"外婆拿着我扔下的吹火筒,稳稳地坐在那里吹。她的气息绵长而执着,她就像懂得那灶火的脾气一样。一下,两下,三下,'嘭'的一声,好了。"

"吹火"曾是传统中国最为日常的生活场景,而残雪却从外婆的吹火情景中,悟出吹火需要技巧,需要永不言败的生命韧性,需要苦中作乐的生活态度。"吹火的外婆"成了残雪的精神导师:"我特别爱看外婆在浓烟中吹火。那一套柔和连贯的动作,那衔着细竹子的老年人的撮起的嘴唇……那种耐力特别迷人,我记得火光中的皱纹,嘴角的牵动……"我为外婆吹火的情景深深陶醉,惊叹"这衰老的身体",简直就是"魔术师",使垂死的灰烬重新开始呼吸,唤出如此欢乐的生命——"红的火,黄的火,看那舔着铁锅的火舌,哗啦哗啦,水沸了,白气冒出来"。于是,"我"也继承了外婆永不言败的秉性,用持续不断的呼吸吹出火来。"我的吹火筒也是小竹子,纤细而畅达,效率比外婆的更高。""吹火的外婆",凸显出残雪的精神蓝图,其图式呈现为清晰的对称结构:"灰烬"(黑暗)与"燃烧"(光明)是一根轴的两端,"吹火的外婆"(传承者残雪)是轴心;"黑暗中造光"是其充满张力的动态结构,呈现出独特的势能与力道。"黑暗"是生

---

① 残雪:《趋光运动》,上海文艺出版社 2008 年版,第 42 页。
② 洪汉鼎:《诠释学——它的历史和当代发展》,人民出版社 2001 年版,第 116 页。

命的本然状态，是充满苦难的现实，"创造"是来自无限的生命冲动，来自生命"转机"的信念，"光明"则是生命的应然状态，是生命无限价值与意义的绽放。显而易见，在"黑暗中造光"的图景中，蓄满生命主体的理想主义激情，并清晰地呈现出以下几种行动的路径。

一是心灵史的改写或救赎。人是一种历史的存在，是心灵史的改写或救赎的逻辑前提。人必须回头对"已在"的生命进行彻底的反省，查找出错的那个环节，从而筹谋在出错的地方重新设计或改写，以扭转未来。《深》记述了两个与死亡相关的刻骨记忆：一个是外婆临死前那几天一直发烧说胡话。有一天，外婆要她做一件事，残雪没做好，外婆气愤地责骂了她。她怀恨在心，晚上睡觉时，就踢了外婆一脚。这一脚，踢出了一个不知好歹、做事不计后果和一点不知道为别人着想的小姑娘的个性，成了她日后心头无法抹去的伤痛。另一个是在与大弟闹别扭，互不搭理的冷战期，还来不及和好，大弟即遭不测，溺水而亡，这又成了残雪绵绵无尽的悔恨。然而，这种无法抹去或阻断的伤痛和悔恨，却在心灵史的改写中，得到救赎，成为自我发展的维他命露：

> 我无数次地在梦中改写历史。我说："你回来了啊？这些年，他们都说你死了，我就不相信！"弟说："其实啊，我是到那边工作。现在回来还需要户口吗？我想回来念书呢。""没有问题啊。你出去得太久了。"……四十年过去了，我还在改写这段无法挽回的历史。

一方面，残雪知道外婆与弟弟的死亡如铁板钉钉似的历史无法改写，另一方面，处于"活"的冲动仍然要将改写的行动进行到底。在改写之中，我与大弟之间已不再存在所谓的面子、芥蒂等虚幻的东西，有的只是姐姐对弟弟生的关切，以及弟弟对生活的热望、对姐姐的信赖。在一次次的改写中，主体的生命得到了净化和升华。心灵史的改写的方法有冥想、做梦及文学创作种种；改写的内容可以是自我身心、禀赋方面的短板造成的沮丧感和耻辱，也可以是自我与自然、社会交流的阻断而形成的挫败感和绝望；改写的意义在于在永无休止的改写中汲取生存的智慧和勇气，以把握未来，完善自我。《断崖》中记述残雪置身于断崖边缘的体验：

> 哥哥和弟弟都伸长脖子在朝下望，我只望了一眼，就吓坏了。那下面……那下面的情形不堪回首……想一想我都觉得全身发软，站立不稳，心里一阵阵紧……我难以适应以肉体直接感受恐惧，我更害怕那种用技巧来使自己的身体在险境中平衡的运动。也许由于在这方面我的能力太差。所以深渊对于我来说就同死亡一样可怕、咄咄逼人。

于是,"沮丧感和去不掉的耻辱终于在冥想中复仇了"。为了改写心灵史,残雪重演了断崖下的景象,无数次在断崖的边缘上跳舞。也正缘于此,残雪可以毫不费力地回到那个夏天,惊艳于表演"搭椅子"杂技的红衣少女那种纯美意境;在一次次的冥想中,残雪逐渐走近红衣少女,最后合二为一,完成了生命的自我超越。

二是永不言败的生命热力。这种生命的韧性,源自刑天那种即使身首异处,依然抗争到底、不屈不挠的斗争精神,是中华民族代代相传的民族性格的积淀。关云长兵败麦城被杀后,依然在空中大呼"还我头来";李逵被毒死后,仍然不屈不挠,"手搭双斧","径奔上皇",直闯入皇帝的梦中,搅得皇帝连觉也睡不好;鲁迅总能在无路可走处闯出一条路来,于绝望处反弹出希望……而残雪的生命韧性,则表现为在未雨绸缪式的演习或"道高一尺,魔高一丈"的硬碰硬的较量中,其动力来自"活"的冲动,来自"理想主义的生活方式",来自"永生"的信念,其结果大都是化险为夷、死里逃生,并在每一次的死里逃生之后,总能完成化蛹为蝶的蜕变。《锤炼》中的"我"幻想自己长大了有运动员一样美丽的体格。虽然刻苦的锻炼看不到成效,但从不气馁,也不放弃,终于实现由"豆角子筋"到"苗条少女"的蜕变;《灾变》中即使面对无常、猝不及防而又凶残暴烈的灾变,"我"唯一能做的,就是未雨绸缪,"使自己的心灵增强耐受力,不断增强,以便自己在意想不到的事发之后,再一次地死里逃生"。由此可见,残雪的生命韧性表现得更为主动,更为积极,残雪的成功,正像她自己所说的那样:关键的关键是体内那不息的冲动、顽强的意志力以及从小铸就的理想主义生活方式。

三是自我解缚的超凡能力。人生而自由,然无往不在束缚中,这是人类生存的悖论。束缚主要来自内外两方面:外在的束缚在于社会对人的编码、规范,因而,囚笼中生存是人的一种宿命,孔子的"随心所欲而不逾矩"是囚笼中追求自由的一种生存策略;内在的束缚往往体现为思想意识、价值观念的束缚,名缰利锁的自我捆绑,因而故步自封、作茧自缚是人生存的境遇。所以,佛家的"空"、道家的"虚无"是自我解缚的有效道具。残雪自幼即表现出超凡的自我解缚能力。《好的故事》中,3岁的"我"随外婆参加家属会,我被"囚"于外婆左右,不能乱跑乱动,在百无聊赖之际,竟能灵肉分离,想起了同哥哥斗霸王草的事:

　　我决心找到一根最最结实的霸王草,我要到院子后面去找,找到之后首先打败哥哥,然后再把所有人打败!我啊,要到他们想不到的地方去找那种草！我想得兴奋起来，就把旁边的人忘了。

年幼的残雪竟能靠想象，轻而易举地走出囚笼，跃入自己的世界。会有多长，残雪的"好的故事"就有多长——这囚笼中编织"好的故事"，被残雪称为"绝望中的发明，漆黑中的造光的尝试"。这种能力首先来自天赋异秉，她的血管里流淌着"楚人之血"，秉承了"巫诗传统"。她能凭借移动聚焦点的方法，自由地于异度空间游走。以做梦为例，残雪能凭借移动聚焦点的方法，自如地往返于梦与非梦之间，梦的中断、承续全由自己掌控。其次，来自"异乡"（非主流社会）的颇具巫性的外婆（具有陌生的认知系统）是她的精神导师，外婆的超凡解困能力体现在奇异故事的编织中。《故乡》中，就记述了外婆有关蛇的故事："外婆的故事中的蛇有时是巨蟒，那种会填满整个房间的庞然大物。只要你还剩下最后一口气，那家伙就始终紧紧地勒住你的喉咙，并挤压你的胸膛。"说到此处，听者一定会认为故事中的"你"已陷入绝境，强弱已判，绝无一丝一毫生的希望。而在"外婆"的世界里，没有不可能完成的任务："她让那人从身上掏出毒药，将毒药倒在手掌心，然后接住从脖子上流出的鲜血，再拿给蟒蛇去舔。蛇就被毒死了。"按照日常的认知系统，被紧紧缠住的那人无论如何都腾不出手来去掏毒药的，而在外婆的陌生认知系统里，只要她愿意，什么都有可能。外婆的故事里还有另外一种毒蛇："跑起来如同射出的箭一样快，在速度上人是无法同它匹敌的。那么，在空旷的地方被它追击时，人就必死无疑了吗？"人又该如何脱困、死里逃生呢？外婆的方法，让人大跌眼镜："可以绕到它的背后去。"外婆坚定地说："蛇转起身来特别慢。"

"外婆的故事"被童年的残雪牢牢记住，并在一次次的返回中，出乎意料地发现，自己站在了那个故事的中心，终于明白了那种地狱里的幽默。于是，残雪也用外婆式的幽默，"使蛇的意象舞动起来，开出数不清的蛇花"。

残雪自我解缚能力的形成，还得益于小学毕业辄辍学，因而没有或很少受到帮派文学的毒害。"文革"的生态，致使她对当时的主流话语有着一种天然的疏离感和抵触情绪，也没有机会对巫楚文化进行系统地清理和祛魅。《意义与虚无》中，残雪把幼儿园想象成鸡笼子，那背对幼儿园，迎向栅栏外的外婆的姿态，是残雪拒绝社会化，走出囚笼，于漆黑中造光的寓言。

三、灵与肉裂变的图式

人类对死亡的不可避免性和死亡终极性的思考，实质上是一个灵肉关系或身心关系问题的思考。奥尔弗斯教义认为,人是宙斯用泰坦神的骨灰和狄奥尼索斯的心脏结合造出来的,这样,人就具有了肉体与灵魂的双重性质。其中肉体是有生死的,灵魂则是永恒的,无始无终的。①　苏格拉底认为,神"为了某种有用的目的给了人们身体的各部分",并且"神也不以只照顾人的身体为满足,而最重要的是在人之中安排了灵魂,这是人的最优越的部分"②。按照亚里士多德的观点,生命在于自我的运动能力,每一运动都有两个先决条件——主动的"形式"和被动的"质料"③。生物的"质料"就是肉体,"形式"就是灵魂。可见,这种灵肉二元论人学观在西方影响极为深远。与注重对死亡本体性的追问的西方哲学不尽相同,中国传统儒学重生、乐生,注重死亡的社会性和伦理意义的探索,孔子有"杀身成仁"之说,孟子有"舍生取义"之论。然而,透过"身"—"仁"、"身"—"义"的对举背后,同样可以发现潜隐的灵肉二元论人学结构。残雪有"生命的图案"之说,她说:"生命的图案很晚很晚的时候才呈现出来,但那种暗地里的绘制一定是早就开始了。"其实,"灵与肉裂变"的图案,在残雪的童年就偶尔露出峥嵘:

> 一年又一年,真相渐渐地水落石出了。原来"痛"便是我的身体显示其存在的主要方式……我是可以飞翔的,但无论我飞得多高,另一个我总在那下面用痛感提醒。

身体的痛贯穿残雪的童年时代和少年时代,"病痛"导致了残雪身体的觉醒,并参与创造活动;两个"我",即灵与肉的相克相生,构成了类似中国阴阳鱼式的内在图式。与毕达哥拉斯高扬灵魂,贬抑肉体不同,残雪认为身体是想象的母体,精神的生产基地。因此,残雪对自己的身体了若指掌:她从小就缺乏肢体的模仿能力,如若要她参加唱歌、跳舞的节目,那无异于赶鸭子上树;她缺乏日常语言的模仿能力,那种人云亦云的语言,她非但无法学会,而且径直成了生活中的最大恐惧;她擅长以最自然的方式发展起来的运动,比如跑步,不但跑得快,姿态也很好;她对读文学书的那种模仿是永不厌倦的,因为它们如童年时代的奔跑一样自然。从童年的回溯中,残雪获得非语言性的了悟:

> 我极难适应外界的活动,到任何"单位"都觉得别扭,却在 30 岁时自立门户,干起了个体裁缝;我极为厌恶官话套话,打死我也说不来,却能够

---

① [英]E.策勒尔:《古希腊哲学史纲》,翁绍军译,山东人民出版社 1992 年版,第 15 页。
② 北京大学哲学系编译:《古希腊罗马哲学》,商务印书馆 1961 年版,第 168—169 页。
③ [古希腊]亚里士多德:《形而上学》,吴寿彭译,商务印书馆 1959 年版,第 260 页。

在自己的文学领域里自圆其说。

残雪是那种广义的"本色演员"，她缺乏那种表层的模仿技巧，却具有一种深奥的灵魂复制能力。灵与肉对于残雪来说，又总是唇齿相依：每当讨论身体（肉）时，其灵魂却始终在场——"我"内部的那个幽灵在保护着"我"的才能，如果"我"学会了那种表层的模仿技巧，"我"生活中的中心也就转移了；谈论灵魂（精神）时，其身体却"具身体现"——"所有的心的渴望，都是向着愉悦展开的，一颗自由的心，就是一颗以最合理的方式发挥能力的心"，因此，文学几乎就是残雪的肢体语言。

残雪悉心照看自己的身体，她拒绝身体被社会塑造，却注重身体的自我型塑。她渴望体格上的完美，就通过诸如长跑、负重等肢体运动，坚韧不拔地打磨自己的身体；她仰慕优雅高贵的风度，就通过阅读，在一次次的自我修正中，成就另一个具有阿霞的金发、达吉亚娜的白裙、江姐的脱俗的"我"。残雪深有体会地说：肢体越运动，潜意识越活跃，创造力就越大；越写作，身体反而越好。她说：我在不断地搞文学实验的同时，也在不断地进行"养生"实验。我日日关心的，便是如何从我的躯体里头解放出更多的精神美梦。残雪在灵与肉方面最为独特的表征有二：一是分身有术。传说道教的创始人之一的张道陵精通此术，但最高明的分身术，是《西游记》中的孙悟空所施。残雪的分身术不是扯把猴毛，吹口仙气，顿时就会分化出无数的孙悟空的那种，而是灵魂出窍型，是身在曹营心在汉的那种，是身心合谋下的胜利大逃亡。这种分身术，可以追溯到残雪儿时课堂上的冥想训练，不竭的动力来自一颗渴望自由的心。久而久之，这种分身术，成为她文学的创作图式，成为她生存的策略，通往理想生活的密径。二是灵与肉的冲撞。残雪于《地底的图案》中，将这种血腥的冲撞具象化，成为"带血的矛尖"和有着"暗绿色的花纹复杂的铜盾"，并伴随着深渊里飞上来的蝙蝠精灵们以及那种远古的叫声。冲撞的结果，不是两败俱伤，不是输赢，而是精致的裂变（美丑、贵贱、善恶、神圣与凡俗等具有精致对称结构的完美图式），以及裂变产生的巨大能量（心灵密境之旅的不竭动力）。正因如此，残雪不同于那种不食人间烟火的伪神们。她说，一个人活着就是跑。为了她已经分裂的个性，灵魂，她只能在神圣与凡俗两极之间奔跑。《故乡》结尾处，她让蛇复活了：那么美丽的鳞，那么强盛的欲望。毒药毒不死它，它反要以毒药维持生命。若将这一细节植入外婆的人蛇肉搏故事中，人又将如何解困？若进一步将"人"与"蛇"的斗法，置换为"灵"与"肉"的缠斗，显而易见，这是一种无希望处生长希望，绝望中的反抗的生存智慧。所以，残雪说，生命就是冲撞,就是在污泥浊水中吸收丰富的营养,生命就是从最脏的东西里面生出来的。在残雪的世界里,也没有灵与肉的融合与混同,或是最终放弃灵的执着而向肉或混沌沉没,而是接受来自永恒的邀约与指引,灵与肉的运作具有明确的方向性,正遵循对称的法则绘制未完成的生命图案,坚信那终极之谜——那最后的图形会自然而然在挺进中逐步显现。

唐望认为:不断对自己重述故事,你会从中发现无数的价值。每一个细节都是蓝图的一部分。而残雪在《趋光运动》中,则以回溯的方式讲述自己童年的故事,从中发掘生命"地底的图案"——"天堂般的美景。那么多的对称,那么强烈的形式感,那么难以穷尽的变幻"。"避死趋生的演习"、"漆黑中造光的精神图景"及"灵与肉的裂变图式"是残雪所谓的"分段辨认"出的重要图案,凭借它可以大体辨认一幅最大最后的图案的走向,然而依旧隔着许多屏障,离那核心的部分还十分遥远。生命回顾是急流,能激起生命中的所有沉淀,使之浮到表面,大浪过后,现出生命"地底的图案",自我由混沌走向澄明,是"启蒙自我"的必由之路;生命回顾是风钻,在"哒哒"的鸣唱中,屏障轰然倒下,生命的空间在创造的热力中伸向无限;生命回顾是一条时间的暗道,在一连串黑暗的自省中,达成生命的完整意识状态,准备好踏上终极的旅程。

《趋光运动》回溯了残雪童年时代生活的方方面面,透过外在人事的色相,可以看清生命"地底的图案";残雪的小说则是内心黑暗渊默世界跃出的"河图"、"洛书",是生命"地底的图案"的外化。因而,从精神向度看,两者正好呈相向态势,互为文本。或许正是在这个意义上,残雪认为:童年便是艺术的起源,理解、感受到了童年,也便等于是入了艺术之门。由此可见,《趋光运动》正是通往残雪小说世界的幽暗小径。

第三章　走向存在："光"在残雪小说中的叙事功能

残雪对"光"有种本能的渴望。她说："从儿童时代一直到今天,我对阳光的向往一点都没有减弱。"小学学农时那"水稻上和田里跳动的阳光",虽经半个世纪的淘洗,依然那么鲜活。她"见到阳光就兴奋,情绪就高涨",称"阳光"为"我的永恒的情人、父亲"①,"文学的创作过程就是一场趋光运动"②。难怪,残雪的小说,或显或隐,"光"始终在场,并承担着不可或缺的叙事功能。本章拟从"显形"、"祛魅"、"拯救"、"神性在场"等路径考量"光"在其小说中的叙事功能,从而揭示残雪小说在"光"的照耀下,开启黑暗的灵魂之窗,与生命本真的晤面中,走向存在,实现自我的拯救与解放之路。

一、祛魅显形之光

"光",《汉代汉语词典》解释为"照耀在物体之上、使人能看得见物体的那种物质"。可见,"光"使万物"开显",无"光"则一切趋于"归闭",这是"光"所具有的特异功能。按照基督教的创世顺序,神首先创造了天地。但如果这"地是空虚混沌,渊默黑暗"的天地,沉浸在一片永远也无法洞见的黑暗里,那么它也就因为无法被感知而成为一种无意义的存在。于是神说:"要有光,就有了光。"③宗教"语言创世"学说虽为虚妄,却足以说明"光"具有将物质从黑暗的深渊中拯救出来,并为万物赋形的功能。从形而下之光(自然之光),到形而上之光(隐喻之光),柏拉图的"洞穴喻",为西方哲学思想精心设计了一个"光源隐喻",奠定了西方哲学的经典叙事模式。柏拉图把世界分为现象世界("洞穴"世界)和理念世界("光明"世界),称前者为"可见世界",后者为"可知世界";把"理性之光"看成是使人走出"洞穴"世界,进入"光明"世界的决定性力量。海

---

① 残雪:《趋光运动》,上海文艺出版社 2008 年版,第 179 页。
② 残雪:《趋光运动》,上海文艺出版社 2008 年版,题记。
③ 《圣经》,中国基督教协会 1998 年版,第 1 页。

德格尔有"林中空地"之喻,海氏说:"就美最真实的本质而言,它是在感性王国中最闪亮光辉的东西,在某种意义上,它作为这种闪光而同时使存在光耀。""林中空地"就是"美"之喻,因为"美是作为无遮蔽的真理的一种现身方式"。熔铸道家智慧的"阴阳鱼",是宇宙图式的高度抽象。阴是光的被遮蔽状态,阳是万物在光照耀下的显像。庄子《人间世》中有"室"之喻:"瞻彼阕者,虚室生白,吉祥止止。"①在此,以"室"喻人的心灵状态,以"白"喻心灵敞亮的形象表现,而把"道"看成是使人之心灵从晦暗走向敞亮的引领之光。鲁迅有"铁屋子"之喻,屋内是沉沉的黑暗和昏睡的国民,拥有西方人文理性之光的"先觉者",怀揣启蒙理想和普罗米修斯式的献身精神,"肩住黑暗的闸门,放青年人到光明的世界里去"。"铁屋子"成了20世纪之初中国启蒙叙事的经典空间意象。

二、自我启蒙之光

残雪与鲁迅有着难以割舍的精神联系,他们的小说创作均属于20世纪中国启蒙文学范畴:《〈呐喊〉自序》可视为鲁迅文学启蒙的宣言,而残雪则多次坦言其小说的启蒙功能。20世纪中国启蒙文学肇始于晚清,以梁启超的"三界革命"为标志。梁氏认为在"国竞之世"的历史语境下,只有真正的现代国家才有强大的国力争雄自立。因此,为救亡图存,首先必须建立一个真正意义上的现代国家。而要建立现代国家就必须要有现代国民——"新民",从而"确立为政治革命而文学革命的工具性思路"②。"五四"时期启蒙文学蔚为大观,启蒙的理论资源为西方的科学和民主,其现实目标为救亡图存。鲁迅的"铁屋子"叙事,成了五四启蒙经典叙事。"铁屋子"外是阳光下的启蒙者,他们握有西方理性之光;"铁屋子"内黑暗中的为被启蒙者,他们是昏睡中愚昧麻木的国民。从启蒙者与被启蒙者的地位看,是不平等的,前者为精英,后者被指认为庸众;从启蒙的方向上看,是由外向内的艰难掘进,因此,启蒙叙述大都预设了一个"外来者"者形象;从启蒙的效度看,则不尽相同,有的点石成金,无坚不摧,有的却铩羽而归;从启蒙的对象看,属于"启蒙大众"。鲁迅和其他一些"五四"启蒙精英不同,他厕身于黑暗与光明的中间地带,虽然怀揣"肩起黑暗的闸门,放青年人到光明的世界里去"的勇毅和献身情怀,但他的内心却不是一片光明,而是

① 庄子:《庄子》,张采民、张石川注评,凤凰出版集团2007年版,第42页。
② 余虹:《革命·审美·解构》,广西师范大学出版社2001年版,第9页。

一片黑暗。因为鲁迅具有一种强烈的文化批判精神，甚至有一种类似于西方的"原罪意识"（"我未必无意之中，不吃了我妹子的几块肉"），即鲁迅式"抉心自食"的自我解剖、自我批判精神。而正是在"抉心自食"这一向度上，残雪与鲁迅血脉相连。残雪认为："艺术家首先应从自我出发，通过无情的批判，为人树立起榜样……"①残雪正是以自我为标本，从对整个民族文化传统的自我解剖、自我批判中出发，走上漫漫的"启蒙自我、忏悔自我、建构自我"的灵魂之旅。

何为自我？残雪并未对自我作严格的界定。她认为"自我"是"一个最普通的精神文化问题"；是"我在世俗中要怎样就不能怎样，总是错的，被强力牵制的"；"自我""必是一个漫长的开掘过程，一个通道，在看不见的灵魂世界里，在人的丰富的潜意识之中，在数量化的物质世界另一边"。② 从以上零散的诗性言说中，我们大体可以触摸到残雪所谓的"自我"内涵："自我"是从群体与体制中剥离出来的鲜活的生命个体；是一种在世意义的拷问与追寻。若从弗洛伊德人格结构之维对其加以考量，残雪的"自我"更偏向于"本我"。这也正是残雪拒绝表浅的"大众关怀"，而钟爱、固守她的"深度关怀"（灵魂工作）的原因所在。

从小说文本生成维度看，残雪的"自我"，是从"超我"地带撤离，带着一脸午后阳光味道的笑意，而澄怀静坐于意识与潜意识之间，不断挑逗或鼓动"本我"与"超我"抗衡的"自我"；"启蒙自我"，就是在"自我"的怂恿与放纵下，"本我"的现身。启蒙自我，首先必须有一个强大主体，敢于与"影子"（群体）作决绝的"告别"，从外在被规范、被编码的世界中抽身而出。这一过程，类似海德格尔的"真理现身"前的"去蔽"过程和庄子的"生光"前的"虚室"准备。这也正是残雪的前写作状态："我每天努力锻炼，使自己保持旺盛的精力。然后脑海空空坐在桌边……"③这种前写作状态，正是中国古代"澄怀观道"、"静照忘求"的审美观照方式。在文本生成的语境中，从语用学的角度辨析，残雪采用的是"启蒙"这一汉字的原始义，即"启蒙"就是"去蔽"。其次，启蒙自我，也只能是残雪式的"自动写作"，因为"潜意识这个东西确实就是有些神秘的，你只能用你自己的虔诚，你的素养去保护它，发展它，让它自然而然通过你的笔端流到

---

① 陈骏涛：《精神之旅》，广西师范大学出版社 2004 年版，第 101 页。
② 陈骏涛：《精神之旅》，广西师范大学出版社 2004 年版，第 98 页。
③ 残雪：《残雪文学观》，广西师范大学出版社 2007 版，第 65 页。

纸上,却不可能操控它"①。残雪称自己的写作为"自动写作":"我不要任何技巧,只凭原始的冲动去自我写作……既不构思也不修改,用祖先留给我的丰富潜意识宝藏来搞巫术。"②因此,残雪的小说文本是"潜意识与理性合谋的产物"。西方的经典和现代主义是其毁坏外在强力控制的理性利器;"自动写作",就是内心黑暗世界中具有原始冲动的舞者的自我表演。是光,也只有光,才能使舞者现身,走向存在,也只有光,才能把舞者从黑暗的深渊拯救出来。因而,启蒙自我的过程,也就是自我获得解放的过程。也正是从这一意义上说,邓晓芒称残雪为"最早意识到建立一种自我现身的新型人格这一使命的作家",而"光"则成为"自我现身"不可或缺的前提条件。光在残雪的小说中无所不在,承担着不可或缺的叙事功能,难怪残雪称自己的创作为"趋光运动"。

三、灵魂景深的标识之光

"启蒙自我"的灵魂之旅,是有层次的,是一个由浅入深的掘进过程。但丁的《神曲》将灵魂之旅标出"地狱"、"炼狱"、"天堂"三个层次。通过梦游三界的故事,在精神层面象征性地展示了"人类精神"经过迷惘和错误,在"理性"和"信仰"的引导下,跨越苦难与考验,走向"光明"和"最高精神"的过程。"三界"象征灵魂之旅的三种不同境界,而其中的"光",既是灵魂历险的动力,又是灵魂深浅、境界高低的标尺。道教重要丹书《太乙金华宗旨》即以"光"标示修行体道的不同境界:"静中绵绵无间,神情悦豫,如醉如浴。此为遍体阳和,金华乍吐也。既而万类俱寂,皓月中天,觉大地俱是光明境界。此为心体开明,金华正放也。既而遍体充实,不畏风霜,人当之兴味索然者,我遇之精神更旺。黄金起屋,白玉为台。世间腐朽之物,我以真气呵之立生。红血为乳,七尺肉团,无非金宝。此则金华大凝也。"③从"金华乍吐",到"金华大凝",其体道过程不但层次分明,而且步步可以验证。在道教理论中,"太乙"为"道"之别名,"道"是内丹修炼之最高境界,在《太乙金华宗旨》中,这种得"道"的境界通过"光"表现出来,得光即为得道。荣格把人格结构分为相依相存相互影响的三个部分:意识、个人无意识、集体无意识。他不但把集体无意识视为人类心理的深层结构,是一种先验的结构,而且把它提升为人类精神的本体,属于超验

---

① 残雪:《残雪文学观》,广西师范大学出版社 2007 版,第 61 页。

② 残雪:《残雪文学观》,广西师范大学出版社 2007 版,第 19 页。

③ 转引自宋家典:《荣格原型理论浅释》,《内蒙古农业大学学报(社科版)》2003 年第 4 期。

范畴。

残雪从《黄泥街》开始,走上了一段不断挖掘和寻找自我的艰难历程。正像她自己所说的那样:"它还不太成熟,在这篇作品里我很犹豫,一些材料来自表面的感受。但即使在这第一篇作品里头,一些内在的描写也已经出现了。比如那种强力控制下的自发挣扎,不自觉地呈现了内在的精神原型。"①按荣格人格结构理论,《黄泥街》中那些来自"表面的感受",应属于"意识"层次,"内在的描写"、"内在的精神原型"应属于"个人无意识"和"集体无意识"层次。以《黄泥街》、《突围表演》、《思想汇报》、《历程》为标杆,邓晓芒将残雪的灵魂之旅标划出四个阶段,并称残雪的灵魂之旅是一个"在矛盾的推动下不断向内'旋入'的过程"②。四个阶段层层深入,前一阶段的终点,正是后一阶段的起点。正如道家以"光"标示修行体道的不同境界一样,残雪也用"光"标示灵魂之旅的层次。探险的步履所及,灵魂依次被照亮。《归途》中那片"闭上眼走"也安然无恙的"辽阔的草地"和"山间小道"及"香蕉林",是灵魂之旅多次涉足的疆域,是已被"光"显形,并被心灵所把握的世界。而那筑于悬崖的"房子",则是灵魂之旅尚未涉足的陌生之地:这里是一个闭锁的空间,房后是万丈深渊的悬崖,房前是滚动不息的砂石;这里永远是黑夜,没有白天,时间被凝固了,而且没有任何意义;这里拒绝一切光,因为"光"会导致"房中世界"的解构或颠覆,甚至是灾难。偶然"闯入"的"我",失去了"来路",也没有"前程",打火机微弱的"光",更让"我"体验到"房中"世界无边的黑暗与虚无……只有无所作为地于黑暗中蜗居,才能与这所"房子"和谐生活,近似死亡的体验("我们不点灯,就几乎等于不存在")。小说叙事在无路可走的绝望后,于百无聊赖处戛然而止,而生的勇气却在没有文字处潜滋暗长。或许所谓"归途",就是"知死而后生"、"向死而生"哲学的绝佳注释,也正是小说《归途》的命意所在。

灵魂的探险过程,是一个由混沌、黑暗到澄明、透亮的过程。如同盘古开天:"天地浑沌如鸡子,盘古生其中。万八千岁,天地开辟,阳清为天,阴浊为地。盘古在其中,一日九变,神于天,圣于地。天日高一丈,地日厚一丈,盘古日长一丈,如此万八千岁。天数极高,地数极深,盘古极长……"③残雪义无反顾地"向内旋"的笔触,如同盘古的神斧;"阳清为天,阴浊为地"的精致的对称结构,恰恰成了残雪小说叙事的"白天与黑夜"结构。残雪常常将笔下人物的

---

① 残雪:《残雪文学观》,广西师范大学出版社 2007 版,第 19 页。
② 邓晓芒:《灵魂之旅》,湖北人民出版社 1998 年版,第 210 页。
③ 欧阳询:《艺文类聚》,江绍楹校,中华书局 1965 年版,第 2 页。

生活分裂成白天与黑夜两个世界。夜行性动物,他们白天迷糊匮乏,了无激情,一到黑夜则高度亢奋,活跃异常,用各自奇特而多姿的表演逼退死亡。《最后的情人》《海的诱惑》等小说中的那些游移不定的男男女女,永远在策划,在积聚力量,在探索,将梦里的"长征"进行到底。所以,残雪深有体会地说:"凡认识过了的,均呈现出精致对称的结构,但这只是为了再一次向混沌发起冲击。"①"白天与黑夜"结构如同道家"阴阳鱼"图式:阴阳两鱼,在阳性正力与阴性反力的作用下,以漩涡状盘绕在一起,二者此消彼长,相互媾和,呈现出阴阳螺旋式运动态势。残雪笔下人物的生活分裂,也就是人格的分裂。因此,其笔下的人物也常常呈对称结构。正如邓晓芒在《灵魂之旅》中分析的那样,在《苍老的浮云》中,自我的人格分裂为更无善和虚汝华,换言之,更无善与虚汝华的矛盾,也就是残雪自我中的一种自相矛盾,即:一方面力图给自己一个规定,以免成为一个"什么也不是的人"(更无善);另一方面又力图摆脱任何规定,努力做出惊世骇俗的举动,蔑视一切限制自己的规范,越来越走向封闭和孤独,大胆地向虚无迈进(虚汝华)。而在《天堂里的对话》里,自我则分裂为"我"和"你"。"我"和"你"不可分离,却永远处在相互寻找中;"你"是"我"心中的理想,没有"你",这世界将会干枯,但没有"我","你"将心脏破裂,"头昏得像风车旋转"(《天堂对话·之二》)。同样的关系表现在《天窗》中的"我"和"烧尸老人"、《重叠》中的"房繁"和"会"、《痕》中的"我"和"老头"、《在纯净的气流中蜕化》中的"劳"和凶恶的老者等之间。② 人格的分裂通常呈二元对称结构:现实和理想、地狱和天堂、生的烦恼与死的宁静;并且以清晰的递进图式演进,旋入一个深不可测的层次。正如开天的盘古,在"天日高一丈,地日厚一丈"的裂变中,残雪的"自我"也"日长一丈"。

四、神圣在场之光

残雪的灵魂之旅,所到之处均呈精致的对称结构:神圣与凡俗,精神与肉体,天堂与地狱……正如德国生命哲学家格奥尔·西美尔(Georg Simmel)所谓的生命存在的"外形结构":"处于自身本性与行为的各种范围内的人们,每时每刻都置身于两条界限之间。正是这一情况决定着他们的世界地位。这就是我们存在的外形结构。这种结构在存在的各种领域、活动和命运中,总是要

①　残雪:《残雪文学观》,广西师范大学出版社 2007 版,第 109 页。
②　邓晓芒:《灵魂之旅》,湖北人民出版社 1998 年版,第 212 页。

用别的内容来充实自己。"①西美尔眼中的生命在世的地位是动态的。如残雪小说《气流》中的"劳",作为一种生命存在状态的隐喻,残雪说,"劳"意谓"辛劳",因为"活在世界上最辛苦",为了她分裂的个性、灵魂,"劳"在"凡俗"与"神圣"两极之间奔跑。正如帕斯卡尔所言,"人既不是天使,又不是禽兽"。人的位子应是介于"天使"与"禽兽"之间的中间物,是"上帝"与"魔鬼"拔河之绳中间所系的标示物。人若抵挡不住"魔鬼"的诱惑,就会沉沦为禽兽;人若听从"上帝"的召唤,就会接近"天使"。"劳"正是在"白脸人"——生命本质(死亡)——的不断挑逗下,进行一次次的灵魂舞蹈;若把"白脸人"看作"死亡"代表,"白鸟"看作"生命"的代表,那么,"白鸟"则象征灵魂最深处(最脏处)生出的最纯净的形式——那种在天上飞的形式,是"向死而生"的生命,在存在的虚无背景中,填充或抒写自我生命的价值与意义。

宗教将上帝"光源化"的历史文化积淀,使"黑暗"与"光明"成为文学文本中"魔鬼"与"天使"现身的普遍色相:凡"魔鬼"大都于黑烟浓雾中钻出,而"天使"则在金华乍吐中临世。正源于此,"光源"的神圣化是但丁《神曲》中不可或缺的叙事策略。置身地狱,凝眸天堂,是残雪小说中灵魂探险者一种不变的风姿。自然而然,"光源"也成了残雪小说中"神圣在场"的叙事道具。《天空里的蓝光》中的阿娥,因在院子里玩"捉强盗"的游戏时,被一块尖锐的碎玻璃割破了脚板,血涌了出来。"血"是生命的隐喻,"失血"则为死亡象征。于是阿娥陷于生与死两股力的拔河之中。一方面,她被姐姐阿仙告知她的死期不远:"老爸说你会死于破伤风",老爸的话是权威,不得不信,"妈妈就死于破伤风"是佐证;何况伤她的是"毒酒瓶的碎玻璃"。另一方面,阿娥又本能似地逃避死亡:她用布止血,是生的挣扎;把换下的血布扔进垃圾桶里,还用枯叶盖住,这是对死亡迹象的掩盖。于是阿娥在周围人的言语及态度的变化中,渐次强化了死亡威胁的认知,不断出现迷失于黑暗森林,脚被竹刺穿,周遭到处是蝎子的噩梦。然而阿娥不愿束手就擒,仍然积聚力量作着生的挣扎:也许伤她的那块玻璃根本不是毒酒瓶的,既是对死亡言说的怀疑,又是对死亡侥幸式的规避心里;她暗示自己睡一觉,一切会改变,是避死求生的渴求;冒着创口裂开的威胁,走到村口的决心,是用行动确证生的希望;用力撑着父亲的肩头将自己的脸露出水面,是生命与死亡的对抗;父亲的大手却轻轻地将她往水里拉,表征死的不可抗拒;阿仙哀怨的哭叫声,她闭上眼睛,是死亡的隐喻;而她不用眼睛也能看到天上的蓝光,既是"向死而生"的生命场域中,神圣的在场,又是在生

---

① ［德］格奥尔格·西美尔:《生命直观》,生活·读书·新知三联书店 2003 年版,第 1 页。

与死的对抗中乍吐的金华。

正如伊利亚德所言，"神圣"通过"世俗"显现自己，于是"世俗"就变成完全不同的事物，这个事物就是所谓的"神显"（hierophany）。① 残雪小说中的"神显"（精神现身）也以多种色相现身：有时是"房子基脚打到地心去的"四爷家的那栋"青砖瓦屋"（《末世爱情》）；有时是"存在于村里流传下来的古老传说之中"的"世外桃源"（《世外桃源》）；有时是若有若无的"夜来香"（《天堂里的对话》）；有时是抗拒平庸现实的"海"（《海的诱惑》）；有时是时时响起在衰老伤感的三叔耳边的"山那边的歌声"（《蚊子与山歌》）；有时是姐姐辗转寻找的应该存在但是不存在的"弟弟"（《弟弟》）……然而，在诸多现身色相中，以"光"的色相为核心。《黄泥街》中的"太阳"（光）让"死亡"意象绽放出生命迹象："痛快！太阳这么好，太阳底下连蚊子也做梦的，连苍蝇也做梦的，阎老五小腿的溃疡上不就有好几个绿头的在做梦吗？……"在阳光底下，无论是黄泥街人将烂鱼烂肉拿来"晒"，还是"百岁老人"小腿上的老溃疡虽在流臭水，却"挽起裤脚摆展览似地摆在门口，让路人欣赏那绽开的红肉"，无不彰显了黄泥街人在死的抗拒中催生的生命活力与韧性。即便是以人物为色相的"神显"——王子光——似乎怕读者忽略"他"的叙事功能似的，连名字也带"光"字。王子光的到来，像"一道光，或一团磷火……照亮了黄泥街人那窄小灰暗的心田，使他们平白地生出了那些不着边际的遐想……矮小破败的茅屋蠕动起来，在阳光里泛出一种奇异的虎虎生气，像是弥留之际的回光返照，屋顶上枯萎的草向着路人频频点头，宛如里面灌注了某种生命的汁液。黄泥街新生了"。无论"王子光"如何来去无踪，其身份如何神秘，如何难以把握，都作为一种"神圣在场"，犹如传说中的"息壤"，给濒临死亡绝境的黄泥街人，催生出层出不穷的生命之花。《公牛》中的"我"与"老关"，是"天生的一对"，其实是自我人格的两个方面。"我"全身心地追寻那道紫光（公牛——生命力的象征），而"老关"却心无旁骛地对待有四个蛀洞的板牙（生命腐烂死亡的象征）；"我"失魂落魄于"玫瑰的根全被雨水泡烂"（玫瑰关乎灵），"老关"懊悔于抵挡不住"饼干"的诱惑（饼干关乎肉），以致"一通夜，田鼠都在我的牙间窜来窜去，简直发了疯"。由此可见，"我"与"老关"看似风马牛不相及似的对话，实则是"灵"与"肉"的拔河，是"生"与"死"的角力，是近乎庄子的"生死一体"的生命图景，是人类追求永生的一个象征。

在残雪的小说中，"光"作为最为纯粹的"神圣在场"的现身，则要数《苍老

---

① ［美］米尔恰·伊利亚德：《神圣的存在》，广西师范大学出版社 2008 年版，第 7 页。

的浮云》中那"山顶的太阳":"有一个时候,我是很不错的,我干过地质队呢。山很高,太阳离得那么近,简直伸手就可以碰到……""地质队"是于历险中探密的表征,而太阳则成了"神圣"在场的隐喻。"更无善"之所以一次次编织"地质队"和"山顶上的太阳"故事,在于他试图重新拾回被生活无常抹去的自我,在于他获取反抗虚无的勇气。因此,"地质队"和"山顶的太阳"的故事,在一次次重复中放大,在"更无善"们匮乏的生命中,成了类似"夸父逐日"的壮观图景,成为灵魂历险行程中不竭的精神动力。

综上所述,是"光"成就了残雪式"启蒙自我小说",而残雪的小说则将"光"的"显形"、"祛魅"、"拯救"、"神圣在场"等叙事功能发挥得淋漓尽致。残雪正是在"光"的照耀下,开启黑暗的灵魂之窗,在与生命本真的晤面中,走向存在,实现自我的拯救与解放之路。生命不息,探索不止。但愿残雪灵魂历险所到之处,都能开出带着阳光馨香的金华,既照亮自我的灵魂之旅,又温暖芸芸众生的心灵。

第四章　家园的废圮:残雪小说空间的叙事功能

　　残雪小说的空间构形中有两个核心意象:一个是"废圮的家园",另一个是"无限延伸分岔的道路"。从"家园"到"道路"的空间转换,受残雪"空间生产"的隐秘机制操控,所有的人或物都受到这种机制的操纵,也因为这种机制,人人都要离开本地往外跑(要么是身体往外跑,要么是思绪往外跑)。可见,残雪小说中的空间是一种具有文化表征意义的空间寓言。本章引援列斐伏尔等西方有关空间的理论资源,以破译这种隐秘的机制,揭示残雪小说空间的叙事功能。

一

　　家园,作为空间性概念,有多个义项:一是指家中的庭院,泛指家庭或家乡。清纳兰性德《好事近》词之三:"何路向家园,历历残山剩水。都把一春冷澹,到麦秋天气。"二是指自家的园林。晋潘岳《橘赋》:"故成都美其家园,江陵重其千树。"三是指家业。清李玉《人兽关·豪逐》:"我儿,自从你父亲亡后,家园荡尽,夕不谋朝,如何是好?"中国传统社会,以"家庭"为基本单位,讲究家国同构,把"齐家"与"治国"、"平天下"并列,作为"士人"实现人生理想的逻辑起点。毫无疑问,"家园"二字在国人心中,从古至今都有着独特的蕴意,它是诗人眼中"开轩面场圃,把酒话桑麻"的桃花源,是游子"夕阳西下,断肠人在天涯"的归宿,是征夫"羌管悠悠霜满地,人不寐,将军白发征夫泪"的牵挂……

　　本文将家园界定为人们安身立命的场域、精神栖居的灵地。家园,作为具有文化表征意义的空间[①],其空间功能首先是物理的。饮食、服装和住所都是人的基本需求:饮食可以果腹,服装用来遮体,而房屋则为人遮蔽风雨。因此,家园的基本功能是保护人躲避恶劣的天气,防止外来的危险和侵扰,是带给人安全感的内部空间。家园的空间功能又是精神的。家园在为人提供居住空间

---

　　①　谢纳:《空间生产与文化表征》,中国人民大学出版社 2011 年版,第 79 页。

的同时,还带给人精神上的舒适,保护人的精神存在。因此,家园成为人的心灵居所、精神憩园,给人的精神世界带来善、安宁与和谐。① 谢纳从空间生产的角度指出:"家园不仅是一个物理空间,在其物质生产过程中,包含着人类对'家园'的情感体验与意义建构,所以家园是一个具有意义价值的文化空间,它成为一种象征,一种符号,一种意义,即具有文化表征意义的空间。"

　　人与家园的空间关系可分四种:一是固守家园,二逃离家园,三是寻找家园,四是回归家园。对人与家园复杂的关系,我们可以借陶渊明的《桃花源记》予以诠释。

　　桃花源是一支躲避战乱的秦人固守的家园,这里"土地平旷,屋舍俨然,有良田美池桑竹之属。阡陌交通,鸡犬相闻"。从空间的物理功能分析,这里家园富庶,适合人居,是人肉身寄存的理想场所;从空间的文化功能分析,这里的人善良,和睦,"黄发垂髫,并怡然自乐"——无论年老还是年少,均充满幸福感,是安顿灵魂的纯美灵地。然而,这种可以藉此诗意栖居的家园,却阻断了人们探索的步履,导致人的无限潜能得不到开发和创造力的惊人萎缩;这里的空间是封闭的,外面的人很难进来,里面的人也没有走出去的冲动;这里的时间似乎已经凝固,"不知今是何世",也无意义;他们"不知有汉,无论魏晋",远远地偏离了人类文明演进的轨道,换言之,家园的固守,是以牺牲文明的进步为代价的。

　　逃离/离开家园又可分为两种:一种为被动,或因火山地震等天灾,或因战火焚毁的人祸,被迫逃离家园。这种逃离往往与寻找家园紧密相连:"先世避秦时乱",安土重迁的"先世"因"避秦时乱"而被逼逃离家园,"率妻子邑人,来此绝境",终于找到宜于诗意栖居的新的家园。寻找家园首先需要机缘:桃花源人的祖先寻找家园的冲动来自躲避战乱;而晋武陵渔人则缘起迷路——"忘路之远近"。其次,寻找家园需要勇气,一种与日常生活告别的勇气:武陵渔人,只有勇于告别传统的生活方式——舍舟,才能进入桃花源。另一种离开家园则表现为主动。或因求学,或因出仕,或因游历,或因经商,主动离开家园,其目的在于开阔眼界,增长知识,获取财富,实现人生价值。这种离开往往与回归家园紧密相连,如"衣锦还乡"、"落叶归根"。家园对于游子,具有神奇的诱惑力,离开的时间越长,距离愈远,对家园的思念就越深,归家的愿望就更为迫切。陶渊明《归去来兮辞》中"归去来兮! 田园将芜胡不归?"之句,就蓄满回

---

① 张冬梅:《俄罗斯民族世界图景中的文化观念家园和道路》,黑龙江人民出版社 2009 年版,第 79 页。

归家园的迫切心情。

家园具有双重内涵：家园既是人们肉体的庇护所、精神的灵地，代表温暖、安全、舒适，"在家千日好，出门半步难"、"在家手和脚安睡，在路上连脑袋都不能打盹"等谚语，寄托着人们对幸福和谐、平安顺遂生活的希冀与向往；家园也指涉狭窄、压抑和精神不自由的心理感受，房屋像"棺木"一样使人窒息、憋屈，无趣的定居生活就像坟墓中的生活一样使人忧郁、痛苦、孤独，"固守家园"也意味着思想的保守、生命的僵化及创造能力的萎缩。由此可见，从能量交换的角度看，家园对人而言，可以是正能量，也可以是负能量。

二

废圮的家园，是残雪小说空间叙事的标志性特征。家园废圮的表征之一是物理空间的非人性。残雪小说《黄泥街》中，人们赖以存活的是这样一条街道：

> 房子全塌了，街边躺着一些乞丐；黑色的烟灰像倒垃圾似的从天上倒下来，那灰咸津津的，有点像磺胺药片的味道；铁门已经朽坏，一排排乌鸦站在那铁刺上，刺鼻的死尸臭味弥漫在空中；水塘乌黑乌黑的，上面总浮着一层机油、漂着死猫死鸟；黄泥街人从未注意过天色有蔚蓝色，青色，银灰色，火红色之类的区别，因为他们头顶的那一小片天老是同一种色，即灰中带一点黄，像那种年深月久的风帆的颜色；黄泥街爱卖烂果子：烂苹果、烂梨子、烂桔子、烂桃子、烂广柑、烂葡萄等，有什么卖什么……①

小说开篇，残雪就从外到内，上下结合，浓墨重彩地对黄泥街作全方位多角度的描写，触目惊心地展现出一个非人化的物质空间，而这一切的罪魁祸首，不是别人，正是黄泥街人自己。"S机械厂"，象征现代工业文明，它的发展是以破坏环境为代价，因为科学的、低碳的、可持续发展的观念尚未深入人心。比如，黄泥街人对生活垃圾问题就存在一种鼠目寸光的短视行为：

> 黄泥街上人家多，垃圾也多。先前是都往河里倒，因为河水流得快，一倒进去就流走了，干干净净。后来有一天落大雨，有一个老婆子乘人不注意，将一撮箕煤灰倒在饮食店门口了，边倒还边说："煤灰不要紧的。"这一创举马上为人所发现，接下去就有第二、第三、第四个也来干同样的勾

---

① 残雪：《黄泥街》，长江文艺出版社1996年版，第59—62页。

当。都是乘人不注意,但也都为人所发现。垃圾越堆越高,很快成了一座小山。先是倒纯煤灰,后来就倒烂菜叶、烂鞋子、烂瓶子、小孩的大便等。一到落雨,乌黑的臭水横贯马路,流到某人门口,那人便破口大骂起来:"原来把我家在当垃圾桶用呀,真是杀人不见血! 好得很,明天就打报告去市里控告!"但是哪里有空呀,每天都忙得不得了。忙来忙去的,过一向也就忘了打报告的事。一直到第二次落雨,才又记起控告的事,那第二次当然也没有去控告,因为又被别的事耽搁了。①

黄泥街人不但鼠目寸光,缺乏环境保护意识,而且自私自利,各人只扫门前雪,哪管他人瓦上霜。公益意识和公共管理机制的严重匮乏,致使家园的毁坏达到无以复加的境地,于是,动物开始大量地或发疯或死亡:

> 黄泥街的动物爱发疯。猫也好,狗也好,总是养着养着就疯了,乱蹿乱跳,逢人就咬。所以每当疯了一只猫或一只狗,就家家关门闭户,街也不敢上。但那畜生总是从意想不到的地方冲出来,行凶作恶。有一回,一只疯狗一口咬死了两个人,因为那两个人并排站着,腿挨在一起。②

黄泥街的人大都患上了嗜睡、烂红眼、咳嗽的毛病,身上长蛆及毒疮的人越来越多,人们谈之色变的"癌",如影相随,正戕害着黄泥街人的性命。比如嗜睡:

> 老高了打开门,揉开惺忪的小眼睛,用力地、吓人地把嘴张得老大,"啊呀"一声打出个大哈欠。如有熟人门前经过,就朦朦胧胧地打招呼:"早得很啊,这天,早! 好睡……"说梦话一般。一边吃早饭,一边还在睡,脑袋一沉一沉,有滋有味。看线装古书,看着看着,眼皮就下沉,书就掉,索性不看,光打呼噜。上茅坑屙屎也打个盹,盹打完屎也屙完。站队买包子,站着站着,就往前面的人身上一倒,吓一跳,连忙直起。泼妇骂街,骂着骂着,压压抑抑冒出个哈欠来,一个之后,又有两个,三个,还是骂,一骂一顿脚,一打哈欠。③

"睡"的非正常的怪诞化描写,致使"睡"这一普通的生理形象,不但成了一种疾病,而且具备了象征性的表意功能:"睡"既是一种消极的逃避,也是一种

---

① 残雪:《黄泥街》,长江文艺出版社 1996 年版,第 61 页。
② 残雪:《黄泥街》,长江文艺出版社 1996 年版,第 62 页。
③ 残雪:《黄泥街》,长江文艺出版社 1996 年版,第 62 页。

愚昧与麻木。在晚清及五四文学的启蒙文学中,"睡"是一个最为核心的意象:吴趼人的《老残游记》中有"举世皆病,又举世皆睡"之说,并把"摇串铃先醒其睡"视为"启蒙"的逻辑起点,因为"无论何等病,非醒无法治";"铁屋子"是鲁迅启蒙文学的经典空间叙事:"里面有许多熟睡的人们,不久都要闷死了,然而是从昏睡入死灭,并不感到就死的悲哀。"鲁迅写小说的目的在于唤醒民众,改变他们的精神。虽然,鲁迅不认同陈冷血们将启蒙简单化——只要被"手持竹梢,若笔管"的"催醒人"轻轻一点,就可以脱胎换骨,成为"无一不豁然"的新人,也缺乏陈天华们那种"振臂一呼而应者云集"的启蒙自信与乐观精神,却也接受"然而几个人既然起来,你不能说决没有毁坏这铁屋的希望"的观点。残雪将自己的小说定位为"启蒙自我"的文学,莫非"先醒其睡"也是其启蒙自我的逻辑起点?答案不言自明。

空气、阳光和水是生命之源。残雪小说物理空间的非人化叙事,总是从源头开始,即从生命的三要素的非人化开始:太阳不再给人以温暖,促进植物的光合作用,而是促使动植物速朽。黄泥街人从未看到过日出的庄严壮观,也未看到过日落的雄伟气势,在他们黯然的小眼睛里,太阳总是小小的、黄黄的一个球,上来了又下去了,从来也没什么异样。而到了盛夏,当屋外烧着烈焰,屋内变成蒸笼时,他们便气哼哼地从牙缝里嘟哝着:"把人晒出蛆来啦。"天不再"有蔚蓝色,青色,银灰色,火红色之类的区别",而是整年"老是同一种色,即灰中带一点黄,像那种年深月久的风帆的颜色"。空气严重污染,"黑色的烟灰像倒垃圾似的从天上倒下来,那灰咸津津的,有点像磺胺药片的味道"。水不再是生命之源,非但无法饮用,更无法用来灌溉农田,"水塘乌黑乌黑的,上面总浮着一层机油、漂着死猫死鸟"。

生命三要素的非人化,造成生命的失序、混乱乃至死亡。蚯蚓从土里迁出,爬入房内。"太阳很厉害地晒起来,将满院子的泥浆晒得臭烘烘的。整整一上午,我都在院子里用一把铲子铲除从土里爬出来的蚯蚓。那些蚯蚓又肥又长,粉红粉红的,动不动就爬到房子里来。"①蚊子、蛾子、蟋蟀、蜘蛛在屋内肆虐。"墙上巴着的五六只大蛾子,忽然'呼'的一下全飞起来,在他们的头顶绕圈子,撒下有毒的粉末,弄得他眼发直脚发抖。"②"黑暗中数不清的小东西在水泥地上穿梭,在天花板上穿梭,在她盖着的毯子上穿梭……不知从哪里飞来的天牛'嗒!嗒!嗒……'地接连二三落在枕边,向她脸上爬来,害得她没个完的

---

① 残雪:《从未描述过的梦境》,作家出版社2004年版,第5页。
② 残雪:《残雪自选集》,海南出版社2008年版,第38页。

开灯,将他们拂去。"①"虽然喷了杀虫剂,蟋蟀还是长起来,然而都是病态的,叫声也很可怜。"②人原本狭窄的家居空间,被"虫"挤压,成了"虫窝",人与虫由原来的短兵相接,逐渐演绎成一场旷日持久的消耗战。家园的静寂与平和已被打破,人与境的和谐合一演变成激烈的对抗与冲撞,于是连"楮树花"和"红浆果"都折磨着人业已脆弱的神经,弄得人神魂颠倒,人的境遇一如"更无善"和"虚汝华"做的一个相同的梦:"在梦中看见一只暴眼珠的乌龟向他们的房子爬来。门前的院子被暴雨落成了泥潭,它沿着泥潭的边缘不停地爬,爪子上沾满了泥巴,总也爬不到。"③

家园废圮的表征之二是文化空间(精神)的非人化。马克思认为人的本质"在其实质性上,是一切社会关系的总和"。人是社会存在物,具有社会属性,即人具有群体性、交往性、合作性和归属性。中国传统社会,确立"五伦"(君臣、父子、兄弟、夫妇、朋友)为人与人交往的五种人伦关系,以"忠、孝、悌、忍、善"作为"五伦"关系准则。孟子认为:君臣之间有礼义之道,故应忠;父子之间有尊卑之序,故应孝;兄弟手足之间乃骨肉至亲,故应悌;夫妻之间挚爱而又内外有别,故应忍;朋友之间有诚信之德,故应善。而残雪小说中,"夫妻同床,形同陌路;父女翁婿,情如水火;同事邻里,视若仇寇⋯⋯甚至连维系人与人关系最原始也是最后的那根血缘之线也早已寸断"。④ 人伦关系的废圮,致使周遭世界成为个体生命的他者,而"他者即地狱",作为"异己的力量存在"。于是人与人之间相互提防、窥视、缠斗、绞杀成为残雪小说人物常态化生存状态。最为致命的是"私人空间"的"公共化","不可侵犯"的"私人空间"被无孔不入的闯入者打开,"生活隐私"被无可挽回地曝于光天化日之下。"保卫空间"成为绝望的呐喊。

家园文化表征空间的废圮还表现在人存在意义的丧失。残雪似乎特意从人性的二维中抽去或剥离了精神之维,而将肉身投掷于浊世之中,并对其进行冷峻而不动声色的考察,惊世骇俗地展示了生命失重肉身的垂死挣扎及不可抗拒的空耗与速朽。文本中肉身的速朽过程大体从三个方面予以叙述:一是肉身的物化。如"虚汝华",肉身的形态"一点点萎缩下去,变成了一颗干柠檬"⋯⋯二是肉身的病变。从病理学的角度看,有"神经官能症"、"夜游症"、"肠胃

---

① 残雪:《残雪自选集》,海南出版社 2008 年版,第 15 页。

② 残雪:《残雪自选集》,海南出版社 2008 年版,第 17 页。

③ 残雪:《残雪自选集》,海南出版社 2008 年版,第 7 页。

④ 马福成:《〈苍老浮云〉的生命镜像》,《社会科学战线》2006 年第 6 期。

紊乱"、"蛀牙"、"关节炎"、"不明原因脱发"、"水肿"、"肿瘤",等等,游走其间的每个肉身一律发生严重的病变。从年龄看,像"虚汝华"和"更无善"们不过三十来岁,其生命本应如中天之日,而事实上却未老先衰到不堪入目的地步。就是年少如"更无善"的女儿,还是一个小学生,竟然也老气横秋,连头发也稀稀拉拉的,根本没有"旭日东升"的朝气。三是肉身被莫名地掏空。目光所及,文本中充斥"扁平的身体"、"萎缩的肚子"、"瘦骨嶙嶙的脊背"、"麻秆一样的腿"、"秃头"、"没牙的嘴"、"稀稀拉拉的山羊胡子"、"老得像一棵枯树"等字眼,就连养的公鸡也是"脱光了毛"。总之,掷于尘世的肉身,就好比"苍蝇落进了毒蜘蛛张开的网",一个个被它吸干了血。①

三

面对废圮的家园,人往往有三种生存策略:一是逃离,寻找新的生存空间;二是重新收拾整饬,希望旧貌换新颜;三是故步自封,醉生梦死。前两者的动力一部分来自家园的废圮,属于正能量,而后者颓唐的动因,也有一部分来自家园的废圮,属于负能量。巴金笔下《激流三部曲》中的"家"腐朽了,巴金把陈腐的家比喻成一棵古老垂死的树,生活在其中的生物,要么毅然离开,寻找新的家园,如觉慧们,毅然割断传统的脐带,卸掉因袭的重负,走向新生;要么依附大树,与树一同腐朽,像克安、克定们,于醉生梦死中,走向灭亡。曹禺笔下的"北京人"曾皓、曾文清们,由于染受了过度的腐烂的北平士大夫文化,他们没有生活的理想和目标,浓厚的寄生性,造成他们生活的创造能力丧失与生命力的萎缩,成为一个人的生命彻底浪费、人的个人与社会的价值彻底丧失的生命的空壳,只能与腐朽的曾家一同灭亡;而素芳、袁圆等新的北京人,则在新文化的引领下,毅然然打开曾家大门,走向未来。陶渊明不为五斗米折腰,毅然回归田园,其动力部分来自"将芜""田园"的召唤。

残雪的小说关注人的内部世界,是自我心灵的密境之旅。置身地狱,翘首天堂,是行者不变的姿态,也是她空间叙事的策略,因而,废圮的家园,是其笔下人物的不倦探寻的不竭动力。残雪小说中的人物,面对废圮的家园往往采取两种极端的生存策略。

生存策略之一是固守家园。《苍老的浮云》中虚汝华面对废圮的家园,采取固守的策略,用铁条将家里的门窗钉得严严实实,以抵御外来的各种威胁。

---

① 马福成:《〈苍老浮云〉的生命镜像》,《社会科学战线》2006年第6期。

人一如鼹鼠，家就是黑暗的地洞，在"幽暗里'嘣隆嘣隆'地嚼着蚕豆"①，整天"嘎嘣嘎嘣"地嚼酸黄瓜，而且腌了一坛又一坛……每天喷洒四次杀虫剂，用棍子没个完地捣毁蟋蟀的巢穴，每天早上做几百下舒展动作，实现蚕豆疗法，睡觉时头朝东，②虽然"这些方案一点也没有起到应有的作用，他终于看着她一点一点地萎缩下去，变成了一颗干柠檬"，但她却以她独特的方式，旷日持久地抗拒生命的异化，彰显作为人的生之勇气与坚韧。如果说"虚汝华"固守的家园侧重"物理空间"，那么，《末世爱情》"四爷"坚守的家园则偏重文化表征空间。四爷是一个精神野地的最后守灵人。小说开篇写道："四爷是个夜猫子，子夜时分，如果有人从外面归来，看见一个矮小的身影愣愣地立在胡同口，那便是四爷。"③四爷整夜整夜坚守的是处于"市中心那一片要拆迁的平房中的一栋独屋，共两间正屋"。房子是四爷从手艺高强的泥水匠出身的爹爹那里继承的，虽然同四爷一样矮小，但却是货真价实的青砖瓦屋，房子虽旧，却特别结实，"好像与地面结成了一个整体似的，那些个青砖，那些个瓦片，还有窗棂，在上百年里头始终完好无损"。在滚滚的红尘中，四爷坚守看护的东西，与物质或功利无关。两间正屋，"四爷住一间，另一间就空着。空着的房间连家具都没有。曾有邻居劝四爷将这间空房间租出去，或养鸡养鸭，给自己增加点收入，四爷听了总是一笑了之"。④ 四爷拒斥物欲，空出房间，是为了安置某种东西，这种东西究竟是什么？是刻骨的爱情，抑或某种被称为奢侈的东西，是日渐失去的东西，抑或渐行渐远的有关家园的那份温暖的记忆？总之，空房间不空，一如基脚打到地心去的四爷家的青砖瓦房，业已植入四爷的血液中，那如"黑蝙蝠"、"黑蝴蝶"一样翻飞的纸钱灰，祭奠的，正是远去的家园的那份温暖，那份情调，那份精神。

生存策略之二是毅然出走，去追寻那崭新的生存空间。小说《阿娥》中的十三岁小男儿"我"——阿林，深感在母亲愁苦的目光和唉声叹气中长大的憋屈与窒息，终于有一天下定决心解放自己，"我不再顾忌，想干什么就干什么，甚至连母亲的教导也不放在心上，时常还有意违反，做出些出格的事，比如跳进泥塘把一身全弄脏，躺在外面装死人吓唬过路的人等等"，结果被大人及小孩所孤立，成了过街老鼠。尤其是出于好奇，去探究关在玻璃柜里生活的阿娥

---

① 残雪：《残雪自选集》，海南出版社 2008 年版，第 17 页。
② 残雪：《残雪自选集》，海南出版社 2008 年版，第 32 页。
③ 残雪：《末世爱情》，文汇出版社 2006 年版，第 143 页。
④ 残雪：《残雪自选集》，海南出版社 2008 年版，第 144 页。

时,被阿娥父亲(后来据阿娥说,也是他的父亲)一顿好揍后,决意协同阿娥一起出逃,去山那边的舅舅家。与阿娥在舅舅家的奇异遭遇,远远超出一个十三岁小男孩的认知能力,他失望回家,见到一辈子为了融入群体而屈己奉迎的母亲后,第三天一清早就出去流浪。他的目标是东边的一个大城市,因为听说那里的人比马蜂窝里的蜂还要多,那种地方不会有人注意他。为了逃离处处受压制的囚笼中生活的屈辱,小小年纪竟无师自通,悟出大隐隐于市的生存智慧。而被父亲关在奇特玻璃柜里的阿娥则更为奇特,其奇特性首先在于玻璃柜结构之奇特:"玻璃柜很精致,同房里简陋粗笨的陈设形成鲜明的对照。长方形的体积比一个大人的身材还长一点,前面是一扇推门,四根闪亮的不锈钢柱子上面现出漂亮的螺旋花纹,立在柜子的四角作为支撑。那柱子简直有点豪华气派了。玻璃门的一侧嵌着一根管子,管子连到一台小小的机器上。阿娥说这个机器一开动,玻璃柜里面就可以保持真空状态。"①其次在于阿娥那个技艺高超的箍桶匠父亲,苦心营构的"杰作",真的是为了阿娥的需要吗?据说阿娥有病,需要隔离,不是怕她传染给别人,是她自己需要隔离。不然啊,活不过明天。而与阿娥出走的经历告诉阿林,阿娥并非传说中那样弱不禁风,病可能是装的。再次阿娥真的喜欢住在里面吗,还是出于某种生存的策略,装病是为了迎合什么?当"我"邀她一起出逃时,阿娥出乎意料地没有表示反对,甚至显出很神往的表情,声称这是"好主意"!"我"牵着她跑了几步,她就甩开我独自飞奔了,甚至比"我"还要快。显然阿娥并不喜欢玻璃柜里的生活,要不面对不测的前程,不会跑得那么果决,那么急不可待。

玻璃房的奇特性描述,致使玻璃房成了一种象征符号:一种封闭性、囚禁性的家园生态。阿娥故作喜欢,看似一种古怪的意念,其实是女性的一种乖巧,一种生存策略;而阿林在家园虽看似狼奔豕突,无法无天,其实也厕身于一个更大的无形的囚笼之中,只不过两人一个乖巧,一个鲁莽罢了。因此,阿林不为家园所容,被放逐于体制之外,伤害也就更深。

深受安土重迁文化的濡染,"中国古代人把无论远近的出行认为一桩不寻常的事;换句话说,古人极重视出行。夫出行必有所为,然无论何所为,出田,出渔,出征,出吊聘,出亡,出游,出贸易……总是离开自己较为熟悉的地方而去之较为不熟悉或完全陌生的地方之谓"。②"在家千日好",好在"并非无危险——来自同人或敌人的,自然的或'超自然'的——然这宗危险,在何种程度

---

① 残雪:《残雪自选集》,海南出版社 2008 年版,第 202 页。
② 江绍源:《中国古代旅行之研究》,新文丰出版公司 1980 年版,第 5 页。

内是已知的，可知的，能以应付的"。"出门半步难"，难在陌生的地方"不但必有危险，这些危险而且是更不可知，更难预料，更难解除的。言语风尚族类异于我，故对我必怀有异心的人们以外，虫蛇虎豹，草木森林，深山幽谷，大河激流，暴风狂雨，烈日严霜，社坛丘墓，神鬼妖魔，亦莫不欺我远人，在僻静处，在黑暗时，伺隙而动，以捉弄我，恐吓我，伤害我，或致我于死地为莫上之乐"。①江绍源不但详尽列举了出行的各种危险，而且从他者的角度阐释了"他们"之所以如此，或不得不如此的原因："因为他们于我固为陌生的，可怕的，然我于他们也同样是陌生的和可怕的，安然归去，或跋涉既毕，入彼新居，无他，全看我能否逃脱或战胜沿路上这千千万万的危险困难而已。"②残雪小说《海的诱惑》中的痕与妻子，为了逃婚，一道长途跋涉，来到了海边的这个村庄定居。背井离乡的逃离，原本是为了摆脱困境，觅寻一处安身立命的理想家园。然作为闯入者，他们不为原居民所容，陷入糟得不能再糟的生存困境，于是"讨论搬离此地的可能性，比如说到东边的平原上去安家之类，但一想到实施就困难重重了。东边的平原那里听不到大海的涛声，这倒不是最致命的，重要的是那边的情况到底怎样呢？除了一些道听途说，很少真正弄清过"。③处于对陌生之地的恐惧，比如对"贸然闯了进去，那些人会不会对他们一家产生敌意，搞不好比住在此地的情况更糟"的顾虑，只能硬生生地掐灭搬离的冲动。比如生性高傲的妻子伊姝，在经受了因女儿被邻家的小男孩追打，气不过，领了女儿菊菊去那家论理而引发家被砸的风波后，大病了一场，疾病打消了她很多傲气，尤其出于对菊菊上学的事考虑，只能打消搬离的冲动，以屈己隐忍的方式，继续囚笼中的苟延残喘。由于家的拖累，"痕"失去"景兰"那种以帐篷为家的那份自由逍遥的勇气，只能在夜里出巡，去聆听大海的澎湃涛声，触摸大海强劲搏动的脉搏。文本中的"夜"是一种象征性，指涉无功利的精神吁求，而诱惑的海，则指称一种有别于家居的，自由逍遥的，当然也充满凶险与挑战的开放性空间。

频繁的搬家，成了老太婆"述遗"追求"新生活"的一种生存策略。④ "述遗搬来搬去的很多次了，整个一生中大约有十来次吧。"（《新生活》）述遗搬家，是为了剪掉生活中的很多死结，过一种全新的生活。述遗从平房，搬到一幢三十

---

① 江绍源：《中国古代旅行之研究》，新文丰出版公司 1980 年版，第 5 页。
② 江绍源：《中国古代旅行之研究》，新文丰出版公司 1980 年版，第 5 页。
③ 残雪：《蚊子与山歌》，中国文联出版社 2001 年版，第 71 页。
④ 残雪：《蚊子与山歌》，中国文联出版社 2001 年版，第 1 页。

层的高楼，"安顿好以后，她觉得自己又剪掉了生活中的很多死结，眼前的蓝图一下子变得单纯起来。可见搬家在生活中也是一件非常重大的事，述遗不只一回体会到它的好处"。① 虽然搬家过程中存在许多陷阱，充满许多陌生、无法预期的危险，但也难以真正隔断历史，如"原以为搬家就摆脱了彭姨一类人，没想到还是受到骚扰"。历史总以自己的方式，切入述遗当下的生活，如同鬼魅无法祛除。然而，述遗那份执着，那份进取，却使她懂得了从不同视角去看取事物——高楼看见的是蛛网似的街道，平房看见的是那些高塔；颠覆了原本刻板的有关左右的方向感；体悟"日日夜夜渐渐混同起来"的新的时间感；在熟悉新环境中验证"路在脚下"的真理……总之，述遗在不知疲倦的巡游中，切切实实地感知到，从平房搬到高楼后，一种新的内容占据了她的生活。显而易见，述遗的搬家，打破了一般人"就是这样死板，只晓得一个模式"的庸常生活，以积极进取的生存方式，去领略世间各式各样的风景。残雪认同述遗的生存策略，这或许就是小说"新生活"的命意所在。

　　"出走"需要内在的动力，也需要外力的催逼或牵引。残雪小说《表姐》中的表姐，是个对事件十分苛求的美人儿。

　　　　她衣食无忧，父母给她留下一套位于郊区的小平房。那是一座很有情调的盖着琉璃瓦的房子，房子的后面还有小小的庭院，庭院里有个葡萄架。夏天里，绿油油的叶子间探出一串串的紫葡萄，坐在那下面乘凉，闻着茉莉花的清香，看着屋前大片的稻田，真是赏心悦目。表姐用不着工作，她的工作就是侍弄她的花园似的庭院。三十多岁的她穿着工作服、手执一把大剪刀在阳光下修剪小灌木的样子真是显得英姿勃发。随着她优美的动作，额头上布满了细细的汗珠。②

　　这是残雪小说中难得一见的田园牧歌式的生活。从生活的表象看，表姐赖以生存的是一个自足的充满诗意的家园，是传统文化中国人孜孜以求的田园乌托邦世界。然而，三十多岁，正是人生事业的黄金期，过早地走向静穆，意味着生命力的萎缩。这种波浪不惊、无风无雨，生命归于寂静的生活，不一定是表姐所追求的生活。果不其然，细心的"我"看出"她那苍白的脸上显出一股疲惫之情，她似乎并不是真的沉醉于眼前的田园牧歌似的悠闲生活，倒像要通

---

① 残雪：《蚊子与山歌》，中国文联出版社 2001 年版，第 2 页。
② 残雪：《蚊子与山歌》，中国文联出版社 2001 年版，第 243 页。

过体力劳动来忘却一些事"。① 表姐的体内的活力正处于上升阶段，因为一次恋爱的挫折，致使她不愿同人交际，干起事来也更走极端了。比如她全身心地沉浸在信件的书写之中，那封信是写给她住在同一城里的高中女同学的。明知"这是封发不出去的信"，她却又愿意在这件事上费尽心思。比如她对园艺有种病态的痴情。"她想培育出一种紫蓝色的玫瑰花，她一连栽了好几年，都没有成功。当然所谓没有成功只是相对于她想象中的颜色来说的。在我看来，那些花儿妙极了，有的是典雅的灰色，有的是热烈的红色，有的则是色情的黄色。她一概不满意，愤愤地用锄头将花儿全部刨掉了。就这样，她满怀希望地种下，然后充满绝望地毁坏。"②表姐的极端行为，心理学上称为情感的转移，"那封发不出去的信"及煞费苦心培育的想象中的"紫蓝色的玫瑰"，不过是她情感的替代品。因而，体内活力正处于上升阶段的表姐与田园牧歌式的家园，就形成剪辑错了的故事，表姐正以自己的方式悄然解构着错置的田园乌托邦。于是，不安分的"我"有了一个大胆的想法：打算约表姐春节一块出去旅游。表姐竟然立刻不假思索地同意"我"的建议。原来她早已厌倦那种庸常的生活，渴望"猎一下奇"，能同"小表弟"一同出游，她非常高兴。

"我们"的目的地是海边。海作为一个非日常的空间，致使一切都变了形，一切日常的标准总被击得粉碎。海使表姐卸下了矜持伪装，雷雨天里头出生的表姐，就是南方的雷鸣闪电，"总是闷闷的，既阴险又狂暴，酝酿的时间也很长，而且不彻底发作完决不善罢甘休"。③ 就连一向循规蹈矩，在"我"看来是个平庸的妇人的老母亲，一到海边，身上就显露出"我"从未见过的一种个性，她身上竟蓄着惊人的能量，什么事都做得出来，甚至比表姐还要狂热。总之，充满野性、粗粝、腥味与蓄满无尽生命热力的海，使人们尽显狼性本色：那些狼活灵活现地跳跃着，嗥叫着，显得无比狂躁。正如小说中那个黑皮肤的本地矮个子渔民所说的："母亲所在的地方就是家。"是的，海是一切生命源头，尽管充满粗粝、狂躁的野性，却是生命最本质的真相，也是抗拒无所不在的被规范、被异化的原动力。"我"（家伟）由拒斥海到挡不住诱惑，最后终于脱胎换骨，决定与父母及表姐留了下来，以海滨为家。于是，就有了意味深长的结尾：

> 我没有回旅馆，我也没有看到日出，因为我躺在沙子上头睡着了。我醒来之际，四周亮晃晃的，我感到自己的身体里头起了变化，一种陌生的

---

① 残雪：《蚊子与山歌》，中国文联出版社 2001 年版，第 243 页。

② 残雪：《蚊子与山歌》，中国文联出版社 2001 年版，第 244 页。

③ 残雪：《蚊子与山歌》，中国文联出版社 2001 年版，第 262 页。

欲望在里头跃动着,与此同时,头脑也变得无比澄清。①

四

与"家园"相对应的文化表征空间是"道路"。在构成空间范畴和世界图景的成素中,"家园"和"道路"占有极其重要的地位,俄罗斯结构主义符号学家洛特曼称之为认知世界的普遍模式。作为空间定位的重要范畴,"家园"和"道路"总是以一种对立的形式出现。家园是道路的起点和终点以及路途中的落脚点,道路是对家园的背离和遗弃。家园与道路代表静态和动态、定居生活和漫游的对立,代表着两种不同的生活方式、情趣和心态。② 在空间生产理论的奠基者列斐伏儿看来,"如果不曾生产一个合适的空间,那么'改变生活方式','改变社会'等都是空话",因此,"为了改变生活……我们必须首先改造空间"。③

残雪小说从"家园"转换为"道路",从中心趋向边缘的运动/位移无疑意味着对主流和权威规范——定居/稳定的生活方式——的违背和抗争。中国人的人生道路围绕着家庭,呈现为向心的、封闭的圆环。家庭是一个人的根基,不管走出家门多远多久,最终还是要回到起点,即落叶归根。俗话说,"读万卷书,行万里路",在国人意识中道路/漫游只是手段,而非目的,不过是验证所学,获取丰富人生经验,开阔视野和胸襟的一种方式。所以,家庭价值的文化和精神负载,是每一个中国人每时每刻都承继和身体力行的,就像乌龟要始终驮着它的壳。吴承恩的《西游记》是中国指涉"道路"的经典文本:"东土大唐"与"西土佛国"是并置的空间;唐僧师徒取经路上历经九九八十一难,虽颇具宗教故事的魔幻色彩,苦行者也终于脱胎换骨,修成正果,然而,从故事的起点和终点考量,却是世俗化的,其"道路"依然呈现中国式的"向心的、封闭的圆环"。而西方人,他们的道路是离心的、发散的。家园只是人生旅途中的路标或是暂停小憩的场域,一旦离开就很少回头。人生更像是没有终点的旅行,永远都在漂泊和探索。漫游已不再是追求目标的过程,它本身就成为目的,成为生活的一种方式。人在大地上漂泊不定,探索绝对、至高的真理,寻找那始终折磨着

---

① 残雪:《蚊子与山歌》,中国文联出版社 2001 年版,第 273 页。

② 张冬梅:《俄罗斯民族世界图景中的文化观念》,黑龙江人民出版社 2009 年版,第 60 页。

③ 谢纳:《空间生产与文化表征》,中国人民大学出版社 2010 年版,第 16 页。

他、令其困惑的问题的答案;而这答案/希望始终在远方,在未来,"在路上",绝对不会是在现实中。但丁的《神曲》是西方指涉"道路"的经典叙述:"地狱"、"炼狱"、"天堂"是三个并置的空间,其价位由低往高,呈垂直分布,游历的终极是"天堂"。但丁梦游三界的故事是宗教的,其目的在于对尘世的超越,其"道路"是离心的、发散的。

　　残雪的小说是西方的种子在中国土地上扎根的新新物种,她的小说从"家园"转化为"道路",意味着从外在世界(日常世界)向内在世界(陌生世界)的转换,其"道路"是自我灵魂、精神的通道。残雪称自己的作品与现实无关,她描写的是一个内在世界,她自己的现实、灵魂的现实,那个现实魔幻得不得了。可见,残雪作品的精神内核是西方的。然而,残雪的作品又与但丁《神曲》的宗教文化不同,①带有浓郁的原始巫诗品格。巫者是人神之间沟通的中介,他们常常在凡俗与神圣、日常与陌生两个并置的空间之间来回奔忙。残雪从小即具备一心两用,在异质空间中穿梭的卓异品格。在展示自我秘密的精神自传《趋光运动》中,就清晰地呈现出童年残雪在异质空间穿梭的生命蓝图。残雪的"道路"模型是由一条原本笔直的路而走成充满分岔的弯弯曲曲的"鲤鱼巷":"麻石缺了两条","右边矮屋的门就打开","多么神奇"!"第二天,我走到那个地方,发现了新的岔道,它同我行走的这条道一样宽,并且小道的两边也有木板房"。使劲回忆才明白,"这条岔道原来就存在,墙将它变成了死巷"。②记忆中的那雾中的"轮渡",那充满启示的汽笛,带给残雪的是难以言说的双重体验——"乐园和人间地狱并存;美丽的大自然和处处隐藏的阴谋并存;关爱和冷漠并存……那是祸,也是福"。③ 从雾中来,又于昏沉的空间消失的火车,带给童年残雪的是现实感的短暂丧失,"沉浸在某种陌生而惶恐的自由感之中"。

　　由"家园"转向"道路"的深层动因,残雪在《趋光运动》中的《行走》篇中作了形象的阐释:

　　　　从前,在我们的灰黄色的天空下,土壤如此贫瘠,花草呈现短短的生机之后,立刻就枯萎了。哪怕是十三四岁的我们,大概都有过那种体验,那就是,一股吞没一切的无聊和空虚从骨髓里向整个身躯蔓延,人在屋里坐立不安,感到生活没有意义,茫然。是的,我经历过很多次那种时刻。

---

① 残雪:《趋光运动》,上海文艺出版社2008年版,第324页。
② 残雪:《趋光运动》,上海文艺出版社2008年版,第314页。
③ 残雪:《趋光运动》,上海文艺出版社2008年版,第324页。

我体内潜伏着的魔鬼却从未停止过抗争。战争促使我走出房子,来到大地之上。①

残雪式的"行走",可以在烈日下的旷野,单纯而无功利地行走:

> 我并不注重于欣赏风景,也不知道风景可以陶冶性情,我就是单纯地行走。在行走中,稀薄的精神开始慢慢地聚拢了。也许那是大自然同我进行更深层次的交流? 在肢体的运动中,书中一些最美的片段开始在脑海里再现,连对话的声音都清晰可辨。有种美丽的东西在我里面,她,在那里,我将阳光吸进胸膛的时候就感觉到了她的存在。她是我吗? 她很像我——一个情绪热烈的女孩。她使我那飘忽不定的目光聚焦,也许连我的眼珠的颜色都变深了吧? 在远方的堤岸上,有个声音在呼唤,我在心里说:"书包上面可以绣一朵白牡丹。"那人坐在水边的石头上沉思,我要走整整几十年才会走到他的跟前。②

其实,残雪这种肢体运动式的行走,并不单纯,因为,她所行走的是两个并置的空间:一实一虚,在无功利的状态下,发生奇妙的交融,于是"稀薄的精神开始慢慢地聚拢了",有种美的东西,在将阳光吸入胸膛的时候,在体内现身,走向存在。她的行走并非仅仅依凭体内不息冲撞的那股蛮力,而是听从来自终极的或永恒的召唤。

残雪式的"行走",也可以发生在城市里,就像小贩在走街串巷:

> 中午过后,城里不热闹,还有点寂寞。老板娘坐在门口扯那根"土电扇"的绳子,那是一块厚绒毯,悠悠地荡过来荡过去。老板则一边替顾客挖耳朵一边同他聊天……接着就是买零食的私人小店,红红绿绿的水里泡着酸刀豆、菠萝、桃子,还有姜……来到街口的南食店,看见玻璃罐里头摆出了新炸出来的"小花片"……从南货店出来,就经过小人书铺了,午休时间没有人看书,连店主也进去了。我凑近去,仔细琢磨每本书的彩色封面和书的厚度,预测着它们可能给人带来的快乐的程度……③

残雪式的"行走",大体有以上两类,行走的道向不同,其作用也判然有别而又不可或缺:

---

① 残雪:《趋光运动》,上海文艺出版社 2008 年版,第 324 页。
② 残雪:《趋光运动》,上海文艺出版社 2008 年版,第 324 页。
③ 残雪:《趋光运动》,上海文艺出版社 2008 年版,第 325 页。

旷野的天空和阳光令我的精神内敛,浓缩。那是少女的天堂,经过梳理与澄清的生活的意志更为强烈;而作为"他"的城市似乎是我的感官和思索能力的延续。我并不是真正进入他,但我的确在他里面,他的神秘就是我的神秘。我反复地感觉他,玩味他,想象他,不断地将他既当作探索的对象,也当作存在的依据。①

残雪的小说中《历程》、《新生活》等就属于城市里的行走。《历程》的单身汉皮普准所住的套房在那种常见的住宅楼里,这个城市里到处都是那种住宅楼。"楼房一般是七八层高,外墙粉成灰色,每个厨房的窗口有一大摊油迹,楼顶有个平台,上面歪七竖八地支着一些电视天线。楼里没有电梯,狭窄阴暗的过道旁堆着垃圾,楼梯过道里的电灯总是坏,夜里人们只能摸着黑,踩着垃圾行走。"②皮普准住在这种楼房的顶层八楼。作为一个不太重要的政府部门的普普通通的工作人员,他原本过着家与单位二点一线式的刻板生活:"他每天早出晚归,总是天黑了才回到自己这套房间里。一般的时候,房里冷冷清清,皮普准到家后放下公文包,坐下来抽一支烟,抽完烟就胡乱煮点方便面或米粥之类的食物,就着带回来的熟肉,匆匆填饱肚子。吃完饭后看边电视边洗碗,涮完碗后又边洗脸洗脚边看电视,洗完脚后,觉得似乎无事可干了,便'啪!'的一声关了电视机上床睡觉。"③然而,这种枯寂、了无生趣的千篇一律的生活,却因住在三楼的年轻姑娘——离姑娘的闯入而中断。就如皮普准自己所说的那样,离姑娘的到来,致使他对自己有了一种新的想法,就像沉睡了多年一下子突然醒来,就像"九十岁的老妪去舞厅跳舞,跳穿了一双鞋底,当时舞厅里的年轻人都惭愧得躲起来了"。在生命热力的驱使下,他开始了永无止境的黑夜巡游,一个个隐秘的通道向他打开。巡游的路充满障碍、危险,也充满形形色色的诱惑,皮普准正是从充满感性与理性冲撞的路上成长:老王家神秘的"博物馆",成为皮普准心灵自审的"敲门砖",在生命的回溯中,打开反省之门;老曾街口酱油店的"新居",向他展示了生活赤裸的真相,即灵魂的深入是靠不断地补充新鲜的生命活力(不断更换情人),才能获得真正的自我意识;老曾的"先行到死"悖谬存在,让皮普准获得直面死亡的勇气,参透只有在死亡鼓点的催逼下渴望永生的顽强,才是生命存在的真相……随着皮普准巡游的范围不断扩大,其灵魂也不断跃入更深的层次,日常的认知系统不断被解构,陌生的认

---

① 残雪:《趋光运动》,上海文艺出版社 2008 年版,第 325 页。
② 残雪:《残雪自选集》,海南出版社 2008 年版,第 57 页。
③ 残雪:《残雪自选集》,海南出版社 2008 年版,第 57 页。

知系统次第开启。从八楼顶层的蜗居出走,到了五里街,皮普准依然觉得自己被小镇囚禁,"他目光明亮,耳听八方,但身体无法挪动一分一寸","他无处躲藏"。但女老曾对他说:"这正是你所乐意的"——他自己愿意从一个囚禁地到另一个囚禁地旅行的。因为意识到界限,这本身就已经在超出界限了,或如黑格尔说的:"某物在被规定为限制之时,就已经超出了限制。"①于是皮普准向女老曾宣布:"我已经不打算回家了!"而女老曾则高兴地说:"你终于回到了你原来的家。"这里皮普准所说的"家"与女老曾所说的"家"不是一回事,两个家具有本质的不同,一如《表姐》中表弟家伟海边的新家,才是原本的家。皮普准离家出走的宣言,彰显他所走的"路"绝非中国式的向心、圆环结构,而更似西方的离心、发散结构,更显出人类精神之旅的本相:离家出走才能找到真正的精神家园,人类的精神家园在不断地"巡游"、"探险",向未知世界的突进之中。小说《历程》,正是皮普准向自我深入,越来越寻求更真实的自我的历程。精神的历程永无止境,正如小说结尾妇人说的那样:

> 有那么一天,你还会从这所房子走出去,沿着街道一直向前走,然后遇见一个卖馄饨的,你与他招呼过后,继续走,街道在你身后消失了,鞭炮声也变得隐隐约约,最后你到了一个新的城镇,黄狗在街口庄严地守卫。②

妇人的话是神圣之言,属于灵魂更深的层次。"沿着街道一直往前走",是精神历程的方向;"街道在你身后消失",预示这是一趟没有退路的义无反顾的出走;"黄狗在街口庄严地守卫",是道路上的"障碍"与"凶险",只有具备一颗耐得住寂寞且坚韧而勇毅的灵魂,才能抵达并真正进入新的城镇。

《表姐》、《海的诱惑》、《最后的爱情》、《边疆》等小说则属于野地的行走。《表姐》中的表姐走出田园牧歌式的故居,奔赴海边,告别的是那种道家式的无为生存方式。从某种角度看,残雪的《表姐》与郁达夫的《迟桂花》具有一定的可比性:身心的交困使志存高远的翁则生过早地归于静寂,在生命的平淡和圆静中体味并享受着生活的芬芳,竟然连不治之症——肺痨病——也不治而愈;表姐——一个受过高等教育的对事情十分苛刻的美人儿,因不明的原因(或许是爱情的挫折),三十多岁就归于静寂,在一座父母留给她的很有情调的盖着琉璃瓦的房子里,过着衣食无忧的生活。她的工作就是侍弄她花园似的庭院。然而,表姐并没有在平淡和圆静的生活中体味并享受到生活的芬芳,她所体验

---

① ［德］黑格尔:《逻辑学》,杨一之译,商务印书馆 1977 年版,第 131 页。
② 残雪:《残雪自选集》,海南出版社 2008 年版,第 121 页。

到的，一如《行走》中十三四岁的残雪所感受到的："一股吞没一切的无聊和空虚从骨髓里向整个身躯蔓延，人在屋里坐立不安，感到生活的没有意义，茫然。"①表姐体内潜伏的魔鬼却从未停止过抗争，抗争促使表姐走出田园牧歌式的生活，来到大地之上。

《海的诱惑》中，"痕"以出走作为摆脱困局、割断传统毒瘤的生存策略，因此，他赢得了属于自己的爱情和生活。然而，海边的村庄并非他的精神家园，外力的强力介入，把他的家弄得"糟得不能再糟"。虽然他深知只有搬家才能摆脱困境，然而，生活的重负、家的拖累，虽然阻断了他再次搬家的步伐，却阻不断渴望行走的心。于是痕的生活分裂成白天与黑夜：白天是现实的、功利的，晚上是精神的、审美的。痕及妻子就成了夜行性动物。

在残雪的小说中，线性时间大都被淡化到分辨不出时代的印痕的地步，她在叙事中侧重的是空间的转换。然而，"白天"与"黑夜"这对颇具空间情景性的时间却得到前所未有的强化。"白天"与"黑夜"的敏感，或许与民间的巫鬼信仰有关，鬼在黑夜出没，见不得光，这是常识；巫在黑夜异常活跃，西方卡洛·金斯伯特将其研究巫术的专著命名为《夜间的战斗》，其中就有半夜拜鬼仪式的研究。② 按照印第安灵士唐望的观点，各种能量大凡在夜间现身，巫者（灵士）常常于夜间去捕猎能量，以提升自己灵修的层次或境界。③ 作为具有巫诗品格的残雪，其创作一般在夜间进行，因为夜间有助于"停顿世界"，抵达"内心的静寂"状态，生命内在的各种能量就会破茧而出。残雪如猎手，其写作就是捕获各种自我现身的力量或观看各种力量的自我舞蹈，故残雪自称其写作为自我写作或搞巫术。④ 因而，残雪小说中的人物生活大都分裂成"白天"、"黑夜"两个特定的时空，隐喻"凡俗"与"神圣"、"肉体"与"灵魂"、"物质"与"精神"、"功利"与"审美"，人就存活/奔走于两极之间。残雪自称《最后的情人》在开辟空间方面比较成功，那是一种受到黑暗处所强大动力推动的，另外空间里的精彩纷呈的表演。人为什么要有另外的空间与时间呢？残雪说："那是因为他不自由，他的欲望得不到释放，他的精神没有发展的场所。"⑤按照列斐伏儿"空间生产"的理论，认为空间是被生产出来的。残雪小说中的另外空间，即列

---

① 残雪：《趋光运动》，上海文艺出版社 2008 年版，第 324 页。
② ［意］卡洛·金斯伯格：《夜间的战斗》，朱歌妹译，上海人民出版社 2005 年版，第 167—291 页。
③ ［美］卡洛斯·卡斯塔尼达：《穿越生命之界》，鲁宓译，中国盲文出版社 2003 年版。
④ 马福成：《巫文化视域下残雪小说》，《中国现代文学研究丛刊》2012 年第 6 期。
⑤ 残雪：《最后的情人》，花城出版社 2005 年版，第 1 页。

斐伏儿所谓的"差异空间",就是小说中人物卸下沉重而坚固的盔甲后激情表演的舞台,也是这群不颓废,不信宿命,不断积聚力量,充满无尽生命热力的人们,在梦里进行的"长征"中开辟出来的。故残雪说:"我开辟的小说空间有一种隐秘的机制,大概所有的人或物都受到那种机制的操纵。因为那种机制,人人都要离开本地往外跑(要么是身体往外跑,要么是思绪往外跑);动物、植物和无机物全都带电;夫妻或情人绝对不能离得太近;死亡的征兆则充满了每一寸空间……也是因为那种机制,人和人之间的对话永远是猜谜,有时并不是相互猜谜,而是共猜一个不解之谜,猜到死。"①只要精神上存活一天,往外跑的脚步就不会终止。所以玛利亚以养猫与织毯的方式积聚力量,终于去了一个叫"北岛"的,隐没在竹林中的村子,在那里看到人们不三不四交合的内幕,最后与丽莎进行两人的长征;文森特,他有一个庞大的、井然有序并向四面八方扩展的古丽服装公司,却活在自己的梦里,喜欢与乞丐为伍,跑到丽莎的出生地去"寻根",行走中,他发现了"乔伊娜的花房,是世界的真正入口"。在力比多的驱使下,最后,文森特从一个地方跋涉到另一个地方,他的灵魂融化在眼前异质的、东方世界的景物之中。尤其在颇具隐喻意义的五龙塔中那奇特的一夜生活,让他顿悟死里逃生的生命本相,感到只有五龙塔是这一片景色里唯一坚固的、不会垮掉的景致,然而,他却离开了,继续高原的行走,在回望中,高塔又虚化成积木。在高原景致的虚化问题的思考中,他了悟自己并没有思考那个没有办法思考的问题本身,而是围绕那个问题开辟了很多的通道,于是他感到有些东西在自己内部飞快地死去,但马上又有另外一些东西长出来,一股"能量正在从他那瘦削而疲惫的体内生出来。他的脚步在逐渐变得稳实"②。乔是古丽公司的业务经理,有一段时间,他认为自己差不多是一个绝望的人,幸亏后来迷上了阅读,是那些虚构的故事救了他,使他的生活变了样。他具有蓬勃的野心,以创造性的阅读方式重新整合世界,在身体力行的行走中,将自身变成那种开放的可能性。橡胶园主里根与文森特有共同之处,他们都是老板,在业务扩展的同时,还有另一种扩展在地下不可遏制地进行。不过他们扩展的方向则不尽相同,一个由中心向边缘扩展,一个则由边缘往中心拓展。里根在城里阴暗狭窄的街道上走着,便走到另一个世界。丽莎是一个典型的追梦人,她活在自己的冥想中,她是两个人的复合体,于冥想中受苦的那一个滋润着日常生活中的这一个。埃达从毁灭她全家的泥石流中逃生,在灵与肉两

---

① 残雪:《最后的情人》,花城出版社 2005 年版,第 2 页。
② 残雪:《最后的情人》,花城出版社 2005 年版,第 298 页。

极奔忙：一方面为了获取精神支柱，她不断重返已经失去的过去；另一方面，她对世俗的爱又难以割舍，为了两全，她只能时时刻刻重返痛苦，刷新痛苦，在痛苦中去爱。《最后的情人》中的人物无论男女，无论年长年少，都深陷一种不可名状的"情热"之中，在仿佛置身于"我走故我在"式的苦苦跋涉中，不断刷新自我的人生，闯出一片崭新的天地。由此可见，《最后的情人》是一部空间叙事的经典文本，残雪以巫的方式打开了一个极为开放的空间，这个开放的空间类似于列斐伏儿的"第三空间"，"永远保持开放的姿态，永远开放向新的可能性和去向新天地的种种旅程"。①

残雪小说中，家园的废圮触目惊心，令人目不忍睹，故有论者为这一表象所迷惑，误以为残雪的天性具有审丑倾向，其实这正是"破釜沉舟"式的叙事策略，类似于鲁迅的"绝望中的反抗"。其实善于异质空间穿越的残雪，深谙空间的转换对于"建立一种自我现身的新型人格"②的意义，她笔下的人物，即使身处中国传统文人苦苦追寻而不得的田园牧歌式的家园，也依然无法阻断其毅然前行的步伐，就如《最后的情人》中丽莎所言，我们的长征，需要消耗不完的动力，要不然，全军覆没成为命中注定。这是一场没有退路的长征，废圮的家园阻断了他们的退路；毅然前行的动力来自哪里，既来自新生活的诱惑，来自永恒的邀约，也来自死亡的恐惧和虚无的生存背景，来自人最原始的冲动。故残雪笔下的人物往往有重返生命原初场景的冲动，在重返中获取前行的动力，犹如曹禺的《北京人》，在重返原始北京人的过程中，汲取走向未来的勇气和力量。残雪的小说中有许多原初生命的那种性的奔放与活力，我们不能以道德的虚无主义或恶俗等闲视之，因为，原初生命的性，只是作为"历史补救"的一种策略，重返原始心灵的目的在于对文化的彻底反省，在出错的地方重新设想，以扭转人类的未来。

残雪小说从"家园"到"道路"的空间转换，不仅意味着对同质化空间权力统治所造成的异化的抗拒，同时也意味着抵抗压迫空间进而改变空间、寻求自由解放的多样化差异空间的可能性。"立意在反抗，指归在行动"是鲁迅式"精神的战士"的本质，永远在路上，是追求个体精神自由，反抗一切对人的个体精神自由压抑的不变姿态，是"过客"的宿命：在路上跋涉虽然劳顿，但过客不能回去，因为他绝不能容忍任何奴役与压迫，绝不能容忍任何伪善；也不休息，因

---

①　[美]爱德华·索亚：《第三空间——去往洛杉矶和其他真实和想象地方的旅程》，陆扬等译，上海教育出版社 200 年版，第 13 页。

②　邓晓芒：《灵魂之旅》，湖北人民出版社 1998 年版，第 80 页。

为我不能！只能向前走！那前方是什么？一个声音在"呼唤"！这是生命的绝对命令，是生命的挣扎，是看透与拒绝一切的彻底的"空"与"无"中的唯一坚守与选择，抑或接受来自永恒的邀约？不管前方是"美丽的花园"，还是"坟墓"，反正过客昂了头，奋然向西，跟跄地闯进野地去，夜色跟在他后面。鲁迅的过客承继了夸父的基因，而残雪却秉承了鲁迅的遗风，以自己独特的生命体验，对"过客"生态作如下诠释：

> 独自的行走有利于内部精神的成形，可以促使个性变得坚强和独立。人的世界不应全部为日常生活所占据，总要留下一块生长灵魂的净土，而无目的、单纯的行走，其实是为了这个高级的目的。何况旅途中的风景永远是那么诱人，既激发人向上，也在潜意识里丰富了人的储藏。我现在仍然做行走的梦，不断返回我儿时在梦里遇到过的那些地方。我想，那正是通往心灵的天堂。①

---

① 残雪：《趋光运动》，上海文艺出版社 2008 年版，第 325—326 页。

第五章　天堂之路:残雪小说的精神向度

　　启蒙自我,追求个体的精神自由,建立一种自我现身的新型人格,这是一条通往心灵的"天堂之路";撼动人在日常生活中的一切行为规范、习惯、美感,甚至"安身立命"的根基,拒斥一切精神奴役,这是一条"灰烬之路"。本章从"天堂之路"与"灰烬之路"的逻辑关系与时空转换出发,阐释残雪小说以"巫"的方式,跨越生命之界,于涅槃中追求永生的心路历程。

一

　　"天堂之路"是"向死而生"的生命接受永恒之约,跨越生命之界的神性吁求;"灰烬之路"则是人遭遇死神捕猎,深陷绝境的遭际与绝望中的挣扎。从空间向度看,前者向上攀登,而后者向下坠落,两者看似南辕北辙,风马牛不相及,实则却相辅相成。"灰烬之路"如太上老君的炼丹炉,能炼就一双洞悉一切的火眼金睛,从而了悟生命的本相。"灰烬之路"犹如蛇蜕皮而生,虫化蛹成蝶,是"天堂之路"的起点,即"天堂之路"从"地狱"开始。因此,没有"灰烬之路"去生命化的恐惧与苦难,生命也就失去迈向"天堂之路"的勇气与韧性。

　　在东方佛传故事中,佛陀成佛之前,作为迦毗罗卫国的王子悉达多,是处于最好的物质享受和最高的精神愉悦之中的人,但他一样会有自己独有的悲思。促使悉达多离宫出家的最大契机是所谓的"出游四门"——"灰烬之路"。第一次出游东门,悉达多看到一个老人,骨瘦如柴,弯腰驼背。他开始惊思一个人生的大问题:年老是痛苦丑陋的,而又是人无法阻止的。每个人,无论你拥有多少荣华富贵,都会老。第二次是游西门,悉达多碰见一个病人,躺在道旁,形容丑陋,哀叫不已。他开始惊思人生的另一个大问题:生病是痛苦丑陋的。人免不了要生病,王宫之内、富贵之家的病甚至更多、更经常。第三次是游南门,悉达多看见了一具死尸,脓血满地,恶臭难闻。这又是一个人生大问题:人终究会死,人生的过程就是走向死亡的过程。老、病、死是人人都想躲避而又在所难逃的必然过程。老、病、死是一切人的痛苦,一切人的悲伤。既然这样，那么人应该怎样去直面，去承受老、病、死，有没有可能，有没有办法逃脱和超越老、病、死呢？第四次出游北门，悉达多遇见一个身着袈裟，仪容不凡的婆罗门沙门，便与之交谈。后者点出了解脱人生老、病、死的出家修行之道。悉达多出游四门，东南西北，本有涵盖一切的隐喻。经历一番"灰烬之路"后，悉达多了悟了人生的三大问题和一个解决办法，从而坚定了出家修行的决心。父爱、妻爱、娇妻腹中的亲子……这一切的一切都阻挡不了他超越一己的情感，去追求宇宙人生真谛的步伐。一天夜里，他骑上马夫事先准备好的白马，在帝释天的引导下，四天王托住马足，终于腾空而起，逾城出家，从而走上"天堂之路"。

在西方基督文化中，有"道成肉身"之说。《神曲》是但丁最后流放二十年全部心血的结晶。在漫长的流放生活中，但丁所走的是一条"灰烬之路"，他在《神曲》中，以梦游幽明三界的故事，在精神层面象征性地展示了自我乃至人类的精神经过迷惘和错误，在"理性"（维吉尔）和"信仰"（贝雅特丽采）的引导下，跨越苦难和考验走向"光明"和"最高精神"的"天堂之路"。

东西方的宗教文化虽有差异，但在形式方面却有惊人的相似之处：一是"天堂之路"始于"灰烬之路"；二是人类的超越性追求需要引导者；三是形式的相似性则暗含着人类的普遍的认知和思维模式。

具有想象翅膀的吴承恩，在《西游记》中，将唐僧师徒西天取经的故事，置于充满魔幻的"三界"（地狱、人间、天堂）之中，孙悟空虽有自由来往于三界的卓异才能，但一旦陷入绝境，观音菩萨总能现身到场，予以排忧解难，是一个称职的引导者。

二

残雪作为一个以追求精神自由为终身事业的作家，以由"外"（外在空间）向"内"（心灵空间）的空间转换方式，抗拒无处不在的文化编码或异化。内外空间的切割从学理上看并不难，难在这种空间的转化，因为这种转化非但不潇洒、不浪漫、不华丽，而且充满血腥，伴随着灵与肉的惨烈搏击。肉体寄身于浊世（外在世界），要完成空间的转换，首先必须实施灵与肉的剥离。剥离的过程比诗人描述的画面更为恐怖、暧昧、难解，一点不亚于但丁《神曲》地狱篇中那些异想天开的惨不忍睹的刑罚的操练，那些个屠场一般的充满血腥的野蛮的展示。既然这样，那么又为什么非要剥离不可呢？莫非这种决绝而惨绝人寰的剥离，是为了"先死"而"后生"，为了达成新型的灵与肉的统一？答案是肯定的，因为这种剥离给人带来撕心裂肺的痛之外，同时也给人带来回肠荡气的解放感。那么灵与肉如何才能剥离呢？第一，预设灵与肉是构成人的基本元素，这是实行剥离的前提条件；第二，预设类似"地狱"、"人间"、"天堂"的三界空间，即意识的三个层次；第三，预设"天堂之路"必须从"灰烬之路"开始，"地狱"是向"天堂"跋涉的动力与逻辑起点，"天堂"则是走上"灰烬之路"者的终极性的精神向度。

"灰烬之路"是灵肉分离的起点。残雪的艺术复仇，就是以"巫"的方式展示灵与肉剥离的过程："被蛮横地去掉肉体，打入深渊的幽灵们，正是被专制的理性剥夺了'生'的权利的艺术自我的肖像，他们那无一例外的积极生存方式，就是讲述自己同上面那个肉体之间的恩怨，讲述自己那永不放弃的努力。"[①]作为颇具"巫诗品格"的残雪，童年就有过"灰烬化"的体验："从前，在我们的灰黄色的天空下，土壤如此贫瘠，花草呈现短短的生机之后，立刻就枯萎了。哪怕是十三四岁的我们，大概都有过那种体验，那就是，一股吞没一切的无聊和空虚从骨髓里向整个身躯蔓延，人在屋里坐立不安，感到生活没有意义，茫然。"[②]她的《行走》正是从回溯童年有关行走的碎片化的记忆中，感知生命灰烬化的恐怖。对残雪来说，"那悬崖边的深渊"、"下落的秋千"、"身后将要点燃的鞭炮"、"肺叶上的洞"、"风湿病"等都是"灰烬之路"中充斥的镜像，其中最为可怖而又刻骨铭心的莫过于外婆与弟弟的死了，因为没有什么比触碰死亡本身的灰烬化体验更为直接，更为可怖，可怖在于鲜活的生命的突然缺席，可怖在于一切"有"的突然"无"化。

灵与肉原本处于你我不分的浑沌状态，若要分离，首先必须对浑沌作清晰而细分的感知，酷似神话中的"浑沌之凿"。《庄子·应帝王》篇中引述过这样一个神话：

> 南海之帝为儵，北海之帝为忽，中央之帝为浑沌，儵与忽时相与遇于浑沌之地，浑沌待之甚善。儵与忽谋报浑沌之德，曰："人皆有七窍，以视听食息，此独无有。"尝试凿之，一日凿一窍，七日而死。[③]

七窍，各司其职，是对事物进行清晰而细分感知的逻辑前提，是求知的起点；七窍之开，却要付出代价，甚至生命的代价。对灵与肉的感知也是如此，只

---

① 残雪：《艺术复仇》，广西师范大学出版社 2003 年版，第 2 页。
② 残雪：《趋光运动》，上海文艺出版社 2008 年版，第 324 页。
③ 庄子：《庄子》，刘彦编，新蕾出版社 2008 年版，第 60 页。

有在凿(外力)的强力刺激下,才能感知甚至分离。对此残雪深有体会,《出窍》一文,就描述了外婆最后那段时间精神状态,即灵肉分离的景象:

> 我从外面玩耍回来,我喊道:"外婆!"她抬起头来看见了我。我觉得她的目光不是看着我,而是看着一个另外的地方。她下意识地笑了笑,一种奇怪的笑容。①

外婆的肉身活在当下,而灵魂却已游荡到另外一个地方,这就是所谓的"身未动,心已远"之类的灵魂"出窍"吧!紧接着残雪以知性的方式探究了"出窍"的原因:

> 如果一种生活已经变得忍无可忍,如果人除了忍下去之外又并没有别的出路,所谓"灵魂出窍"大概就会发生吧。②

《出窍》一文,揭示了人可以从他人的生命镜像中,感知灵与肉存在或分离的过程,这是一种间接的感知方式。而《痛感》一文,则描述了直接感知灵与肉存在或分离的过程:

> 身体的痛感贯穿了我的儿童时代和少年时代。大部分的时间我都处在痛感之中——腿痛,头痛,冻疮痛,痔疮痛,青霉素注射痛,等等……一年又一年,真相渐渐地水落石出了。原来"痛"便是我身体显示其存在的主要方式,它用这种方式来迫使我一刻不停地意识到它。③

是痛感让人感知灵与肉的存在,而且两者并非铁板一块或形影相随,有时肉体甚至是一种障碍,一种巨大而黑暗、抹不掉的负累:

> 我是可以飞翔的,但无论我飞得多么高,另一个我总在下面用痛感提醒。是啊,我是两个,我必须安抚好底下这一个,否则一切都要破败。没有躯干的头颅是可能存在吗?它能够独自在真空里浮游,将那自由的运动做到极限吗? ……我只知道,文学艺术是需要身体的,不论那身体以何种方式来起作用,不论那平衡身体的技巧复杂到如何样不可思议,身体终归是想象的母体,精神的生产基地。④

无论是灵魂出窍,还是痛感,都是生命"灰烬化"的一种体验,而"灰烬化"

---

① 残雪:《趋光运动》,上海文艺出版社 2008 年版,第 243 页。
② 残雪:《趋光运动》,上海文艺出版社 2008 年版,第 243 页。
③ 残雪:《趋光运动》,上海文艺出版社 2008 年版,第 176—177 页。
④ 残雪:《趋光运动》,上海文艺出版社 2008 年版,第 177 页。

则是灵魂与肉体存在的感知与分离的起点。残雪的灵肉观与传统的刻板"二元论"不同，在她看来，灵与肉既存在势不两立的争斗，又在尴尬中达成妥协：由于精神的被禁锢，人对肉体仇恨到极点，以致要用一次次的死亡来消灭它。但下贱的肉体每次被消灭之后，又能如凤凰一般重生，成为新生的对立面，重新行使其禁锢的功能。因此，作为追求精神自由的个体，为了突破禁锢，实现个体精神的自由表演，一方面必须强行将灵与肉分离；另一方面两者又必须达成妥协，因为肉体是灵魂的大本营，精神的生产基地，即肉体能微妙地转化为精神。只要生命不停下追寻自由精神的步伐，这种灵与肉之间的争斗就会在一张一弛中紧张进行，双方暂时的胜利和失败决不意味着对峙的终结，矛盾只是越来越深化、复杂了而已。正由于灵与肉之间的这种动态的结构，决定了天堂之路不可能是笔直的，而往往呈现螺旋式上升的态势。

人自由精神的束缚和禁锢，主要来自外在的世界和自我的肉体，而"灰烬之路"，既能拆解来自外部世界的捆绑，又能从自身肉的禁锢中抽身而出，从而走上精神自由之路。

三

在追求自由的事业中，精神和肉体是合谋者。正如残雪所说，精神的工作是解放人，让人超脱；肉体的工作则是设陷阱、搞欺骗，让人陷在欲望的深渊里。因此，残雪的小说总是从肉体的惩罚开始，因为没有制裁人就突破不了禁锢，没有反叛理念就会消失。作为一种置之死地而后生的叙事策略，残雪总是为其笔下的人物设计一个类似艾略特"荒原"式的生存背景，外在空间成了一种异己的力量，成了一架"咔嚓"有声的碾压肉体的"石磨"：

> 她听见石磨碾碎了母亲的肢体，惨烈的呼叫也被分裂了，七零八落的，那"咔嚓"的一声大约是母亲的头盖骨。石磨转动，尸体成了稀薄的一层混合胶状物，从磨盘边缘慢慢地流下。当南风将血腥味送到小屋里来的时候，她看到了死亡的临近。①

这是在《苍老的浮云》中，濒临死亡的虚汝华有关肉体被惩罚的幻象，其惨烈恐怖程度绝不亚于但丁《神曲》地狱篇的各种酷刑。所谓幻由心生，母亲肉体惩罚的幻象来自虚汝华肉体被异化的痛苦体验。虚汝华一直生活在"灰烬

---

① 残雪：《残雪自选集》，海南出版社 2008 年版，第 56 页。

之中"：

> 在这段时间里，粉虫吃掉了整把藤椅，只剩下一堆筋络留在墙角；没有喷杀虫剂，蟋蟀却全部冻死了，满地僵硬的尸体；水缸里长满了一种绿色的小虫子，她在喝水时将它们喝进了肚子；一个早上醒来，她发现她的线毯朽成了一堆烂布，用指头一点那布就成了灰；房子中央好久以来就在漏雨，不久就形成了一个小水洼，天一晴，水洼里蹦出几只蛤蟆……①

家园的废圮是如此触目惊心，简直是人间的地狱。置身这地狱的肉体，也开始领受无休止的一点一点被异化的痛苦：

> 烧完报纸以后，再也没有什么可烧了，虽然外面出着大太阳，骨头却像泡在冰水里。早上起来几乎全身都冻僵了，必须用毛巾发了疯地擦才能让腿子弯转下来，不然就像干竹子，一动就"啪啪"乱响。她不敢用力出气，一用力，鼻尖就出现冰花，六角形的、边缘很锐利，将嘴唇都割出血来……那天她突然觉得身上的衣裳宽荡荡的，她剥下衣裳一看，才发现自己的身子已经变得像干鱼那么薄，胸腔和腹腔几乎是透明的，对着光亮，可以隐约看出纤细的芦秆密密地排列着。②

从异化的表征来看，残雪习惯用千奇百怪的意象符号予以编码，比如"木乃伊似的身体上长着许多绿的斑点，斑点上似乎还有很长的毫毛"、"耳朵里散发出香味"、"胸腔里长满芦秆"、"口里吐出泥鳅"、"深陷泥沼的乌龟"、"掉进细颈瓷瓶底部被憋坏了的鱼"、"心力衰竭的蟋蟀"、"总在'嘎吱嘎吱'咬着什么东西的老鼠"，等等。从肉体所受的刑罚来看，也是品类繁多，从外到里，有"酒糟鼻"、"肉瘤"、"脱发"、"烂眼"、"肌肉溃烂"、"风湿病"、"大小便失禁"、"失眠"、"肺病"、"癌症"、"死亡"种种。按照残雪的观点，上述那些个异想天开的刑罚，是一种有关死亡的演习或操练，因为只有这种演习，才能唤醒人身上保留的那种远古的蛮力，才有底气吹出一场壮观追求的神秘号角声。因此，残雪说："也许正是至深的对于肉体的爱使得人不停地折磨这个肉体，为的是让它焕发出人类特有的活力，完全迥异于其他自然物的活力。"③

肉体的觉醒与反叛，需要不断地积聚力量，人物的各种怪异的嗜好为其表征。《山上的小屋》中的"我"喜欢收集"死蛾子"、"死蜻蜓"，宣称"那是我心爱

---

① 残雪：《残雪自选集》，海南出版社2008年版，第55页。
② 残雪：《残雪自选集》，海南出版社2008年版，第54—55页。
③ 残雪：《艺术复仇》，广西师范大学出版社2003年版，第2页。

的东西"；《最后的情人》中的玛利亚喜欢养幽灵似的非洲猫，编织蝎子图案的毯子；剧毒的青花小蛇是里根的宠物；埃达可以故意踩在毒蛇上，让银环蛇盘在肩上；牧场主金的坐骑是豹子……总之，残雪小说的字里行间充斥五花八门的毒虫及猛兽，作为驾驭这些毒虫猛兽的人又该具备多么强大的心理能量呢？以"死蛾子"为最爱的东西的"我"，以强大的心理能量抗拒"小偷在房子周围徘徊"、"狼群在外面绕着房子奔来奔去，还把头从门缝里挤进来"的生存窘境，在危机四伏的困境中，走向"山上的小屋"；埃达敢于与毒蛇共舞，终于从"泥石流"的毁灭性阴影中走出，并在时时刻刻重返痛苦中，刷新痛苦，在痛苦中去爱。

为了促使精神的发展，肉体常常需要惨烈的蜕化、变形。《最后的情人》中，以豹为坐骑的牧场主金，在乔的眼中是何等的剽悍：

> 下面那绿色海洋一般的草场尽头有一个穿着深红色衣服的人影朝他奔来，那人时隐时现，也许是骑在马背上。当他越来越近时，乔赫然发现这个人原来骑着一头豹子，豹子腾空而起时，人的长发就在空中飞扬。[①]

面对类似远古神话中才有的金，乔看得眼睛都发直了。然而超乎乔想象力、更为离奇的事情发生了：

> 他焦急地等那红衣骑手跑上山来。然而就在他要上山之际，乔听到震耳欲聋的一声枪响，骑手立刻滚到草丛里。豹也不见了。[②]

这绝非乔的幻觉。这个穿着深红色衣服的骑手就是金——"金头发凌乱，镜片打碎了一块，左腿受了伤"。枪是金让厨娘开的。金拒绝搀扶，也拒绝包扎、上药。他说："不用。我身上已经有了 7 颗子弹，这种事，算不了什么。"因为金懂得，只有在精神的干预下，在肉体忍受惨烈的疼痛中，才能唤醒远古时代的蛮力，欲望才变得令人眼花缭乱。也只有具备如此强悍的肉体，才能做到无羁无绊，才有能量构造自己那错综复杂的世界，才能像鹰一样"自由的飞翔"，抵达"不可企及的高度"！

作为"古丽"服装公司销售部经理的乔，则以阅读的方式抗拒俗世的吞噬，并从中汲取力量，野心不断膨胀——在创造性的阅读中，把自己纳入他的故事网络，将陈腐不堪的表面事物通通消灭，创造一个独立不倚的全新的世界。最后他终于挣脱"古丽"服装公司这头怪兽的魔爪，走向神秘的东方。

[①]　残雪：《最后的情人》，花城出版社 2005 年版，第 71 页。
[②]　残雪：《最后的情人》，花城出版社 2005 年版，第 71 页。

残雪最为钟情的意象是"蛇"。残雪对蛇的偏爱,大概有两大源头:一是来自具有巫者品性、来自外乡的外婆。在残雪童年的印象中,外婆的故乡(另一个世界)是一些阴暗的黑屋子,屋子里的人都有一张缺少五官的脸(类似神话中凿七窍而死的浑沌)。那种令人昏昏欲睡的地方会闪现出异物,令氛围变得万分恐怖。最常出现的一个异物就是蛇。外婆讲述的有关人与蛇力量悬殊的缠斗故事中,人那种奇特的解困方式让童年的残雪惊叹不已。于是外婆的故乡也就成了残雪的故乡,在祖孙俩的一次次漫游和隔代对话中,"蛇复活了,那么美丽的鳞片,那么强生的欲望。毒药毒不死它,它反要以毒药维持生命"①。二是西方的基督教文化,在上帝创造了亚当和夏娃的同时,也创造了蛇,让人匪夷所思的是,所谓邪恶的蛇却成了人的启蒙者。残雪称自己写小说是为了启蒙自我,因此,在她的小说中蛇就成了不可或缺的情节元。

《最后的情人》中,在里根的眼里,只要在家里看到许多小蛇爬进来,就预感到她的情人埃达回来的日子不会太远了。在里根和埃达看来,蛇就是欲望的象征,埃达认为,那个动作里头显出那种身体的渴望的琼,就是野地里的那些蛇。其实,埃达与里根也是蛇:"埃达隐约记得同里根在一起的那一夜那种乱蛇狂舞的情景。性交的回忆有点恐怖,因为弄不清是人还是蛇,身体下面的土地变得热烘烘的,不断膨胀起伏……"②因此,"埃达看见了草丛里那些忽隐忽现的蛇,那时她的直觉便告诉他:这里就是家乡,也是她的葬身之地"③。

玛利亚去了一个叫"北岛"的,隐没在竹林中的村子,在那里看到人们所进行的不三不四的交合的内幕;《表姐》中的表姐走出田园牧歌式的家园去了海边,简直变了一个人,一个原本苛求完美的美人儿,竟然与厨师、看门老头和旧情人一起疯狂交合……这样的躯体,虽用世俗眼光看来丑陋无比,却成了启蒙之光的诞生地。

在残雪看来,"那些可怕的欲望之蛇,是积累了几千年的生存技巧使得它们变得这样灵活、残忍、剧毒,而又能击中要害。因为它们的工作,是催生新的灵魂,所以施起刑罚来必须绝对严厉。蛇用它那丑恶的行为进行着最高尚的事业,它在精神的引领之下改造了肉体,也改造了人性本身……人通过这种复杂的演变既保留了欲望又战胜了欲望,并为欲望的进一步释放开拓了前景"④。

---

① 残雪:《趋光运动》,上海文艺出版社 2008 年版,第 230 页。
② 残雪:《最后的情人》,花城出版社 2005 年版,第 48 页。
③ 残雪:《最后的情人》,花城出版社 2005 年版,第 48 页。
④ 残雪:《艺术复仇》,广西师范大学出版社 2003 年版,第 3 页。

残雪的小说类似瑞典电影《第七封印》——编导英格玛·伯格曼以其独特的电影语言，讲述了一名中世纪的理想主义骑士布罗克经历了十字军东征的灰烬之路后，带着侍从走上回归的道路。在途中，布罗克遇上了死神，在与死神的博弈中，真正走向探寻人类信仰和生存意义的心灵之旅——或隐或现，死神始终如影相随。残雪称她的每一篇作品里头都有死神。"死亡"意象是"灰烬之路"中的核心意象，因为"死亡"是人最本己的存在。然而人又是渴望不朽的动物，因此，在西方文化中，把死亡作为生命哲学的逻辑起点。残雪以其独特的生命体验，认同"先死而后生"、"向死而生"的存在主义哲学，在绝望的反抗中，跨越生命之界；也认同印第安灵士唐望的死亡观，只有在不断地与死亡的触碰中，才能停顿日常生活，斩断俗世的名缰利锁，从内外夹击的囚禁中抽身而出，以一个战士的身份，走向心灵密境之旅。因此，残雪小说中有关死亡的叙事，也就从以上两个向度展开。

《最后的情人》中，乔在"丹古蓝"牧场主金的屋子里有这样的一段经历：

> 外面已经天黑了，乔看见屋里有很多高大的人影走来走去的，但金似乎并没有看见。乔心里很害怕，表面还得故作镇定。金告诉他，他的妻子和儿子前些年相继得肺炎死去了，他们受不了这地方酷烈的气候。但他舍不得离开，他就像中了魔一样，这地方太美了。

上述文字，以"乔"为视点，在其所见所闻的叙述中，乔所遭逢的"走来走去"、十分诡异的"高大的人影"，或许就是金死去妻儿的鬼魅，即类死神。类似的遭际也出现在乔夫妻俩祖先老屋旧址上新造的房屋里：玛利亚的卧室里有一副父亲的画像。在夜深人静的时候，父亲会说话，父亲的话是听不清的，他似乎是在对母亲说，其间又夹杂了祖父的唠叨，祖父和母亲的话却可以听清。他们通常要对她进行严厉的批评。玛利亚已经习惯了这些批评，她不习惯的是隐藏在背后的父亲模糊的声音。这时她往往会想，凭什么自己要认为自己是这样一名男子的女儿呢？她也曾对她和乔的关系感到欣慰：她一下子就看中了乔，却原来是因为自己有那样一位父亲。世界的结构真是奇妙啊。① 玛利亚的父母早已作古，就如文本中描述的那样，"实际上，童年时关于父亲的记忆在她脑海里差不多消失殆尽了，消失的父亲变成了画像上的精神支撑"。而玛利亚却能在卧室幽暗的空间里与他们进行交流，并从中获得力量，信心倍增。在玛利亚看来，父亲是一种否定，他那双严厉的眼睛能将她的生活变成一连串

---

① 残雪：《最后的情人》，花城出版社 2005 年版，第 94 页。

不合理的奇迹;在玛利亚看来,在她脑海中有关父亲记忆的空白处,正是她创造性想象的演练厅。既然连自己的父亲都可以在虚构中复活,还有什么事情是不可以虚构出来呢? 由此可见,玛利亚正是在一次次返回、频繁地与业已作古的先人的交流中,汲取能量,难怪在她不再年轻的体内,却沸腾着欲望,"就像春天涨水的小溪,欢快地涌动着希望"。玛利亚那略微衰老松弛的躯体,却鼓荡着澎湃的能量,就连她接触的家具、宠物乃至一切东西都带上了电。也正是这种取之不尽、用之不竭的充沛能量,使玛利亚走出日常生活,走向心灵的天堂。

金与玛利亚虽素不相识,从未谋面,在空间上也关山重隔,而他们无须借助任何的媒介,竟然能神秘地沟通,仿佛是天造地设的一对龙凤之胎。他俩都善于在幽暗的空间里与先人交流,并不断积蓄能量;他俩的生存空间里均有神秘的猫出没,金以豹为坐骑,玛利亚善于编织挂毯,毯上的图案,令人"如坠入深渊",却又欲罢不能,愿意体验这种坠入深渊的体验;金热衷于死亡游戏,玛利亚在暗夜独坐乱坟堆而脸不改色心不跳……或许正是这种"死后生"的体悟,才使他们无所畏惧,在绝望的反抗中,从容地跨越生命之界。

《历程》中的皮普准,"是一位五十二岁的单身汉",是一个政府部门普普通通的工作人员,他一直过着朝九晚五、两点一线的刻板生活。千篇一律、死水无澜的生活窒息了他的生命活力,连性冲动(象征生命的活力)都越来越微弱了。住宅楼那污秽而暗无天日的楼道,就是皮普准灵魂内部的真实。他除了收集杂志(过往生命中的碎片)、编故事(浅层次的精神活动)之外,乏善可陈,给邻居(自我的异在)的印象相当恶劣。皮普准与邻居的长期对峙,表征他内在矛盾的无法消解,这就给进一步的冲突提供了契机。由此可见,皮普准并非病入膏肓,无可救药,因为他毕竟意识到了自我的存在,有了一种朦胧的自我意识及探索自我生命真相的渴望。皮普准住在楼房的最高层,独身,下班回家就不出门,八点钟就上床,沉迷于黑夜中胡思乱想的乐趣——单身汉的小小特权。从空间的表征看,他缺乏强力生命对那种空间拓展的冲动,而以保守的、消极的、通过空间压缩的方式,抵抗外力的异化,以保持自我的独立。在幽暗、狭窄、潮湿的空间内生存的老鼠,就是皮普准生命存在的真相,他却冥然无知。因此,皮普准如若不突破存在的边界,就只能空耗生命,被时间之流所吞噬。那么这只缺乏生命热力而胆怯的"老鼠",怎样才能突破边界的拘禁呢? 首先,必须唤醒其沉睡的性,即生命活力。于是,在一个严寒的冬夜,贸然闯入的离姑娘,就成了皮普准的第一个启蒙者。皮普准对离姑娘既存戒备、恐惧之心,又有一种挡不住的莫名诱惑。离姑娘的闯入,犹如一石激起千层浪,皮普准的生活节律被打乱了，一向睡得很沉的皮普准，半夜忽然醒来，再也难以入睡。离姑娘就是一个催醒人——是皮普准生命活力的真正激发和启蒙者。

　　然而，由于时间织成的"茧"的束缚，皮普准已失去了实际行动的能力，若要破茧而出，就需要吸收另外一种能量，这正如原子核只有吸收中子，才能发生裂变，从而爆发出惊人的能量。如果把皮普准比作一个"原子核"，那么死亡就是"中子"。死亡也常常以毁灭一切的奔突的地火为喻。小说中有关死亡的第一个意象是"黑猫"。对于皮普准这只"鼠"来说，"猫"就是死神的隐喻。其实，对皮普准来说，"猫"一直潜伏于左右，只是他视而不见，或没有勇气直面而已。经离姑娘的激发和启蒙之后，醒来的皮普准，终于与猫狭路相逢：

> 　　这老单身汉就这样醒来了。他在黑暗里睁着眼，翻来覆去的，最后干脆爬起身，走到屋顶的平台上去了。那天夜里虽然寒冷，却并没有一丝风，从平台上向四周看去，零星的灯光像鬼似的眨眼。皮普准蹲在屋顶发呆的时候，一只黑猫上来了，蹲在离他很近的地方，他和它就这样不动不挪地对视了几个小时。直到天快亮，皮普准才回到自己的住宅，躺下休息一会儿就起床去上班了。①

　　"翻来覆去的"，是皮普准醒来后对唤醒的"生命活力"的模糊感知及由此带来的莫名焦虑；"起身"、"走"是生命热力催动下的实际行动；死寂而诡秘的寒夜，是醒来后置身的地狱；"发呆"是找不到出口的茫然；与"猫"的对视，是对死亡近距离触碰与直面。和死亡的触碰与直面，既锤炼人的胆量和勇气，又耗费人的心力，既恐惧，又具神秘的引力。"以后就天天如此。由于夜间的折腾，皮普准的脸上日渐消瘦，上楼的脚步也显出了疲乏的老态。"②然而，正是这种肉体的消损，助长了精神的生成：皮普准作出似乎一种破釜沉舟的决心，决定弄出点事来。死亡的触碰/直面，使皮普准破茧而出，凭借生命的热力，没有细想就下了楼，去敲"离姑娘"家的门。离姑娘不在，皮普准却又一次遭遇了"猫"，这可能是"楼里的人"（他的理性自我意识）因材施教，专门为他这一层次的人创设的一个陷阱，即由离姑娘的父母向他示范如何为那只"猫"捉跳蚤（厘清生死问题的工作），他却下不了狠心，无法对自己作深入的自审。他对自己灵魂的印象只停留在收集杂志、编一些肤浅故事的层次上，所以遭到离姑娘父母的呵斥并被扔掉了杂志；离姑娘则骂他是"伪君子"。皮普准的第一次主动

---

① 　残雪：《残雪自选集》，海南出版社 2008 年版，第 59 页。
② 　残雪：《残雪自选集》，海南出版社 2008 年版，第 59 页。

出击并不顺利,从他上楼时分外沉重的脚步看来,甚至有点铩羽而归的意味。然而,这次挫折,对皮普准来说并非一无所获,至少他看清了自己污秽而黑暗的灵魂真相,于是才有了寻找"电筒"(灵魂的支点)照路的进一步行动。因此,皮普准的灵魂之旅,虽然艰难,不会一帆风顺,有时甚至出现反复,却毕竟迈出了难能可贵的第一步,且呈动态上升趋势。为了尽力拯救皮普准,老王(更深层次的理性自我意识)强力介入,对其进行引导,甚至不惜与老曾(现实真实的象征)合谋演出一场死亡游戏,让皮普准再次触碰死亡,终于看清自己已化成老鼠的真相,并在"楼里人"的合力作用之下,断了他的退路,逼迫他走出了束缚生命的茧,走上心灵的天堂之路。死亡的触碰并非一次完成,正如核裂变一样,在每个原子核裂变的同时,又放出两个到三个中子和很大的能量,又能使别的原子核接着发生核裂变……只有在"链式反应"的作用下,灵魂的裂变才能释放出巨大的能量。

四

悉达多走上"灰烬之路"后,看清了生命的真相,终于了悟人类存在的虚无。既然老、病、死是一切人的痛苦,一切人的悲伤,那么人应怎样地去对待,去承受老、病、死的悲伤呢? 有无办法逃脱老、病、死呢? 就在看似无解的困局中,已经"跳出三界外,不在五行中"的超越性力量出现了。那个身披袈裟、仪表不凡的婆罗门沙门,就是这种超越性力量的表征,他就是悉达多在证道之路上的引领者。"观音菩萨"形象,是一种超越性力量的编码,是唐僧师徒西天取经路上的引领者。但丁《神曲》中,根据精神的不同层次,则设置了两个引领者,一个是维吉尔(代表理性),一个是贝雅特丽采(代表信仰),分别承担不同的任务。可见,人类的精神之旅(灵魂之旅),"引领者"非但不可或缺,而且不止一个。因此,残雪作为一个灵魂的历险者,其启蒙自我的文本中就少不了这样的精神导师、心灵之旅的引领者。

在残雪的小说中,心灵之旅的引领者,可能是具体人物(自我的异在)。《阿娥》中的阿娥被囚禁于诡异的"玻璃柜"中,是"阿林"引领她走出囚笼般的生活,走向"山那边"。然而,在出走的这段日子里,原本的引领者阿林却深陷困惑之中:困惑之一是那个原本病快快的阿娥一旦走出囚禁,竟是如此精力旺盛,莫非病是一种伪装,一种欺骗? 困惑之二是原本那么强悍、那么专制的阿娥的父亲,几天之间竟然成了一个失势而濒临死亡的人。阿林是在舅舅的安排下,在一个偏僻的山间小茅屋中看到这个人的:

　　我是在一张简陋的床上,旁边躺了个人。我立刻看见了一道熟悉的目光,吃惊得差点跳起来跑掉。舅舅用大手抓着我,要我别怕。那个人从头到脚被缠在绷带和纱布里头,只有一只溃烂流脓的手露在外头,我看见他的手背已烂到了骨头。①

　　于是阿林疑惑不解:这个人会是阿娥的父亲吗? 前不久他还有那么大的力气来揍我呢。或许,这一情节元是舅舅们特意为阿林构形的一个陷阱,类似《历程》里老王和老曾为了启蒙皮普准合谋导演的一出"死亡游戏"。由此可见,舅舅是阿林的精神引领者,用"触碰死亡"的方式,来轰毁阿林的日常认知,让阿林了解存在的真相。阿林的困惑之三是阿娥竟然被指认为"弑父"者。其实阿娥走出父亲为他设计的"玻璃柜",悖逆了父亲旨意,出走本身就是一种象征性的弑父,只是阿林冥顽不灵罢了。阿林的困惑之四是错综复杂的人际关系:阿娥父亲与舅舅是老朋友,与阿林的母亲似乎也有些纠葛,阿娥是阿林的姐姐。为了求证,阿林回到母亲身边,然而母亲的回答却似是而非:

　　　　你说的阿娥,关于这个女孩和她的父亲,我真的是一点印象都没有了。那个箍桶匠,我们不也请他箍过桶吗? 要说他从前和我们是一家人,这种事也完全有可能的。刚才我在厨房里想呀想的,好像这事有那么点影子。②

　　由此可见,有关生命的问题并没有现成的答案,离开身体力行的自我探寻之外,没有捷径,更无法替代。然而,阿林的这次返回并非一无所获。其实,母亲是阿林的另外一个精神导师。阿林从母亲那里,获得有关时间与空间的秘密:

　　　　比如说你吧,你是我的儿子,因为你天天在我面前生活。要是你出走的时间长一点,我很快就会把你忘记,就像我不曾有过儿子一样。过三五年,人家问起我,我会一点都记不起我有个儿子的事了。我没有夸张,实际情形就是这样。③

　　从日常的、世俗的眼光来看,母亲的话或许带有那么一点嗔怪,带有一种深层感伤,其实,这是俗人的一种偏见、一种短视。阿林的母亲是一位颇有灵

---

① 残雪:《残雪自选集》,海南出版社 2008 年版,第 207 页。
② 残雪:《残雪自选集》,海南出版社 2008 年版,第 218 页。
③ 残雪:《残雪自选集》,海南出版社 2008 年版,第 218 页。

魂深度的人,对阿林不告而别非但不感伤,而且还有点高兴呢! 此时此刻,阿林的母亲已超越了日常生活,超越了亲情血缘的生命之链,她言说的是有关时空的哲学以及生活的多种可能,一个自由的灵魂不能为所谓的经验或成见所原宥。可惜阿林的意识还达不到妈妈的层次,所以觉得"妈妈的话越来越离奇了"。好在阿林有一颗上下求索的心,他告诉妈妈:"我要出去流浪。""去吧,去吧,好孩子。"妈妈鼓励他,"走得远远的,远远的,说不定你还会和你姐姐相遇,那将会是一件非常有意义的事。"阿林正是在母亲的鼓励和引领下走向心灵的天堂。

　　灵魂之旅的层层掘进过程中,灵魂所抵达的层次往往以一定的空间为表征,而不同的空间则以边界为标识,突破旧的边界,又会遭遇新的边界。因而,灵魂之旅,从形而上的角度看,就是从一个囚禁地到另一个囚禁地的旅行。每次突进,都伴随着灵与肉、理性与感性的激烈冲撞,并迸发出一股生命的盲流,于是大禹式的疏导者就会应运而生,否则将会前功尽弃,甚至发生回流或倒灌的灾难。《历程》中的皮普准在离姑娘及父母、老王、老曾的启蒙引领下,好不容易走出了黑暗的"鼠洞",迈向小镇的新居(更高的层次)。然而,人对陌生的东西总是心怀恐惧,皮普准也是这样。对于新居,他有一种没有希望的茫然与恐惧,"连下一步该怎么做都拿不定主意了"。缺了引领者,皮普准陷入一种被抛入了一切要他自己决定却又没有能力决定的窘境,于是产生了回归的冲动。作为引领者,酱油店的老板警告他:"回家的路是十分遥远的,你昨天来这里走过的那些路全都改了道。"既然失去了来路,皮普准只有向前走。然而前途又是十分渺茫,没有任何的线索。

　　白发老妪是更高层次的自我,她请皮普准由一架梯子爬上屋顶去看那"猫"(人类生命神秘的本相)。但皮普准无法参透其中奥秘,所以被老妪斥为"幼稚",并给他构陷了一个类似《等待戈多》似的迷局。老妪走了,等待的人没有出现,然而,皮普准在没有指望的等待中,终于明白了老妪的苦心:他代替了老妪,占据了这个荒野中的屋子(更高层次的住所)。陌生的住所,使皮普准有种"异样的空虚,又异样紧张"的新感觉,又萌发回到老住所的冲动。于是送开水的"三姑娘"就成了他新的启蒙者。"三姑娘"是新的生命力的象征,是离姑娘的转化形态。她的作用在于从根本上斩断皮普准思维的恶习,培养他适应新环境的能力。因此,每当皮普准唠叨起五里街的旧事,就会遭到三姑娘的一顿呵斥。对于冥顽不灵的皮普准的启蒙,三姑娘可谓尽心尽力,为了提升他的境界,还带他去见一个姓曾的花白胡子老者。老者企图以读书的方式打开皮普准陌生的认知系统,让他习惯"这个镇的秩序",以抛弃"日常认知"的"恶习"。

中国的禅宗有三境界之说("看山是山,看水是水;看山不是山,看水不是水;看山还是山,看水还是水。")。皮普准走出生活了多年的旧居,迈向完全陌生的小镇,类似禅宗的第一境向第二境的跨越。然而,面对"看山不是山,看水不是水"的陌生小镇,皮普准进退失据,焦躁异常。在三姑娘与花白胡子老曾的启发下,皮普准终于有所长进,觉得这个镇上的人和事"似曾相识"。这说明皮普准已接近"看山是山,看水是水"的第三境界。如何才能使皮普准真正抵达第三境界呢?于是三姑娘带皮普准去寻找老曾的行踪,目的是让他明白,老曾"并不像一般人设想的那样在守林,他这种守林只是一种形式,或者说一个幌子也可以,他每天就如一个游魂一样来一下此地,完全没有什么实质性的内容","我们走了这么远来看他也不过是做做样子"。此时的三姑娘颇似《前往伊斯特兰的旅程》中的灵士唐望,对跨文化的传授是如此坦率无私,甚至不惜以身说教,可皮普准却依然拘泥于具体的人与事之中,无法抵达形而上的空灵境界。就在皮普准被小镇上纷杂的人和事搞得精疲力竭,将要失去一切希望的关键时刻,大禹式的引导者出现了,她就是洗鱼的女老曾。女老曾以"读地图"的方式训练皮普准的形而上的超越能力,终于使皮普准领悟到"凡是小镇上看见的人都是原来就住在这里的,就像你,也是在此出生,只不过偶然外出转了一圈又回来了",这样的情节元同样也出现于小说《表姐》的结尾处。于是皮普准觉得"自己心中的烦恼正在渐渐消失",真正抵达禅宗所谓的"看山还是山,看水还是水"的第三境界。

灵魂之旅没有止境。飞过小镇的飞机意味小镇外还有一个更为广大的世界。皮普准"意识到了自己的界限。他一旦占领了这个小镇,小镇就成了他的界限……意识到界限,这本身就已经在超出界限了"[1]。于是皮普准告别了三姑娘(已经完成了她的历史使命),开始与女老曾达到了某种"心心相印"(接近女老曾的层次),与她一起制订和实施他们的"旅游计划"。女老曾也不是最高层次,正如她所预料的那样:总有一天,皮普准会从这所房子走出去,走向更广大的世界——一个女老曾也从未抵达的崭新世界。也正缘于此,残雪小说不是一个闭合的系统,而总呈现出一种开放的未完成的态势。

在残雪小说中的"引领者",可以是单向的,即启蒙者与被启蒙者的角色泾渭分明;也可能是双向的,即互为启蒙者,于是就出现相互寻找的情节。

《表姐》中的"表姐"走出田园牧歌式的旧居,她的表弟"家伟"是引领者;到

---

[1]　邓晓芒:《灵魂之旅》,湖北人民出版社1998年版,第244页。

了海边，表姐却成了"家伟"的启蒙者，这或许可以称为"青出于蓝而胜于蓝"吧。

《最后的情人》中有关两对夫妻叙述，可谓是"相互寻找"的典型例子。乔和玛利亚是夫妻。乔是"古丽服装公司"销售部的经理，从事最为世俗的工作，却又是一个阅读狂；妻子玛利亚，读过大学，干过银行职员的工作，与乔结婚后，辞去工作，成了家庭妇女，她渴望自由，却是一个购物狂，喜欢购买的那一瞬间拥有的喜悦。夫妻俩一个务虚，一个务实；一个沉迷于神游，一个陶醉于肉欲……夫妻俩因精神上的分道扬镳而分居。正如玛利亚所感受的那样："当她想象自己是一头母狮之际，乔却化为了气体……"①或许正是出于对这种距离的感知，才反弹出相互寻找的努力。正如叙述人描述的那样："玛利亚热衷于神秘事物，是不是受了他的感染呢？或者反过来，居然是乔受了她的感染呢？"②答案是肯定的。玛利亚有感于乔的虚化，不可把握，从乔热衷于阅读、编故事的行为中受到启发，迷恋上编织诡异图案的挂毯——因为只有这样的时刻，才能同乔一样进入异常强烈的、近似于幻觉的状态。按叙事人的说法，"乔的心思是全部放在他的书籍上头，就因为这，他们夫妻之间的精神好多年以前就渐渐地分道扬镳了。直到近两年，玛利亚在编织那些古怪的挂毯的过程中变得神经质起来，他们之间才又有了某种微妙的沟通"。从"好多年"与"近两年"这两个表征时间的词来看，乔显然是启蒙者、引领者，是玛利亚寻找乔。然而，从某种角度看，玛利亚又是乔的启蒙者、引领者。乔也需要玛利亚，离不开玛利亚。乔要创造一个独立不倚的、全新的世界——一个随时可以进入的、广阔的、包罗万象的广场——的浩大精神工程，需要一种源源不断的冥思，一种来自黑暗处所强大动力的推动。而玛利亚则是他的力量源泉，是他的引领者。在"丹古蓝牧场"里，他从金诡异的死亡演习中，汲取摆脱"古丽"服装公司这头怪兽魔爪的强大动力。金是乔的启蒙者，而金与玛利亚精神相通：他们都蓄满强大的、旺盛的原始动力，金能驾驭豹，玛利亚全身带电，善于编织蝎子、骷髅图案的挂毯，她本身就像一头母狮；他俩都以自己奇特的表演来逼退死亡。乔从金的牧场回来后，终于摒除外部条件的干扰，决心出走，走向遥远的东方。而玛利亚的长征也由屋内向屋外延展，最后，竟然在乔的书中找到了乔：

> 那天夜里，玛利亚因为睡不着去了书房。虽然她没有开灯，但是她看见乔的书房成了黑黢黢的书的森林。那些书长大起来，一本一本地从地

---

① 残雪：《最后的情人》，花城出版社2005年版，第97页。
② 残雪：《最后的情人》，花城出版社2005年版，第12页。

上竖立着,书页一张一合的。她摸不到书房的墙了,因此也就不知道灯在哪里。她的声音变得有点阴森,她喊道:"乔?! 你在哪里?!"接着她就不喊了。她感到乔就在附近,在一本书的后面坐着,他的身旁有一条小溪,他正脱了鞋将赤脚伸到黑色的溪水里头去。玛利亚想,乔再也不会离开她了,多么好啊。就在她的祖先的宅基地上,她,丹尼尔,还有乔,他们一家人开始他们自己的长征,去复活那些久远的故事,这该是一件多么美妙的事!①

这段描写充满了魔幻,却淋漓尽致地凸显出玛利亚对乔的纯精神的爱,是多么的强烈、集中而执着;这种"黑夜里的相互寻找与追逐",带给玛利亚的不是痛苦,而是"心中泛起阵阵暖意"。

文森特夫妇间的"相互寻找"更为典型。如果说"乔"是玛利亚的未来,那么对于文森特来说,丽莎属于未来。婚姻与一道创办的"古丽"服装公司,是夫妻俩世俗生活的交集。然而,随着因审美疲劳而激情消退,丽莎在公司业务蓬勃发展之际,厌倦了商业社会的搏斗,急流勇退,开始了她的冥想生活;文森特作为老板(世俗身份)与"古丽"服装公司——这个日夜运转的庞大的机器——是分离的,他的世界在另一边,在黑夜花园里的树丛里,在阴森森的夜半的街心花园里(精神世界)。当夫妻俩从世俗生活中抽身而出之后,原本两条相交的线,也因运动的向度和节律的不同而渐成平行线。就像上帝从亚当那里抽去一根肋骨,另造了一个夏娃,他们吃了智慧果后,就走上彼此寻找的寂寞之路。对于丽莎来说,"文森特就是她的梦,她的长年不醒的梦。文森特又生活在自己的梦里的"②。因而,丽莎一出场就四处寻找文森特:丽莎如影相随,追到公司,闯入乔的办公室,而文森特则刚刚离去;找到南方里根的橡胶园,"她从远处看见文森特朝马路上的吉普车走去。文森特衰老的体态让他吃了一惊,她差点要喊出声了。但是车子发动了,一会儿就消失在酷热的气浪里头"③。文森特似乎和她玩捉迷藏的游戏,明明觉得他就在那里,却又如一团气体,丽莎总是把握不住,与文森特失之交臂。丽莎终于明白,"也许文森特已从这个家里消失(文森特的世俗实体),成了一个居无定所的人"。丽莎为什么要苦苦寻找文森特,正如丽莎自己说的那样:"文森特完蛋了(没有了实体),他高

---

①　残雪:《最后的情人》,花城出版社 2005 年版,第 306—307 页。

②　残雪:《最后的情人》,花城出版社 2005 年版,第 53 页。

③　残雪:《最后的情人》,花城出版社 2005 年版,第 36—37 页。

兴自己的完蛋。我可要享受生活（世俗的生活）。"①然而，在追逐的过程中，丽莎并非一无所获，因为她终于找到了能量释放的全新通道："没有实体，就可以在火里穿行"。于是，丽莎回了家，开始了梦里的追逐：

> 丽莎进入梦中了。在梦里，她用不着去找文森特，因为他像猎狗追随猎物一样追随她。有文森特的地方就有乞丐，乞丐虎视眈眈，却并不向丽莎要求什么。丽莎在那种小巷纵横的地方尽量乱钻，她在同文森特进行智力比赛。但文森特以不变应万变，他总是从地下冒出，如同一朵蘑菇云升起，云一散，他就站在那里了，被一大群乞丐围着。中途丽莎醒来，望着抖动不休的、印着棕榈树的窗帘一阵阵高潮的涌动，然后重又跌入光线幽暗的虚幻之中。②

在虚幻的世界里，夫妻俩的追逐游戏的角色刚好对换，文森特成了猎狗，而丽莎则是猫猫。"有文森特的地方就有乞丐"，为什么是"乞丐"标识呢？可见"乞丐"是一个充满隐喻的符号：居无定所，不为物累，自由自在。其实，文森特与丽莎又何尝不是符号呢？说白了，他们夫妻俩不过是自我人格的两个不同侧面。比如文森特属于现在，丽莎则是他的未来，从精神向度考量，丽莎显然比文森特高出一个层次，难怪文森特一直羡慕妻子的出身，羡慕妻子无穷的欲望，在文森特的意识里，丽莎总是正确的，如同他的路标。正缘于此，他也在苦苦地追逐丽莎，一直想探讨丽莎活力的源头，并走向丽莎的出生地——赌城——丽莎称之为"死亡之谷"。文森特无法理解赌城的一切，犹如无法理解丽莎一样。乔伊娜（丽莎的妹妹）——赌城的清道夫和守门人，要求他呆在地下恶浊的旅馆里，赌城就设在地下，而文森特却无法适应地狱般的环境，急于走上地面，乔伊娜无奈，只能叫他到父母家（即岳父岳母家），并告诉文森特，他们都爱他，一直唠叨说，假如你来了，他们一定要拯救你的生命呢。然而文森特却感受不到他们的爱，也就因而难以跨越生命之界。虽然文森特懂得"不入虎穴，焉得虎子"的道理，却无法在毒烟里呼吸，自然也就没有机会去弄清"死亡之谷"的真相。然而，正是这趟恐怖之旅，使文森特看清自己的限制所在，他的精神也就进入一个新的层次。就在回归的火车站月台，奇迹发生了：

> 在月台的尽头有一个穿裙子的女人的背影，很像丽莎，走到面前，女

---

① 残雪：《最后的情人》，花城出版社 2005 年版，第 38 页。

② 残雪：《最后的情人》，花城出版社 2005 年版，第 56 页。

人转过身来,果然是她,她的手中还提着皮箱呢?①

由此可以判断,这次"死亡之谷"的行程,是丽莎一手安排的,并始终在场——或许这也就是丽莎"长征"的一种方式。而对于文森特来说,不经意间已跨入"蓦然回首,那人却在,灯火阑珊处"的第三境界。(王国维在《人间词话》说:"古今之成大事业、大学问者,必经过三种之境界:'昨夜西风凋碧树。独上高楼,望尽天涯路'。此第一境也。'衣带渐宽终不悔,为伊消得人憔悴。'此第二境也。'众里寻他千百度,蓦然回首,那人却在,灯火阑珊处'。此第三境也。")正如丽莎所说的那样,这种长征颇耗费心力,"丽莎闭上眼,似乎又睡着了",这时的文森特心有灵犀:"看来她在家乡的地下室里几乎耗尽了她的精力。"因为"现在他同她同在这辆车上,这趟车连接过去与未来"。这时的文森特心中特别空明,一下就理解了以前来自赌城的侏儒的话:"列车穿过长长的隧道才能进到城里,黑暗幽深的隧道很像死亡通道。"②

回归后的文森特觉得他原本熟悉的世界变得陌生,正如他告诉丽莎说的那样(一旦过去与未来连接在一起,文森特和丽莎又有了交集,"未来"成为"过去"的引领者,他们之间就能展开真正意义上的对话):"他心里对一些事完全没有把握了,甚至拿不准要不要去上班了。"③其实,外在的世界并没有变,变的是他自己——"死亡谷"之旅,撼动了他的成见。文森特觉得事业成了他脖子上的枷锁,阻断或妨碍了他对真正感兴趣的事的钻研。于是他萌生了换一个像列车长那样的工作的念头,但他又不喜欢在旅途的生活,更不喜欢寂寞。他陷入了新的困顿之中。丽莎以"夜里的长征"启发他,即不用挪动身体去寻找,就能生活在那里头的"分身术"。丽莎明确地告诉他:"你不用换工作,那一点都不影响你钻研那种事。"因为丽莎一眼就洞穿文森特的症结所在,他将工作(世俗生活)与感兴趣的事(精神生活)完全对立起来,而生命的真相则是两者之间既对立又相互统一,既相互疏离,又相互追逐,正如她和文森特,谁也无法离开谁,命运注定她与文森特的追逐永远没有终点。

小说最后,文森特走向神秘的东方,走向五龙塔,走向雪山的光波中;而丽莎则走向乔伊娜的花店,在四周光波的海洋中,她什么也看不见,但凭直觉,她可以感知到文森特就在附近,她在这光波中看到了文森特的心底。丽莎与文森特和玛利亚与乔相互追逐的模态具有惊人的相似性。下面就是玛利亚与儿

---

①　残雪:《最后的情人》,花城出版社 2005 年版,第 295 页。

②　残雪:《最后的情人》,花城出版社 2005 年版,第 208 页。

③　残雪:《最后的情人》,花城出版社 2005 年版,第 209 页。

子丹尼尔的一段对话：

> "丹尼尔，如果一个人花费一生的精力将自己变成一片故事的森林，那么这个人还属于我们吗？"
>
> "他不属于我们了，但是天天和我们在一起。"
>
> "谢谢你，孩子。"①

是啊，对于夸父的子孙来说，已无法坐在他的膝盖上，承受他的爱抚，然而面对他身后的那片森林，他们依然可以聆听林间夜莺的啼叫以及自己脉管中祖先 DNA 的喧响声。正是这种无休止的追逐，使玛利亚脱胎换骨，用儿子丹尼尔的话说："但是妈妈，你自己也不属于我和爹爹了。我们看见你在林子里走，你的身影那么细长、虚幻，你浑身带电。"玛利亚心里对乔充满感激。在乔化成的那片森林里，"她竖起耳朵在等待那夜莺的下一次啼叫。她终于等到了，但不是一声，而是许许多多，许许多多。此起彼伏"②。

心灵之旅的引领者，可以是人，也可以是物。对《表姐》中的"表姐"和《海的诱惑》中的"痕"来说，具有超越性的引领者是"海"，是"海"的召唤，让他们走出生命的囚笼，焕发出生命的活力。

《蚊子与山歌》中的"三叔"是"我"和"阿伟"的引领者，然而真正具有超越性的引领者是山那边的"山歌"，"三叔"不过是"我"与"山歌"之间勾连的中介罢了。因而，一旦"我"和"阿伟"能听见"山歌"，"三叔"也就寿终正寝，即完成了他的历史使命了。作为三叔的启蒙对象，阿伟的悟性比我高，阿伟能见微知著，从自己开始听见山歌那刻起，就预感到"三叔要抛弃我们了"，而我却冥顽不灵，稀里糊涂："到底你是怎样看出三叔要抛弃我们呢？""我们都听到了那边山里的歌声，这就是他要抛弃我们的理由。"阿伟对讨厌的三叔的离去之所以感到绝望，是因为他还没有达到三叔的层次，那种"想听就能听到"的层次。③

《边疆》被学界称为《趋光运动》的姊妹篇，两部作品，一部写实，一部虚构，俨然一对阴阳版。作为长篇小说，从情节的模型看，我个人觉得，它是中篇小说《长发的遭遇》的拓展版。

长发是一位四十出头的汉子，是一家商场的搬运工，因不小心将一张茶几摔坏了，被老板炒了鱿鱼。深陷绝境的长发终于悟出妻子所谓的"天无绝人之

---

① 残雪：《最后的情人》，花城出版社 2005 年版，第 308 页。

② 残雪：《最后的情人》，花城出版社 2005 年版，第 309 页。

③ 残雪：《蚊子与山歌》，中国文联出版社 2001 年版，第 202 页。

路"的道路：投奔远在边疆的父亲。父亲在长发童年时（读小学）就丢下他和母亲出走到边疆去了，"那以后就再也没回来过，只是每逢长发过生日就给他寄来一张毫无用处的、花里胡哨的贺卡，上面有些这样的题词：'愿我儿日日创新'，'每天更上一层楼'，'天外有天'，'好马不吃回头草'，等等，全是些莫名其妙的话"。[①] 从一个男人的成长史看，长发长期存在缺父状态，一直生活在母亲的"枕边"，母亲死后，妻子成了"代母"的角色。因此，四十出头的长发并没有成为一个真正意义上的"汉子"。因为长发缺乏格林童话《铁人约翰》中小王子的勇气：小王子为了找回丢失的金球，毅然从母亲的枕边"偷出"钥匙，不顾一切地打开囚禁"野人"的笼子，并坐在"野人"的肩上出发。[②] 其实，长发的父亲一直存在，只不过是一种隐性的存在罢了——边疆实在太遥远了，它隐没在地平线之下。长发生日时父亲寄来的贺卡，就是父亲用生命编写的有关"边疆"的神话，可惜长发无法理解其中的深意，错把珍珠当鱼目。当长发陷入绝境，被逼从母亲的世界走出时，父亲沉落的世界才隐隐约约如同海市蜃楼般露出地表。看到父亲的世界，对于长发来说，仿佛看到了希望之光已经被点亮。然而长发的层次实在太低了，单凭他的能力断然无法抵达父亲的世界。于是，长发的生命中出现了一个类似"代父"的角色——董先生，顾他为"挑夫"，从长发最为擅长的事开始，以循序渐进的方式磨炼他的心智，提升他的层次。与董先生一起的行程并不顺利，甚至充满荒谬，这就是所谓的"遭遇"吧。然而，正是这番荒谬的遭遇，刷新了长发的视野，如甘霖，滋润了长发干涸的心田，助长了长发心智的发育和成长。

《长发的遭遇》的终点，也就是《边疆》的起点。《边疆》以荒诞如梦般的叙事风格，讲述了几个异乡客的诡异生活。多年以前，主人公六瑾的父母为了追求爱情来到边疆的小石城；在那里，他们发现小石城是一个一切事物都处于无形胜有形状态的地方，他们逐渐从诡异的生活中发现了异常事物是怎样闯入人的生活内部的。六瑾可以把她当作"成人"后的长发，她主动走向遥远的父母的世界。她通过与有着不同寻常感觉功能的形形色色边疆人物的交往，于不知不觉中提升了境界，对边疆的事物——如雪山、雪豹、壁虎、小鸟、岩石等也产生了荒诞不经的认识和想象，真正进入一方让人进入异常事物内部的净土——心灵的天堂。

---

① 残雪：《残雪自选集》，海南出版社 2008 年版，第 220 页。

② ［美］罗伯特·布莱：《上帝之肋——一部男人的文化史》，田国力等译，重庆出版社 2006 年版，第 8—39 页。

"边疆"是一个"差异空间"的表征,对生活在"内地""日常空间"的人来说,是一个具有超越性的"引领者"。因此,《边疆》是一个如何从"日常空间"进入"差异空间"的经典构形。从空间的向度看,从"日常空间"到"差异空间"的转换,不过是从"中心"向"边缘"的转换,是空间的一种水平位移。《最后的情人》中的"赌城"则是一种向下的堕落(死亡之谷),而"五龙塔"则是向上盘旋升飞,从精神向度看,才是从"地狱"走向"天堂",具有真正精神高度的标杆:

> 五龙塔在神秘的东方,在高原上。这是一座石塔,塔高大约 30 多米,塔内部有螺旋上升的、用来攀缘的石阶(喻指"超悟阶路"),高高的顶部有很多圆洞,人可以从那里将身体探出塔外(隐喻生命之界)。塔的形式不算奇特,奇特的是塔内弥漫着的超越凡俗的神圣气氛:

> 那顶上一片白光,圆洞已无法辨认了。在塔的半腰上,有一个人正在攀登,是一名白发飘飘的老者……"那老者已爬到了顶上,消失在那一片白光之中"。

> "他身前的职业是箍桶匠(世俗身份),饲养狮子是他的秘密职业。他用猎获的山鸡来做这项工作。狮子藏在林子里,半夜才出现在村头,他和他保持着不为人知的关系。他是骑在狮子背上出走的,那一天,树林里喧闹不休,恒河的水在两岸泛滥。大象,大象……"他(乔)说不下去了,因为听到了一声猛烈的巨响,像是石头砸在地上。莫非是石阶掉下来了?但地上并没有痕迹。

> "你是说的这位老人吗?"

> "是啊,我认识他。"

> "可是刚才他掉下来了。想想看,一个人的灵魂有多么重。"①

这是一个类似涅槃的叙事。上面的叙事中有许多佛教元素,"恒河"为佛国印度的"圣河",它能洗尽生生世世的罪孽。"狮子"为佛教四神兽之一,佛陀被尊称为释迦族狮子,佛陀的教诲也可称为狮子吼,狮子之吼,惊醒世人。"大象"喻指佛陀,因为他是"白象投胎"而生。佛教第一境的整体意义,就是由纪念柱、佛塔、石窟一起构成。纪念柱,是对佛陀的"生"的讲述;塔,是对佛陀的"死"的怀念。他的生,是从天降世以普度众生,以自己一生的典型经历树立了一个超离俗世、摆脱轮回的榜样;他的死,是永脱轮回的明证。塔,就是藏放佛

---

① 残雪:《最后的情人》,花城出版社 2005 年版,第 281—293 页。

骨(舍利子)的地方,是对其永生的讲述。①"箍桶匠"即白发老者的生命中,佛始终在场,正是在佛(超越性的精神)的引领下,他摆脱了俗世的重负,走向"五龙塔",最终完成生命的涅槃。"消失于白光之中"表征白发老者已抵达摆脱生死轮回的佛境,而掉下来的不应是"沉重"灵魂——这是境界不够高的文森特的错视——而应是肉身。就像苍老的男人说的一样,五龙塔上的生活就相当于死里逃生,而地下的生活相当于看戏。

从空间构形来看,"五龙塔"是"天堂之路"的空间寓言,只有攀登上塔顶,并探出身去,才能跨越生命之界,抵达永恒、光明的天堂——这才是心灵之旅的最高境界。《最后的情人》中文森特去过,但他没有勇气爬上塔顶,只是在塔下看戏,然而,正是这种塔下的仰望,使文森特达到一个崭新的境界:虽然他依然没有找到丽莎,但他从来没有觉得自己的心像现在这样同她贴得这么紧。他觉得自己已经变成了丽莎。他心中涌动着渴望,从一个地方跋涉到另一个地方,他的灵魂融化在眼前异质的、东方世界的景物中。黑衣女人去过,她爬上塔顶,却下来了。她虽然没有勇气跨越那最后的界限,其层次却比文森特高,正如她自己说的那样:"凡是上去过的人都失去了重量,你看我是不是轻飘飘的啊?"这说明黑衣女人业已卸下俗世的重负,获得一种生命的自由。

从"灰烬之路"到"天堂之路"是残雪小说的心灵之旅的空间模型;置身地狱,翘首天堂,是残雪笔下人物永远不变的姿态,也是其小说的精神向度。"五龙塔"是心灵之旅的空间寓言,在残雪笔下的人物,无论处于什么层次,他们的心中都有一座"五龙塔"或者是"五龙塔"的异形,它如一阵紧似一阵的鼓点,催促他们用奇特的表演逼退死亡;又如夜行人头顶墨色天空中的北斗星,有了它的指引,就有希望走出黑暗森林;它又是来自永恒的邀约,只要聆听它的声音,就有勇气突破重重障碍,跨越生命之界,沐浴在永恒的光芒里。

---

① 张法:《佛教艺术》,高等教育出版社 2004 年版,第 31 页。

第六章 生命的镜像:残雪小说的形象意义

残雪以"文学"进行"死亡演习",她像一个铁面无私的执法者,把那些幽灵抛进熊熊燃烧的沥青池,在忍受沥青煮熬的痛苦中,让他们邪恶的肉体释放出原始的蛮力,并伴着咀嚼骨头的声音,进行黑暗的舞蹈。这种舞蹈,充满挣扎、扭曲、变形、邪恶、血腥、恐惧,让人目不忍睹,耳不忍闻,无法直面。这样的舞蹈,虽用世俗的眼光来看丑陋无比,却成了启蒙之光的诞生地。本章引援雅克·拉康的镜像理论,以《苍老的浮云》为个案,分析残雪小说的形象意义。

一

镜像理论是由雅克·拉康提出的。拉康是一名法国的精神医生,也是最富有争议的欧洲精神分析学家,被称为法国的"弗洛伊德"。拉康认为,在大约6—8个月中的某一个神秘一时刻,婴儿会进入"镜子阶段",在镜子阶段的那一时刻,婴儿会在镜中看到自己,然后回头看其他人,通常是母亲,然后再去审视镜中自己的影像。在这一行动中,镜像和真人之间的来回顾盼,让他意识到自己是一个完整的存在。从这个神秘的时刻起,婴儿开始把自己作为一个整体来想象,同时,把他人作为一个整体存在来感知。

从镜像阶段开始,婴儿就确立了"自我"与"他人"之间的对立。换言之,婴儿只有通过镜子认识到了"他人是谁",才能够意识到"自己是谁"。"他人"的目光也是婴儿认识"自我"的一面镜子,"他人"不断地向"自我"发出约束信号。在他人的目光中,婴儿将镜像内化成为"自我"。然而镜子阶段的格塔式认同是一个不自然的现象,它在完整、对称的外在形式、一个理想的统一体和内在的混乱情感之间构成了一个异化。对此简·盖洛普说:"镜子阶段是一个决定性的时刻。不但自我从这里诞生,'支离破碎'的身体亦由此产生。"正缘于此,在主体的建构历史中,这种揽镜自照的原初戏剧就必然一次次重新上演。

我们引援雅克·拉康镜像理论的目的不在于镜子阶段的"历史价值",而在于它对自我建构的结构价值——能动地从外部世界中去获得自我的"确证"。我们借用拉康的"镜像"的功能倒与中国文化中的"人之镜"说类似。"人之镜"说,最早出自《墨子·非攻中》:"君子不镜于水而镜于人。镜于水,见面之容;镜于人,则知吉与凶。"[1]最善于用"人之镜"者,在古代帝王中非唐太宗莫属。《资治通鉴·卷第一百九十六》中有这样一段记载:

> 郑文贞公魏征寝疾,上遣使者问讯,赐以药饵,相望于道。又遣中郎将李安俨宿其第,动静以闻。上复与太子同至其第,指衡山公主欲以妻其子叔玉。戊辰,征薨,命百官九品以上皆赴丧,给羽葆鼓吹,陪葬昭陵。其妻裴氏曰:"征平生俭素,今葬以一品羽仪,非亡者之志。"悉辞不受,以布车载柩而葬。上登苑西楼,望哭尽哀。上自制碑文,并为书石。上思征不已,谓侍臣:"人以铜为镜,可以正衣冠,以古为镜,可以见兴替,以人为镜,可以知得失;魏征没,朕亡一镜矣!"

唐太宗曾经拥有一面无价的"人之镜",并把镜的功能发挥到极致,才有为盛唐奠基的"贞观之治",并终成一代明君。

残雪是一个以建立一种自我现身的新型人格为使命的作家,为了发展美好的精神,自愿将沉重的肉身抛入地狱,用异想天开的刑罚折磨它,让它释放出原始的蛮力,并伴着咀嚼骨头的声音,进行黑暗中的野蛮舞蹈。这样的舞蹈,虽用世俗的眼光来看丑陋无比,却成了启蒙之光的诞生地。邓晓芒教授与她可谓心有灵犀:"她与史铁生一样进入到灵魂的内部探险;但与史铁生不同的是,残雪的主要人物虽也是由一个理想分化而来,但这些人物在残雪那里往往处于极其尖锐的对立之中,不仅仅反映出原型人格内心的不同层次、不同方面,而且体现了一种撕裂的内心矛盾;由于这种矛盾,残雪的原型人格呈现出一种不断打破自身层层局限向上追求的精神力量。"[2]这种黑暗中的舞蹈,充满肉体的挣扎、扭曲、变形、邪恶、血腥、恐惧,然而就在这些属于肉体的事件中,创造了精神升华的画面,或者说创造了生命的多种可能性。因此,从某种维度看,残雪的小说是"启蒙自我",建立一种自我现身的新型人格的"生命镜像"。我们不妨以《苍老浮云》为镜子,以"揽镜自鉴"的方式,探究残雪小说形象的意义。

---

① 罗炳良等编:《墨子解说》,华夏出版社 2007 年版,第 129 页。
② 邓晓芒:《灵魂之旅》,湖北人民出版社 1998 年版,第 201 页。

二

人类文明，均有以对象世界为参照，来体认自身的思维品性，然而，不同文明对主客体关系的定位，却判然有别。西方文明以人类自我为中心，而中国古典哲学则以"天人合一"为精髓。正如刘纪成博士在论述中西美学差异中所言："（中国）对于一个农耕民族来讲，那自然中蕴藏的取之不尽、用之不竭的物质资源，不仅以其使用价值娱我口，而且以其审美价值娱我目、娱我心。他们名副其实地是自然的儿子，他们有充分的理由对自然表达深深的谢恩。"①中国自古有以自然为师的传统，《周易·系辞》中就有人文始祖伏羲如何师法自然的记载："古者包牺氏（伏羲）之王天下也，仰则观象于天，俯则观法于地，观鸟兽之文，与地之宜，近取诸身，远取诸物，于是始作八卦，以通神明之德，以类万物之情。"从中可以看出，对物象世界的观察和体认是人的主体性觉醒的前提，只有在一俯一仰、远观近瞧之后，人才有机会确证自己的存在，并试图以"近取诸身，远取诸物"的方式，把握世界，达到托物言志、寄情于物的目的。庄子于《庄子·齐物论》中，以梦中化蝶或者蝶化庄周的故事，形象地描述了中国古代关于人、物关系的体悟。在庄子看来，那"栩栩而飞的蝴蝶"就是自我的应然状态（理想状态），这时主体体悟到的是羽化的自由和适志怡情的快乐；而醒来时那个"蘧蘧然周"则为自我的实然状态（现实状态），这时主体体悟到了肉身的沉重。现象层面的物我之分只不过是人拘于"我见我执"的非本质判断，如果人们能摈弃成见或坚执，就能跨越矛盾的沟壑，觉悟到两者之间在本体层面"道通为一"（或称之谓异质同构）的必然性。正源于此，在中国人眼里，美的极致不在人而在自然，以物喻人就成了中国古典美学的传统。

"浮云"作为自然"物象"，其所指为"飘浮的云彩"，中国文人却仰察于天，以"浮云"体悟生命，"浮云"则成为"生命的镜像"（意象）。《论语·述而》有"饭疏食饮水，曲肱而枕之，乐亦在其中矣。不义而富且贵，于我如浮云"之说，对于以修身养性（内圣外王）为乐的君子来说，用不正当的手段攫取的富贵，自然视之如粪土，弃之如敝屣。此中"浮云"（富贵）类似"粪土"、"敝屣"，即生命中无价值的东西。李白《登金陵凤凰台》一诗中有"总为浮云能蔽日，长安不见使人愁"之句，长安是朝廷的所在，日是帝王的象征，可见此中"浮云"类似陆贾《新语慎微篇》中"邪臣之蔽贤，犹浮云之障日月也"之"浮云"，即"奸佞邪臣"之

---

① 刘纪成：《物象美学》，郑州大学出版社 2002 年版，第 237 页。

喻。杜甫《梦李白》之二中"浮云终日行,游子久不至"中的"浮云"应与李白《送友人》中"浮云游子意,落日故人情"中"浮云"同构,均为"游子"之喻。

上面所引古诗文中的有关"浮云",虽然"邪臣"与"游子"属于不同的生命类型,但有一点是相同的,即均以"浮云"隐喻"生命"。论者无意对"浮云"作溯源式的历史性考察,只是为了作一点铺垫,说明将残雪《苍老的浮云》的题旨指认为"垂死生命的镜像",绝非空穴来风。既然如此,那么垂死的生命又有哪些表征,作者描述垂死的生命形象又有什么社会意义呢?

三

生命是有重量的。所谓"重如泰山",其重在于生命意义的张扬;所谓"轻如鸿毛",其轻在于生命存在意义的缺席。生命失重就是垂死生命的表征之一。小说《苍老的浮云》中的人,无论年长年少,无论男性女性,其生命一律失去重量,皆呈现出苍老的垂死相。

"每次她从我们窗前走过,总是一副恍惚的样子,连脚步声也没有! 人怎么能没有重量呢? 既是一个人,就该有一定的重量,不然算是怎么回事?"[①]这就是《苍老的浮云》中的"虚汝华",她的灵与肉已日渐分离,成了影子似的人物,或许"虚汝华"之名就是生命"虚化"的象征符号,这与先锋作家余华《世事如烟》中 6 钓鱼时所遭逢的"鬼"们极为相似:

> 他(6)来到江边时,江水在黑色里流动泛出了点点光亮……借着街道那边的隐约飘来的亮光,他发现江岸上已经坐着两个垂钓的人……他发现他们总是不一会工夫就同时从江水里钓上来两条鱼,而且竟然无声无息,没有鱼的挣扎声也没有江水的破裂声……鱼的鳞片在黑暗里闪烁着微弱的亮光,他看着他们怎样迅速地把那些亮光吃下去,同样也是无声无息……后来天色微微亮起来,于是他看清了两人手中的鱼竿没有鱼钩和鱼浮,也没有线……接着他又看清了那两个人没有腿,所以他们并不是坐在江岸上,而是站在那里……[②]

6 遭遇的两鬼与虚汝华一样,可以看见,却都无声无息,没有重量,即使鸡叫声来到时,它们一起跃入水中,江水四溅,却依然无声无息。难怪慕兰对做

---

① 残雪:《残雪自选集》,海南出版社 2008 年版,第 6 页。
② 余华:《余华》,人民文学出版社 2001 年版,第 206—207 页。

了八年的邻居颇感陌生和恐惧："我真当心她是不是会突然冲到我们房里来行凶。"其实在慕兰的潜意识里，已经把虚汝华视为鬼魅，这才有在后面的墙上悬挂一面大镜子的行动，虽然她口头说挂镜子是为了侦察她的一举一动，其实镜子还有另一种特殊的功能——驱鬼辟邪。

其实慕兰的丈夫"更无善"也是这样一个"虚化"的人物："他在屋里走来走去，到处都要嗅一嗅。他的动作很轻柔，扁平的身体如同在风中飘动的一块破布。"①若细加考察，小说中的人物，均有这种无根的飘浮感，没有理想，没有价值观，没有堂皇的作为人的权利，没有作为人的责任担当，甚至连友情、亲情和爱情这类美好的感情也荡然无存……就像"更无善"的名字一般，"无善"可陈。更无善在上班时间不是"用干馒头屑喂平台上的麻雀"，就是"连几个钟头朝着窗外"，像他的同事一样，装出"正在沉思的样子"；就连所长找他谈话，也是与工作毫无关系，而是要"更无善"给他弄一只鹦鹉。其实这种无所事事的无聊生活并不轻松，甚至相当耗费精力，正如更无善抱怨的那样："我到厕所去解手，就有人从裂开的门缝那里露出一只眼睛来。我在办公室里只好整天站着，把脸朝着窗外，一天下来，腿子像被人打断了似的。"②下班途中有岳父的跟踪，麻老五的监视纠缠，这样的窥视与纠缠甚至是 24 小时连轴转，更无善过的哪里是人的生活！总之，小说中的人物，夫妻同床，形同陌路；妇女翁婿，情如水火；同事邻里，视如仇寇……甚至连维系人与人关系最原始也是最后的那根血缘之线也早已寸断。

残雪似乎特意从人性的二维中抽取或剥离了精神之维，而将肉身投掷于浊世（人间地狱）之中，并对其进行冷峻而不动声色地动态考察，惊世骇俗地展示出生命失重后的垂死挣扎及不可避免的空耗与速朽。文本中肉身的速朽过程大体从三个方面予以展示：一是肉身的物化。如"虚汝华"，她的肉身的形态"一点点萎缩下去，变成了一颗干柠檬"、"身子已经变得像干鱼那么薄，胸腔和腹腔几乎是透明的，对着光亮，可以隐约看出纤细的芦秆密密地排列着"……二是肉身的病变。从病理学的角度看，有"神经官能症"、"夜游症"、"迫害狂"、"肠胃紊乱"、"蛀牙"、"关节炎"、"不明原因脱发"、"水肿"、"心脏破裂"、"肿块"、"大小便失禁"，等等，游走其间的每个肉身一律发生严重的病变。从年龄看，虚汝华和更无善们不过三十来岁，其生命本应如中天之日，而事实上却未老先衰到不堪入目的地步。就是年少如更无善的女儿凤君，还是一个小学生，

---

① 残雪：《残雪自选集》，海南出版社 2008 年版，第 15 页。

② 残雪：《残雪自选集》，海南出版社 2008 年版，第 16 页。

竟然也老气横秋,连头发也稀稀拉拉的,根本没有"旭日东升"的朝气。三是肉身被莫名地掏空。目光所及,文本中充斥"扁平的身体"、"下垂的乳房"、"萎缩的肚子"、"麻秆一样的腿"、"秃头"、"没牙的嘴"、"稀稀拉拉的山羊胡子"、"老的像树干"等字眼,就连养的公鸡也是"脱光了毛",甚至说话的声音也失去了穿透力,停在空中,像一些印刷体的字。

"物化"、"病变"、"被掏空"的肉身,就像"墙壁上的挂钟,现在它里面的齿轮已经朽坏了,快要咬住了"。的确,残雪小说中的死亡描写就像墙壁上的挂钟一样,不存在偶然性和突发性,无论死亡来自外部或内部,总有一个渐变的过程,与萨特所谓的突然缺席不同。《苍老的浮云》中虚汝华的死亡过程颇为典型:

> 她的一条腿像被钉在床上不能动弹了。昨天她烧好了水到浴室去洗澡,因为常年不打扫,浴室的地面溜溜滑滑,她一进去就摔倒在水泥地上了。当她听见左腿里面有什么东西发出瓷器破碎的声音,那声音很细弱,但她听到了。她用手撑起来,爬回卧室,和着黏糊糊的有腐烂味儿的衣服倒在床上。现在死亡从她的伤腿那里开始了,她等着,看见它不断地向她的上半身蔓延过来。麻雀一只又一只地从纱窗的破洞钻进来,猖狂地在半明半暗中飞来飞去。她用尚能活动自如的手在床头摸索着枕头,向这些中了魔的小东西投去。外面也许正出着大太阳吧? 屋顶上的瓦不是被晒得"喳喳"作响吗? 石磨在地板底下发出空洞干涩的声音,她将死在太阳天里,她的死正如这座阴森的老屋一样黑暗,她始终将与这老屋融为一体。墙壁上的老钟最后一次敲响在昨天夜里,那是一次疯狂的、混乱的敲打,钟的内部发生了不可思议的爆炸,其结果是钟面上的玻璃碎成了好几块。现在它永久地沉默了,带着被毁坏了的死亡的遗容漠然瞪视着床上的她。她的身体从伤腿那儿正在开始腐烂,那气味和浴室里多年来的气味一模一样,她恍然大悟,原来好多年以前,死亡就已经到来了。①

之所以不厌其烦地抄录原文,其目的不仅在于残雪对虚汝华濒死阶段的描写实在太精彩了,而且在于企图从上述有关死亡的经典描述中,提炼出某种规律性的东西或形而上的哲思。上述有关死亡过程的叙述至少有四点引人深思。

一是死亡既来自外部,即浴室摔断了腿,这是死神在场的显性表征;死亡

---

① 残雪:《残雪自选集》,海南出版社 2008 年版,第 51 页。

也来自内部,就如虚汝华体验到的那样,"原来好多年前,死亡就已经到来",这进一步证明了笔者在《回溯童年:一种生命蓝图的呈现方式》一文中阐述的观点:面对死亡的内外夹攻,人无时无刻不置身于危机四伏之中,死亡是人的最本己的可能性,本真的存在是向死而在。

二是设置了在场死神的异形,即"石磨",虚汝华听到"石磨在地板底下发出空洞干涩的声音",就预感到死亡在所难免,那石磨正为她所设,她已无处可逃。这表明死神始终在场,如影随形。

三是以生命的"在死"状态亲证死亡的本体。死亡体验一般有两种:一种是间接的,比如虚汝华母亲的死亡过程,对虚汝华来说就是间接的——"她听见石磨碾碎了母亲的肢体,惨烈的呼叫也被分裂了,七零八落的,那'咔嚓'的一声大约是母亲的头盖骨。石磨转动,尸体成了稀薄的一层混合胶状物,从磨盘边缘慢慢地流下。当南风将血腥味送到小屋里来的时候,她看到了死亡的临近"。此外还来自"墙上的挂钟"——锈坏的挂钟,不仅是时间的象征,在民俗的视野中,"钟"与"终"谐音,隐喻死亡。虚汝华从"钟"这一对象中体验到时间之死的同时,也在体验本己之死。而对本己之死的体验则属于直接体验,这是最具个性化且无法替代的体验。

四是与余华那种通过死亡的叙事以表现生命的无常不同(死神来自外部),残雪偏爱鲁迅那代作家的死亡叙事,即油枯灯灭的那种死亡(死神来自内部)。有论者曾研究文学与疾病的关系,并得出这样一个结论,20世纪初的作家最为钟爱的疾病是肺结核病,据说原因有三:一是跟当时的医药条件有关,肺结核病为不治之症,只要确诊染上此病,就意味着遭遇死神,被宣判死亡;二是这种病与癌等疾病相比,死亡的过程相当漫长,能充分体验生命日渐被细菌吞噬的整个过程;三是肺结核病常常咳血,其血艳如桃花,给死亡抹上一丝亮丽色彩。在常人看来,这种偏爱颇有嗜痛如饴的恶俗,而对于因肺结核而早逝的浪漫主义诗人诺瓦利斯来说,疾病虽然充满痛苦,但能获得精神升华的生命浓缩的状态。患病是"一种刺激生活,刺激丰富多彩的生活的强有力的兴奋剂"。残雪的观点与此类似。在残雪看来,病痛是身体显示其存在的主要方式,是病痛导致身体的觉醒,继而参与创造活动。

由此可见,残雪之所以如地狱里的恶鬼一般,将肉身抛入沥青池中煮熬,变着花样折磨肉体,为的是让它焕发出人类特有的活力。也正缘于此,"在死"的虚汝华们不是仍然进行绝望中的反抗吗?于是这些肉身试图通过"编制语言机体"的努力,以获取存在的理由,找回自己生命的感觉,重返自己的生活空间,甚至重新拾回被生活无常抹去的自我。如更无善,他一次次地编织自己干过地质队的故事——"有一个时候，我是很不错的，我还干过地质队呢。山很高，太阳离得那么近，简直伸手就可以碰到……"[①]面对无边的虚无像毒蛇般纠缠，更无善试图通过编织地质队的故事以获取反抗虚无的勇气，然而，"那些情景都已经退得很遥远，缩成一个模糊的光斑"，[②]已经无法擦亮受潮霉变的生命。

四

按照存在主义哲学家海德格尔的理论，从时间维度着眼，可将生命从生到死的行程标画出以下几个标段：已在——此在——能在（尚未）——不再此在。其中的"不再此在"指的就是生命存在的终结——死亡——"是一种此在刚一存在就承担起来的去存在的方式"。[③] 笔者引进存在主义理论资源的目的有两个：一是为了便于厘清作为文本中"此在"存在的肉身，其精神之维是被什么所剥离的；二是为了探究作为"向死而在"的生命，在"此在"与"不再此在"之间原本应存在一个"能在"标段，即多种可能性的存在，而文本中的肉身何以失落了多种可能性，成了一条被限定的单行线。

"虚汝华"和"更无善"们绝非一踏入这个世界就成了生命失重的肉身，要不"虚汝华"就不会发出"小孩子，总不可能像大人那样飘忽吧"这样的追问。从"小孩子"到"大人"，这是一个不可逆转、不可逾越、不以人们的意志为转移的生命过程。君特·格拉斯卡在《铁皮鼓》里，写了一个拒绝长大的人——小奥斯卡——他三岁时拒绝长大就再也长不大的情节是天真而荒诞的，但这天真而荒诞的情节却有助于人们去关注、直面、探索并改变这个荒诞的世界。这或许正是残雪反复强调"反思自己的世俗生活和肉体"的逻辑起点。

时间和空间是生命存在的基本方式。从空间维度看，周遭世界是个体生命此在的"他者"，而他者作为异己的力量存在。从自然空间看，残雪笔下的世界是一个非人的世界，《苍老的浮云》中的生存环境没有一丝"人诗意栖居"的因子：这里蚊子肆虐，"在她那个房间里拥挤着，简直像开运动会"；蟋蟀前仆后继，"把他拖得筋疲力尽"；蛾子耀武扬威，"五六只大蛾子在她的头顶绕圈子，

---

① 残雪：《残雪自选集》，海南出版社 2008 年版，第 9 页。

② 残雪：《残雪自选集》，海南出版社 2008 年版，第 25 页。

③ ［德］海德格尔：《存在与时间》，陈嘉映等译，生活·读书·新知三联出版社 1999 年版，第 221 页。

撒下有毒的粉末,弄得他眼发直脚发抖";老鼠目中无人,"在白天,桌上居然有成群的老鼠穿梭,跳出弹性的、沉甸甸的脚步";虱子锲而不舍,"一刻不停地袭击着他"……于是,肉身与这些动物或昆虫展开了艰苦卓绝的战斗,其战斗异常惨烈而持久。而结果却是以肉身的惨败而告终,败得那样彻底,连反抗的勇气也丧失殆尽。

美国华裔学者段义孚论及空间现象学上的意义时曾说过:空间的开放性提示未来,启发人积极行动。然而空间的旷阔与自由亦能带来负面的无助与恐惧感。这对于研究"更无善"们赖以寄存的空间失落颇有启示意义:一是小说文本中不存在"空间的旷阔与自由"的问题,而是空间的日渐逼仄与自由的失落带来的焦虑与恐惧。如更无善,连走在上班路上也猥猥琐琐,提心吊胆,即便如此谨小慎微,仍时常被阻断,因为"他岳父每天都在暗中刺探他的一切,他像鬼魂一样,总在意想不到的地方冒出来,钻进他的灵魂";因为鄙视他的麻老五——"那个可恶"的老头儿,即使躲进公共厕所、生病请假回家也无法逃避他的侵犯。二是"空间的开放性提示未来",的确能"启发人积极行动"。如"老况"与"虚汝华"刚结婚那会儿,"满脑子又空又大的计划,想要在屋前搭一个葡萄架,想要在后面搭一个花棚"。撇开计划的大小与性质不论,作为生命个体,其生存空间尚呈开放性,表征其生存态度的积极性。然而,"这些都没来得及实现,因为蟋蟀的入侵把她拖得精疲力竭了"。从此她的生存空间也由开放转为闭锁,她家的门窗均用铁栅栏钉上,其生存方式类似于穴居的老鼠。三是人类的活动空间若从个体与群体关系的角度来划分,可分为"私人空间"与"公共空间"(社会空间)。对于更无善们来说,最致命的是"私人空间"的公共化。由于"到处都在窥视,逃也逃不开","不可侵犯"的"私人空间"被入侵者打开,"生活隐私"被无可挽回地暴露于光天化日之下。

关于私人空间的公共化问题,残雪在另一篇小说《山上的小屋》中作了更加集中的探索:小说开篇作者就将两个空间并置在一起,一个是山上的小屋——"在我家屋后的荒山上,有一座木板搭起来的小屋";一个是日常生活的"家"——"我每天都在家中清理抽屉。当我不清理抽屉的时候,我坐在围椅里,把双手平放在膝头上,听见呼啸声。是西北风在凶猛地抽打小屋杉木皮搭成的屋顶,狼的嚎叫在山谷里回荡"。从空间的构形看,前者是"我"心造的幻象,属于"异度空间",类似于伍尔夫"一间自己的房子"似的空间,表征精神独立、主体不被体制编码或异化的心理诉求;后者的"家"则属于"日常的空间",一个主客体关系高度紧张、尖锐对立的空间。"家"的周围整夜有小偷徘徊,有狼"绕着房子奔跑,发出凄厉的嚎叫","山上的砂石轰隆隆地朝我们屋后的墙上倒下来";"家"里监视、干涉无所不在,"家"中"我"的"抽屉",表征一个很私密的自我空间,"我"每天整理抽屉的习惯,类似《历程》中离姑娘父母为猫捉跳蚤,"我"整理的是自我的精神生活或生死问题(死蛾子、死蜻蜓),却被强行介入,蛮横阻挠——"他们趁我不在的时候把我的抽屉翻得乱七八糟,几只死蛾子、死蜻蜓全扔到了地上,他们很清楚那是我心爱的东西"——"我"在家中,总是处于危机四伏之中,个人的一切权利(尤其是隐私权)都受到侵犯,生活在家中,压抑、惶恐、没有安全感,如同置身地狱一般。"我"与"虚汝华"们不同的是年轻而充满活力,血液里还喧响着"荒原狼"的原始蛮力,面对被日渐挤压的空间,总能绝地反击。残雪所构形的表征空间中,总有狼的影子,尽管在不同的空间,不同人的身上,其狼性不尽相同,如《山上的小屋》中"我"父亲的狼性,偏重于凶残与狡诈,而"我"的狼性则表现在追寻自由的野性上,类似伊索语言中的《狼和狗》中的"狼"。(一只白胖白胖的狗套着颈圈,狼见到后,便问他:"你被谁拴住了,养得你这么肥胖?"狗说:"是猎人。但愿你不要受我这样的罪,套着沉重的颈圈比挨饿难受得多。")因此《山上的小屋》中的"我"更接近童年的残雪。在《趋光运动》回溯童年"好的故事"中,残雪总能在无聊、压抑的空间中,以编织"好的故事"的方式,从中抽身而出,获得化蛹成蝶般自由、适意的怡乐。"山上的小屋",就是"我"以幻觉的方式构形的一个异质空间,并以之对抗被挤压、范限的"日常空间"。

康弘曾写过一部《保卫自己》的长篇小说:小说以"诗人之死"、"女演员堕胎"、"音乐王子之死"等事件,揭示了在一个对人的个体尊严极端无视的时代和环境里,人性的尊严惨遭蹂躏和扭曲的真相。比如"诗人""赤身裸体"(隐私)横尸在异国的大街上(公共空间),暴露于光天化日之下,所有的私人部位被公众指手画脚和随意的浏览和阅读。"诗人之死"意味着最后那点隐私也被剥夺。比如女演员,未婚先孕,当她去堕胎时,"她以为身体是属于自己的,那么割去自己身体的某一部分,包括生长在自己子宫里的婴儿,完全属于个人行为,痛苦和流血的是他自己,于经济建设和社会体制都没有太大的妨碍"。但是她想错了,在一个私人空间的公共化之处,私人权利的被侵害成为一种习惯性的社会活动,"保卫自己"便成了绝望的呐喊。

五

笔者将"苍老的浮云"指认为"垂死生命的镜像",乃借鉴了前文提及的著名心理文化学家拉康的"镜像"概念。拉康颇负盛名的"镜像阶段"概念,是在弗洛伊德的"自恋情结"或是"那喀索斯情结"的基础上创立的。弗洛伊德认为:人对于自我的认识是通过自己在外界的映像反作用于人的心理,在水中或其他反射物比如镜子中得到自己的映象,把他与别人区别开来,也即自我的确证。这个映衬物对拉康来说就是镜子。拉康的"镜子阶段"是对人的心理发展过程的认识,同样是属于人的自我意识生成的理论。镜子阶段可以从时间和作用方面分为三个时期:前镜子时期——镜子时期——后镜子时期。通过镜子阶段后,儿童变得成熟起来。其表现为:自我的身份确认和自我意识能力得到了彰显。其实,突破年龄的限制,揽镜自照,即便对成年人来说,也同样有助于提高认识自我的能力。当然,"揽镜自照"之"镜",其内涵和外延均扩大了,类似前文提到的唐太宗李世民的"三镜说"中的"人之镜",因而残雪小说中,就频繁地使用了"镜子"意象,让人目不暇接。笔者对此另有文章专门阐释,在此不再絮叨。其实残雪的每篇小说都是一面镜子,《苍老的浮云》就是。

漫长的封建社会,尤其是宋代之后,在"存天理,灭人欲"的理学桎梏下,人的个体性遭到了毁灭性的修剪,人成了"病梅"。面对宋儒无处不在的"巨剪",汤显祖将"王学左派"的"心学"以抗衡,形构了一个"牡丹亭"的异度空间,立下一面"生者可以死,死者可以生"的"至情"镜;面对"万马齐喑"的晚清墨色天空,龚自珍形构了一个"病梅馆"的异形空间,发出"我劝天空重抖擞,不拘一格降人才"的呐喊,照亮了清代后期知识分子,令无数的人"若受电然"。其实,"牡丹亭"和"病梅馆"就是异形的"镜子",让人们在"揽镜自照"中发现自我的被遮蔽、被扭曲,甚至被剪除。20世纪初,以鲁迅为代表的知识精英,以普罗米修斯盗取天火般的勇毅,大胆引入西方文艺复兴以来的思想资源,以"为人生"的文学,为国民立了一面"国民劣根性"的"镜子",以愤世嫉俗的"呐喊"唤醒沉睡的国民,迎来了人个性解放的千载难逢的契机。然而,由于后来强大的"救亡"和"国家民族主义"成为主流话语,并内化为一切文学创作及批评的唯一标准,把公共空间和私人空间人为地对立起来,单一化、简单化的非此即彼的二元论,遮蔽了个体的内在诉求,自我成了一个空洞的能指。尤其是"十年浩劫",原本脆弱的自我又遭到一次毁灭性的重创,人异化为一个没有自我、没有思想的"螺丝钉"。刘心武的《班主任》揭开了"新时期文学"的序幕,其中那声"救救孩子"的呼唤,与20世纪初鲁迅的那声呐喊遥相呼应,表明被一度中断的五四启蒙传统的重新确立。而当知识分子走下神坛,失去启蒙的话语权,许多作家开始逃避崇高、逃避责任,开始玩文学之时,残雪却倾听心灵的呼唤,坚守知识分子的岗位,毅然挑起自我启蒙和拯救的生命之重。残雪效法龚自珍、鲁迅,有意识地把自己插在"黑暗与光明之间的地带","将自我放在危机四伏的境地,不断地对他加以拷问,促使其生命力的爆发",其目的是为了"让个体从集体中剥离出来,从文化的大酱缸中突围"。①

　　残雪与其兄邓晓芒先生均以自己最为独特的自我形式来追求人类的精神。邓先生从自我人格建构的理想角度做文学批评,称张贤亮的写作是"返回子宫",莫言的作品有"恋乳的痴狂",顾城是"女儿国的破灭",贾平凹只有"废弃的灵都",②举重若轻地点中了"当代人精神上的病灶"。残雪《苍老的浮云》中的"老况"不就是一个没有真正长大的人吗? 三十好几的人了,一遇芝麻绿豆似的小事总要搬出母亲做挡箭牌,一旦离开母亲的羽翼,就无法独自面对俗世的风霜雨雪。在母亲的引导下,他进行灵魂的清洗工作,迷上了收集名人语录。然而,名人的语录并没有促成其心智的发育,而是进一步使其被遮蔽,就连对妻子的那点负疚情绪也被母亲称为残余的龌龊念头而被清洗。可见名人语录对"老况"来说,就像"姜太公在此百无禁忌"的谶语似的,成了他抵挡俗世风刀霜剑的盾牌。按马斯洛的观点,"老况"是一个严重的依赖病患者,名人的语录就如她母亲那温暖而安全的"子宫"。

　　"垂死的生命镜像"是如此触人心弦,作为读者(此在),虽然没有"在本然意义上经历他人的死亡过程",却"可以靠陌生的此在通达",③而获得某种死亡经验。这也正是残雪"追求自我就是化恶为善,将肉欲转化为精神"的匠心所在。也有理由相信,通过像残雪那样的众多作家对人类精神的不懈追求,"有一天民族的自我一定会浮现出来"。

---

①　陈骏涛:《精神之旅——当代作家访谈录》,广西师范大学出版社 2004 年版,第 95 页。

②　邓晓芒:《灵魂之旅》,湖北人民出版社 1998 年版。

③　[德]海德格尔:《存在与时间》,陈嘉映等译,生活·读书·新知三联书店 1999 年版,第 221 页。

第七章 双性同体:残雪小说的性别叙事

残雪小说是启蒙自我的经典文本,其中所有的人物都是由自我裂变而来,分别代表不同向度、不同层次的自我的某一个侧面。因而,文本中所设置的人物与她的"生命的图案"具有异质同构性质,无论夫妻也好情侣也罢,都是自我灵魂的镜像,并在性别叙事上呈现出性别属性上的一一对称关系。本章引援西方女性主义资源,从"双性同体"之维切入,检索残雪小说性别叙事的特点及其性别观念。

一

"双性同体"(androgyny)又译"雌雄同体"。这个词的英文源于希腊语,是将希腊语中"男性"(andro)和"女性"(gyny)两个词融合在一起构成的新词,意指一种同时具有男性和女性特点的人。它在生物学上指同一个体身上既有成熟的雄性性器官,又有成熟的雌性性器官;在体形构造及生理特征方面,表现为雄性及雌性的混合物。在心理学上,双性同体指同一个体既有明显的男性人格特征,又具有明显的女性人格特征,即兼有强悍与温柔、果断与细致等性格,按情况需要作不同的表现。在文艺学上,则由弗吉尼亚·伍尔夫把这个名词作为一个概念引入女性主义批评语境。她在著名的《一间自己的屋子》中提出了"双性同体"的思想。她认为,"虽然在男人的脑子里男性胜过女性,在女性的脑子里女性胜过男性"①,但人不会因为生理上有性别之分,所以大脑也有性别之别。她在哥勒瑞治关于一个伟大的脑子是半雌半雄的观点基础上,进而提出人的大脑只有将两性结合起来才是完整的、有创造力的。在她看来,"正常而舒适的存在状态,就是在这两者共同和谐地生活、从精神进行合作之

---

① [英]伍尔夫:《伍尔夫随笔全集Ⅱ·一间自己的屋子》,王义国等译,中国社会科学出版社2001年版,第578页。

时"，"一个纯男性头脑不能进行创造，正如一个纯女性的头脑不能进行创造一样"。① 双性同体是艺术创作的一种最佳状态，而在这种状态下创作的作品也是最好的。她后来在自己的创作中，尤其是在《奥兰多传》中，通过一个跨越时空的、诡诞的变性故事，进一步阐发了关于双性同体的理想。

对于伍尔夫的"双性同体"理论在学界的反响，北京语言大学的沈建青曾作过精到概述，她将伍尔夫的"双性同体"理论在女性主义研究领域的反响归纳为赞成和反对两派，持赞成态度的有玛丽·埃尔曼、卡罗林·海布尔伦、乔伊斯·卡罗尔·奥茨、陶丽·莫伊、埃莱娜·西苏等，他们认为双性同体是女性艺术创作的最好境界，是一种消除性别二元对立的理想模式；持反对意见的有伊莱恩·肖瓦尔特、桑德拉·吉尔伯等，他们认为双性同体实际上是一种性别的固定化，它否定了由社会性别体制造成的历史差异和冲突，也忽视了政治斗争的重要性以及社会和文化方面的不平等，其结果是以双性的假象掩盖了以男权为中心的文化策略。②

我们认为，伍尔夫的双性同体理论，对于文学创作和批评来说，不但有益而且有效，所谓一花一世界，能否创新，从某种角度看，关键在于能否发现一个全新视角；而对于女性主义运动来说，双性同体理论也有它的局限性和负面影响。

二

对于残雪有无私淑伍尔夫问题，笔者不敢妄下结论，但指认残雪的小说为经典的"双性同体"文本，却有据可依，其依据如下。

其一，从作家之维看，残雪自称其小说为"启蒙自我"的小说，其笔下构形的世界与外部世界无关，属于灵魂的世界，因此，文本中所呈现的一切，无论男女，都是自我心理现实、人格的不同侧面，具有"双性同构"结构。这种自我的"分身之术"，其实"五四"一代作家就用过，比如鲁迅小说的"复调性"即是，对此严家炎先生在《复调小说：鲁迅的突出贡献》(《中国现代文学研究丛刊》2001年3期)一文中有过相当精辟的论述；而钱理群先生则以"众声喧哗"概括鲁迅小说的"复调性"："他的作品总是有多种声音，在那里互相争吵着，互相消解、

---

① 〔英〕伍尔夫：《伍尔夫随笔全集Ⅱ·一间自己的屋子》，王义国等译，中国社会科学出版社 2001 年版，第 578—579 页。

② 柏棣：《西方女性主义文学理论》，广西师范大学出版社 2007 年版，第 205—206 页。

颠覆着，互相补充着，这就形成了鲁迅小说的复调性。所以在鲁迅的小说里，找不到许多作家所追求的和谐，而是充满各种对立的因素的缠绕，扭结，并且呈现出一种撕裂的关系。"①而这种多声部的合唱或撕裂，都是"鲁迅自己的感受、体验、思考中的种种矛盾与困惑"。如果说鲁迅的"分身术"较为隐性，那么周作人的《乌篷船》就一目了然了。《乌篷船》作为"言志"的小品，采用书信形式，收信人"子荣"（周作人笔名）与写信人同为作者自己，是自我人格裂变后的两个侧面。总之，凡一个作家，只要他还关注自己的内心生活，并有勇气直面，那么，这种人格的裂变就在所难免，换言之，每个作家都具有"分身术"的潜质。然而，仅凭"分身术"，是否就能判定其具有"双性同体"结构呢？不能。正如仅凭鲁迅的小说具有"众声喧哗"的复线结构，不能断定作家具有"双性同体"结构一样，是否具有"双性同体"结构，关键要看自我裂变后的性别指标。在鲁迅《在酒楼上》《孤独者》等小说中，人们通过两种声音（对话），读出了"两个鲁迅"，也即钱理群先生指出的鲁迅式的"往返质疑"的"复线结构"，"正是在这两种声音的相互撞击、纠缠之中，显示出鲁迅自己的，以及和他同类的知识分子的'灵魂的深'"。②然而在鲁迅这里，"我"和"魏连殳"也好，还是"我"和"吕韦甫"也罢，从性别角色看，其裂变的图式是由一个"XY"（作家）裂变两个"XY"（自我的两个侧面）。而残雪则不同，她虽私淑鲁迅，其作品也具有鲁迅式的往返质疑式的"复线结构"，追求"灵魂的深"，其自我裂变的图式却是由一个"XX"（作家）裂变成一个"XX"和一个"XY"（自我的两个侧面）。由此可以逆向推导，那个"XX"（作家），原本由一个"XX"和一个"XY"构成，即"双性同体"，不过是一显一隐罢了。我们不妨以残雪小说《公牛》为个案，作结构主义阐释。正如伍尔夫（XX）通过《奥兰多传》的"变性故事"（由"XY"变为"XX"）来践行她的"双性同体"理论，残雪的《公牛》也由"XX"即作家的自我，裂变为妻子"我"（XX）和丈夫"老关"（XY），彰显了"双性同体"的结构性意义。正如丈夫"老关"所言，"我们俩真是天生的一对"，何为"天生"，就是与生俱来的，彼此血脉相依，不可分割。其实，《公牛》中的"我"和"老关"，就是残雪自我的生命镜像，呈现出"灵"与"肉"相互缠绕、相互搏击的生命蓝图。我们不妨再以小说中的一段对话予以说明：

　　（1）当我要睡的时候，那只角就从洞里捅进来。我伸出一只赤裸的手臂想要抚摸它，却触到老关冰凉坚硬的后脑勺，他的后脑勺皱缩起来。

---

①　钱理群：《与鲁迅相遇》，生活·读书·新知三联书店2003年版，第133页。
②　钱理群：《与鲁迅相遇》，生活·读书·新知三联书店2003年版，第133页。

（2）"你睡觉这么不安分。"他说，"一通夜，田鼠都在我的牙间窜来窜去，简直发了疯。你听见没有？我忍不住又吃了两片饼干，这一来全完了。我怎么就忍不住……"

（3）那个东西整日整夜绕着我们的房子转悠，你就一次也没看见？

（4）有人劝我拔牙，说那样就万事大吉。我考虑了不少时候，总放心不下，一想到拔牙之后，再没有什么东西在口里窜来窜去，心里"怦怦"直跳。这样看起来还是忍一忍好。①

从以上"双声部"的对话来看，"我"和"老关"虽为夫妻，却各自活在自己的世界里，叙说各自真实的生存状态与体验，也就是各自生命的本真言说，似乎以各自的方式演绎"我说故我在"的哲学命题。其实"妻子"与"丈夫"是"自我人格"分裂的对称两端，核心的轴心是"自我"：丈夫"老关"的"龋牙"话题指涉"肉"的痛苦，妻子"我"倾心于外面的"公牛"及遭雨摧残的"玫瑰"，指涉"灵"的关切。因此，从自我裂变的图式看，残雪与鲁迅存在明显差异，虽然两者裂变后均呈现出一一对称的图式，而前者却有后者所缺乏的性别指涉或性别意义上的对应。残雪与伍尔夫也不同，其不同在于伍尔夫的两性是"和谐"的，故"奥兰多"的变性是渐变的，平和的，而残雪的两性既相互依存又相互对抗，因而少了伍尔夫那种拖泥带水，多了一分独有的自信。

其二，从叙事策略和文本表征来看，残雪的小说构形也具有"双性同体"的自觉。对于残雪来说，用中国式"阴阳鱼"图式来代替"双性同体"结构或许更符合实际。"阴阳鱼"是中国道家把握世界的核心图式。《易·系辞》云："易有太极，是生两仪，两仪生四象，四象生八卦，八卦定凶吉。""太极"指的是天地未开、混沌未分阴阳之前的状态，是一切矛盾的统一体，两仪则是一切矛盾的展开。"太极图"又称"阴阳鱼"，其中的一阴一阳两部分，分别代表相互对立的属性。"阴阳鱼"中"阴中有阳，阳中有阴，负阴抱阳"是万物的基本属性；而"阴极复阳，阳极复阴"，则表征"阴阳鱼"中，阴阳两鱼，在阳性正力与阴性反力的作用下，以漩涡状盘绕在一起，二者此消彼长，相互媾和，呈现出阴阳螺旋式运动态势。"启蒙自我"是一项浩大而艰巨的灵魂工程，残雪不断"向内旋"的笔触，如同盘古的神斧，笔锋所及，呈现出"阳清为天，阴浊为地"的"生命图案"。残雪也经历过类似盘古开天前的混沌期。她说："在早年的混沌中，谁也不会看清了之后再去做，再说那时我们又能看得清什么呢？"②她充分体验到混沌中的

---

①　残雪：《残雪自选集》，海南出版社 2008 年版，348 页。

②　残雪：《趋光运动》，上海文艺出版社 2008 年版，第 157 页。

盲目与无助。后来她终于发现,绘制"生命的图案"的主动权在自己的手中,并毅然握紧开天之"剑",剑锋所及,属于自己的图案终于从其他图案中脱颖而出。那图案多么诱人,就如她小时候制作的冰花,具有"天堂般的美景。那么多的对称,那么强烈的形式感,那么难以穷尽的形式感"①。其实,在这里,残雪秉承了伏羲式"观物取象"的范式,从外在世界的"冰花"与内在世界的"生命图案"比较中,发现两个世界的异质同构性,即"阴阳鱼"图式的普泛性。

"观物取象"、"立象尽意"也是中国古典美学的核心命题。《易·系辞》云:"圣人立象以尽意,设卦以尽情伪,系辞焉以尽其言。""立象"目的在于"尽意",而此中之"意",既是"象"本身所蕴含的意义,又是人独立于象的主观"情意"。可见"观物取象"、"立象尽意"命题,"伴随着中国人立于存在寻求超越、又在超越中寻找新的综合的整个过程,体现了他们在对人与自然关系的省察中不断向世界的纵深处沉潜的鲜明特征"。② "观物取象"是残雪"格物致知"的典型方式,"立象尽意"则是残雪的叙事策略,因而,残雪小说的构形也就呈现出"阴阳鱼"图式。

从时间构形来看,残雪把人的生活裂变为"白天"和"黑夜"结构,"白天"为阳,指涉"肉",即世俗的日常生活;"黑夜"属阴,指涉"灵",即陌生的精神生活。残雪笔下的男男女女,犹如夜行性动物,一旦夜幕降临,就显得高度的亢奋,他们永远在策划,在积聚力量,在探索,似乎他们只为某种难以名状的事情活着,"每个人都将这类事情看作生死攸关的大事情,因而忧心忡忡,因而生出无穷无尽的冲动",但绝不颓唐,宿命论也与他们无缘。

从空间构形看,她总是"上"与"下"、"前"与"后"、"里"与"外"、"中心"与"边缘"一一对应,呈现出"阴阳鱼"图式。"秋千架"构形就遵循上阳、下阴结构:秋千升飞时,体验到的是回肠荡气的生的自由感;坠落时,体验到的是地心引力(死神)的阴森恐怖。与此相同构形的还有"断崖"、"走钢丝"、"井"等,均通过"上阳、下阴"的结构,呈现出一幅幅"逼死趋生"的生命蓝图。而《归途》中悬崖边的小屋,《末世爱情》中"五爷"的空房间等,虽均采用"里阴、外阳"的结构,但空间的表征却不尽相同:《归途》中悬崖边的房内,属阴,指涉死亡,房外属阳,指涉生,因而,从空间构形看,所谓"归途",是一则"先行到死"而后"生"的寓言;而"五爷"的"空房间"外属阳,指涉充斥物欲的俗世生活,房内属阴,指涉五爷坚守的精神生活,因而从空间构形看,"空房间"讲述的是一个灵地守望

---

① 残雪:《趋光运动》,上海文艺出版社 2008 年版,第 157 页。
② 刘纪成:《物象美学》,郑州大学出版社 2002 年版,第 276 页。

者的无奈与执着。《表姐》、《海的诱惑》、《阿娥》、《边疆》等小说,在空间构形上,遵循的是"中心"为阳、"边缘"为阴的原则,类似沈从文等现代作家"城"与"乡"的空间构形方式,以空间转换的策略,拒斥无所不在的异化,以抵达心灵的天堂。

从性属的构形来看,残雪也遵循男阳、女阴结构,当然此中男女,与屈原"香草美人"的性属构形颇为接近,其男女意象应从暗喻层面来理解,其内涵是象征的而非实指的。男与女各自象征阳性与阴性,而不必与男女生物性别有关。按照灵士唐望的理论,人作为"明晰生物","生下来便有两种力量之环,一个力量之环是理性,它的同伴是语言,它们一起造成并维持了这个世界"。[①] 另一个力量之环是意愿,它直接跟"感觉、做梦及看见"相连。与"理性"与"意愿"相对应的观念为"Tonal"与"Nagual"。若将唐望理论与道家的阴阳相伴相生的观念结合,则"Tonal"与"Nagual"分别对应"阳刚"与"阴柔"。由于"Tonal"与"Nagual"的二元对立状态,致使人类的性格出现两类相反的倾向:一类是"Tonal"居上风时的倾向,如理性、思虑、区别心、支配性、自我肯定性等。另一类是"Nagual"居上风时的倾向,如情感、直觉、混同心、接受性、整体认同性等。只有"Tonal"和"Nagual"相伴相生,才是"双性同体"的"真我"。而残雪的小说性属构形,与时间和空间相依相生,当"Tonal"居上风时,则人物性格往往倾向于"阳",心理层次处于下位,其活动与"白天"有关;当"Nagual"居上风时,人物性格倾向于"阴",心理层次处于上位,其活动与"黑夜"有关。比如《历程》之中,皮普准属阳,离姑娘、二姑娘及洗鱼的老妇人属阴,"阳"指涉日常生活,"阴"指涉精神生活,"阴"的层理层次比"阳"高,为"阳"的精神之旅的引领者。一旦皮普准受到离姑娘的启蒙,走出日常生活,则阳消,阴长,其黑夜的活动就变得相当活跃。《最后的情人》的性属构形则更为典型,也更为复杂。

所谓典型性,主要体现在性属的对称结构及象征意涵的典型性上:小说中主要人物有三对,两对夫妻,即"玛利亚和乔"及"丽莎与文森特";一对情人,即"埃达与里根"。乔为"古丽"服装公司业务经理,文森特为"古丽"服装公司老板,里根为"橡胶园园主",三位男人属阳,指涉肉,即俗世生活;玛利亚、丽莎、埃达属阴,指涉"灵",她们仨都从俗世生活中抽身而出:玛利亚在家养非洲猫,种令人疯狂的玫瑰,编织有蝎子、骷髅图案的挂毯,黑夜沉迷于与先人鬼魅交流;丽莎急流勇退,辞掉服装公司的俗务,沉湎于夜里与精灵的"长征";埃达从

---

① [美]卡洛斯·卡斯塔尼达:《力量传奇》,鲁宓译,内蒙古人民出版社1999年版,第91页。

毁灭她全家的泥石流中逃生，来到人间流浪，她斩断了应该斩断的东西，寻找她生命中应该拥有的东西，那是她在那种吞没一切的虚无中的坚持，她的精神支柱。从心理层面看，阴性高出一个层次，比如文森特属于过去，而丽莎则是他的未来。然而，这里的阴阳两性具有典型的相依相生的特点，具体表现为"阴阳"两性既保持一定的距离，又相互追逐上。阴逐阳，表明精神的创造离不开肉体，需要从肉体中不断汲取突破障碍的力量；阳追阴，表明肉体的沉沦需要精神的引领与救赎。

　　所谓复杂性，主要体现在两个方面：一方面，阴中有阳，阳中有阴，并呈现出动态结构。比如乔作为"古丽"服装公司的业务经理，原本阳居于上，随着创造性阅读的扩张，他逐渐疏离了俗世生活，展开了黑夜的追逐，最后终于摆脱了服装公司的魔爪，走向遥远的东方，呈阳消阴盛的动态结构；文森特作为"古丽"服装公司的老板，事业蒸蒸日上，原本阳居上位，随着"南方橡胶园"之旅及丽莎的出生地"死亡之谷"（赌城）的寻根，也淡出商业圈，最后走向"五龙塔"，脱胎换骨，其结构也呈阳消阴长的动态结构；里根为"橡胶园主"，空间规模不断向外扩张，原本也是阳居上位，随着追逐影子似的难以把握的埃达，他也成了夜行性的生物，最后把橡胶园送给人家，其结构也呈阳消阴长的动态结构。而三位女性的结构则正好呈反向的动态结构。另一方面，小说中的所有男女都是残雪自己的生命镜像，即属于她自己的"生命图案"。

　　以上从作家、叙事策略及文本表征三个向度进行梳理和考察，结果表明，残雪的小说的确是经典的"双性同体"文本。其实，这种"双性同体"结构的文本自古就有，远的不说，就拿《红楼梦》来说，就是一个"双性同体"的范本。从空间的构形来看，曹雪芹就从性属之维出发，模塑了两个世界（两个表征性的空间）：一个是女儿世界，另一个是男人世界。廖咸浩先生就曾用他独特的"阴半"、"阳半"理论为致思理路，分析其中人物。廖先生认为，女儿世界代表的是潜意识居于主宰的意识模式，也就是"阴半"；男人世界代表的是意识居于主宰的意识模式，也就是"阳半"。他认为，在《红楼梦》一书中，宝玉的悲剧则种因于他对"暗喻性阳刚"（简称为"暗阳"）的排拒。因为宝玉的生存意向是"退却式的"，是拒绝成长的，是偏爱"女儿世界"的，所以，他不但把布尔乔亚的影响，视为寇仇，且对一切来自"男人世界"（或暗阳）的影响都感到疑虑，以至于任何与"男人世界"接触都隐含了造成"乐园""沉沦"的威胁（廖咸浩：《"双性同体"之梦：〈红楼梦〉与〈荒原狼〉中"双性同体"象征的运用》，发表于中国台北《中外文学》第十五卷第四期）。从人物性属构形来看，《红楼梦》也颇具典型性。不但"木石同盟"、"金玉良缘"两个核心的情节元呈阴阳性属的对称性，而且具体的人物,也呈现出这种阴阳性属的对称性,比如贾宝玉、甄宝玉与林黛玉、晴雯就呈现出一种"蝶式"阴阳的对应。无需赘言,总之,指认《红楼梦》为"双性同体"的范本,没有问题。问题在于在中国的作家中,像残雪那样自觉、鲜明、集中地模塑"双性同体"文本的作家,自古及今,却很少,想必在世界文学史上也并不多见。因此,残雪那种"集束炸弹"似的效应,理应引起人们的足够重视和研究。

三

残雪小说"双性同体"的文本性坚守,可以当作反父权文化陈述来阅读,一种关于超越性别文化的陈述。"陈述"是一种话语权,而性别则是由话语建构的。在父权制社会,女性的话语权被剥夺,成了哑默失声的群体。伍尔夫以"双性同体"的陈述方式,拒斥父权文化的编码,以改变女性的屈从境遇;残雪以"个性化"的写作,挑战父性在场结构,以争取女性人格的独立。

残雪并没有标榜自己是一个女性主义者,但她对女性主义确有好感,她说:"我之所以对女性主义有好感,主要是因为像这种潜意识写作,在中国这种文化土壤里面,只有女性才可以做,男性做不到。"①残雪在这里把"纯潜意识的写作"称为"女性式写作",为什么呢? 因为,"潜意识是我们的空间,男的搞一段时间就不会搞了,搞不下去了。国外作家可以,像卡夫卡、博尔赫斯,他们都是非常女性化的……我们的文化不会让这种人成长起来"②。残雪的以上陈述不免有失偏颇,却也言之有理。在一个一切以男性价值为单一标准的传统社会,像《红楼梦》中女性化的贾宝玉和他百般呵护的"女儿国",不是都被一一剿灭吗? 因此,从残雪的"女性式写作"论中,可以读出两层意思:一是以"个性化"写作坚守的姿态,表示对父权在场结构的反叛;二是把"意识"预设为"男性",即"暗喻性阳刚",把"潜意识"预设为"女性",即"暗喻性阴柔",并以之作为她"双性同体"小说的叙事策略。如果将残雪的"潜意识性属观"与法国女性主义"压抑论"作比较,不难发现其中的相似之处。法国女权主义大师苏西(Helene Cixous)把整体"菲勒斯中心论"(Pallocentricism)视为女性的重大敌人,认为现有人类历史的建构历程立足于"谋杀他者"(murd of the other)的基础上。因此,所有的故事都必须从另一个角度重新讲述:女性必须创造另外一

---

① 残雪:《为了报仇写小说——残雪访谈录》,湖南文艺出版社2003年版,第143页。
② 残雪:《为了报仇写小说——残雪访谈录》,湖南文艺出版社2003年版,第143页。

部历史。因而,与英美女性主义批评家在历史里寻找"显性"(visible)的女性不同,法国的压抑派则力图在潜意识中寻找"隐性"(invisible)女性。女性的被压抑,成为历史书写的空白之页,成为"阴性"的物体,男性的声音则理所当然成为历史唯一的真相。然而,真正的谜底与吊诡则是:阴性的压抑乃是一种总体的文化压抑,不仅压抑女性,也压抑了包括男性本身的阴性气质。① 由此可见,残雪与法国女性主义压抑派都将"潜意识"指定为"阴性",而残雪则以"我们的文化"指称"菲勒斯中心"文化结构,这也正是残雪将"纯潜意识写作"称为"女性式写作","只有女性才可以做,男人做不到"的深层原因。

张爱玲的反父权体制的经典文本,主要从两个向度展开:一是以女性的经验与女性书写,揭示女性被压抑的生存真相,比如《金锁记》,就触目惊心地展示了"菲勒斯中心"文化如何以"黄金的枷锁"(钱)锁住"曹七巧"(商品),"曹七巧"又如何将外在的文化规范内化,并以之锁自己,锁人家,人性被层层剥落,最终成为"吞钱兽"的过程。二是不愿将女性永远置于被奴役的屈从地位,以"去势模拟书写"及"男性阉割的构图"②方式,解构、颠覆父权制。残雪对父权制的反叛,则从以下几个向度入手。

一是以其独特的"巫诗"秉性,拒斥"菲勒斯中心"的编码,沉潜于"潜意识"的海洋之中,以"个人化"的陈述方式,创造一部属于自己的心灵史。她的"个人化"的陈述方式,整合了西方的"双性同体"理论与东方的阴阳相依相伴观念,用残雪的方式陈述,所以她的小说是西方的种子在东方的土壤里长出新新物种,这种物种不能以既定的标准去界定、去规约。这种"个性化"的陈述方式,总是从性属出发,以"意识"为"阳性",以"潜意识"为"阴性"来构形。比如《苍老的浮云》中的人物,无论男女,均以"意识"(指涉肉体)为"阳性","潜意识"(指涉灵魂)为"阴性"的方式构形,读者总能从麻木的肉体中,看到永不安息的灵魂,即使肉体已是如此的惨不忍睹,精神依然在奇迹般地存活。③ 从生物性属的角度出发,大凡也以男性为阳,指涉"肉",以女性为阴,指涉"灵",比如"更无善"即属于"日常层面"上的"自我",与之相对应的"虚汝华"则属"精神层面"上的"自我",更无善用肉体的虚无感(什么都不是)呼应虚汝华关于精神世界的证实,于是就有了不可思议的"私通"——隐喻灵与肉的相依相生,他们正是以"私通"的方式,叩问生命存在的意义。在残雪的世界里,阴性永远比阳

---

① 林幸谦:《女性主体的祭奠》,广西师范大学出版社 2003 年版,第 4—5 页。

② 林幸谦:《女性主体的祭奠》,广西师范大学出版社 2003 年版,第 99—133 页。

③ 残雪:《为了报仇写小说——残雪访谈录》,湖南文艺出版社 2003 年版,第 84 页。

性高出一个层次,两者既对立又统一,都是真实自我的直接现身。残雪正是以"个性化"的陈述,颠覆、瓦解了父权主义性别的二元对立模式。

二是身体的启蒙与救赎。人是一种"具身性"的存在,即布莱恩·特纳所说的"我既是身体又有身体"①,或如彼得·布鲁克斯所说的"我们在我们的身体里"②。然而,身体又是文化镌刻的场域,在不同的历史文化语境中,呈现出不同的遭际和面貌。

在古希腊文化中,虽然把身体看作"最自由的最美的形象来欣赏",③简直是一场身体的盛宴,而文化却将男性的自然裸体镌刻成"英雄的,而不是色情的",将女性的自然身体形塑成"情欲的对象"。

在中世纪宗教文化语境下,以二元对立的模式,人们将身体镌刻成阻碍灵魂超越尘世的躯壳、虫蚁的噬品。文艺复兴时期,人类将身体从神学的桎梏中解救出来,视身体为快乐之源,却从"性"征出发,以"男人应当兼具阿波罗和赫拉克拉斯,女人应当兼具维纳斯和朱诺"④为模具,形塑身体,"断然从男性体貌中去除女性,从女性体貌中去除男性"⑤。

随着资产阶级登上历史舞台,他们以自己的话语对"身体"进行新的阐释与形塑:起先以"体格健壮,精力旺盛"符合劳动力的标准形塑身体;随着资本主义的发展,后来又以"性资源"(统治者的奢侈品)的模具形塑女性身体,着力展示女性的"色情线条"。

在中国文化中,儒家以"德化秩序"、道家以"自然状态"形塑身体,并分别以"礼的展示"、"向道回归"的方式实现身体的理想化⑥;释家视身体为"臭皮囊",以"清规戒律"控制与约束身体。五四时期,国人终于将自己的身体从被奴役中解救出来,争得自由的支配权,然而很快又成了"反帝反封"的道具,后来随着"救亡"、"国家民族主义"运动展开,身体又被形塑成"革命身体"……20世纪80年代,随着思想解放运动,身体又被重新书写。北大教授张颐武根据

----

① [英]布莱恩·特纳:《身体与社会》,马海良、赵国新译,春风文艺出版社2000年版,第79页。

② [美]彼得·布鲁克斯:《身体活——现代叙述中的欲望对象》,朱生坚译,新星出版社2005年版,第1页。

③ [德]利奇德:《古希腊风化史》(中译本序),杜之、常鸣译,辽宁教育出版社2000年版。

④ [德]爱德华·傅克斯:《欧洲风化史——文艺复兴时代》,侯焕闳译,辽宁教育出版社2000年版,第91页。

⑤ [德]利奇德:《古希腊风化史》,杜之、常鸣译,辽宁教育出版社2000年版,第112页。

⑥ 周与沉:《身体:思想与修行》,中国社会科学出版社2005年版,第140页。

这一时段的文化现实,分析了"两个身体"(即"抽象身体"和"欲望身体")此消彼长的演进过程。①

通过中西文化中有关身体历史的一番检索,人们不难发现,文化往往"把身体看成一个处在成为过程中的实体,是一项应当致力打造的规划,落实到自我的认同的组成部分"。② 身体的规划或形塑往往由两个向度进行,即他塑和自塑。"他塑"指的是社会文化按合目的性的准则,对身体作样板化的形塑;"自塑"指的是自我对身体样板的认同,并按样板形塑打磨自己的身体。在福柯看来,边沁(Jeremy Bentham)设计的全景敞开式(panopticon)监狱模型,抓住了规训式社会的基本要素。这种建筑的效果是"在被囚禁者身上造成一种有意识的和永久性的可被看见的状态,从而确保权力自动发挥作用";每个被囚禁者都成了他自己的看守者。③

残雪的小说以"启蒙自我"为己任,要启蒙自我,首先必须借助弗洛伊德的精神分析理论,摒弃西方哲学把人定义为"理性动物"的传统,把"身体"从全景式监狱的囚禁中解放出来。弗洛伊德将人的精神活动分为意识、前意识和无意识(即潜意识)三个层面。晚年又建立了三重人格(本我、自我、超我)理论,用以完善早期的无意识理论。在弗洛伊德看来,本我是最原始的、与生俱来的潜意识部分,它由先天的各种本能和欲望组成。而本能,是指由躯体内部力量决定着人的精神活动方面的一种先天状态,是人体内部的需要和冲动。本能分为生的本能和死亡本能,前者是一种表现个体生命发展和爱欲的本能力量,它代表着潜伏在生命中的一种进取性、创造性的活力;后者则是以破坏为目的的攻击本能。在人的一切本能中最基本、最核心的就是性本能。因此,残雪式的身体救赎,就从"本能"入手,在小说文本中则从三个向度展开。

首先,以不断地"重返人类的过去,将自身变成那种开放的可能性",如同《最后的情人》中的乔一样,"怀着一种不可能实现的野心——我要将陈腐不堪的表面事物通通消灭,创造一个独立不倚的、全新的世界,一个我随时可以进入的、广阔的场所"。④

其次,以"病痛"(死亡本能)或"失调"的方式复显身体。在莱德看来,现象

---

①　张颐武:《身体的想象:告别现代性》,《美苑》2004 年第 5 期。

②　[英]克里斯·希林:《身体与社会伦理》,李康译,北京大学出版社 2010 年版,第 5 页。

③　[法]米歇尔·福柯:《规训与惩罚》,刘北成、杨远婴译,生活·读书·新知三联书店 1999 年版,第 226 页。

④　残雪:《最后的情人·代序》,花城出版社 2005 年版,第 3 页。

学意义上的身体既不是"有血有肉的饱满身躯"（比如它忽视了内部器官之类我们身体的"隐性"特征），也不能使我们理解肉身缺席对于人们的生命体验造成的重要后果。在他看来，外在世界倡导并奖赏结果导向的理性行动，导致肉身逸出了视线，从自觉意识中消失。促成这种肉身缺席状况的因素很多，最主要的有二项：一是我们执着于外在于我们身体的目标，却不曾思考身体本身；二是我们内部的脏器也处于"深度的消隐"状态。莱德认为，身体依然是我们的"肉身背景"的一部分，只是通常隐没于我们生命体验的背景之中。而疼痛、疾病或窘迫则会使身体以复仇的姿态复显。① 残雪对于生命的具身性觉悟，首先来自"从小就缺乏肢体模仿的能力"。她特别害怕幼儿园排节目之类的活动，即使在家里，父母要她表演跳舞之类的节目，她也害怕得要命，恨不得钻到地下去；小学时上课发言成了她生活中最大的恐惧，正如她自己所说的那样，"我的喉咙，我的舌头，这些肢体运动的工具，无论如何也没法将常人习惯的'话'说得流利"。② 正是这种肢体上无法逾越的障碍，使得残雪与外在世界相疏离，把焦点放在文学的模仿上，并最终以文学作为她的肢体语言。其次来自于"疾病的体验"。严重的风湿病痛，迫使残雪的身体以复仇的姿态复显，"它们（风湿病菌）朝我露出钢牙，我也有铁拳（生的意志），这是硬碰硬的较量"，以自己的生命强力，抵挡风湿病菌的大举进攻，并在战略上藐视"疾病"，把它看作一种"特殊的异质的生存方式"。③ 正是这种充满疼痛或情感的身体病显，淹没了日常的理性计算，使人的生命变得更加纯粹，正如残雪所说，"病痛导致我的身体的觉醒"，而"身体又是精神生产的基地"。因此，残雪的前期小说中，几乎人人都有病，以"病显"的方式体悟人的具身体性，并以之作为唤醒人的"生"的本能，实现对身体的自我救赎。

再次，通过给性本能解缚的方式拯救身体。在美国学者孙隆基看来，在中国的文化语境下，"中国人'身'上，'固着'在人格发展初期的'口腔阶段'上的情形特别严重。在'肛门阶段'上应该受到的对身体排泄物与身体动作的控制，基本上也未获得解决，至于成年人'身'上应该装载有'性'之内容，处于窒息或半窒息状态或无形状、无焦点的泛滥状态"④。正缘于此，个体处在这种

---

① ［英］克里斯·希林：《身体与社会理论》，李康译，北京大学出版社 2010 年版，第 199—201 页。

② 残雪：《趋光运动》，上海文艺出版社 2008 年版，第 4 页。

③ 残雪：《趋光运动》，上海文艺出版社 2008 年版，第 169—178 页。

④ 孙隆基：《中国文化的深层结构》，广西师范大学出版社 2004 年版，第 119 页。

"儿童化"和"老年化"的两相夹击下,中国人的青春就被整个地铲除掉了。① 残雪的小说《突围表演》中的 X 女士就在自家墙壁上那幅"男性生殖器"图案的感召下走上了性启蒙道路:

> 过路的人们全都看见,X 女士家那面粉白的墙上出现了一个奇怪的图案。那是用炭笔画的一个男性生殖器,像是出自儿童的稚拙手笔,下面还有附言:某人第二职业之图解。这桩事情发生后,X 女士不但没有丝毫生气的迹象,反而如获至宝,好几天激动不安,反复独自叨念这几句话:她是不是终于在黑暗中遇见了知音呢? 与她产生共鸣的那个人,如今躲在何处呢? 为什么他(她)要用这种古怪的方式与她取得联系呢? 她思来想去,最后灵机一动,决定豁出去,她在屋门口放了一张长条桌,自己身轻如燕地跳上桌子,就对着空中发表演讲。五香街的群众蜂拥而至,大看西洋景。似乎她所讲的,全是有关两性的问题,其中还有"性交"等不堪入耳的词汇,一边讲一边感动地抽鼻子,以致嗓音在几个关键地方出现了颤抖。②

这是一段有关启蒙的经典叙事:这里核心的情节元是启蒙者与被启蒙者。启蒙者,虽不显山露水,却以隐身的方式在场;启蒙的资源是人类原初的最为核心、最具生命活力的本能;启蒙者虽然采用"图"配"文"的简约方式,却有陈冷血《催醒人》中"老者"手中的"竹梢",轻轻一点,就有让眠者豁然的神奇功效。与陈冷血笔下的"被启蒙者"不同,X 女士经潜在的启蒙者的点化后,勃发出一股不可遏止、冲毁一切的生命激流,毅然走上了启蒙的道路。她那番声情并茂的演讲,一方面彰显了女性破天荒地获得启蒙话语权的自我感动,"以致嗓音在几个关键地方出现了颤抖";另一方面也显示了启蒙的巨大感召力和神奇力量。听了她的演讲后,煤厂的小伙子感叹不已:"她说得我们心痒难熬";药房的算命先生老懵微醉着眯着双眼正言道:"总有一天我要证明一下:性的功能,决不因为年龄的增长而受影响,不但不受影响,还随着年事的增高不断地有所增加……X 女士的演讲使我有种返老还童的感觉。"③老懵的话再次印证钱钟书先生的话不假,他说,老年人恋爱就像老房子着了火,意谓这种感情不可遏止,一路摧枯拉朽,将人陷落得彻底。

然而,X 女士的启蒙并非一帆风顺。以儒释道为根基的中国文化中的身

---

① 孙隆基:《中国文化的深层结构》,广西师范大学出版社 2004 年版,第 101 页。
② 残雪:《残雪文集》(第四卷),湖南文艺出版社 1998 年版,第 24—25 页。
③ 残雪:《残雪文集》(第四卷),湖南文艺出版社 1998 年版,第 225 页。

体实际上呈现出非常复杂而矛盾的面貌，一是中国古代身心之学以身心互渗、身心如一为旨归，中国文化却又存在着心性与身体的断裂、理念对肉身的压制。中国思想中的身体理解落实不到现实层面的个体性身体。二是在现实生活层面，肯定现实生活的"唯肉身"与理念压制身体的"反身体"并行不悖。其实，在中国文化中，一直存在尊"心"卑"身"的现象，尤其到了宋儒那里，"存天理，灭人欲"的观念占据了支配地位，欲望成为人们修善之大敌。这是儒家从"寡欲"到"灭欲"的极端发展，并形成一股强大的禁欲主义潮流。这样造成的后果有两个方面：一是礼教对情欲的钳制发展为"以礼杀人"；二是不可能完全禁止的自然本能，在沉重的礼教帷幕后以各种扭曲的方式得到宣泄。① 正缘于此，五香街的民众一方面被 X 女士富有穿透力的启蒙话语所感召，说明他们的自然本能依然活着；另一面他们又忌讳言说，尤其是由一个女性言说。比如老懵就是一个矛盾型人物，他一方面被 X 女士的启蒙所感动，另一方面又认为"一个女人，怀春也就罢了，还四处招摇，这算怎么回事？我们都疯了"。就连 X 女士青梅竹马的男青年也是如此冥顽不灵，他说："一个女人，怎么能随便到大庭广众之下喊出自己的隐私呀！即便欲望高涨，难以自制，也得悄悄行事才行。这女人恰恰相反，平日里假作正经，你一向她表示，她就义正词严，拒人千里之外，而你在意想不到的当儿，她却来上这么一手！这真太叫我受不了。"② 细细想来，老懵和男青年，倒是在古老的中国土地上绝对真实的生命存在：他们对 X 女士的话语本身并没有什么异议，起码不像那些卫道士，表面装出一副正人君子的样子，而内心却是一肚子的坏水；无论老懵，还是男青年，他们质疑的是话语的场合和话语权问题。在以"性"为禁忌的传统中国，许多事是只能做，不能说的，苏童的《妻妾成群》就是绝好的注释，即使纵欲，也要以"耕耘"为喻，辛苦的劳作，不是目的，而是实现"大孝"的手段；再说了，即便要说，过过"意淫"，以缓解内心的焦虑，也是男人的权力，轮不到女人来说。难怪残雪自称《突围表演》是一篇女性主义的宣言，女性掌握了启蒙的话语权其意义的确非同凡响，且具有巨大的杀伤力，让男人们难以忍受。其实男人恐惧的并非"性"本身，而是"菲勒斯中心"的颠覆。

因此，残雪虽然对启蒙的效果充满自信，却并没把启蒙复杂的过程书写成一个现代版的神话，她充分意识到要轰毁观念的厚障壁，绝非一朝一夕之功所能奏效，能否真正达成启蒙的目的，关键还要看启蒙者是否具备即使撞到南墙

① 周与沉：《身体：思想与修行》，中国社会科学出版社 2005 年版，第 419 页。
② 残雪：《残雪文集》（第四卷），湖南文艺出版社 1998 年版，第 26 页。

也不回头的生命韧性。因此，在《历程》当中，对皮普准的启蒙，先由"离姑娘"的强行介入开始，以唤起他的生命热力，走出日常的蜗居；再由老曾挟持皮普准到他的"新居"，向他展示了生活赤裸裸的真相：灵魂的深入是靠不断地补充新鲜的生命活力（不断更换情人）才能获得真正的自我意识。"我随意与各种各样的女人住在这里，我总在换人，也可以说我一直在单相思"，这很有点类似于《突围表演》中的 X 女士不断地更换男士（Q、P、O、D），以追求心目中的真正男子汉。老曾告诉皮普准，这个新居是一个耳听八方的地方，对别人的议论了若指掌，这正是皮普准所关心的，即一心要了解别人对自己的看法，对自己形成一个清晰的概念。可是当皮普准想听一听时，却遭到了拒绝，因为皮普准还不到这个层次。当皮普准被老曾支开，从街上回望那楼上，"看见他将一条粉红的三角裤做成一面旗子，挂在窗口"，颇感失落时，看见离姑娘从对面过来了，并朝老曾住处走去，皮普准急了，就追了上去："'你不要去，那种地方。'他又扯住了姑娘的袖子。"从潜意识来看，那招摇的"粉红色三角裤旗子"，对皮普准颇有吸引力，但日常的观念告诉他，"那种地方"是有悖伦理的，不能去。"'为什么不能去？'离姑娘竖起眉毛，甩掉他的手，'他那里才有意思呢！'""要去我和你一道去。""你？一道去？哈！好！三个人在一起一定更有意思，我们走吧。"为了启蒙皮普准，轰毁他的日常成见，竟然采用非常规的手段（"三个人在一起"是群交的暗示，而后面离姑娘在老曾床底下翻弄出的给"方"、"晓"、"云"、"丁"姑娘的短裤的作用也是为了佐证老曾前面不断更换情人的话）。[①]

按照鲁迅的启蒙话语，常常把启蒙者视为"医生"，而被启蒙者视为"病人"，对于病入膏肓的病者，鲁迅充满悲观。而残雪对患上"痼疾"、"沉疴"的"病人"却有足够的自信与耐心，往往循序渐进并多管齐下。为了启蒙"生的本能"，往往从启蒙"死本能"入手，以死神的追逼，激发其生的意志，就如给狗尾巴上拴上点燃的鞭炮。如"黑猫"事件、老曾的死亡游戏等，就是为了让皮普准触碰死神，以中断他的日常生活认知，开启其陌生的认知系统。所谓心病还要心药医，在关节处，残雪敢于下猛药。群交淫乱的情节元，就是这样的猛药。《表姐》中"表姐"在海边旅馆的淫乱场面，对"我"的观念是颠覆性的。《最后的爱情》中也充斥这样的场面。但残雪写性却不在性，性只是一种符号，一种人类原初生命场景的返回，在一次次的回返中，唤醒原初生命的活力，以拯救被囚禁千年的身体（铁人约翰）。

三是颠覆传统母性的角色。生为女人，为人女，为人妻，为人媳，为人母，

· ① 残雪：《残雪自选集》，海南出版社 2008 年版，第 71—72 页。

一生之中,要扮演多重角色,而各种角色之中,为人母是核心。正如鲁迅先生于《小杂感》中所言,"女人的天性中有母性,有女儿性,无妻性。妻性是逼成的,只是母性和女儿性的混合"。① 个中原因相当复杂,非三言二语所能说得清楚,概而言之,这是父权社会的建构结果:在宗法制的传统社会,以男性血缘为承继的生命链条上,母性不可或缺。正因为其角色的重要性,父权文化一直致力于理想母性的建构。因此,我们有必要对母性的建构做一番历史文化的考察。任何民族的文化,最终都可追溯到神话。因此,神话无疑是一切民族所有文化形式的源头。弗莱说过一句言简意赅的名言:"因为文学总的来说是移位的神话。"②所以,有关母性的原型也可以在神话中找到。荣格认为:"生活中有多少典型的情境,就有多少种原型。无数次的重复已经将这种种经验刻入我们心灵的结构之中,不过,其刻入的形式并不是满载内容的意象形式,而是一种起初没有内容的形式;这种形式仅仅相当于知觉和行为的某种类型的可能性。"③因此,"一个原始意象只有当其被人意识到并因此而被人用意识经验的材料充满时,它的内容才被确定下来"④。

按照荣格的原型说,"女娲"应是"母亲"的原型模式。女娲之名最早见于《楚辞·天问》:"女娲有体,孰制匠之?"⑤王逸注之曰:"传言女娲人头蛇身,一日七十化。"⑥有关文献较为零散,摘录如下。

《说文解字》十二曰:"娲,古之神圣女,化万物者也。"《山海经》卷十六《大荒西经》曰:"有神十人,名曰女娲之肠,化为神,处栗广之野。横道而处。"⑦《风俗通》云:"俗说:天地开辟,未有人民,女娲抟黄土作人,务剧力不暇供,乃引绳于泥中,举以为人。"⑧《淮南子》卷六《览冥训》:"往古之时,四集废,九州裂,天不兼覆,地不周载,火爁炎而不灭,水浩洋而不息,猛兽食颛民,鸷鸟攫老弱。于是女娲炼五色石以补苍天,断鳌足以立四极,杀黑龙以济冀州,积芦灰以

---

① 鲁迅:《鲁迅全集·而已集》第三卷,人民文学出版社 1981 年版,第 531 页。

② 傅修延、夏汉宁:《文学批评方法论基础》,江西人民出版社 1986 年版,第 116 页。

③ [美]霍尔:《荣格心理学入门》,冯川译,生活·读书·新知三联书店 1987 年版,第 44 页。

④ [美]霍尔:《荣格心理学入门》,冯川译,生活·读书·新知三联书店 1987 年版,第 44 页。

⑤ (宋)洪兴祖撰,白化文点校:《楚辞补注》,中华书局 1983 年版。

⑥ (南朝·梁)萧统编,[唐]李善注:《文选》卷十一,中华书局 1977 年版。

⑦ (晋)郭璞注,毕沅校:《山海经》,上海古籍出版社 1989 年版。

⑧ (东汉)应劭撰,王利器校注:《风俗通义校注》,中华书局 1981 年版,第 600 页。

淫水。"①

从上述所引文献可知,女娲作为一个原始的母性意象,不同时代都根据"自己的意识经验的材料"予以"合目的性"地建构。女娲作为人类母亲的原型,其核心特质有三:一是化育人类神力,即母性的生理功能,是人类的始祖;二是对子孙的护佑和危机的化解,是救世女神;三是死后的奉献,其慈爱突破生死之界。总之,女娲为了人类,也为了她的孩子们,真是历尽艰辛,万难不屈,赴汤蹈火,万死不辞,这就是华夏初民心目中一个伟大的、理想的母亲原型。这一原初的原型意象在后来的中国文学中不断地反复出现。

刘向《列女传》是首部为女性树碑立传的专集,正式开创了以塑造女性人物为创作主旨的题材领域。此书所使用的手法、结构,运用的事例、情节,塑造的女性形象以及反映的女性观都为后世所借鉴化用,实有开山之功。书中共分七类女性,"母仪传"位列第一,其原因为古代性别文化有关女性的价值定位问题,最后总是要落实到她的母亲身份上,这与古人对女性存在的价值认知息息相关:"胎养子孙,以渐教化。即成以德,致其功业。"因此,无论是母仪天下的周室三母,还是教子廉洁的田稷母,是"博达知礼"的敬姜,还是"三迁之教"的孟母,她们都以几乎完全相同的心态在教育着儿子:望子成龙,教子有方。她们一方面律己甚严,树立威信;另一方面殚精竭虑,督训儿子,从各方面培养他的品德与能力。所谓"母以子贵",母亲本身并无独立人格和自我价值,她必须仰仗儿子的成功来实现和确立自己的人生价值。

《列女传》从"母职"、"母德"、"母师"等向度出发,首次自觉集中地塑造了母亲群像,基本涵盖了后世小说中母亲正面形象的建构核心。

《三国演义》中徐庶之母,对儿子言传身教,不惜以牺牲自己的生命来成全儿子。汉末乱世,群雄争霸,人才的竞争显得尤其激烈。有奸雄之称的曹操,为了挖走刘备麾下的谋士徐庶,针对其"孝子"的人性弱点,把徐母抓到许昌,逼迫徐庶就范。徐母不仅对被骗到许昌的儿子晓以大义,而且为了儿子不至于因她的拖累牺牲前途,毅然自缢而死。小说塑造了一个为了儿子而勇于自我牺牲的伟大母亲形象,从而部分地表现了女娲的"原型"。在长坂坡大战中,糜夫人身负重伤,仍然抱着阿斗逃命,后遇赵云,糜夫人为了不拖累赵云保护阿斗突围,为了"保存刘家的骨血",竟然"翻身投入枯井中而死"。

《红楼梦》中的贾母,尽心竭力地疼爱儿孙,真诚地为儿孙的幸福着想,当贾府被抄,众人惶惶不可终日之际,她"含泪祝告天地":"总有合家罪孽,情愿

---

① （汉）宋衷注:《世本八种》(茆泮林辑本),商务印书馆 1957 年版,第 114 页。

一人承担,只求饶恕儿孙。若皇天见怜,念我虔诚,早早赐我一死,宽免儿孙之罪。"在贾母身上,彰显出"女娲"原型的"补天"情结。

《虞初新志》卷十中李清的《鬼母》一篇,更把母性、母爱的伟大无私表现到了极致。这篇小说叙写了一位"既妊暴殒"的母亲,为了抚养她新生的婴儿,每天清晨就到一个卖饼的小贩那里去买饼来给孩子吃,从而使这孩子在"小冢"中能够生存下去。当人们掘墓开枢之后,看见的是一幕匪夷所思的感人场景:

> 起枢视之,衣骨烬矣,独见儿生。儿初见人时,犹手持饼啖,了无怖畏。及观者猬集,语嘈嘈然,方惊啼。或左顾作投怀状,或右顾作攀衣势,盖犹认死母为生母,而呱呱若觅所依也。

此处描写虽为魔幻,却淋漓尽致地彰显出母爱无处不在,它可以消弭生与死的界线,鬼母虽已像女娲一样身躯化作了泥土,但她仍然荫庇着她的孩子,表现了母爱的不死传奇。

因此,母爱也成了现代作家冰心"爱的哲学"的基石。在冰心的笔下,母亲的形象永远高大完美,母爱的感情永远是神圣不可侵犯。她讴歌母爱的无私,不附带任何条件;她讴歌母爱永久,不因着万物毁灭而变更……在受到创伤时,可以用本能的、天性的、无条件的、血统的母爱来治疗……心中的雨点来了,除了你,谁是我在无遮拦天空下的荫蔽?只有你是我灵魂的安顿。在冰心看来,母爱是宇宙间一切爱力的原点,它维系着世界;只有母爱才能融化丑恶成善爱,化黑暗为光明,救人类出痛苦之渊,挽世界于毁灭之途。

由此可见,在中国文化中,母亲形象类似于胡适所谓的"箭垛式人物",这是胡适先生曾自创的一个新名词。他在《〈三侠五义〉序》中说:

> 历史上有许多有福之人。一个是黄帝,一个是周公,一个是包龙图。上古有许多重要的发明,后人不知道是谁发明的,只好都归到黄帝的身上,于是黄帝成了上古的大圣人。中古有许多制作,后人也不知道究竟是谁创始的,也就都归到周公的身上,于是周公成了中古的大圣人,忙得不得了,忙得他"一沐三握发,一饭三吐哺"!
>
> 这种有福的人物,我曾替他们取了个名字,叫"箭垛式的人物";就同小说上说的诸葛亮借箭时用的草人一样,本来只是一扎干草,身上刺猬也似的插着许多箭,不但不伤皮肉,反可以立大功,得大名。
>
> 包龙图——包拯——也是一个箭垛式的人物。古来有许多精巧的折狱故事,或载在史书,或流传民间,一般人不知道他们的来历,这些故事遂容易堆在一两个人身上。在这些侦探式的清官之中,民间的传说不知怎

样选出了宋朝的包拯来做一个箭垛，把许多折狱的奇案都射在他身上。包龙图遂成了中国的歇洛克·福尔摩斯了。①

母亲作为箭垛式人物，一方面是她的福气，因为母亲形象一般来说，总是比父亲形象更为光彩和亲切，更富于人性和人情，因此更博得子女们的热爱与敬重，在男尊女卑的父权社会赢得自己的一席之地；另一方面则是她的灾难，在父权文化的层层建构中，母亲的生命感悟与审美权力被无情剥夺，她的生命存在被强制定义，成为女性自我不堪重负的他者。

"生活正如我们发现的那样，对我们来说是太艰难了；它带给我们那么多痛苦、失望和难以完成的工作。为了忍受生活，我们不能没有缓冲的措施。"②然而，对于母亲来说，她的一切都属于每一位需要她的家庭成员，她没有任何个人的空间和时间来寻找"缓冲"的措施。她只能在无休止地被需求、付出，再被需求、付出这样无限循环的轨迹中度过她的一生。于是，"变形"就成了母亲对世俗劳苦的永久性逃逸的有效之途。晋干宝《搜神记》中，就出现了一些母亲"变形"的神奇故事：

> 汉灵帝时，江夏黄氏之母，浴盘水中，久而不起，变为鼋矣。婢惊走告。比家人来，鼋转入深渊。其后时出见。初浴簪一银钗，犹在其首。于是黄氏累世不食鼋肉。③

黄氏之母以变鼋的方式脱离人形，也就脱离了父权社会对母亲的种种束缚，脱离了俗世的种种烦恼，从而获得生命的自由。母亲变形为"鼋"或"鳖"的故事，《搜神记》中还有很多，比如卷十四中"魏黄初中，清河宋士宗母，夏天于浴室里浴，遣家中大小悉出"，说明其变形为"鳖"是一项有预谋的行动，而且是那样的决绝，"意欲求去，永不可留"，其决意变鳖，不为子孙不孝，为了什么？为了生命难以承受之重！卷十四中还有"吴孙浩宝鼎元年六月晦，丹阳宣骞母"变"鼋"的故事。生既无欢，死又何乐？"变形"是晋人一种自我脱困方式，一种诗化人生的存在策略。

生为女人，在家从父，既嫁从夫，夫死从子，从为人女、为人妻到为人母，无论角色如何变化，都始终无法摆脱其从属的地位，而为人母角色，是女性核心

---

① （清）石玉昆：《三侠五义》，俞平伯标点，胡适作序，海南出版社 1995 年版，第 1 页。

② ［奥］弗洛伊德：《弗洛伊德论美文集》，张唤民、陈伟译，知识出版社 1987 年版，第 170 页。

③ （晋）干宝：《搜神记》，贾二强校点，辽宁教育出版社 1997 年版，第 100 页。

的角色,是女性实现自我价值的唯一途径。因而,要实现女性的人格独立,必须首先颠覆父权文化对母亲角色的建构。"好阴阳之术"的干宝,以"变形"的方式抗拒父权文化对母性的捆绑,而具有"巫诗品格"的残雪却以"双性同体"的写作方式,将母性永远置于"自我"异在的位置上,从而超越了生物性生育与母职神话及文化意义上的慈爱与受难形象。《山上的小屋》中的"母亲"不再具有护犊情深的慈爱,而是作为"我"的异己力量出现。《苍老的浮云》中老况的母亲,看似护犊情深,其实,对老况来说,却是作为一种负能量而存在:老况结了婚,依然走不出母亲的羽翼,成了永远无法长大的老孩子,四十好几的人了,还无法独自面对人生中的风霜雨雪,最后却返回母亲温暖的子宫;而虚汝华的母亲则简直是仇人,仿佛母亲存在的理由,就是见证女儿的死亡:

> 结婚以后,她的母亲来看过她一次。那是她刚刚从一场肺炎里挣扎出来,脱离了危险期的那一天。母亲是穿着黑衣黑裤,包着黑色头巾走来的,大概是打算赴丧的。她吃惊地看着恢复了神智的她,别扭地扯了扯嘴角,用两个指头捏了捏她苍白的手指尖,说道:"这不是很好嘛,很好嘛。"然后气冲冲地扭转屁股回家去了。看她的神气很可能在懊丧白来了一趟。①

虚汝华的母亲为何盼着女儿早死？个中原因不得而知,然而对于颇富宽容心的民族来说,即使有无法排解的宿怨,在大难面前也理应冰释前嫌,更何况是母女之间呢！是否是病中的虚汝华的一种幻觉？不是,虚汝华的丈夫老况搬走之后,她母亲又以同样的方式出现了。虚汝华没有让母亲如愿,她依然坚强地活着。于是母亲就不断地咒她死,经常在她家的门上贴小纸条,比如"好逸恶劳,痴心妄想,必导致意志的衰弱,成为社会上的垃圾","如果一意孤行,夜里必有眼镜蛇前来复仇",等等,咒不死,就阴魂不散地不折磨她,径直是二十四小时全天候。这里的母亲哪有一丝包容心,径直是毫无人性的魔鬼。消解了母性的母亲,自然也得不到儿女的尊重,于是就出现了《污水上的肥皂泡》中令人惊悚的一幕:

> 在她抬起手来打自己的那一刻,她的胳膊撞翻了窗台上的一杯茶,那是她隔夜放在那里的,茶水溅了出来,泼在她脸上,她用袖子去揩,每揩一下,脸上就出现许多白色的泡沫,而且在揩过的地方,千真万确的有一道道的洼痕。

---

① 残雪:《残雪自选集》,海南出版社 2008 年版,第 17 页。

"妈妈,你洗一洗吧,我这就去准备水。"我像受了鬼的差使这么说。

我把滚烫的水倒在木盆里就出去了。我躲在门外,听见母亲一边掺冷水一边诅咒,说我是有意要烫死她。后来她沉默了,大约在脱衣服。我紧张得满脸苍白,一身发抖。听见里面发出一声窒息的微弱的叫喊,像人在溺水前的呼救,然后一切都静寂了,我在台阶上跳起来,衣裳汗得透湿,指甲发青,眼珠暴突了出来。足足隔了一个小时左右,我才用一把锈坏了的榔头撞开厨房门,一头冲进去。

屋里空无一人,母亲脱下的内衣放在床边,还有一双鞋。我凝视着木盆里的水,那是一盆发黑的脏肥皂水,水上浮着一串亮晶晶的泡泡,还散发出一股烂木头的气味。①

残雪的笔墨与干宝的何其相似:干宝擅长"阴阳之术",以"变形"方式解构母亲形象,而残雪却以"巫"的方式实现"弑母"心愿;干宝以"初浴簪一银钗,犹在其首"为凭,证明"母亲"变"鼋"不虚,而残雪则以"内衣"、"鞋"及"气味"为据,表征"母亲"化作"肥皂水"非妄。唯一不同的是干宝隐去了母亲"变形"的缘由,而残雪却直言不讳地铺叙了弑母的动因。

罗璠认为残雪"从人性恶的视角,来表现母性的病态特性",并引援弗洛伊德与霍妮的神经症内驱力理论,对《苍老的浮云》中的老况和虚汝华之母亲作个案分析。罗璠认为,老况母亲属于"扩张型"神经质人格,她的内驱力来自于她对权力的神经症需求,这种权力在母子和婆媳关系中是一种控制与反控制的矛盾。老况母亲对自身灵魂的纯洁和对生命意义的追求有着强烈的优越感,因此她孜孜不倦地要对老况和儿媳妇进行灵魂的清洗工作。老况是一个心智不太成熟的恋母型儿子,对母亲唯命是从。虚汝华属于"封闭型"人格特征,以"封闭"的态度抗拒外力的控制。于是,三人之间结构起一个扩张——自贬——封闭型的病态人格的三角关系,自贬屈从于扩张,封闭与扩张形成对抗关系,这种以"母权"为特征的母性表现不但使传统母性的神话结构坍塌,而且"权力"的在场也使母性扭曲,连基本人性也被销蚀了。老况母亲的"扩张型"病态人格的表现,就是一种母性兼人性的扭曲,母性恶成为人性恶的有机构成部分。罗璠认为,虚汝华的母亲属于"报复型"神经症人格,这种人格是对权力的神经症需求的不满足而产生的变异。虚汝华母亲对父权有着十分强烈的认同倾向,她以丈夫为骄傲(工程师),并希望女承父业,但是女儿长大后竟然成

---

① 残雪:《从未描述过的梦境》,作家出版社 2003 年版,第 12 页。

为了一个卖糖果的营业员。这样的结果,使她处心积虑地控制他人的神经症需求受到了严重的挫折,正是这种母性的挫败感变成了她仇恨、报复、窥视、骚扰、诅咒女儿生活的内驱力,这种内驱力是一种强迫性驱力,是神经症病态人格的体现。最后得出结论:传统文化中的理想母性,被作者颇具现代意味的"审母"意识所取代,母性作为人性结构的有机部分,同现代人的生存镜像一样充满着荒诞和无意义性。①

罗璠的论述颇显才气,也颇为扎实,不过,对母性负面形象的揭示,并不一定出于颠覆传统母性角色的目的,相反很有可能是出于对理想母性建构的需要。刘向《列女传》中不是也在《孽嬖传》中塑造了一批负面的母性形象吗?宣姜为子谋权而使卫国五世不宁。文姜与兄乱伦导致了丈夫被杀。哀姜与夫弟私通,屡次祸乱国政,最后被杀。骊姬为了让自己的儿子奚齐当太子,离间继子与丈夫的关系,设计逼死太子,导致齐国五世不宁,自己也惨死鞭下。郭姜与庄公私通,致使庄公被杀,结果死一国君而灭三室,又残其身。孟姚挑拨君王废王后及太子,后来赵国不宁,李园李代桃僵,使自己与他人私通之子被立为太子,结果事情败露,宗族灭顶。倡后淫佚不正,使国君黜后而废太子,穷意所欲,受贿亡赵,身死国灭……刘向对上述母性深恶痛绝,口诛笔伐,并进行最严厉的批判与丑化,其目的在于纠偏树正,从正反两个向度出发,以完成理想母性的建构。

其实,残雪小说中的所有人物,无论男女老少,都是"自我"裂变后的异在,即人格的不同侧面,自我的人性有多复杂,人物之间的关系就有多复杂,他们既相互对立,又相互统一,是"神经病症"所难穷尽的。由于"双性同体"的叙事方式,为残雪开启了一个具有超越性的性别视角,也正由于其超越性的视角,她对传统母性的角色的颠覆是全方位的,她笔下的母性形象,已不再注重所谓的母职、母德、母师、母行等功能性描述,或全方位地解构了母性功能。残雪笔下的人物具有高度抽象性,抽象成一个个很少有社会性别建构痕迹的表意符号,在残雪的文本世界里只有自然的男女,而没有谁主谁从,也没有了尊卑,有的只是心理层次的不同。因此,从某种角度说,残雪颠覆传统性别角色所向披靡的威力,正源自于她超越性的性别视角,而颠覆了传统性别角色,则使残雪笔下的生命越来越纯粹,纯粹成灵与肉于天堂中的对话。

---

① 罗璠:《残雪与卡夫卡小说比较研究》,人民出版社 2006 年版,第 342—345 页。

第八章　神圣的言说：残雪小说语言的巫诗品格

残雪的语言相当纯净，其构建的材料——字词——均为最常用的，绝对没有寻常文人那种"掉书袋"的恶习。然而，在这种纯净的语言中，却蓄满内在生命的讯息。这是一种无须系统训练的语言，是灵魂深处跳跃而出的，属于人类最为原初的发声，即神圣的言说。本章引援有关语言学的资源，从"巫"的维度切入，探索残雪小说言语机制，揭示其语言的巫诗品格。

一

残雪将自己的小说目标预设为"启蒙自我"。所谓"启蒙自我"，其精神实质就是企图以个人的独特方式参透"何为人"的现代斯芬克斯之谜。"我是谁？从哪来？到哪去？"这是一个哲学命题："我是谁"是有关人的本质追问，而要参透人的本质，则必须"从哪来"开始，即人的"起源"或"本原"追问。维柯曾说，起源即本性（nature）。① "本性"在希腊文中用"自然"一词表达，意味"一种创造活动的结果，是超越性力量（神）对'空间'（人的世界）的敞开"。② 起源是人之为人之理被自觉的那一"刹那"，在各民族中，起源都意味着"人"与"非人"的本质区分，意味着一种超越生物意义的"人"的诞生；而"语言"则被看作是展开起源的那一束光，起源的闪现和再现来自人的本质活动——语言。因此人类需要进入语言才能获悉起源的奥秘。然而，语言形式同时也意味着对起源的一种偏离。③ 正如洪涛所言，"当语言把自身理解为对起源的提示时，它是起源的载体，然而，当语言仅固执于自身的语义和形式时，起源则分离了，或者说，发生了对起源的偏离。语言与起源的关系——与至上的权力同在的性质，遂

---

① ［意］维柯：《新科学》，朱光潜译，人民文学出版社 1986 年版。

② 洪涛：《逻各斯与空间——古代希腊政治哲学研究》，上海人民出版社 1998 年版，第 4 页。

③ ［德］海德格尔：《形而上学导论》，熊伟、王庆节译，商务印书馆 1996 年版。

使语言成为世俗权力争夺的焦点,由此,展开起源的语言,在世俗权力下,蜕变为对起源的偏离与遮蔽"。① 因此,"从哪来"的起源式追问的需要,已然说明了"起源"的前提性存在和当时正在日渐淡漠的事实。尤其是作为后工业时代的子民,日渐发现人们对起源的偏离或大规模的遗忘,正如鲁宓描述的那样,我们感到世界的失去,与自然之间的对话也戛然而止,现代化使我们远离了耕种生活。于是有识之士停下他们匆忙的步履,对人类当初设定的目标和生活方式作彻底的反省,以检索历史中那个出错的环节。20 世纪末,"历史救赎"成为人文精神领域的"筹谋",试图在这种精神日益异化的状态里,通过重述起源的方式,使人类从语言的具体形式的牢围中解脱,回到起源的本然状态。然而,吊诡的是,一方面语言是拯救的力量——"当人们感觉自己的生命若有若无时,当一个人觉得自己的生活变得破碎不堪时,当我们的生活想象遭到挫伤时,叙事让人重新找回自己的生命感觉,重返自己的生活想象空间,甚至重新拾回被生活中的无常抹去的自我"②——这种语言提示起源,因为,起源只有在语言中得以保存;另一方面,展开起源的语言,在世俗权力下,又蜕变为对起源的偏离与遮蔽,正如尼采所言,语言的发生,已经意味着人的蜕变和健全本能的丧失。③ 显而易见,这是两种不同的语言,前者是"诗性的语言",即神圣的语言,其功用为维持起源和敞开起源,是一种拯救的力量;后者则是"日常的语言",即凡俗的语言,是一种逻辑—技术的工具性语言,是"存在之牢笼",它不再与生命息息相关,成了被操纵之物,异己的力量。

　　人又该如何破解"语言的悖论"呢?海德格尔在《艺术作品的本源》中说,"唯语言才使存在者作为存在者进入敞开领域之中"。但另一方面,语言有时又是"存在的牢笼",因为伴随着语言"澄明"作用的是语言的"遮蔽"后果;语言的本质在于"说",但"说"总是对其"未及说"、"未说及"或者拒绝说者的"遮蔽"。因此,海德格尔在批判逻辑—技术的工具性语言的同时,走向了诗性语言的诗意言说。庄子以"三言"(重言、卮言、寓言)方式拆解"说不可说"的"言说悖论"怪圈,做到"言"而又"不落言筌",在"边建构边解构"中,达到"无中生有"。

　　而卡斯塔尼达的巫术,则以"停顿世界"的方式,阻断生活的盲流,让心灵

　　① 洪涛:《逻各斯与空间——古代希腊政治哲学研究》,上海人民出版社 1998 年版,第 5页。

　　② 刘小枫:《沉重的肉身》,华夏出版社 2004 年版,第 3 页。

　　③ 〔德〕尼采:《偶像的黄昏》,周国平译,湖南人民出版社 1987 年版,第 26—27 页。

摆脱被文化豢养的束缚,在与本源的晤面中,走向一个丰富而陌生的世界。

残雪的小说为"巫小说",其语言不属于"日常的语言"系统,也与一般的诗性语言不尽相同,她的语言具有一种卓异的巫诗品格。用残雪自己的说法,她的语言源自灵魂:

> 多年以前,我想让我的灵魂说话,但我无法开口。黄昏的栀子花香让空气中弥漫末日的气息,我不能呼吸。我移动我的一条腿,便听见骨头发出"格格"的响声。还有夜间在床头聚集的老鼠,把卧室变成了公墓。我想要血从脉管里汩汩涌出,我想要进行前所未有的挣破,我必须开口说出第一词。那个词是从未有过的,它从世俗而来,却又摆脱了世俗,成为讲述天堂故事的开端。我必须进行从真空里发音的实验,即,一次又一次地,匪夷所思地开口。也许我听不到自己的声音,也许没有一个人听得到这种声音,但热力的迸发,肌肉的牵动,这些都是真的。并且我的相貌也在这种运动中逐渐改变了。

> 我终于开口说话,但我说的全是废话,我没有说出那个词,我进入不了天堂的故事。世俗的沉渣压得我要发疯。也许那是一个会灼伤嘴唇的词,而我吐出的词语已经冷却。那个异端的境界在何处?什么样的压榨的运动,才会使得灵魂出窍?一切都似乎不可思议的。而匪夷所思,就是这种小说创作的基本特点。当然并不仅仅是绝望与焦虑;高度的振奋,缓解中的回顾产生的幸福感,渗透着创作的全过程,这些,自然而成了战胜颓废,重新奋起的动力。①

灵魂有说话的冲动,其冲动来自具身体性的自我面对死亡的催逼;"但我却无法开口",因为这是一种无词的言说,即"那个词从来未有过的",所以必须借用现成的言词,即"它从世俗而来";然而灵魂讲述的是"天堂故事",与"世俗无关",它又必须摆脱"日常语言"的制式,超越世俗;这种言说没有参照,无法模仿,却可以通过锲而不舍的实验获得;这种言说也许难以听懂,却伴随着生命的热力,属于本源的言说。然而,"道可道,非常道,名可名,非常名",经过训练,"我终于开口说话,但我说的全是废话,我没有说出那个词",这就是庄子式的言说悖论。那么应该如何突破言不可言的困境呢?海德格尔的做法是把言说作为"道路",它通往存在之乡;庄子以"得鱼忘筌"的方式与"道"通达;残雪则是以"巫诗"的方式"敞开""本源",让"灵魂"现身,这种言说方式对于执着于

---

① 残雪:《从未描写过的梦境》,作家出版社 2003 年版,第 2 页。

"日常的认知系统"的人来说,的确有些"匪夷所思",这种言说,类似维柯说的,是一种早期人类的"诗性"智慧,发言即成诗。早期人类把言看作神的赐物,认为言具有实体性力量,而言的神圣性的实质就在于言的敞开性,言说意味着本源的展开,意味着空间对时间的切入。对早期人类来说,"诗人"(巫与诗合一)的本质是作为神意的观照者,诗人就是那些在神离人远去后依然将目光投向天空寻找神迹的人。诗人的这种"关照"乃是无视色相而只关注神体,因而早期的诗人往往是盲人,"荷马"在希腊语中就是"盲目者"的意思,这种关照实质上是一种"遭受"激情的状态,在此状态中,人为神力所控制而不由自主地说出其所观照之"像",①也即残雪所体验到的"热力的迸发,肌肉的牵动"的状态。

　　第一章中我们已确认残雪是具有"巫诗"品格的作家,她自称创作为"搞巫术",然而残雪却与"巫"不同,她不是神意的观照者,她关注的是自我的灵魂。那么残雪又是如何迫使自我的灵魂现身,其言说的机制又是如何呢？我们有必要引援卡斯塔尼达有关他老师唐望的灵术观念:他的灵术不是怪力乱神的追求,而是个人心理的健全与意识的完整发挥,即一场身心重建的追寻。在卡斯塔尼达看来,唐望的灵术不仅具有超越日常的神奇力量,而且可以通过艰辛的训练与自我否定习得。卡斯塔尼达的《心灵密境之旅》《力量现身》《寂静的知识》等书,架构出了一个完整的循环,象征着人类心灵接触神秘未知时的历程:先是寻求解释的言语性防卫,然后卸下防卫,反求诸己,最后一切神秘都还原为日常生活中单纯的行为。其中卸下防卫,反求诸己最为关键。那么如何才能卸下防卫呢,用哈贝马斯的话来说,就是要"解放日常生活的殖民",彻底剥离与人为世界的关系,只有这样才能使汉娜·鄂兰所言的"失去世界"复归。而唐望的方法是"停顿世界",因为在唐望看来,"停顿世界"是意识自由的最初步,也是体验世界实相的先决条件。② 如何停顿世界呢？其具体方法如下。

　　一是"抹去个人历史",因为"没有个人历史,就不需要解释;没有人会对你的行为感到愤怒或失望。尤其重要的是没有人会用思想把你束缚住";③二是"失去自我重要感",因为只有抛弃"自我重要感",即人类自我中心主义,才能

---

　　①　洪涛:《逻各斯与空间——古代希腊政治哲学研究》,上海人民出版社 1998 年版,第 53 页。

　　②　[美]卡洛斯·卡斯塔尼达:《心灵密境之旅》,鲁宓译,中国盲文出版社 2003 年版,第 1 页。

　　③　[美]卡洛斯·卡斯塔尼达:《前往伊斯特兰的旅程》,鲁宓译,内蒙古人民出版社 1997 年版,第 41 页。

真正欣赏周围的世界，"否则人就好像一匹戴着眼罩的马，只能看到一个远离一切事物的自己"①；三是寻求"死亡的忠告"，因为死亡是人的永恒伴侣，人必须寻求死亡的忠告，才能抛弃许多令人心烦的琐事；四是"对自己负责"，就是在一个死亡是狩猎的世界里，人没有时间怀疑与反悔，人只有做决定的事件，并为自己的决定负责；五是"成为一个猎人"，因为"成为猎人，意味着他懂得很多，能够用不同的方式看世界"；六是"使自己不被得到"，成为猎人，才能学会暴露与收敛的秘密；七是"打破生活的习惯性"，因为一个称职的猎人没有例行公事般的习惯，才能捕获猎物；八是"把自己开放给力量"，因为战士是追求力量的人，是寻猎力量的完美猎人，而通往力量的一个途径，就是做梦，在做梦中，你有力量，你可以改变事物，可以发现无数隐藏的事实，可以随心所欲地控制一切；九是"不做"，当你在不做时，你是在感觉世界，借着世界的联线去感觉，类似庄子的"无为无不为"……总之，按照唐望一系列的方式循序渐进地加以修炼，就能"停顿世界"，抵达"内心寂静"状态，这也正是残雪"脑袋空空"的写作状态。于是"静了群动，空纳万象"，灵魂以力量的方式现身，此时，人可以自由地于潜行于两个世界之间——平常人的世界和巫师的世界之间，在巫的世界里，狼、鹿、响尾蛇、树木及其他生物都会说话，这个世界用残雪的话说，就是"异端世界"。而人一旦知道那个"异端世界"之后，要使它发生，只要去使用另一个力量之环，就能让人的身体看见。"每个人一出生时，都带着一个小小的力量之环，一出生就开始使用。所以我们每个人一出生就被钩住，我们的环和别人的环相连。也就是说，我们的力量之环是钩在世界的做上，以造成这个世界……相反的，智者发展出另一个力量之环，我可以称之为不做之环，它是钩在不做上，借着这个环，他就可以织成另一个世界。"②

　　"停顿世界"，抵达"内在寂静"的状态，意味"已知世界的结构"的拆毁，"另一种了解世界的方式"的启用。"内在寂静最值得追求的效果是一种特殊的能量交融，总是以强烈的情绪为前导。"③这种像暴风雨席卷而来的能量交融，对灵士来说，"会爆发成为思想和意象，而作家身上，就会成为滔滔不绝的文字；

----

① ［美］卡洛斯·卡斯塔尼达：《前往伊斯特兰的旅程》，鲁宓译，内蒙古人民出版社 1997年版，第 53 页。

② ［美］卡洛斯·卡斯塔尼达：《前往伊斯兰特的旅程》，鲁宓译，内蒙古人民出版社 1997年版，第 259 页。

③ ［美］卡洛斯·卡斯塔尼达：《穿越生命之界》，鲁宓译，中国盲文出版社 2003 年版，第128 页。

灵士则可以看见由能量所形成的影像,听见思想变成声音,或写出文字"①。这与残雪所谓的"灵魂说话"的过程何其相似!残雪作为具有巫诗品格的作家,她的"脑袋空空"的前写作状态,意味着她已拆毁了"已知世界的结构",以"内在寂静"的姿态,等待目击灵魂以能量的方式现身,这就是残雪以童年时等待"母鸡生蛋"来描述自己写作的奥妙所在。等待目击"母鸡生蛋"需要心的定力。残雪说,我的小说,都是"屏住气"(保持内在寂静姿态,生怕轻微的呼吸声惊动了力量的现身)的产物,是一种垂直的运动(力量来自"黑暗的意识海洋"),是肢体力量与心力合一的自律运动。我的写作,不需要任何技巧,唯一需要的就是心的定力。她还说,她要维持这种写作状态,就必须尽量脱离同社会的直接联系,并具备在创作的瞬间将自己转化为"超人"(灵士)的技能(只有超人才能将目击能量交融的感官资讯转化为思想和意象,或以文字写出)。当她专注于这种活法时,律奏便会自然而然形成。② 这就是残雪小说的言说机制,即残雪所谓的"超人"技能。这种技能,不是正规学校的专门训练中习得,对于残雪来说,主要来自四个方面:一是残雪身上流淌着"楚人之血",或说秉承巫楚附魅文化中的"巫诗传统";二是残雪没有接受系统的学校教育,"文革"的生态,致使她对儒家正统文化及当下的主流话语有一种天然的疏离感和抵触情绪,也没有机会对巫楚文化进行清理、祛魅;三是成长过程中喜好充满怪力乱神的古典小说,对西方的现代派小说情有独钟,尤其是其独特的创造性阅读方式——"屏住气,让语言发出的暗示信息在我心头开花"③——铸成了残雪的非理性小说;四是残雪自小不善与外界交往的秉性,使得她逃避外部世界,返回内心,在孤独的生命体验中,养成内敛、"向自己内部"叩问的品性,致使她与颇具巫风的外婆有一种自然的亲和性。残雪由外婆一手带大,这位受尽磨难的"外乡人",善于在庸常的时间之流中,编织离奇的故事,以抗拒俗世生命难以承受之重,为童年的残雪敞开了一个异质的生命空间。相濡以沫的暖,在残雪稚嫩的生命沃野上催生出一串串丰腴的生命意象,并在匮乏、无聊的日复一日的时间之流中,进行常态与异质空间之间的自由往返,锻造出超凡的巫性。这种言说是真正心智的浮现,本源的敞开,是人诗意栖居的存在之乡。

---

① [美]卡洛斯·卡斯塔尼达:《穿越生命之界》,鲁宓译,中国盲文出版社 2003 年版,第128 页。

② 残雪:《趋光运动》,上海文艺出版社 2008 年版,第 115 页。

③ 残雪:《趋光运动》,上海文艺出版社 2008 年版,第 115 页。

二

残雪小说的语言审美特征，可用"巫言如梦"予以概括。"巫言如梦"典故出自《左传·成公十年》：

> 晋侯梦大厉，被发及地，搏膺而踊，曰："杀余孙，不义。余得请于帝矣！"坏大门及寝门而入。公惧，入于室。又坏户。公觉，召桑田巫。巫言如梦。公曰："何如？"曰："不食新矣。"公疾病，求医于秦。秦伯使医缓为之。未至，公梦疾为二竖子，曰："彼，良医也。惧伤我，焉逃之？"其一曰："居肓之上，膏之下，若我何？"医至，曰："疾不可为也。在肓之上，膏之下，攻之不可，达之不及，药不至焉，不可为也。"公曰："良医也。"厚为之礼而归之。六月丙午，晋侯欲麦，使甸人献麦，馈人为之。召桑田巫，示而杀之。将食，张，如厕，陷而卒。小臣有晨梦负公以登天，及日中，负晋侯出诸厕。遂以为殉。①

这或许是中国将"巫言"与"梦"相链接的最早记载，在笔者看来，"巫言如梦"应有三层意义：其一，巫言非妄，是一种神圣的言说，如"桑田巫"既能曲尽晋侯过去梦中情境，又能准确预测晋侯死亡的时空表征，具有超自然的神秘力量。其二，巫言具有"立象以尽意"的特征，它总是借用某些具体的物象或情境来暗示所要言说之"意"，与中国古典诗歌"意象"的构形方式具有惊人的相似性。诚如万晴川所言："巫术思维特征就是心与物不分，物象和观念合一，呈现为神秘的一体感和混沌性。它总是借用某些具体的物象来暗示某些特征上相似或联系的观念，即使表述较为复杂的内容也是依靠'象'组合，从中产生超出象外之'意'。它不仅使物象和观念融为一体，而且使想象和事实融为一体。因此，人的行为意愿、情感能力和整个生命都被投射到了客体世界中，并通过想象和幻想，幻化出种种超越现实和超自然的神奇事物。"②其三，巫与梦具有异质同构性。梦论与潜意识论和性欲论一样均为弗洛伊德精神分析学的三大支柱之一，也是了解精神领域中潜意识活动的一条最重要的途径。弗洛伊德认为，梦并不是偶然形成的联想，而是被压抑的愿望伪装的满足。因潜意识中的原始冲动或性欲难以直接见人，加上意识对潜意识具有稽查和控制的作用，

---

① 左丘明：《左传·成公十年》，冀昀主编，线装书局 2007 年版，第 261 页。
② 万晴川：《巫文化视野中的中国古代小说》，中国社会科学出版社 2003 年版，第 68 页。

所以必须通过伪装的方式才能满足自己的愿望。在弗洛伊德看来，人的梦有两种：一种是显性梦境（或显相），又称显梦，指当事人醒来所能记得并陈述的梦境。它是梦的表面现象，即潜梦或隐意的化装，类似于假面具，并不代表梦的"真象"。如晋侯"梦见厉鬼"之境，是显梦，是假面具，并不是"真象"。因为，晋侯"大门"、"寝门"及"户"均未被毁，其梦中之境自然为幻。然而，晋侯作为"赵氏孤儿"故事中的君主，他听信谗言，无辜杀了赵盾的家人赵同、赵括全族，信奉巫鬼的他，其潜意识中自然惧怕"冤鬼索命"。就连强悍如武则天，晚年也难以幸免，不是也被噩梦弄得寝食难安吗？从潜意识的角度看，晋侯之梦源于一种对死亡的恐惧，也即弗洛伊德所谓的另一种梦境，即潜性梦境，又称隐梦，指梦的背后的潜意识动机。它是梦的本质内容，即梦的真实意思，类似于假面具所掩盖的欲望。晋侯的第二个梦境，即疾病化为两个童子及其对话，这是显梦，而隐梦显然是自觉其病入膏肓，已非药石能除。由此可见，无论巫言的"意"与"象"组合，还是梦的"显相"与"隐意"构形，两者之间，其内在结构是相同的，若用制作谜语作比，巫言的"象"与梦的"显相"皆为"谜面"，而"意"与"隐意"则为"谜底"。卡斯塔尼达的巫术理论，则专有"做梦"一说。在卡斯塔尼达的老师唐望看来，人具有两个力量之环：一个是做的力量之环（日常世界），另一个是不做的力量之环（陌生的世界）。灵士之所以能自由往返两个世界之间，是因为他们能根据意愿自如地操控聚合点的移动，即将力量之环勾住做上，就进入日常世界，勾住不做上，就进入陌生的世界。而学会移动聚合点的必要步骤有两个：一个是做梦，对梦的控制与使用；另一个是潜猎，对于行动的控制。对唐望来说，做梦是巫师一项必不可少的意识控制的训练，其训练从准备做梦开始，所谓准备做梦是指对梦的一般情况与实际的控制，比如，残雪就有这种能力，她若要中断梦境，只要往悬崖上纵身一跃就行。学习准备做梦的技巧有二：一是注视某物，并能保持住它的影像，比如自己的双手，并在梦中看见它；二是学习去旅行，即用意志使自己移动，到其他想去的地方，并控制旅行的时间。当人能成功地把每一件事物都维持在焦点中，做梦就成为真实，于是在睡觉时与清醒时的作为便没有差别了。因此，做梦对灵士而言是真实的，因为在梦里可以有意志地行动，他能选择和拒绝。比如，《西游记》中就有这样的情节元：泾河龙王犯天条后，在袁守诚指点下托梦给唐太宗求救；太宗召魏征入宫对弈，拖延时间，以救龙王；期间魏征伏案而睡，太宗以为他太过操劳，不忍唤醒，于是魏征顺利地在梦中斩杀龙王。在做梦中，人有力量，可以改变事

物,可以发现无数隐藏的事实,可以随心所欲地控制一切。① 由此可见,残雪的
"自动写作",并非虚妄,只是残雪习得了唐氏的做梦术而已。在唐氏看来,聚
合点的光亮能照亮任何它所能接触的能量场,所以当它移动到一个新位置时,
它立刻照亮了一群新的能量场,使它们被知觉,这种知觉就是看见。残雪要让
灵魂开口说话,只要将聚合点从它的平常位置(外部世界的位置)移到灵魂的
位置(内部世界位置),就能听见灵魂以内在的声音诉说它的秘密。

灵魂的诉说具有梦的伪装性,总是将内在的声音投射到外在的事物上,以
各种色相呈现,具有"意象"组合的诗性品格。何谓"意象"? 所谓意象,就是客
观物象经过创作主体独特的情感活动而创造出来的一种艺术形象。意象派诗
人庞德认为,意象是那一瞬间呈现理智和情感的复合物的东西。周发祥认为,
意象的本质是"意"与"象"的结合,主观与客观的交汇,而这个主观上的"意"内
涵相当复杂,又隐藏在"象"的背后,令人难以把握。为了有效地分析意象的构
成,本文采用浙大教授吴晓的定义:"所谓意象,即是以可感性词语为语言外壳
的主客观复合体。"②既然意象的外壳是语言,那么它与日常的语言又有何区别
呢? 按照符号学的观点,符号有两个基本构成成分,即表示成分(能指)和被表
示成分(所指),正如罗兰·巴特所说:"表示成分(能指)和被表示成分(所指),
它们的联合构成了符号,这是最高的主张。"③按吴晓先生的观点,在语言符号
与意象符号中,二者的所指与能指的含义是不同的。他认为,在语言符号中,
一个词的表示成分(能指)指的是这个词的音与形,被表示成分(所指)指的是
语义(概念);而在艺术符号——意象符号中,其表示成分(能指)是指事物的表
象,被表示成分(所指)是指这一符号所表示的情感与意义。他还进一步论述
了意象符号的三个特性,即意象的自足性、模糊性和非独立性。所谓自足性指
的是事物客观上与人类的情感相通,具有格塔式心理学所说的"异质同构"关
系;所谓模糊性是指意象符号能够将抽象的意义与情感具象化,但它只能以隐
喻的方式传达,而不是用明确无误的日常语言说出,因而带有一定的模糊性;
所谓意象的非独立性,是指单个的意象具有明显的局限性,它无法表达情感的
复杂变化的进程,它必须与其他意象符号组合,才能充分展示情感活动的相互

---

① [美]卡洛斯·卡斯塔尼达:《心灵密境之旅》,鲁宓译,中国盲文出版社 2003 年版,第
98—120 页。

② 吴晓:《意象符号与情感空间》,中国社会科学出版社 1990 年版,第 9 页。

③ [法]罗兰·巴特:《符号学美学》,董学文、王葵译,辽宁人民出版社 1987 年版。

作用及其发展变化等复杂关系;而意象的组合是为了共同指向整体情感(或主题)。①

残雪小说的题目大都采用意象的构形方式。比如《苍老的浮云》就化用了中国古典诗歌的"浮云"意象,类似李陵《与苏武诗三首》中"仰视浮云驰,奄忽互相逾。风波一失所,各在天一隅"与李白《送友人》中"浮云游子意,落日故人情"的"浮云",其能指是"浮云"的表象,而所指则隐喻漂泊无定的生命。残雪在"浮云"前缀上"苍老"修饰词,显然隐喻"迟暮、垂死"的生命,即人在死神的催逼之下,逼死趋生的不屈挣扎。

《海的诱惑》中的"海"意象,其能指是"海"的表象,所指则比较复杂。"海"辽阔无垠,是一个呈现开放性的空间,涌动着原始的蛮力,是生命之源,对于被各种陈规陋习及恶势力束缚挤压的"痕"与"伊姝"来说,"海"那种辽阔无垠的开放性空间自然有着特殊的诱惑力,同时"海"的原始蛮力也是他们冲决罗网的不竭动力。是海的诱惑让"痕"与"伊姝"冲破陈规陋习,从各自的家中出走,收获了爱情;也是海让"痕"与"伊姝"在恶势力的挤压下,获得抗拒的勇气。小说一开头就写道:"痕走出自家零乱的院子,上了那条小路。小路通往海边,那里有很多礁石。他赌气似的,很快地走,头也不回。他妻子伊姝一直在窗子那里盯着他的背影,手里还抓着刚刚喂过鸡食的碗,女人脸上有种深思的表情。"②走出"零乱的院子",意味着走出零乱的世俗生活,他走的路虽是小路,但它通往海边,"礁石"也是海的表征,充满风险,但"痕"走得那么快,那么决绝,连头也不回。妻子"伊姝"的情态也颇有意味,"一直在窗子那里盯着他的背影,手里还抓着刚刚喂过鸡食的碗"表征她的日常生活被丈夫的行为所中断,而"深思的表情",表征伊姝阻断了生活盲流后的生命回顾;是海的诱惑让她和痕冲破重重阻力,终于走到了一起;而今,她深陷于世俗生活的泥沼中,疏远了海。后来,伊姝也终于不断地走向海,从而获得生存的勇气,海成了她的精神支柱。因此,痕夫妻俩走向海,是一种重返,一种原初生命的重返,他们以重返的方式汲取抗拒世俗重压与异化的力量。

《蚊子与山歌》中"蚊子"与"山歌"是小说两个相辅相成的核心意象,呈现"三叔"的生命蓝图。"山歌"的所指是隐喻性的,具有超越世俗的神圣性,指涉灵,来自永恒的意愿召唤,非沉溺于世俗之耳所能听见;而"蚊子"所指则隐喻死。晚年的三叔,不愿填埋滋生蚊子的臭水沟,不愿挂蚊帐,在俗人"我"看来

---

①　吴晓:《意象符号与情感空间》,中国社会科学出版社 1990 年版,第 25—27 页。

②　残雪:《蚊子与山歌》,中国文联出版社 2001 年版,第 71 页。

有点匪夷所思,然而,三叔的肉身正是在"蚊子"叮咬的"疼痛"及叮咬引起的"疟疾"中得以彰显,即三叔是在与死神的对抗中,迸发出生命的活力,了悟生命的真相或奥秘。难怪三叔沉醉于夜间的战斗,一到晚上,就显得十分的亢奋,并把"战果"一一记在本子上。

《天堂里的对话》中的"天堂"是一个空间性意象。"天堂"作为语言符号,其所指(义项)或为宗教意义上的美好世界,与"地狱"相对,如《宋书·夷蛮传·天竺婆黎国》"叙地狱则民惧其罪,敷天堂则物欢其福"中之"天堂";或喻为美好的生活环境,清薛福成《天堂地狱说》"夫诗书之味,山水之娱,妙景良辰,赏心乐事,皆天堂也"中之天堂;或为方言或相术中的人体"额头"。而残雪"天堂里的对话"之"天堂"则是一个意象符号,其所指较为模糊,因为它是作为"对话"的空间场域出现,所以应与宗教的"天堂"有别。残雪的小说中的对话来自灵魂深处,用残雪的话来说,应该是"心灵的天堂",与文化学者李二和的天堂观倒是十分接近。李二和认为:天堂是天理通透灵魂至上纯净的圣界,每一个人都掌管着天堂;地狱是天理混淆、灵魂龌龊不堪的俗世,每一个人也都掌管着地狱。当人通晓事理,真正读透生命、心醒自觉的时候,精神升华到超然的境界,在开启智慧的一瞬间,便拥有了天堂。当我们迷茫困惑、被世俗蒙蔽窒碍住心灵的时候,我们就生活在地狱。总之,残雪以"天堂"修饰对话,表征其对话是超越了俗世的名缰利锁与"日常殖民化"的纯精神对话,其"天堂"自然是"天理通透灵魂至上纯净的圣界"。《天堂里的对话》的结构具有典型的复调性,"我"和"你"由"自我"裂变而成,即自我人格的两个不同侧面。《天堂里的对话》之一,讲述的是有关等待的故事。等待的话题之一是"夜来香的味儿",这"夜来香的味儿"很特别:"你教我每天半夜里去等待,也有时候,它并不来,因为它从不曾存在过。你又告诉我,你的声音充满了诱惑,像一些绿色的游移的小火星,'你只能等待'。"①这"夜来香"不是寻常的夜来香,"当你细细凝神的时候,你竟发觉它并不存在",然而它又确实存在,"当它袭来之前,我感到内部出现一种强烈的焦虑。我摸了摸自己的双脚,发现它们像蛇一样灵活而光滑,我坐起来,张开细长的五指在空中抓来抓去,许多活的气体在我的指缝间流动"。② 这是身体遭逢激情时的状态,多么灵动、自由而舒泰!它是于"无"中生发出的"有",它显然是美好事物的象征,它类似《蚊子与山歌》中的"山歌"。因此,"夜来香"意象的所指也具有多义性,"我"与"你"有关"夜来香"的

---

① 残雪:《从未描述过的梦境·天堂里的对话之一》,作家出版社 2003 年版,第 51 页。

② 残雪:《从未描述过的梦境·天堂里的对话之一》,作家出版社 2003 年版,第 50 页。

话题,关乎创作论中的灵感,正如残雪谈创作时所说的那样,"奇迹(灵感)是不能抓住的,在意识到的时候,它便消失而去,通常在无意识中来临"。① "灵感"只有当人在"澄怀"、"忘求"的状态下才能浮现,不过人要有"寻找"的意愿,对于寻找它的人来说,它是永远存在的;人更需静心等待,就如残雪小时候盯母鸡耐心地等待"蛋"的降临。"夜来香"的话题也指涉爱情,在钢筋混凝土的城市里生活的人类,只有相信爱,心才不会枯萎,然而,爱却又常常是有心栽花花不开,无心插柳柳成荫。"夜来香"也指涉人性的哲学感悟。等待的话题之二是"我"与"你"的相互寻找与等待。"你"说:"你是从海边来的……那海很遥远,你走了十几年才走到这儿,我一直呆在这地方等你……哪怕在雪夜,我也独自一人在这地方守望,因为我不能确定你在什么时候到来,我怕你一下子就走过去了,把我一人撇在这儿。"而"我"则"在海边的时候就已经看到了,有一个人在一处地方孤独地徘徊,用双手把小石子捏得粉碎,那个人就是你"?"我"与"你"十年前素未谋面,却能超越时空,相互看见,这是一种典型的心领神会,与汤显祖《牡丹亭》的梦幻笔法具有惊人相似之处:惊梦一节,杜丽娘于绣房梦中,于后花园的牡丹亭内,看见身旁站立着一个翩翩年少的书生,手里拿着一支柳条,显得风流潇洒,十分可爱;而广州府有一个秀才柳春卿(柳梦梅),半月之前也做了一个蹊跷的梦,他梦见在一家风景美丽的花园里,一株梅树底下伫立着娉婷袅娜的淑女,若有意若无意地向他微笑。显而易见,残雪的巫言与汤显祖的梦语具有异曲同工之妙。汤显祖《牡丹亭》中杜丽娘与柳梦梅的"至情"可以跨越生死之界,即所谓的"生者可以死,死者可以生;生而不可与死,死而不可复生者,皆非情之至也";残雪《天堂里的对话》之一中的"你"与"我"之间的情,可以相互取暖,可以逼退死神潜猎的恐怖("我在半夜里等待夜来香的时候,老是有一个黑影立在门边,只要我一闭眼,他就朝我移近。我浑身发抖……恐怖极了……",此"黑影"即隐喻死神),可以重新唤起心灰意冷、萌生死意的"我"生的希望与活力。"你"的在场之于"我"恍如"神的现身"。因此,此处的"你"是形而上的,它既是艺术灵感的异类描述,又是人性哲学的寓言。

《天堂里的对话》之二的主要意象有类似艾略特笔下的"荒原"、"将干涸的井"、"草原"及"桑树下的小屋"等,而核心意象是"荒原":荒原因为失去了润泽生命的雨,"绿色渐渐地从地面消失,闪闪发光的蜥蜴满地爬行,道路正在开裂"。由于长期干旱,就连梦也显得焦渴而冗长,充满泥土味。人类赖以生存

---

① 　残雪:《为了复仇写小说》,湖南文艺出版社 2003 年版,第 14 页。

的世界成为去生命化的空间：长期呆在屋内，脸变得苍白、光滑而毫无意义；而一旦走出门外，就连心脏都皱成了一颗干柠檬。于是"我"与"你"的对话围绕"荒原"展开：长期不下雨的世界，"井"是生命的最后希望，然而，"井水"却一点一点地干涸。小时候的"我"虽曾在黎明前坐在井边感伤地哭泣过，却无力阻止井的干涸，当天亮成群结队的人往井里倒石头时，我最后的那点希望之火也被无情地掐灭了。所谓置之死地而后生，深陷绝望中的"我"非但没有举械投降，反而反弹出寻找生的希望——那个草场。有了希望，就有了与"干旱"抗争的勇气，这是"我"没有像鸟一样迁徙的原因。尽管与干旱搏斗是多么惨烈——"脚板上的裂口流着血，两鬓被烈日烤得焦黄"——即使种下去的东西从来没有存活过，"我"却依然拓荒不辍。正是这种永不言败的抗争，才彰显出生命的韧性与自由创造的本质，才使生命与这蛮荒的地方一样古老，且朝着一个方向无限延伸着，变得越来越纯粹。与荒原抗争的生命注定孤独，因此连"那些高高的电线杆，有时会突然变成一个人"，并于"无"中，于自我的内部"生"出了一个可以相互慰藉知根知底的"你"。"你"就是"我"的一个"已在"，"我"与"你"血脉相连，"我们相视一笑，你的眼里映着两个金黄的太阳，连唇须也染得金光闪闪"。有了"你"生命不再寂寞，有了"你"生命就有希望，只要"我们俩手挽着手"，即使"闭着眼一直走下去"，也能创造奇迹，重返"桑树下的小屋"——一个可以安身立命的天堂。

《天堂里的对话》之三有两个核心意象，一个是"飞行"，另一个是"照片"。"我"从小就能飞，尽管飞行有危险，会"遇到意想不到的伤害"，但"我"像有鬼使神差一样，危险无法吓阻"我"飞翔的强烈意愿。这是一种怎么的飞翔啊！这是一种隐形的飞翔，别人看不到；技巧是那样娴熟，一旦有可怕的东西追来，"我只要双脚轻轻一踮，就到了电线杆之上。我吻着那些屋脊，恐惧而又得意。假如我要转弯和改变方向，那是十分容易，我只要将一只手臂升高或放低，就能达到这个目的"。[1]"我"的飞行是那样的灵巧、敏捷，简直是随心所欲。"我"有关飞行的故事，是拒绝平庸的生命渴望突破禁锢，充分领略自由创造快慰的灵魂吁求。生命一旦突破禁锢，总能创造奇迹：夜间的飞行原本是孤独的，但丰腴的生命却可以创造比翼齐飞的夜鸟——"有一只全身灰白色的夜鸟在我旁边和我一道飞，但我知道那并不是一只鸟，那是很久以前，我在厨房里折的一只纸鹤，它将伴随着我直到我的末日。"[2]生命一旦走出日常，总能洞悉人生

---

① 残雪：《从未描写过的梦境》，作家出版社 2003 年版，第 58 页。
② 残雪：《从未描写过的梦境》，作家出版社 2003 年版，第 58 页。

的秘密,于是就发现了具有录像效果的照片——"我忽然看见你躲在远处的小树林里。其实我发现的只是一张彩照,一张很大的立体彩照,那照片里的你时隐时现,而且能够运动,一下躲到这棵树后面,一下又躲到那棵树后面,并且你的面孔也不断地变幻,一下变成我的舅舅,一下子变成我的表哥,一下子又变成似是而非的你自己。"①这张奇特的照片,是一个谜语:

> 一次,我暗暗下定决心,我一定要找到我的舅舅,将这件事问个水落石出:世上究竟有没有这种照片? 为什么从我懂事那天起我就总是看到它? 我要告诉他这是一个了不得的谜语,每次在我看到它时,我就找到了准确的答案,而一旦它消失,又重新成为一个谜,于是我找到的答案也遗忘得干干净净。问题在于:它并不是喊来就来的,只是在你完全忘记了它时,它才赫然出现在你的眼前。至于照片里的人物,也绝不是随心所欲的,它有时是那个人,有时又是某个意想不到的、早就断了联系的人,那个人的出现与我的急切盼望毫无关系,他不找自来。②

生命总有局限,正如一下雨,飞行就会失去平衡,于是,树林外可以遮风避雨的"石塔"于记忆中油然升起。然而,人的记忆并不可靠,出了林子之后才知道并没有塔,那座塔不在林边,却是在海涛里的灯塔。灯塔和夜鸟(我折的纸鹤)一样,都是渴望自由飞翔的生命幻化出的生命图腾。塔顶有盏绿灯,那样鲜明,一见之下终生难忘。然而,塔和彩照一样,又是那样飘忽不定,难以把握,就如"你"说的那样,"有很多人为的东西证实我们是不存在的,我们只不过是那些飘忽不定的粉蝶"。显而易见,塔和彩照指涉人性,彰显了人的存在之谜,就像"你"暗示"我"的那样:"别以为自己飞来飞去,就能穿透一切啦,我穿不透,比如说你,因为你是一个比照片之谜更大得多的谜语,就连你的存在都是一个问题。"③《天堂里的对话》之三,是残雪以自己的方式,讲述类似"庄生梦蝶"的故事,它突破了人类知性的边界,揭示出人的存在之谜。

《天堂里的对话》之四的核心意象是"游戏":坐在悬崖上,晃荡着腿,用鞋后跟在崖石上敲出很大的响声,然后纵身一跳,就会获得一个新的灵魂。"悬崖"是残雪生命中经常出现的"意象",是残雪的一个心结。《趋光运动》中有《断崖》一篇,回溯童年有关断崖的刻骨体验:

---

① 残雪:《从未描写过的梦境》,作家出版社 2003 年版,第 58—59 页。
② 残雪:《从未描写过的梦境》,作家出版社 2003 年版,第 59 页。
③ 残雪:《从未描写过的梦境》,作家出版社 2003 年版,第 60 页。

在断崖边缘，哥哥和弟弟都伸长了脖子在朝下望，我只望了一眼，就吓坏了。那下面……那下面的情形不堪回首。我不安地站在那里，离那缺口至少三米远，我盼望他们快点离开。可男孩子们仿佛对那种事有无穷的兴趣，看个没完。山涧在下面咆哮，阴森的，笔陡的岩石一溜下去有几百米深啊。想一想我都觉得全身发软，站立不稳，心里一阵阵紧。男孩子们终于玩够了，掉转身离开那断岩，我才松了一口气。①

由此可见，残雪对悬崖上的游戏非但不感兴趣，而且充满恐惧。是残雪有恐高症吗？不是！她是荡秋千的好手。那么，她到底怕什么？残雪说："我害怕的是凝视某种景象。"残雪喜欢荡秋千，因为荡秋千时不看下面，那种运动最接近自由的体验，如同《天堂里对话》之三中的飞行：

人知道极限之处是死，但人不看那个极限，人仅仅执着于摆脱引力的欢乐，在欢乐中向极限冲刺！而站在高处望下面的深渊，对于我来说，这种举动是没有什么快感的，只有一阵紧一阵的恐惧……所以深渊对于我来说就同死亡一样可怕，咄咄逼人。②

而"你"却沉迷于这种"死亡游戏"，并怂恿我去做那种游戏，说"那会获得无法想象的快感"。③"我"却无法面对"那个东西"（死亡），"那种游戏总没法开始，即使在想象中也这样"。④然而，"我"却无法抗拒"你"一谈起"那种游戏"时的眼神："大眼睛里射出那种晶莹的冷光，使我想起某个夜里摆在你的窗台上的水晶石，它总是突然发光，迷人的、冷的火焰，咄咄逼人。"⑤没有这种游戏激情的人的眼睛都是平板的黄玻璃。"在深沉的睡眠里，那种冷的火焰燃烧起来，光芒射穿我的五脏。那种光实在是属于我本人的，我却从你的眼睛里认了出来，也许我们长着相同的眼睛，也许我们眼里的光芒能照亮对方，自己的灵魂却永远是一片混沌。"⑥"我"惧怕死亡，可耻地从悬崖边退了下来，"你"离"我"而去，而"我"却从"你"的"眼"中，看清了自己，"你"的"眼"使"我"看清"极限"（死亡真相）。而对于作家残雪来说，其终极是"永生的信念"，正如她在《断崖》中所言：

---

① 残雪：《趋光运动》，上海文艺出版社 2008 年版，第 41 页。
② 残雪：《趋光运动》，上海文艺出版社 2008 年版，第 41 页。
③ 残雪：《从未描写过的梦境》，作家出版社 2003 年版，第 62 页。
④ 残雪：《从未描写过的梦境》，作家出版社 2003 年版，第 63 页。
⑤ 残雪：《从未描写过的梦境》，作家出版社 2003 年版，第 63 页。
⑥ 残雪：《从未描写过的梦境》，作家出版社 2003 年版，第 62 页。

　　沮丧感和去不掉的耻辱终于在冥想中复仇了。我的小说是什么呢?那其实是在死神面前走钢丝的运动。无论是人物,还是背景,都暗示着死神,但又和死神隔着一块遮布。表演就这样拉开了序幕。死神的面目越狰狞,表演的难度越高,舞者的精神也越振奋。①

　　"死亡游戏"的意义在于"纵身一跳,就会获得一个新的灵魂"。卡斯塔尼达与巫师唐望也有纵身跳下悬崖的经历,不过卡斯塔尼达并没有"失去",而是发现自己不可思议地回到千里之外的纽约家中。卡斯塔尼达的奇异经历,使他跨越了生命之界,走上了"前往伊斯特兰"的心灵密境之旅;而残雪的"艺术复仇"(重演岩下的景象),却改写了自己的心灵史。

　　《天堂里的对话》之五的核心意象是午夜屋中使劲挥动双手的"影子"——"我"把它假设成一只"黑色的山猫"以及"灰白的高地"。"影子"和"猫"的意象,在残雪的幻境中常常隐喻"鬼魅"或"死神",它们常常于午夜出没,并于鸡叫时离去。"有的时候它离去早一些,那时我便被遗留在某一片灰白的高地。"②"高地"即类"悬崖"——"死神"的异形。"灰白的高地"上有一个一个黑色的圆洞——那并不是洞,只不过是一些"无物的影子"——空虚。目睹"死神",看到了人的终极处,也就体验到生命透骨的虚无。于是"我"拼命喊"你"的名字:"哦喂……O!O!O……"但奇怪的是这并不使"我"有实在感,"我"仍然是空泛而破碎。"O,O,O……"这类似鲁迅《野草·颓败线的颤动》中那"老妇人""口唇间漏出人与兽的,非人间所有的,所以无词的言语",等待那解救的鸡叫。然而,"我"并不讨厌它(黑猫),"只要听到这种含混的咆哮,我就会变成一条白色的鲸鱼从被子里游出来,在空中摇摆着身子环游……我喜欢在纯净的虚空中遨游,在遨游中我不断生出漫漫的思绪"。③ 触碰死亡,可以使灵摆脱肉的囚禁,体悟到自由的快慰。"我"搜集"树叶"和"夜间闷死的那些蜉蝣",这是间接体验死亡;"我"也搜集无根之水——每次"我"和"你"相见,总有新鲜的、冰冷的雨珠从树叶里掉下来——这是生命的汁液。正如"你"说的那样,生命中"有各式各样的高地,用不着跑开,你只要停在老地方,自身就会变得通明透亮",还有伴随"我们"的这些"雨珠",它们默默地诉说着某种永恒。人一旦厘清了生死问题,也就获得了自由创造的勇气,于是,这样的生命就有了惊世骇俗的举动:

---

①　残雪:《趋光运动》,上海文艺出版社 2008 年版,第 42 页。

②　残雪:《从未描写过的梦境》,作家出版社 2003 年版,第 66 页。

③　残雪:《从未描写过的梦境》,作家出版社 2003 年版,第 67 页。

今天夜里,我要和你到荒原上去,我做好了两个风筝……我们将整整闹腾一夜,忘掉这种悲惨的失眠,也忘掉那座黑糊糊的城市。我们弯下身来,就能清晰地听见蚯蚓的叫声。在通红的阳光里,我们忽然化为两株马鞭草,草叶上挂着成串的雨珠。①

残雪《天堂里的对话》系列是纯粹的灵魂言说,当我们借助"天堂"意象,真正读透"我"和"你"的对话,也就意味着我们心醒自觉的时候,就在开启智慧的一瞬间,我们也便拥有了天堂。

读残雪的小说,若发现"意象"出现在文题,就意味着残雪在文题中安放了"文眼",顺着文眼,读者就能进入文心;残雪的小说充斥象征的丛林,每逢情节的"要穴"处总有奇异的"意象"现身。《历程》中皮普准作为一个单身汉,几十年按部就班的生活习惯,已成为他生命的茧。皮普准能破茧而出吗?于是"离姑娘"出现了——性的符号。"离姑娘"的不请自来,强行介入,犹如一石击起千层浪,唤醒了皮普准日渐老去的性本能,扰乱了皮普准一成不变的生活,用皮普准自己的话说,"你使我对自己有了一种新的想法,就像沉睡了多年一下突然醒来"②。什么东西醒来?从"你就不觉得我已经太老了吗"看来,显然是"性"!然而,经年累月织就的"茧"过于厚实而坚韧,非强力轰毁难以破解,于是"猫"意象应运而生。"猫"在皮普准的生命历程中的关键处有两次:一次是"离姑娘"走后,皮普准因莫名的焦虑而翻来覆去睡不着,他走到屋顶平台上去,不期然遭遇了"黑猫"——"死神"。在连续几天与"黑猫"的对视中,唤醒了他的"死亡"本能,从而皮普准有了一种破釜沉舟的决心。另一次是皮普准在性力的驱使下终于走出蜗居,主动去离姑娘家找她,而离姑娘却不在家,她的父母正在替一只猫捉身上的跳蚤,他们见皮普准来了,就请他按住这只猫,他们好继续工作。"捉猫身上的跳蚤",隐喻清理生死问题,离姑娘的父母借以启迪皮普准的心智,而皮普准却觉得别扭,故意放走了猫,结果遭到离姑娘父母含沙射影似的斥责。

后来离姑娘的父母要求他讲"杂志"上的新闻——"新闻"隐喻生命中的偶然事件,而"杂志"则是记录"生命"中曾经发生的偶然事件。皮普准有收集"杂志"的爱好,意味他试图记住生命中曾经发生的事件,即灵魂的表浅印象。皮普准所讲"新闻"颇有意味:"最近又出了一件大事。一名九十岁的老妪去舞厅

---

① 残雪:《从未描写过的梦境》,作家出版社 2003 年版,第 69 页。

② 残雪:《残雪自选集》,海南出版社 2008 年版,第 59 页。

跳舞,跳穿了一双鞋底,当时舞厅里的年轻人都惭愧得躲起来了。"①无论其讲述的内容是杂志上的也好,自编也罢,都恰如其分地凸显出讲述者的心境。离姑娘父母可谓听声辨音,说他是"乱编",口袋里揣着的杂志不过是"做样子"——伪装。皮普准不愿承认,继续拿"杂志"说事,离姑娘父母则从他手中抢过杂志,扔到了窗外。其实离姑娘父母的奇怪举动及离姑娘骂他"伪君子",出发点都是为了拯救他,因为去掉"伪装"是"灵魂"自审的先决条件。

皮普准被离姑娘父母赶出家门,又迎面撞上了离姑娘,并遭到责骂,上楼时脚步分外沉重,于是出现"楼道"意象:"黑暗而杂乱的楼道"就是皮普准当下灵魂的真实。他在楼道撞倒了一个装垃圾的撮箕,还遭主人骂为"老风流",于是产生自我认知的焦虑。于是,出现了"手电筒"意象:那是一个三年前从商店买的手电筒,曾照亮他上夜班及下班的路。而现在,他回忆起楼道的黑暗和肮脏,就记起了他的手电筒。他半夜三更披衣起身,试图以电筒为武器,去照亮楼道,不料却遭到老王(皮普准自己的理性自我)的强行干涉,夺走了他的手电筒。老王的儿子还拿出铁锤,毫无商量地给他砸了,断了他的后路,这说明灵魂的真相正是"空虚和黑暗,不存在任何心理的支撑可以作为生存的根据,只能和理性一道并排躺在冰冷的黑暗里,忍受难耐的折磨;唯一的出路是和理性(老王)作深入的对话(聊天)"。②

对于冥顽不灵的皮普准,楼上的邻居们有足够的耐心,于是策划了一幕"老曾死亡"的游戏,以轰毁他的成见。老王还带他参观家中隐秘"博物馆"。"博物馆"作为语言符号,其所指为:征集、典藏、陈列和研究代表自然和人类文化遗产的实物的场所,并对那些有科学性、历史性或者艺术价值的物品进行分类,为公众提供知识、教育和欣赏的文化教育的机构、建筑物、地点或者社会公共机构。博物馆是非营利的永久性机构,对公众开放,为社会发展提供服务,以学习、教育、娱乐为目的。而老王家的"博物馆",作为意象符号,其所指为收集与人生命相关的事件,正如老王所介绍的那样,博物馆中"到处埋藏着宝藏,每一处宝藏都有一个故事,这些故事有的是关于皮普准过去的生活",其目的是让皮普准以生命回顾的方式帮助他清理过去,并展现出属于皮普准的生命蓝图。比如"博物馆"中收藏的"香木",就与皮普准青年时代的一次迷路有必然联系:

> 那是一个巨大的、干涸的水塘,塘泥已经结成坚硬的外壳,也是在夜

---

① 残雪:《残雪自选集》,海南出版社 2008 年版,第 60 页。
② 邓晓芒:《灵魂之旅·十残雪:灵魂的历程》,湖北人民出版社 1998 年版,第 231 页。

里,借着微弱的月光,他下去了。他踩着坚硬的泥巴,辨认着那些杂乱的、野物们的脚印。那些脚印都是在湿泥巴上留下的,如今已经固定下来了,萤火虫在那些小小的坑洼里闪闪烁烁。然而他迷路了,后来的事全忘了。早上一个年老的樵夫告诉他,他在塘里发了疯似的兜圈子,是他走下塘去把他领上来的。樵夫拍着他的背安慰他,还从他的柴捆里拽出一根香木送给他作为纪念。他一走到家门口就将那根香木扔掉了,就扔在楼下的阴沟里。①

"泥塘"对于皮普准来说,就如《水浒》中祝家庄的盘陀路,是"樵夫"引领他走出"迷宫",而"香木"则是作为这段经历的纪念。所谓"前事不忘,后事之师",皮普准却把如此珍贵的"香木"给扔掉了,可见皮普准愚妄之本性。老王(皮普准自己的理性自我)的"博物馆"不但收藏了它,而且把握时机,重提"香木",暗示皮普准眼下的处境,期待皮普准有所觉悟,从而走出当下的精神困局,却被皮普准忽略了。"博物馆"里收藏着被人们扔掉或丢失的东西,比如楼下修锁的老头扔掉的一把旧锉刀,皮普准在小学三年级时丢失的一只文具盒等。这些寻常的东西却被老王称为珍品,他收了这些东西放在博物馆里,如果他们有一天来向他索取,他会原物归还的,但"遗憾的是这种事从未发生过,他们扔了东西就再也不关心了"②。其实,老王遗憾的不是一把"旧锉刀"、"一只文具盒"本身,而是人们普遍缺乏对历史的反思品格。

皮普准的心灵历程中,值得一提的还有两个意象。一个是老曾的"新居"——一个"性"的展示性空间:"新居"在西四街的一家老字号酱油铺的楼上(老字号的酱油铺也是一个意象,酱油铺涉及民生,不可或缺,所谓食色性也),是一件很旧的小房子。房间里摆着一张床,床下塞满了花花绿绿的女人内裤,地板上也撒了不少。老曾挟持皮普准去他的"新居",其目的是为了向他展示生活赤裸的真相:灵魂的深入是靠不断地补充新鲜的生命活力(不断更换"情人"),才能获得真正的自我意识。另一个是"地图"。皮普准找老曾迷了路,进入一个陌生的小镇。对于皮普准来说小镇的"信使"和"三姑娘"是"陌生小镇空间信息的载体",即"活地图"。然而,"信使"作为"空间信息的传递通道",却神龙见首不见尾,阻断了皮普准回归的路;而三姑娘只是让皮普准适应小镇的生活,让他从一个"外来者"成为小镇人。最具价值的是一个洗鱼的妇人(女老曾)所画的"地图"。"洗鱼"作为女老曾的职业,从表象看似乎是形而下的,而

---

① 残雪:《残雪自选集》,海南出版社 2008 年版,第 73 页。
② 残雪:《残雪自选集》,海南出版社 2008 年版,第 89 页。

其"洗"字却往往与"清洗"、"净化"等字义相关,宗教有"洗礼"仪式,哲学、美学有净化之说,因此"洗鱼"意象的所指又指涉形而上的精神图式——这就是残雪所谓的"鸟的哲学":"鸟就是神秘么。最脏的东西。有最纯净的形式感。对。生命就是从最脏的东西里面生出来的,但是它的形式感就是非常纯净的。在天上排成美丽的字母。"①洗鱼的女老曾给皮普准看的"地图",是从形而下中诞生的形而上的精神蓝图,皮普准看不懂,因为他老是沉湎于"五里街"(过去),拘泥于成见。女老曾告诉他看地图的方法:要注意力集中,心无旁骛,每天看地图,"长时间地坐在这里,脑子里就会出现一张和这一张一模一样的版图"。这与唐望训练卡斯塔尼达学习做梦的方法类似,只是唐望要求卡氏看的是自己的手,说只要能随心所欲地在梦中看见自己的手,就掌握了做梦的方法。女老曾还以单调的、没完没了的"剥毛豆"的方法训练皮普准。"剥毛豆"——让人想起鲁迅的小说《祝福》中的情节:祥林嫂一大早开了门,拿小篮盛了一篮豆,叫阿毛坐在门槛上剥豆去……残雪私淑鲁迅,莫非"剥毛豆"情节即从《祝福》中信手拈来?"剥毛豆"单纯,无须劳心费神,只要是乖小孩都能胜任。皮普准可是五十出头的人了,按孔子的说法,老皮已年界"知天命"之年,而女老曾却执意要他"剥毛豆",其深意何在?莫非让皮普准摒除成人的智虑,唤回那早已丢失的"赤子之心"? 李贽曾著《童心说》一文,他认为:

> 夫童心者,绝假纯真,最初一念之本心也。若失却童心,便失却真心;失却真心,便失却真人。人而非真,全不复有初矣。童子者,人之初也;童心者,心之初也。夫心之初,曷可失也? 然童心胡然而遽失也。盖方其始也,有闻见从耳目而入,而以为主于其内而童心失。其长也,有道理从闻见而入,而以为主于其内而童心失。其久也,道理闻见日以益多,则所知所觉日以益广,于是焉又知美名之可好也,而务欲以扬之而童心失。知不美之名之可丑也,而务欲以掩之而童心失。夫道理闻见,皆自多读书识义理而来也。古之圣人,曷尝不读书哉。然纵不读书,童心固自在也;纵多读书,亦以护此童心而使之勿失焉耳,非若学者反以多读书识义理而反障之也。夫学者既以多读书识义理障其童心矣,圣人又何用多著书立言以障学人为耶? 童心既障,于是发而为言语,则言语不由衷;见而为政事,则政事无根柢;著而为文辞,则文辞不能达。非内含于章美也,非笃实生辉光也,欲求一句有德之言,卒不可得,所以者何? 以童心既障,而以从外入

---

① 残雪:《残雪文学观》,广西师范大学出版社 2007 年版,第 39 页。

者闻见道理为之心也。①

李贽提出的"童心"，就是真心，就是不受"道理闻见"影响、出于人的自然本性的真情实感。强调"童心"，就是要把人欲从封建理学教条的束缚中解放出来。女老曾让皮普准"剥毛豆"，是为了阻断"日常的认知系统"。实践证明，"剥毛豆"的训练方式，看似"小儿科"，却十分有效：

> 这些日子里，皮普准有了一种真正的改变，这是以前从不曾有过的改变，那就是他变得随遇而安，得过且过了。他住在妇人的饭店里，一天比一天安心了。他不再企图打听五里街的事，也不再为自己的头发一天比一天稀少而难为情，所有这些事都离他越来越遥远了。②

皮普准走出"五里街"进入小镇，是一种心理界限的突破；由排斥小镇到适应小镇，隐喻其精神业已达到一个新的层次。他和女老曾虽然彼此的意念完全不通，却又心心相印了。因此，几个星期后，女老曾告诉他他可以自己绘制新版图了。女老曾的话暗示凡地图都有自己的界限，就如小镇上的人也有自己的界限。小镇上有一个奇怪的现象，只要天上出现"飞机"，热闹的大街顿时空无一人，就连放鞭炮的小孩也躲起来了，所有的店铺都关上了大门。为什么小镇的人不喜欢飞机呢？女老曾说：

> 我们世世代代住在此地，我们有自己的地图，现在外面来了这架飞机，必定生出这个疑问：它是从哪里来的？难道要我们改变信念，重新制造一张版图吗？这是不行的，所以我们都关上了店门。③

世界上最大的是什么？哲学家的回答是"空间"，而心却说是"自己的梦想，梦想比空间还大"！女老曾"地图"观的价值有三：一是凡"地图"都有自己的界限；二是"地图"是人自己用心绘制的；三是绘制"地图"的目的是为了"外出旅游"。由此可见，"飞机"的出现意味小镇的"地图"原本是可以不断延伸的，是人的信念将其固定下来，随着信念的改变，小镇就得重新制造一张版图——这就是女老曾的"地图观"。正是女老曾的"地图观"让皮普准顿悟人的被囚禁（或自囚）的真相，而且无处躲藏——旧有的界限突破，获得了一种解放感，然而新的界限又成了一种束缚。皮普准既然走上了漫长的精神跋涉之路，

---

① 陈蔚松、顾志华译著：《李贽文选译》，巴蜀书社1994年版，第111—112页。
② 残雪：《残雪自选集》，海南出版社2008年版，第119页。
③ 残雪：《残雪自选集》，海南出版社2008年版，第115页。

他面临的必将是无限分岔的时间和空间，属于他自己的地图也必将呈开放的未完成状态。经过女老曾的耳提面授，皮普准目光明亮，耳听八方，他终于懂得了"解放"究竟是怎么回事：解放就是被死亡在屁股后头追击的感觉，从一个地方逃到另一个地方的刻骨体验。"这正是你所乐意的"，所以女老曾说，"有那么一天，你还会从这所房子走出去，沿着街道一直向前走……最后你到了一个新的城镇，黄狗在街口庄严地守卫。"①

三

残雪小说语言的诗性品格还体现在诗性时间和空间的创设上。伽达默尔曾谈到时间的两种经验：其一是"空无的时间经验"，即人在日常的实用态度中经验的时间。极端的无聊和极端的忙碌以同样的方式确定着时间的位置，时间就是用虚无或某种东西填充起来的。时间在这里是作为必须"被排遣的"或是已排遣的东西体验到的，而不是作为时间来经历的。其二是"属己的时间"。在伽达默尔看来，这一时间与节日、艺术有着最深刻的亲缘关系。② 由此可见，残雪的"灵魂"言说与"空无的时间经验"无关，而是在纯粹的"属己的时间"中开展；这种时间"它已不再需要测度，不再需要以外物来充填，时间本身就已为生命所溢满，本身就体现着生命的创造和生命的律动"。③ 然而，残雪小说中的时间具有巫诗品格，绝非那种"一经语词概括、梳理、确定，便失却本相而成为苍白的概念"的时间，而是具有"本相"的富瞻与生动性，即"桑田巫"言说时间的品格。《左传·成公十年》中晋侯问病体吉凶如何，桑田巫曰："不食新矣！"用今天的话说就是"主公的病，恐怕吃不到新麦了"。桑田巫只用四个字，不但委婉地点出晋侯病得不可救药，而且展示出晋侯死亡的具有情境性时间。晋侯的病不幸被桑田巫所言中："六月丙午，晋侯欲麦，使甸人献麦，馈人为之。召桑田巫，示而杀之。将食，涨，如厕，陷而卒。"可见巫言如梦，其"时间"不是苍白的概念，而是凸显出时间的"本相"。

残雪小说《从未描述过的梦境》中对"巫诗品格"的时间观做过精彩的描述：

---

① 残雪：《残雪自选集》，海南出版社 2008 年版，第 121 页。

② ［德］伽达默尔：《美的现实性》，张志扬译，生活·读书·新知三联书店 1991 年版，第69—70 页。

③ 马大康：《文学时间研究》，中国社会科学出版社 2008 年版，第 6 页。

他将自己的生命以做梦者的到来为标准划分为一些阶段,他不再记得自己在棚子里所待的时间,他的时间观念彻底消失了。每逢要回忆某件事,他便这样想:"那是那个脸庞枯黑的汉子到来的那一天……"或"脸上长蝴蝶斑的女人来的那个下午……"或"没人来的那一天……"或"来了人,但又什么都没有说就走了的那个早上……"诸如此类。表面上这种划分似乎也很方便,但又由于来人的减少,由于他的记忆随来人的减少逐渐退化,这种划分便有了很大的模糊性和欺骗性,前后颠倒,混杂不清的事时有发生,好在现在他也不大在乎这一类的事了,他越来越随随便便了。①

现实的生命往往以年龄标示时间,这是一种以抽象的数字为标度的客观时间,不以人们的意志为转移,往往与生命本身相脱离,显得苍白而无多大意义;而残雪具有巫诗品格的时间却以"生命中的具体事件"为标度,具有富瞻性与生动性,凸显时间"本相"的五光十色,因而,它本身也就具有"客观时间"无法具备的丰富性和生命意义,使"客观时间"黯然失色。这种巫诗品格的时间呈现方式,具有梦与记忆的"模糊性和欺骗性,混杂不清"。其主要特征体现在以下几个方面:

首先以"时间"表征意识的层次性。"白天"常常指涉"意识",人物的活动与现实中的人无多大差别,涉及"肉"的生活;而"黑夜"往往与"潜意识"相伴相生,人物的活动却与现实中的人大相径庭,一个一个宛若夜游之神。《最后的情人》中"乔"是"古丽服装公司"的销售部经理,他白天的活动大都与业务有关,而夜晚却以其特立独行的行动践行其创造性的阅读;"文森特"白天除了"古丽服装公司"老板的空洞符号之外,并没有具体涉及与其身份相符的商业活动,只是笼统地点出他"白天的工作是很繁忙的,公司日益壮大,厂房内机器轰鸣,厂房外车水马龙……"②这似乎从侧面表现出文森特卓越的商业头脑和非凡的经营管理能力,其实不然,作者接着马上就予以解构:"文森特并不想扩大业务,形势的发展却由不得他,他看见自己的事业正在向四面八方扩展……"③可见不是文森特操控公司,而是"古丽服装公司"这头"魔兽"操控文森特。文森特要摆脱这"魔兽"的操控,就必须不断寻找善于在夜晚进行长征的妻子"丽莎",因为丽莎是他的"未来"。因此文森特也开始黑夜的寻找,走上"赌城"的寻根之旅。"赌城"类似博尔赫斯《巴比伦彩票》中的"巴比伦王国"

---

① 　残雪:《从未描写过的梦境》,作家出版社 2003 年版,第 168 页。

② 　残雪:《最后的情人》,花城出版社 2005 年版,第 57 页。

③ 　残雪:《最后的情人》,花城出版社 2005 年版,第 57 页。

(精神王国),"彩票制度"是巴比伦人的"精神模式","抽签"隐喻巴比伦人"个体获取时间","赌博"意味巴比伦人"将生命力转换成精神体验","巫术"表征"彩票的语言性质","巴比伦历史"即"精神发展历史"。经过一番系统而艰苦的解码后,残雪剖析道:

> 精神并非"巫术",只是与巫术之类的事有关而已。巴比伦人看中的是时间本身。他们看出彩票给人提供的是一个矛盾,即死—不死的矛盾,他们已进入这个矛盾就找到了人的可能性,那就是无限制地从上帝手中获取时间。既然最后的签永远抽不到,人就可以于瞬间中去体验彩票制度的完美,用一次次庄严的抽签活动将时间分成无数片断,怀着永生的希冀沉迷于活动中,捧出自己的生命将这种高级的不带功利只重奉献的赌博搞到底。①

"赌城"是"文森特"走向"未来"的必经之路,因为"赌城"是丽莎的家乡。虽然个人的经验具有不可重复性,但人的认识却具有统一性。正缘于此,文森特在从"赌城"回归的"火车站"与"丽莎"不期而遇,并一起穿越"死亡之谷",走向"未来"。

因此"白天"与"黑夜"是残雪小说惯用的时间构形方式,笔者将其称为"阴阳鱼图式":"阳"代表意识的浅层结构,而"阴"表征"潜意识"的深层结构。

其次,残雪通过巫的方式,使"灵魂本身的图像"从黑暗的处所浮到表面。因此在残雪的故事里,时间可以无限分岔,甚至前后颠倒或"过去"与"未来"并置。《长发的遭遇》中失业的搬运工长发陷入绝境,在一个阴沉沉的早上长发终于有了想出去边疆投奔父亲的主意。"然而怎样能去边疆呢?长发没有路费,家中一贫如洗,唯有一台电视机是奢侈品,但也值不了几个钱,到边疆的路程有几天几夜,即使一直坐硬座过去也得好几百元钱。长发没有亲戚,他和妻子两人都不爱交朋友,所以也没有地方可以借。"②投奔父亲的路程虽然遥远,从日常的时间看,却也不过"几天几夜"而已,然而由于长发囊中羞涩,投奔的时间被无限期地延宕了。所谓天无绝人之路,正当长发无计可施,陷入了苦闷之中时,却交上了"好运",有一个素不相识的姓董的老先生指名要他去做他的挑夫。按董先生的说法,这趟活工作繁重,时间会拖得很长。但长发身板硬,有力气,不会有什么问题,最重要的是这趟活如果能赚到一千多块钱,去边疆

---

① 残雪:《解读博尔赫斯》,华东师范大学出版社 2008 年版,第 19—21 页。
② 残雪:《残雪自选集》,海南出版社 2008 年版,第 221 页。

的路费就解决了。因此,在长发看来,董先生简直就是他生命中的贵人。然而,主顾与挑夫之间的关系一旦形成,原本固定的投奔父亲的时间也就发生了分岔,以致再也回不到原点。

　　按照日常时间的线性结构,"过去"与"未来"是永远没有交集的,因为中间还隔着一个"现在"。然而,在残雪的小说中"过去"与"未来"可以并置于同一维度的空间中予以展示,这类似当下流行的"穿越式"小说。比如《最后的情人》中的"文森特"与"丽莎","丽莎"是"文森特"的"未来",而她与文森特却是夫妻,生活在一个屋檐之下,即"过去"与"未来"并置于同一纬度的空间之中,简直匪夷所思。然而在残雪小说的"异端境界"里,什么奇迹都有可能发生。不但"过去"与"未来"可以并置,而且"时间""先"与"后"的逻辑顺序也可以被颠覆或置换。小说《历程》中皮普准翻阅一本早就读得滚瓜烂熟的杂志,就在他即将走神之际,一段题为"老张的望远镜"的文字意外地引起他的注意。那段文字是这样写的:

　　　　本市西四街酱油铺的楼上,住着一个怪客,此人有专门收集女人内裤的癖好,每天清晨,从楼上的窗口伸出许多竹竿,各色裤衩就如三角彩旗般迎风招展……楼下的酱油铺是一家老字号,店主与顾客都是非常古板正统的人们,每当那位怪客下楼,人们就垂下了眼皮,陷入一种遐想之中,直到"咚咚"的脚步声消失,才木然地抬起眼睛。然而就在一个打霜的早晨,两位警察抬来了怪客的尸体。他们在店主人身边"叽里咕噜"说了些什么,店主人庄严地点了点头,警察又把尸体抬走了。店里的那几位顾客目光迷惘,匆匆地提着酱油回家,店主随之关上了店门。①

　　皮普准之所以"将这段文字读了又读,且额头上冒出了许多细密的汗珠",主要不是因为他亲身经历了这段都市奇闻,担心自己与离姑娘间那简直像滑稽剧式的奇异激情被曝光,而是因为他被离奇的问题扰得心烦意乱:"这本杂志老早就在他的床底下了,而这本杂志上描写的事,仿佛发生于前天他去西四街之后。"②可见将皮普准扰得心烦意乱的是"诡异"的时间问题,即"前"与"后"时间的颠倒。按照常理应先有事件的发生,再有"老张的望远镜"的都市奇闻。"诡异"的时间倒错问题有两种解释:一种是按"日常的认知系统"推测,作者虚构的"老张的望远镜"在前,真实发生的事在后,两者之间纯属"巧合",这就是

---

　　①　残雪:《残雪自选集》,海南出版社 2008 年版,第 81 页。
　　②　残雪:《残雪自选集》,海南出版社 2008 年版,第 81 页。

人们通常所说的世界之大无奇不有；另一种是按"陌生的认知系统"推测，"都市奇闻"栏目的"老张的望远镜"的作者具有"桑田巫"式的惊人预见能力。残雪的小说具有巫诗品格，自然属于第二种解释；虽说巫言如梦，但按弗洛伊德的"梦的解释"理论，"梦"又绝对是心理的真实。《最后的情人》中"过去"与"未来"并置，是因为"文森特"（过去）与"丽莎"（未来）都是由"自我"裂变而来的"自我的异在"，两者之间虽然处于不同的心理层次，却共处同一时间维度之中；由于灵魂的探索是一个由外向内不断深入的过程，"表层意识"一般是新近发生的人物，而"深层意识"（潜意识）往往较早发生。因此，如若按灵魂探索顺序看来，"先"发现的是"表层意识"的景观，而"后"现身的是"深层意识"的景观，即小说文本所展现的时间正好呈"倒置"态势。

再次，以"道路"（空间）的陡然消失彰显"时间"的流动不居。古希腊哲人赫拉克利特有句名言："一个人不可能两次踏进同一条河流。"其中"两次"指涉"时间"，"河流"指涉"空间"，赫氏以"绝对性"为致思理路，揭示"时间"的绵绵流逝与"空间"的倏忽变迁。对于赫氏的话，一个人只要不为"相对性"的成见所束缚，就不难体悟其中哲理。而残雪小说中的时空形塑，却实在有点匪夷所思。比如《归途》中有一条"我"一阵子天天溜达的"路"：这条路通过一片辽阔的草地，地面平坦，一个坑洼也没有，闭上眼睛走也安然无恙；草地的尽头有一所房子，房主人是一个无须无发相当可亲的白脸男子，只要进了那房子，和房主人坐下来喝一杯茶，然后就可以循着弯弯曲曲的山间小道一口气往下走，有猴子领路，到了香蕉林，躺在树下吃饱了，就动身回家。这条路对"我"来说太熟悉了，从来不会认错了路。但有一天匪夷所思的事件发生了：

> 我这样溜达时，那座房子就到了，因为我前额猛地一下撞到了砖墙上。今夜主人没有点灯，也没有像往常那样坐在台阶上迎候我。
>
> "这么晚了还来呀？"他在窗户里面说，听起来有些不高兴的味道。又摸索了老半天，才吱吱呀呀地开了大门……
>
> "我只好等到早晨再走了。"我叹了口气，说出第一句话，"天一亮，外面就看得见了，走起来也方便。"
>
> "你完全弄错了，"他抽着烟，沉思地说，"早就不存在天亮的问题了。我对你说过，这样的房子，已经到了风烛残年，余下的事你还想象不出来吗？既然你已经闯进来了，我就要替你安排一个房间，当然灯是不能点的……"
>
> ……

"天怎么会亮呢?"房主人猜到了我的心思,"你会明白的,日子一长,什么都将明白。你一旦闯进来,就只好在这里住下去了。不错,你从前也来过,每次我都将你送走,但那只是路过,并不是像现在这样闯入,那个时候,这所房子也没有那么老。"

我尝试走出这座房子。地面颤动得厉害,我就贴着地面爬行,终于爬出了大门。前面应该是平坦辽阔的草地了。我站起身来想要迈步,忽然感到脚下并不是草,而是一段正在移动的硬东西。我开始改变方向,可是不管朝那个方向走,总到不了草地,脚下也总是那团移动的东西。①

一旦"我"闯入(不是路过)这所房间,时空顿时变了:屋后是万丈深渊,屋前根本没有草地,只有滚动不息的砂石。"我"被困于这所房子之中,出走的所有可能性都被排除了,我被彻底断去了"归途"。莫非"我"因"闯入"而误触了什么"机关",深陷奇门遁甲之类的迷阵之中? 不是! 虽然房主人将原因归结为"我"的"闯入"(非路过),却也找不出房主人强留"我"的任何动机;再说了,即使是人巧设了什么"阵法",总会有破解的可能性或希望,怎么会"排除了所有的可能性"呢? 因此,其原因只能从时空本身去探寻。这条路对于"我"来说,再熟悉不过了,一草一木都了然于胸,即使闭着眼也能安然无恙。可见,往日的"时空",包括这次"闯入"房子之前的"时空",都是为人的经验所把握的"恒常"(日常时空)的时空;而"闯入"后"我"首先获悉的是"时间"变了,即"不存在天亮的问题了","恒常"的时间中断了。房子中一片黑暗,"没有了四季",也失去了一切有关时间的度量,仿佛时间也退回到盘古开天辟地前的浑沌状态,"房子"宛若盘古存身其中的浑圆的"鸡子","我"困于其中,唯一能做的就是加入"白脸人"(主人)的谈话。"我们俩的描绘变得过于殷勤,好像不说点什么,心里就过意不去似的。"从表层的原因看,喋喋不休的"谈话"似乎是为了打发充裕的"时光",而从更深层原因看,则是为了拒斥无边虚无的时间。所谓"我说故我在",这里的"谈话"也可以看作一种类似原始初民的"神话"创造。刘小枫在论及有关"叙事与伦理"时,曾有如下描述:

据说,人类开始讲第一个故事时,与我们院子停电时的处境差不多:原始穴居人在夜色降临后,感到时间的支离破碎和空间的若有若无,有一天——故事总是从这暧昧的有一天开始,一个年长的穴居人讲了一个故事,讲的是……听过故事以后,穴居的人心里暖和起来,明天的艰辛和困

---

① 残雪:《残雪自选集》,海南出版社 2008 年版,第 358—363 页。

苦变得可以承受了。①

　　每当"我"百无聊赖之际,照列与"白脸人"谈论海:

　　　　每次他都递过来一杯温水,自己抽着纸烟,用这句话开头:"先前房主人的小船已经到了……"每次我都反驳他说:"先前的房主人不是已经死了吗? 是触礁。"这时他就微微一笑,抽烟的红光一闪,并不介意我的反驳,自顾自地说下去:"出发的时候我去送的行,船上有一个渔夫,听说后来老死了,他自己就成了渔夫。他从来也不捕鱼,只是捞起些海藻什么的充饥,后来他的脸就就渐渐地变成了蓝色。"②

　　我与"白脸人"的谈话,尽管其内容前后矛盾,缺乏逻辑,然而却有着相同的叙述时间模式,即类似儿童故事式的习常的叙述时间模式。这种"先前"、"后来"之类的时间指称,具有不确定性和非历史性的特征,他不可像"我"一样究诘,故"白脸人"只是微微一笑,并不介意,因为他的叙事有着自己的时间原则,与作为听者的"我"截然不同,如同风马牛不相及,自然也就无法判定孰对孰错。尽管从时间的历史性维度去看,白脸人的讲述纯属无稽之谈,但他的讲述却改变了"我们俩"存在时间和空间的感觉,正如刘小枫所言,"叙事让人重新找回自己的生命感觉,重返自己的生活想象的空间,甚至重新拾回被生活的无常抹去的自我"。③

　　其次,"我"闯入这所房子之后,被告知房外的时空已非原本的时空,有点类似"天上方一日,人间已千年"的味道,即房子内外属于两个不同的时空,存在不同的运行节律。假如把房外的时空看作"日常的时空",那么房内的时空显然是一个"异质时空",在这"异质时空"内,"空间"是闭锁的,时间则是"浑沌"、"模糊"的,人的活动不断简约纯化,所有指涉"肉"的活动处于停滞状态,只有"灵"的运作异常活跃,却又不能依据它(灵的运作——谈话)作为划分年月日的基准。在这里时间失去了度量,也即意味着失去了"标度时间"。因此,"我"从房外闯入的境遇,让人联想起许地山小说《缀网劳蛛》中尚洁的一段话:

　　　　我们都是从渺茫中来,在渺茫中住,望渺茫中去。若是怕在这条云封雾锁的生命路程里走动,莫如止住你的脚步;若是你有漫游的兴趣,纵然前途和四周的光景暧昧,不能使你赏心快意,你也是要走的。横竖是往前

---

①　刘小枫:《沉重的肉身》,华夏出版社 2004 年版,第 2 页。

②　残雪:《残雪自选集》,海南出版社 2008 年版,第 362 页。

③　刘小枫:《沉重的肉身》,华夏出版社 2004 年版,第 3 页。

走,顾虑什么?

"渺茫中来"可以理解为人的"生",而"希望渺茫中去"可以诠释为"死"。这段话道出了作家独特的人生真谛。如朱光潜先生所说:"慢慢走,欣赏啊!"人生纵然是云封雾锁的险途,也自有一番"横看成岭侧成峰,远近高低各不同"的繁华美感,我们为什么要拿忧伤的黑布蒙住自己清澈的双眸,不去欣赏人生沿途的风景?我们来到这世上,拥有了生命便不再有退路,为何不微笑面对,坦然向前,而要扼杀自己的快乐与幸福?尚洁以"蜘蛛"自况,以"网"喻其"命运","蛛网"是脆弱的,敌不过外力的冲撞。然而,网破了,蜘蛛会尽快去补缀,而人生中有了不如意,我们又何须抱怨?如蜘蛛一样,寻求一种最适合自己的方式,来抓住自己的命运,那么脚下的路,鲜花一定会比荆棘多。如《缀网劳蛛》中的尚洁所言:"人的命运也是如此——若不把他的生命完全夺去,虽然不完全,也可以得着生活上一部分的美满。"

依据"我"所闯入这所"房子"的"异质时空"的特征及居于其中的"白脸人"(残雪常常以之隐喻死神)可以判断,这房子类似尚洁"希望渺茫中去"的所在,即死亡,这是残雪以其巫诗方式,通过"时空"的位移,达成对"死亡"的独特体验,从而表达其"先行到死"而"后生"的生命哲学。

这种"时空"的非常规"位移",在残雪的小说中频繁出现。比如《历程》中,老王转告皮普准:"老曾要和你在上次的地方见面,时间是今天晚饭后……""老地方"指的是西四街酱油铺楼上老曾的新居,窗上挂着形形色色女人的内裤,标识明显,皮普准来过一次,容易找到。皮普准如约而至,房门未关,他直接进入。"房间仍和以前一样凌乱,满屋子女人的内裤,唯一的一张床上堆着很多被褥",却不见老曾。皮普准稀里糊涂地在老曾家过了一夜,也不见老曾影子,正当他为去留拿不定主意时,酱油铺的老板来了,他一边打着喷嚏,一边说:

> 你这个人,怎么可以随随便便到这种地方来呢?现在糟了,你赶紧离开吧。我要警告你:回家的路是十分遥远的,你昨天来这里的那些路全改道了,这是一夜之间的事。现在你就是找得到找不到回去的路都很难说……①

从皮普准的家所在的五里街到老曾的新居并不远,且属于同一市区,怎么会一夜之间"来这里的那些路全改道了"呢?显然作者借助"空间"的非常规

---

① 残雪:《残雪自选集》,海南出版社 2008 年版,第 99 页。

"位移"，即"沧海桑田"式的变迁，来凸显"时间"的流动不居，这是赫拉克利特"一个人不可能两次踏进同一条河流"绝对时空观的现代性诠释。当然，残雪小说的"时间"形塑，绝非为了对赫氏哲学的诠释，而是凸显心灵的真实——心灵的探索每当突破旧的界限，在新与旧的交合处，就往往会呈现出这种"时空"突变的奇异景观。这种奇异的景观恍如格拉斯的惊世之作《但泽三部曲》之一——《铁皮鼓》中小奥斯卡出生时的情景：奥斯卡在两个六十瓦的电灯和一只扑向灯泡的飞蛾的阴影下出世。他预感到陌生世界的混乱与黑暗，想返回娘肚子里去，但脐带已被剪断。残雪小说中的顿失"归途"，类似小奥斯卡那被剪断的"脐带"，表征灵魂之旅的无法逆转，正如《历程》中的皮普准，他一旦占有了小镇，小镇就成了他的界限。"他觉得自己被囚禁在这个小镇上"，"他目光明亮，耳听八方，但身体无法挪动一分一寸"，"他无处躲藏"。但女老曾对他说："这正是你所乐意的"，即皮普准自己愿意从一个囚禁地到另一个囚禁地旅行的。因为意识到界限，这本身就已经在超出界限了，或如黑格尔说的，"某物在被规定为限制之时，就已经超出了限制"。因此，每当灵魂之旅抵达新旧交汇之处，必须经历一次"脐带"被剪断的阵痛与不适。这也正是残雪自我灵魂的真实，也是其小说不断重复顿失"归途"的原因。

残雪小说的"空间"形塑也极具诗性品格，这在第四章中已有所涉及，这里主要补充两点：

其一是"空间"可以无限分岔。具体表现在看似恒常的、唯一的"道路"上突然显出许多"密道"，从而刷新人们的视野，予人"柳暗花明又一村"的审美惊喜。比如《历程》中皮普准在五里街所住的套房在那种常见的住宅楼里，楼高八层，皮普准住在顶层，出门归家的唯一通道是"楼道"，这是最为熟悉的道路，他摸黑也能上楼，回到他的住所；每套房子的空间格局也应是固定，至少短时间内是固定的。然而，奇怪的是楼下王老所住的房间一日之间竟然面目全非：

> 这是一个极小的房间，大约四平方米，没有窗子，从天花板正中垂下一根电线，吊着一个灯泡，房里放下两把竹靠椅就不再有空余了。他分明记得，就在昨天他来过这里，当时这似乎是一间大房子，与老王的老婆和儿子的卧室相通，怎么老王的家现在变成了这个样子呢？①

于是，心存疑虑的皮普准有了开门的行动："门外放着一个小煤炉，一个撮

---

① 残雪：《残雪自选集》，海南出版社 2008 年版，第 76 页。

箕,对面那一家装着花格铁门,门上有一个狮子头。"①皮普准的举动是为了寻找证据,证明这是否是他楼下的老王那个家。结论是肯定的:这正是七楼,他每天从这里经过,对楼道的一切再熟悉不过了。探寻的结果让皮普准百思不得其解:这栋楼究竟是一个什么样的结构呢? 这简直是一个空间神话。其实,残雪小说的空间属于灵魂的空间,它就像灵魂本身一样复杂,永远无法证实。

再看这栋楼房的通道也十分诡异:

> 我们这栋楼早就住满了人家。他们用汽车运来花花绿绿的、廉价的家具,然后从大门搬进来。他们都是些不相干的人,谁也不知道楼道里有暗道,真的,我在这里住了二十几年了,从未有人哪怕暗示性地提起过这件事,即使我偶然提起,他们也丝毫不领会我的意思,以为我又在传播一则一般的谣言。年复一年,暗道越来越多,几乎将整个空间占满了。到了夜里,房间消失了,大楼里每一处全由这些暗道狭窄的梯形小道组成,当你行走在小道上,便可以听见远处有模糊的脚步声,一旦你临近那地方,脚步声又消失了。这件事是我、老曾和离姑娘三个人的秘密,多年来,我们严守着这个秘密,现在你来了,你又知道了这件事。不过如果你由此认为你可以加入我们一伙,你就大错了,你顶多只能算组织外围的人,你的一举一动都要征求我的意见,才不会出乱子。②

上面老王有关楼房"暗道"的描述,让人觉得匪夷所思,这栋楼简直就是"蚁穴"或"蜂房",更匪夷所思的是这些"暗道"只对探寻者现身。皮普准走出了日常,开始了他的探索之旅,因此,他虽然获知这一秘密,但他的层次太低,还达不到那个境界,故老王警告他:"顶多只能算组织的外围的人,你的一举一动都要征求我的意见,才不会出乱子。"

现实中绝不可能有这样的楼房,显然,这楼房是一个表征性的空间,即心灵的空间,对此,我们不妨与残雪展示自我秘密的精神自传——《趋光运动》一一参照研读。残雪说:"生命的图案到很晚的时候才呈现出来,但那种暗地里的绘制一定是早就开始了。"然而,处于混沌中的人却泯然不知,只有等到眼力够了的时候,属于自己的图案才会从无数其他的图案里头脱颖而出。难怪女老曾教皮普准阅读地图的时候,不断强调锻炼眼力的重要性。心灵的空间无限辽阔,"楼房"所指涉的仅仅是其中微不足道的空间,若仅凭这"楼房"就自诩

---

① 残雪:《残雪自选集》,海南出版社 2008 年版,第 76 页。
② 残雪:《残雪自选集》,海南出版社 2008 年版,第 89 页。

快看穿图案的走向了,那将大错特错,用残雪的话说,"然而这是错觉,我还隔着许多屏障,离核心的部分还十分遥远。最为明智的办法是分段认识,不去理会终极之谜——那最后的图形会自然而然在你的挺进中逐步显现"①。皮普准的生命图案,正是由楼房、五里街、陌生小镇、新的城镇……次第呈现出来。《历程》小说的空间形塑呈开放性:只要皮普准的生命不止,挺进不辍,永葆一颗反叛之心,则属于他的图案永远处于增值态势。残雪说:"屏障上面还有屏障,你以为是这个图形,可它已经旧了,在那下面,有另外一种完全不同的结构隐约呈现……很久很久以前,我在屋子里哭喊,跺脚,我要惊动世界——而实际上,我是在画出那个决定性的草图。那致命性的一笔,如果你不拼死抗争的话,图案就会消失。"②

其二是祛除了历史决定论时间意识对在场空间的遮蔽。法兰克福学派的代表人物本雅明较早从历史哲学反思的维度,将文学艺术批评置于空间维度之中,确立了空间批评的美学路向。本雅明认为,线性的历史决定论所许诺的未来,斩断了过去、现代和未来的真正联系,将人类带入到同质的、空虚的历史时间之中,为此,他以当下时间为楔子,洞穿历史并爆破历史的连续性。《地理的想象》一书的作者德里克·格雷戈利将本雅明的方法概括为"空间化的爆破"。他认为"本雅明对时间进行了富有成效的'空间化',用文本实践取代了叙事编码式的历史。它打破了历史编纂学的链条,在这根链条上,各种环节要素仿佛磁铁一样紧紧地吸附在一起"③。弗兰克在《现代文学中的空间形式》中提出,普鲁斯特所痴迷的不是时间,而是空间,"普鲁斯特知道,要体验时间的流逝,就必须摆脱时间,在他所谓的'纯粹时间'里同时把握过去和现代。但'纯粹时间'显然不是时间——它是瞬间的感觉,也就是说是空间"④。

残雪小说中的时间也有"空间化"的倾向,正如《从未描写过的梦境》描述的那样:

> 他将自己的生命以做梦者的到来为标准划分为一些阶段,他不再记得自己在棚子里所待的时间,他的时间观念彻底消失了。每逢要回忆某

---

① 残雪:《趋光运动》,上海文艺出版社 2008 年版,第 158 页。
② 残雪:《趋光运动》,上海文艺出版社 2008 年版,第 158 页。
③ [美]爱德华·索亚:《第三空间:去往洛杉矶和其他真实和想象地方的旅程》,上海教育出版社 2005 年版,第 224 页。
④ [美]爱德华·索亚:《第三空间:去往洛杉矶和其他真实和想象地方的旅程》,上海教育出版社 2005 年版,第 103 页。

件事,他便这样想:"那是那个脸庞枯黑的汉子到来的那一天……"或"脸上长蝴蝶斑的女人来的那个下午……"或"没人来的那一天……"或"来了人,但又什么都没有说就走了的那个早上……"诸如此类。①

这里的"时间"类似普鲁斯特的"纯粹时间",即"纯粹时间,显然不是时间——它是瞬间的感觉,也就是说是空间"。由此可见,残雪与普鲁斯特一样,孜孜以求的是在时间的碎片中"追忆流逝的空间"。残雪小说中"祛除历史决定论时间意识"所敞开的"空间"类似法国著名的文学批评家布朗肖所谓的"文学空间"。布朗肖将文学的空间理解为一种生存体验的深度空间。在他看来,文学空间并不是一种外在的景观或场景,也不是见证时间在场的固化场所,它的生成源自作家对于生存的内在体验。因此,文学空间是一种内在的、深度的、孤寂的、空无的体验空间,而写作正是要"投身到时间不在场的诱惑中去"。② 为此,布朗肖提出,真正作家是"时间不在场的先知",他们不应流连于时间表象的流淌之流中,其天命在于体验深度的生存空间,在文学空间的体验中沉入生存的渊薮之重,展示生存空间的幽深境界。对照布朗肖的文学空间观,残雪的《从未描写过的梦境》正是绝佳的注释:

> 如果在一天之内,有两个以上的过路人到来,描述者便将这一天视为一个节日。做梦的人离去之后,他在棚子里仍旧席地而坐,将背挺得笔直,表情无限庄严,全身心都在那种包括他自己在内没人看得见的光芒中颤栗不已。这种时光并不常有,描述者也知道这一点,所以并不显得十分焦躁。他还知道使做梦者到来的,并不是他们自己的主观意志,那决定他们到来的意志,其实是在他自己的心底里。他不再伸长脖子朝马路尽头张望了,一般的时候他都心境平和,他的唯一的一点小小的焦躁表现在做梦者到来之际,他知道在那之后便是什么。我们看见那之后,他在寒风中瑟缩着,将肿得像小馒头一样的指关节凑到嘴边哈气,而在他的眼里,跳跃着无法言说的狂喜。③

从上述有关空间的描述看来,残雪试图展示的是其"生存空间"(灵魂空间)的幽深境界。残雪从灵魂视域出发,打破了以主客二分法为基础将空间分为外部空间与内部空间的传统局限。作为梦境描述者的"他",类似"喜人谈

---

① 残雪:《从未描写过的梦境》,作家出版社 2003 年版,第 168 页。
② [法]莫里斯·布朗肖:《文学空间》,商务印书馆 2003 年版,第 12 页。
③ 残雪:《从未描写过的梦境》,作家出版社 2003 年版,第 168 页。

鬼,闻则命笔"的柳泉先生,蒲松龄常在路边备烟茶供行人享用,趁机与之闲谈,搜罗记录异闻传说,而"他"(梦境描述者)也常常坐在路边的棚子里,雅爱搜罗路人"各式各样的梦境",并一一书写下来,收入一个黑壳笔记本。与蒲松龄不同的是,描述者的搜罗目的不在于完成什么惊世骇俗的志怪小说,而在于"做梦人"离去后"全身心"沐浴在"没人看得见的光芒中"的颤栗的体验,那种无法言说的"狂喜"。"谈鬼"是路人的行为,对蒲松龄来说,是客观对象,而"闻则命笔"则是蒲松龄的主观行为,在这里"主客"之间泾渭分明;在描述者那里,"做梦者的到来",却并不是"他们自己的主观意志",那决定做梦者到来的意志,"其实是在他(描述者)自己的心底里",即"做梦者"来否,全凭描述者的心底"意愿"的控制,也即"做梦者"的来临全凭"描述者"心底意愿的遥远邀约。残雪这种生存体验的空间正如布朗肖所说的"同时是内在深处和外部,即那空间在外部已经是精神的内在深处,而那个内在深处在我们身上是外部的实在。……这个空间与我们的内在深处一样也是事物的内在深处,以及这二者的自由交流,即那种无控制的强大的自由,不确定物的纯力量在那里体现出来"。①这种"不确定物的纯力量"在残雪小说中表现为"灵魂的纯力量"。与海德格尔关注着"存在与时间"的问题不同,残雪所关注的似乎是"存在与空间",即"哪里有空间,哪里就有存在"。

残雪的这种空间诗学还充分体现于《天堂里的对话》之一的空间形塑中:"我"和"你"在黑暗中刚刚相识,"你"却说"你从海边来的,我听见你一路踩着沙子走过来,沙很细,风很凉,你的头发里有海水的气味。那海很遥远,你走了十几年才走到我这儿,我一直呆在这地方等你"。②而"我"也在"海边的时候就已经看到了,有一个人在一处地方孤独地徘徊,用双手把小石子捏得粉碎,那个人是不是你呢?当时我怎么也看不真切。在我的记忆中,还有一只雄鸡,它总是在有雾的早晨叫起来……"③"我"在遥远的"海边","你"在一个"长期干旱"的"荒漠","我"与"你"之间所处的空间距离,用模糊的时间计量,"我"走了"十几年",那该多么遥远?而"我"与"你"却可以相互"看见",而且可以相互"听见","我"与"你"似乎也无"千里眼"和"顺风耳"之类的奇异禀赋,也没有借助现代的"可视传媒",这怎么可能?然而这相互的"看见"与"听见"却是确信无疑,因为这是"我"寻找"你","你"等待"我"的逻辑前提。"你"为了等"我",

---

①　[法]莫里斯·布朗肖:《文学空间》,商务印书馆 2003 年版,第 12 页。

②　残雪:《从未描述过的梦境》,作家出版社 2003 年版,第 52 页。

③　残雪:《从未描述过的梦境》,作家出版社 2003 年版,第 52 页。

"哪怕在雪夜,我也独自一人在这地方守望,因为我不能确定你在什么时候到来,我怕你一下子就走过去了,把我一人撇在这儿"。① 而"我"在海边的时候,"曾经有一次认为我找不到你了。那一回,我哭泣着用沙子把自己埋起来,想等待生命静静地消失。我躺在那里,又疲乏,又凄凉,凝视着头上掠过的黑影(隐喻死神),心灰意懒。然而我还在聆听,我不能不聆听,这已经成了一种本能。是你的声音唤醒了我,我从沙堆里爬了出来,顺着你发出的呼唤的方向跑得像风一样"。② 而这匪夷所思的一切却在相识的第二天早上得到确证:

> 我和你脱了鞋子,赤着脚在那条石板路上跳来跳去。我们哈哈大笑,踩死了数不清的小毒蛇,还在每个扣眼里插好一朵金银花。我完全不害怕了,因为你牵着我的手,你的步子是那么稳健,你后来长得十分结实了。太阳已经晒起来,我们还在跳,两人的面孔都是红彤彤的。我们相互向对方大声说:"你就是那个人!"③

"我"与"你"是自我的"异在",而"海边"与"干旱的荒漠"则均属自我"灵魂的空间"。超越时空的追寻与漫长的等待,终于有了结果,这该是一场怎样的生命盛宴,其生命的沉醉与狂欢是酒神精神的淋漓挥洒,并破空而出。残雪此处形塑的空间,正如巴什拉在《空间诗学》中所谓的"想象力把握的空间","它不再是那个在测量工作和几何学思维支配下的冷漠无情的空间。它是被人所体验的空间。它不是从实证的角度被体验,而是在想象力的全部特殊性中被体验。特别是,它几乎时时吸引着人。它把存在的一部分收拢在提供保护的范围内"。④ 在巴什拉看来,此在日常生存空间是一种充盈着意象、想象、梦想、幻想的空间,是一种充盈着盎然童趣与诗意的空间,人凝神冥想于这宁静致远的空间中,摆脱纷乱琐碎的事件堆积的时间束缚,远离喧嚣繁杂的世界,从时间历史之维中逃逸出来,进入虚静的诗意空间,因此具有超越世俗空间的向度,指向更广袤无垠的宇宙空间。残雪正是从时间与历史之中逃逸出来的"存在的遐想者",是自我的"生活进入一种先感知的状态之中",⑤达到中国古典美学所谓的"心斋坐忘"、"空纳万境"的天人合一的境界。

---

① 残雪:《从未描述过的梦境》,作家出版社 2003 年版,第 52 页。
② 残雪:《从未描述过的梦境》,作家出版社 2003 年版,第 52 页。
③ 残雪:《从未描述过的梦境》,作家出版社 2003 年版,第 52 页。
④ [法]巴什拉:《空间的诗学》,上海译文出版社 2009 年版,第 8 页。
⑤ [法]巴什拉:《空间的诗学》,上海译文出版社 2009 年版,第 407 页。

四

残雪小说语言的诗性品格在"复调与非对话情形"方面表现得尤为突出。复调小说是前苏联学者巴赫金创设的概念。"复调"也叫"多声部",本为音乐术语,复调音乐由两段或两段以上同时进行或相关但又有区别的声部所组成,这些声部各自独立,但又和谐地统一为一个整体,彼此形成和声关系,以对位法为主要创作技法。不同旋律的同时结合叫做对比复调,同一旋律隔开一定时间的先后模仿称为模仿复调。运用复调手法,可以丰富音乐形象,加强音乐发展的气势和声部的独立性,造成前呼后应、此起彼落的效果。巴赫金借用这一术语来概括陀思妥耶夫斯基小说的诗学特征,以区别于"那种基本上属于独白型(单旋律)的已经定型的欧洲小说模式"。[①] 巴赫金认为,"独白型"小说的一个突出特征,就是众多性格和命运构成一个统一的客观世界,在作者统一的意志支配下层层展开。在这类小说中,全部事件都是作为客体对象加以表现的,主人公也都是客体性的人物形象,都是作者意识的客体。虽然这些主人公也在说话,也有自己的声音,但他们的声音都是经由作者意志的"过滤"之后得以放送的,只具有有限的普遍性的刻画性格和展开情节,而不能塑造出多种不同的声音,因而并不形成自己的独立"声部",听起来就像是一个声部的合唱。主人公的意志实际上统一于作者的意识,丧失自己独立存在的可能性。巴赫金认为:"陀思妥耶夫斯基是复调小说的首创者。他创造出一种全新的小说体裁。因此他的创作难以纳入某种框子,并且,不服从我们从文学史方面习惯加给欧洲小说各种现象上的任何模式。"[②]而复调小说的核心基础是对话哲学。在谈及陀思妥耶夫斯基小说的对话形式时,巴赫金认为,陀思妥耶夫斯基对话的基本公式表现为"我"与"别人"对立的人与人的对立。这种对话有两种基本方式:一是人物之间的对话,另一种则是人物自身内心的对话。这后一种对话往往又有两种表现形式,即自己内心矛盾的冲突和把他人意识作为内心一个对立的话语进行对话。这两种具有不同指向性质的对话,被巴赫金称为双声语对话。这类对话是复调小说中的主要艺术手段,它往往表现为暗辩体、带辩

[①]　[前苏联]巴赫金:《巴赫金全集》(第5卷),白春仁、顾亚铃译,河北教育出版社1998年版,第6页。

[②]　[前苏联]巴赫金:《巴赫金全集》(第5卷),白春仁、顾亚铃译,河北教育出版社1998年版,第5页。

论色彩的自由体、隐蔽的对话体等表现形式。

残雪小说核心也是对话哲学,不过其对话的基本公式则表现为由"自我"裂变而成的"异在"之间的对话,比如其小说《天堂里的对话》就是由"自我"裂变而成的"我"与"你"之间的对话,这种对话类似巴赫金所谓的"双声语对话"。当然,残雪的"双声语对话"重点表现为纯粹的"两人"之间的对话,很少夹杂第三者的声音。残雪小说的"双声语对话"从"话题"看,又可分为两种:一种是具有共同的"话题"。比如《天堂里的对话》之一就是围绕"夜来香的味儿"展开的:

> 昨天夜里我又闻到了夜来香的味儿,自从你告诉过我这件事之后,这已经是第五次了⋯⋯
>
> ⋯⋯
>
> 那是我和你站在湖光水色之中,我的双眼突然红肿起来,什么也看不见了。我摇晃了一下,正要掉下湖去,你缠着我的腰。"夜来香。"你说,"夜——来——香!"你惊骇地扭歪了脸,低头看着自己血红的手掌心。那一次,你告诉了我关于夜来香的秘密,你教我每天半夜里去等待。也有的时候,它并不来,因为它从不曾存在于某处。你又告诉我,你的声音充满了诱惑,像一些绿色的游移的小火星,"你只能等待。"
>
> "只要你闭上眼,整齐地数五下,也许就能闻到它。"①

从表层看,以上所摘录的话语不能算对话,倒类似"我"的内心独白。然而从深层看,这又是真正意义上的自我灵魂对话,话题是"夜来香",对话的双方是"我"与"你",以"你"说"我"听的方式进行,不存在那种所谓的"对立"式,即相互质疑、相互颠覆的那种,因为"我"与"你"属于自我灵魂的不同层次。从文本看,"你"是有关"夜来香"的权威,是引领"我"感悟"夜来香"的导师,显然,"你"的层次比"我"高,而"我"则是一个聪慧的"学生"。因此我们不妨将这篇小说称为一场有关"夜来香"的师生之间的对话。既然这样,那么,这场对话又有什么意义呢?其中深意只能从话题本身中寻找:"夜来香",是一种植物,从植物学的角度看,夜来香是藤状灌木,小枝柔弱,有毛,具乳汁,花多黄绿色,有清香气,夜间更甚,故有"夜来香"、"夜香花"之名。夜来香是靠夜间出现的飞蛾传粉的,在黑夜里,就凭着它散发出来的强烈香气,引诱长翅膀的"客人们"前来拜访,为它传送花粉。夜来香的这一习性是它对环境的一种适应。据说,

---

① 残雪:《从未描写过的梦境》,作家出版社 2003 年版,第 51 页。

夜来香的花瓣与一般白天开花的花瓣构造不一样，夜来香花瓣上的气孔有个特点，一旦空气的湿度大，它就张得大，气孔张大了，蒸发的芳香油就多。夜间虽没有太阳照晒，但空气比白天湿得多，所以气孔就张大，放出的香气也就特别浓。如果注意一下就可以发现，夜来香的花，不但在夜间，而且在阴雨天，香气也比晴天浓，因为阴雨天空气湿度大。然而残雪小说中的夜来香却显得诡异：它从不曾存在某处，而耐心等待，机缘巧合时，却能闻到它的香味。显而易见，文本中的"夜来香"已不是寻常意义上的植物，而是一种象征。象征什么？根据小说的引言"诗与你长相伴随，引诱你创造奇迹"看来，这"夜来香"象征"诗"——生命之诗。其实生命的意义何尝不是无中生有呢？存在主义哲学家萨特曾经说过类似的话，生命存在的背景是虚无的，而人却能在虚无的背景中填写意义。

《天堂里的对话》之一中"我"与"你"有关"夜来香"的对话，与《蚊子与山歌》中有关"山歌"的对话十分相似。山那边的"歌声"，也像"夜来香"一样飘渺，似有若无，或许从来也不曾存在过，然而三叔能听到，后来，阿伟也能听到，再后来，我也能偶然听到。在这三人关系中，三叔显然层次最高，是导师，而"我"与"阿伟"则是学生。能否听到山歌，首先在于心境，有"三叔"与"阿伟"的对话为证：

> "阿伟呀，今天检查过自己的情绪了吗？"三叔问道。
>
> "检查了。我觉得自己对您越来越反感了，今天早上您走在我前面，我差点一锄头朝您挖过去，要是那样就有好戏看了。"阿伟一本正经地回答。
>
> "他真坦率，难道不是吗？"三叔完全转向了我，眼光盯着我。
>
> 我听不懂他们的话。①

三叔与阿伟，既不沾亲，也不带故，三叔是属于外来户，"人们说他是由一个婶娘带到村里来的，那婶娘来了没有多久就走了，倒是三叔留在村里"。这说明三叔是一个弃儿，可想而知，三叔的生命是孤独寂寞的。阿伟倒是土生土长的，却是村上的二流子，这一带有名的无赖。按照"我"的看法，"以三叔的庄重和世故，毫无疑问应该远离这种人才对，可他们偏偏有着密切的关系"。②"据三叔说，当时阿伟在村里实在混不下去了，老母亲寄居到嫂嫂家里，他自己

---

① 残雪：《残雪自选集》，海南出版社 2008 年版，第 395 页。
② 残雪：《残雪自选集》，海南出版社 2008 年版，第 395 页。

吃饭也成问题。一天晚上,阿伟又是什么都没有吃,饿得发昏,闯进了三叔家,从此他成了三叔家里的常客。"①两颗同样孤独寂寞的生命走到了一起,成了心领神会的忘年交。了解了三叔与阿伟的生存背景,再回过头看上面的对话:三叔和阿伟一起喝着能消百病的"五适茶",一边垂问,"阿伟,今天检查过自己的情绪了吗"? 在这简单的垂问中,传达出丰富的情感信息:首先是对话的情境——"烹茶品茗",有助于滤去世累与尘念,进入"静照忘求,澄怀观道"的境界;其次是问的内容是"情绪",可见三叔对阿伟的关照,不仅仅在物质上,而且还在精神上,这是一种指涉灵魂的深层次的关照;再次是这种关照是常态化的,是家长对子女"功课"的检查,是师傅对徒弟"修炼"的督导。 由此可见,三叔是"阿伟"生命成长过程中的"代父",精神的引领者。而阿伟的回答既出乎人的意料之外,又在情理之中,他的话倒是十分契合作为"无赖"和"有名的二流子"的口吻与心境,他毫不掩饰对三叔的反感,"差点一锄头朝您挖过去"的暴力倾向,真实道出其反感的程度。然而,三叔非但不觉得阿伟的忤逆与不恭,而且还予以肯定。"他真坦率,难道不是吗?"是的,求真,是求善与求美的前提,这正是三叔所期待的——只有达到"不矫"、"不伪"的真境界,才能听到"山那边的歌声"。

其次是生命的层次或领悟能力。阿伟比"我"真,不"装斯文",能聆听来自灵魂的声音,故对"歌声"的领悟比我早,在三叔的引领下终于化去心中的戾气,脱胎换骨,茁壮成长。而三叔也完成了他的历史使命,要离开了:

> 当我快到家时,后面有人匆匆赶上了我,是阿伟。阿伟没有像平时那样大喊大叫,而是很消沉的样子。
>
> "你的歌声唱得不错嘛。"我说。
>
> "哼。"他低着头,满腹心事。
>
> 我进屋他也进屋,就坐在门槛上。
>
> "瞧,阿伟竟也有消沉的时候。"我又忍不住说。
>
> "你懂个屁,三叔要抛弃我们了,我怎么办啊? 我为什么唱歌,就因为心里绝望啊。"
>
> "真奇怪,你这么离不开他,你不是讨厌它吗?"
>
> "这同讨厌不讨厌真是一点关系都没有,你又不是不知道。我问你,你听到那边山上的歌声了么? 你肯定听到过一次了,也许不止一次,我也

---

① 残雪:《残雪自选集》,海南出版社 2008 年版,第 395 页。

一样。可是这有什么用呢？我们都不像三叔一样，想听就听得到。我们真正的稀里糊涂。"

"这真不像阿伟说的话。"

"阿伟又怎样？阿伟是二流子，二流子就不能像这样想问题吗？瞧你多么庸俗，我真是没想到。"

"到底你是怎样看出三叔要抛弃我们的呢？"

"我们都听到了那边山里的歌声，这就是他要买抛弃我们的理由。我同你说话真累，我能不能在这里睡一觉……"他顺着门槛倒下去，满脸痛苦疲倦的表情。①

上述对话，从表层看，是一段中规中矩的对话，与寻常的对话没有什么两样，而从深层看，却蓄满生命的诗意。细细咂辨，其中诗意不仅仅在于"我"对阿伟的"士别三日，当刮目相看"式的戏剧性，而且在于那三叔抛弃我们的不合逻辑、非理性的"理由"："我们都听到了那边山里的歌声，这就是他要抛弃我们的理由。"而这种"理由"正是巫诗把握世界的一种方式。由此可见，对话中出现的"那边山上的歌声"，不是寻常的歌声，而是一种隐喻或象征，象征人性的温暖、生命的诗意，与"蚊子"相对应。

"蚊子"与"山歌"是三叔生命的蓝图，"蚊子"叮咬、吸血，给人带来痛痒和疾病，即无尽的人生烦恼，但也以"痒痛"的方式显示身体的觉醒。下面就是有关三叔与"蚊子"的描写：

> 发生在三叔身上的另一件事就是他的记忆力越来越坏了，时常忘了给菜地浇水，忘了给庄稼施肥，他一个孤老头，又没人提醒他，其后果可想而知。他现在特别爱做的一种无谓的活动，就是夜里同蚊子作斗争。三叔对蚊子很敏感，可又偏不挂蚊帐睡觉。三叔眼力很好，一旦被咬醒了就起来用巴掌拍蚊子，拍死了还记数，写在一个小本子上，据他自己说有天夜里共拍死了一百三十七只大花脚蚊子。我见过他追击蚊子的模样，那真是非同一般的亢奋，完全不像七十岁老人。他家的屋前前后后都有些水洼，特别长蚊子，我劝他将它填平了，他微微一声冷笑，说："你懂个什么？"弄得我沮丧老半天。傍晚是蚊子活跃的时光，这种时候要是去三叔家，老远就可以听到他将巴掌拍得"啪啪"直响，走到近前，还可以看见他双手上沾满了鲜血。他解嘲地说："我这人瘦是瘦点，血的味道大概是不

---

① 残雪：《残雪自选集》，海南出版社 2008 年版，第 398 页。

错的。"……①

以上所引,可以说是一段人蚊之战的奇文,是残雪小说叙事中最为沉稳扎实的文字之一,写得声情并茂,不粘不滞,令人莞尔。从表面看,或许有人会觉得无聊。的确如此,就连叙述者"我"不也认为这是一项无谓的活动吗?何为"无谓",即"没有意义"或"不具备意义"。而"我"却被三叔斥为"你懂个什么",也就是说,蚊子对三叔来说,不可或缺,其中必有为一般人所无法理解的深意在。那么深意又是什么呢?细细想来,其深意有三:首先,蚊子是确证三叔生命存在的一种方式,笛卡儿有所谓的"我思故我在"的哲学命题,而对人至暮年的三叔来说,"我活动故我在","活动"就是一种生命存在的哲学。俗语有棋逢对手之说,对于一个深谙棋道的高手来说,没有对手的生命显得高处不胜寒,非但寂寞,而且无趣。其次,蚊子叮咬的"痛痒"是显现身体觉醒的一种方式,蚊子越肆虐越毒,越能彰显三叔生命力的顽强与韧性。再次,也可以将蚊子喻为如影相随的死神,而"生命则是死亡唇边的微笑"。

残雪小说的"双声语对话"的另一种形式是没有共同的"话题",即自说自话式。最为典型的要算小说《公牛》了。对此,第一章中已有论及,下面就是妻子"我"与丈夫"老关"之间的一段对话:

> "我们俩真是天生的一对。"老关在背后干巴巴地漱着喉咙,仿佛那里头塞满了一把麻。
>
> "那些玫瑰的根被雨水泡烂了。"我缩回头,失魂落魄地告诉他,"花瓣变得真惨白。夜里,你没有发现这屋里涨起水来?我的头一定在雨水里泡过一夜了,你看,到现在发根还往外渗水呢。"
>
> "我要刷牙去了,昨夜的饼干渣塞在牙缝里真难受。我发誓……"老关轻轻巧巧地绕过我向厨房走去。听见他在"扑……扑……"地喷响着自来水。
>
> ……
>
> "我看见了一点东西,"我用不确切的语气告诉他,"一种奇怪的紫色,那发生在多年以前。你记得那件事?那扇门上爬满了苍蝇,从门洞里伸出头来。树叶在头顶'哗啦啦'地响,氨的臭气熏得人发昏。"
>
> "你看,"他朝着我龇出他的黑牙,"这里面就像一些田鼠洞。"
>
> ……

---

① 残雪:《残雪自选集》,海南出版社 2008 年版,第 396 页。

当我要睡的时候,那只角就从洞里捅进来。我伸出一只赤裸的手臂想要抚摸它,却触到老关冰凉坚硬的后脑勺,他的后脑勺皱缩起来。

"你睡觉这么不安分。"他说,"一通夜,田鼠都在我的牙间窜来窜去,简直发了疯。你听见没有? 我忍不住又吃了两片饼干,这一来全完了。我怎么就忍不住……"

"那个东西整日整夜绕着我们的房子转悠,你就一次也没看见?"

"有人劝我拔牙,说那样就万事大吉。我考虑了不少时候,总放心不下,一想到拔牙之后,再没有什么东西在口里窜来窜去,心里'怦怦'直跳。这样看起来还是忍一忍好。"①

小说《公牛》文本之中,不论白天还是黑夜,通篇都充斥着这种对话,"夫妻"俩絮絮叨叨、没完没了。从对话的话题来看,妻子的话题有两个,一个是"玫瑰",一个是"公牛",而丈夫的话题自始至终不离自己的"龋齿"。格赖斯认为,会话合作原则是使所说的话有所"要求",在一定的程度上这"要求"的出现,其目的会被对方接受或导致双方对话交流。② 他的四个会话原则为"质的原则"、"量的原则"、"关系原则"和"方式原则"。如果违反了会话原则,会话就难以顺利进行。而文本之中的对话却颠覆了格赖斯所谓的会话合作的"质"、"量"、"关系"、"方式"四项原则。因而,虽为夫妻,会话却无法顺利进行。他们活在自己的世界里,叙说各自真实的生存状态与体验,也就是各自生命的本真言说,以各自的方式演绎"我说故我在"的哲学命题。其实"妻子"与"丈夫"是"自我人格"分裂的对称两端,核心的轴心是"自我":丈夫"老关"的"龋牙"话题指涉"肉"的痛苦;妻子"我"倾心于外面的"公牛"及遭雨摧残的"玫瑰",指涉"灵"的关切。这种非对话的对话,是深层的潜意识层面的对话,话题没有关联,甚至是逆向的,以自我为目的。正如巴赫金所说:"重要的不是主人公在世界是什么,而是世界在主人公心目中是什么,他在自己心目中是什么。""龋齿"间"窜来窜去"的"田鼠"、"整夜整夜"绕房子转悠的"公牛"及遭遇摧残的"玫瑰",是心灵密境看见的异物。在不同的文本中,"这样的异物可以无限地变换,正如人在异境中可以无限地分身"。这样的异物"从文字间的暗示里被释放出来","放到耳边,便响起宇宙的回声"。

除了"双声语对话"之外,残雪小说还有一种更复杂的形式,这种形式不妨称为"众声喧哗"——众多人围绕同一个话题展开。对此,罗璇在《残雪与卡夫

---

① 残雪:《残雪自选集》,海南出版社 2008 年版,第 347—349 页。
② 残雪:《残雪自选集》,海南出版社 2008 年版,第 347—349 页。

卡小说比较研究》中已有论及,他称残雪的小说《黄泥街》和《突围表演》为其众多小说中最具创意的复调小说。罗先生可谓独具慧眼,的确,这两篇小说颇为符合巴赫金的复调理论。巴赫金在论及陀思妥耶夫斯基的小说时说道:

> 有着众多的各自独立而不相融合的声音和意识,由具有充分价值的不同声音组成真正的复调——这确实是陀思妥耶夫斯基长篇小说的基本特点。在他的作品里,不是众多性格和命运构成一个统一的客观世界,在作品统一的意识支配下层层展开;这里恰恰是众多的地位平等的意识连同它们各自的世界,结合在某一个统一的事件之中,而相互间不发生融合。陀思妥耶夫斯基笔下的主要人物,在艺术家的创作构思之中,便的确不仅仅是作者议论所表现的客体,而且也是直抒己见的主体。[①]

残雪毕竟不是陀思妥耶夫斯基,她的复调小说有自己独特的创造,因此,分析残雪小说的复调性,必须对巴赫金的上述论述进行创造性的运用方能有效。具体地说,有以下几点值得注意:一是"众多"的声音,即"众声喧哗"的特点;二是"众多地位平等的意识""结合在某一个统一的事件之中",即众多声音围绕同一个"话题";三是"不是众多性格和命运构成一个统一的客观世界","而是众多的地位平等的那个的意识连同它们各自的世界",即众多声音都是由"自我"裂变而成的"异在"发出;四是相互间不发生融合,甚至相互质疑,相互颠覆,相互消解,关于这一特点北大钱理群教授谈及鲁迅小说的复调性时有精辟的论述。钱教授说:"他的作品总是同时有多种声音,在那里争吵着,互相消解、颠覆着,互相补充着,这就是鲁迅小说的复调性。所以在鲁迅的小说里,找不到许多作家所追求的和谐,而是充满各种对立的因素的缠绕,扭结,并且呈现出一种撕裂的关系。这种撕裂的文本有一种内在的紧张,而且有一种侵犯性,作者自身的灵魂的撕裂自不消说,它同样要撕裂我们读者的灵魂,你也忍不住,要参与进去,把自己的声音也加入到小说的'众声喧哗'之中。"[②]钱先生还鞭辟入里地分析了鲁迅《在酒楼上》、《孤独者》两篇小说的"众声喧哗"的复调性,由于实在精辟且有助于借此比照残雪小说的复调性,笔者忍不住摘录其中之一如下:

> 在《孤独者》里,鲁迅就是通过两种声音,叙事者"我"的声音和主人公

---

① [前苏联]巴赫金:《巴赫金全集》(第5卷),白春仁、顾亚铃译,河北教育出版社1998年版,第4—5页。

② 钱理群:《与鲁迅相遇》,生活·读书·新知三联书店2003年版,第133页。

魏连殳的声音互相对峙、互相驳辩，写出了自己内心深处的困惑。所以小说有两个层面，一个是对历史和现实的孤独者命运的考察，但在更深层面上展开的是关于人的生存状态、人的生存希望，以及人的生存意义和价值的思考与驳难，而且我们可以发现，这种讨论是极其彻底的，因为本来为爱我者活着已经是生存意义的底线了，还要追问在底线之后还有没有可能性，就出现了为敌人而活着这样的残酷选择。"活还是不活"，这是哈姆莱特的命题，其实正是人类共同的精神命题，在鲁迅这里是用中国的方式来思考与回答的，充满了鲁迅式的紧张，灌注着鲁迅式的冷气。①

或许读者质疑，"叙事者我"与"魏连殳"的对话，应该属于上文所指涉的"双声语对话"才对，为什么钱先生称之为"众声喧哗"呢？这是因为钱先生认为读鲁迅的小说，读者无法"隔岸观火"，必定把自己也"烧进去"，而鲁迅的小说文本是开放的，不同的读者，面对同一"事件"或"话题"，都忍不住"参与进去"，把自己的声音也加入到小说的"众声喧哗"之中。由此观之，将其称为"众声喧哗"倒是恰如其分的。另外，"叙事者'我'与'魏连殳'声音互相对峙、互相驳辩，写出了自己内心深处的困惑"的论述，更为鞭辟入里，犀角烛照，与巴赫金可谓智者所见不谋而合。"魏连殳"用巴赫金的观点看来，应属"他人之我"——不作客体而作为另一种主体（即"自在之你"），②而笔者更喜欢将其称为"自我的异在"，因为"我"与"魏连殳"的对话，是"自我意识"采取的内在对话方式。

残雪私淑鲁迅，与鲁迅血脉相连，她的小说也具有这种"众声喧哗"的内在对话的复调性。我们不妨引援残雪早期作品《黄泥街》的对话予以阐述：

> 6月2日凌晨齐婆去上厕所，第一次发现男厕所那边晃着一道神秘的白光。
>
> 他（王麻子）在梦里吸吮一个很大很大的桃子，不知不觉地喊出那个玫瑰色的名字："王子光"，最初有关王子光的种种议论也就由此而来。那当然是一种极神秘，极晦涩，而又绝对抓不住，变幻万端的东西。
>
> （老郁）有种流言，说王子光是四麻子的弟弟。
>
> （朱干事）那个王子光究竟是不是实有其人，据说他来过，又不来了，

---

①　钱理群：《与鲁迅相遇》，生活·读书·新知三联书店 2003 年版，第 135 页。

②　［前苏联］巴赫金：《巴赫金全集》（第 5 卷），白春仁、顾亚铃译，河北教育出版社 1998 年版，第 15 页。

但是谁也并没有真正地看见，怎么能相信来过这么个人呢？也许来的并不是王子光，只不过是一个过路的叫花子，或者更坏，是猴子什么的。我觉得大家都相信有这么个王子光，是上头派来的，只是因为大家心里害怕，于是造出一种流言蜚语，就来了这么一个王子光，还假装相信王之光的名字叫王子光，人人都看见他了。其实究竟王子光是不是实有其人，来人是不是王子光，是不是来了人，没人可以下结论。我准备把这事备一个案，交委员会讨论。

（人们）王子光来的时候，带着黑色皮包咧。王子光来一来，又不来了。

（齐婆）王子光哪里是什么上头的人，完全是发了疯了！他是废品公司的收购员，这消息绝对可靠，因为他是我弟媳的亲戚。再说我们连他的名字都弄错了，他叫何子光。

上述所引对话，围绕"王子光"事件而展开，"王子光"不过是王四麻子梦里喊出的名字，却引起了黄泥街的持久议论："王子光"是四麻子的弟弟，还是上头派来的人，是王子光，还是何子光，或者根本没有这个人，在众声喧哗之中没有定论，即使交给委员会也不会有结果，小说最后也没有给出一个权威的答案。其实，像"王子光"之类的似有若无、十分飘忽的人物，在残雪的巫小说中触目皆是，是否真有其人并不要重，"王子光"不过是一个"话题"，即"一种影射，一种狂想，一种黏合剂，一面魔镜"；重要的是"王子光"事件成了黄泥街人"改变生活的大事件"。"如果没有王子光这类事情，我们黄泥街也许永远是一条灰暗无光的小街，永远是一条无生命的死街。"而有了它，"黄泥街的一切都改变了。矮小破败的茅屋蠕动起来，在阳光下泛出一种奇异的虎虎生气，像是弥留之际的回光返照，屋顶上枯萎的草向着路人频频点头，宛如里面灌注了某种生命的汁液。黄泥街新生了"。正如格罗斯曼在《陀思妥耶夫斯基的道路》一书中所言：

> 交谈或争论的时候，不同的观点能够轮番占据主导地位，能够反映出对立信仰之间纷繁多样的细致差异。因此交谈和争论的形式，特别适合表现这种总在发展、永不衰歇的哲理……采用这种形式，每种意见都仿佛具有了生命，能通过人们激动的声音表达出来。[①]

---

① ［俄］列昂尼德·格罗斯曼：《陀思妥耶夫斯基的道路》，布洛克豪斯—耶弗龙出版社1924年版，第9—10页。

"王子光"不过是残雪小说心灵掘进的"风钻",而围绕"王子光"事件的"众声喧哗",则是四处飞溅的"乌金",是灵魂掘进的硕果。因为灵魂探索无止境,所以"交谈和争论"的形式,"特别适合表现这种总在发展、永不衰歇的哲理"。

无论"双声语对话"或"众声喧哗",均为"自我"分身的"异在"之间的对话,而《约会》则是自我的"异在"对话的经典文本。"我"与"他"约会,这个"他"不是"别人"或"异己",用维亚切斯拉夫·伊凡诺夫的话来说,这个"他"即为"他人之我"或"自在之你"。《约会》小说叙事,开门见山,不拐弯抹角,径直从"约会"开篇:

> 今天他与我约会。他是一个和我同类型的人,我想象出来的那种人。近年来,有各种各样的人与我约会,他们都是我想象出来的那种人。我多半并不亲自赴约,只在脑子里与他们约会,也有个别时候,我果真去赴约,然后带回一些蜡纸做的纪念品,我家里的书柜里就摆满了这些红红绿绿的小东西。我坐在那里盯着它们,一下子就"嘿嘿"地笑出了声。我的丈夫总是借口打扫卫生用一把特制的笤帚在那些小东西上面戳来戳去。①

上述叙事倒有点元叙事的味道,一方面道出残雪小说艺术生成的奥秘,她的小说就是自我灵魂的发声;另一方面点出作品主人公"我"约会的人,即"他",是"我"想象出来的人物,约会的方式也十分离奇——多半在"脑子里约会","我"与"他"类似司马相如《子虚赋》中的"子虚"与"乌有"两位先生,均为司马相如杜撰的出来的人物,但并不妨碍双方的驳辩发难,借以转达司马相如的思想。《约会》中"我"与想象中的"他"约会,也不妨碍"双声语对话"的顺利进行:

> "你干吗来?"他还是四月的清晨那种嗓音,略带点儿伤风。
> "我想看日出。"我干枯的嘴唇渐渐弯曲而丰满。
> "你会在日出时候消失。你干吗来?"他又重复了一句。②

这次约会,是"他"约"我",时间是"下午三点",地点是"荒岛"。既然约了人家,一见面却唐突地问人家"你干吗来",似乎有点不近情理,正如约"我"时所言,"也可以不去,因为没有这必要,要是我去了的话,反而更糟"。既然没有必要,又何必约人家呢? 总之,"他"的话有悖情理。然而,正是这不矫不饰的悖情逆理的言语中,凸显了"他"的矛盾心态或灵魂的真实,"我"正是看穿了这

---

① 残雪:《从未描写过的梦境》,作家出版社 2003 年版,第 70 页。
② 残雪:《从未描述过的梦境》,作家出版社 2003 年版,第 71 页。

一点，才见怪不怪，反而十分享受他那"四月清晨的那种嗓音"，连干枯的嘴唇都渐渐弯曲而丰满了。其实"他"和"我"一样，也渴望"幽会"，"我"怕"错过了和你见面，有时通夜不睡"。人的生命是孤独的，就如上帝造了亚当，怕他孤独，又从他身上去了一根肋骨和肉，为他再造了一个夏娃，让人注定要相互寻找。尽管寻找的过程是那样艰辛，"我在外面穿来穿去，脚掌上打起了排排血泡"，而"他"，也在"黎明前，雨打在芭蕉叶上的那一瞬间"，"因为累得不行，不得不撇下我"。如果说"他"对与"我"的约会有什么不满意或抱怨什么的，那就是"我"就像影子，黑暗会把我吞没，而光明又会使我消失，这个"我"有点类似鲁迅《野草》中的那个"我"，那么难以拿捏与把握。从某种角度看，"我"有无赴约并不重要，重要的是约会本身的意义，它蕴含生命之间的相互渴望及互相的濡染，"你"那"短发披在肩头，白袍上落满了金蝴蝶"的倩影，足以温暖一颗日渐冷却的心。"你干吗来？"因为"完全没有这个必要"，在头脑里幽会不是更富有诗情画意吗！"在傍晚，金丝雀在树上叫起来，我们俩各自在自己房中推开两扇不同的窗子，将暮霭收进屋内，沉浸在同一个古老的、无法摆脱的遐想之中。"

《约会》的"双声语对话"策略，类似巴赫金分析陀思妥耶夫斯基诗学问题时所说的那样：

> 由于他有如此顽强的追求，要把一切作为同时共存的事物来观察，要把一切都平列而同时地理解和表现，似乎只在空间中而不在时间里描绘，其结果，甚至一个人的内心矛盾和内心发展阶段，他也在空间里加以戏剧化了，让作品主人公同自己的替身人、同鬼、同自己的 alter ego（另一个我），同自己的漫画相交谈。①

残雪小说《约会》正是自我内心和内心发展阶段在空间里加以戏剧化的策略，在这一点上，残雪与陀思妥耶夫斯基可谓异曲同工，具有惊人的相似性，她也"总是要从一个人的内心矛盾中，引出两个人来，目的是把这一矛盾戏剧化，把它横展开来表现"。② 而这种令人瞠目的戏剧化处理，有助于造成流动感，并控制时间，因为流动和快速，不是时间的胜利，而是控制时间的结果，"因为快

---

① ［前苏联］巴赫金：《巴赫金全集》（第 5 卷），白春仁、顾亚铃译，河北教育出版社 1998 年版，第 38 页。

② ［前苏联］巴赫金：《巴赫金全集》（第 5 卷），白春仁、顾亚铃译，河北教育出版社 1998 年版，第 38 页。

速是在时间上控制时间的唯一办法"。① 小说《约会》中也充分凸显出这种"时间"控制艺术:"我"与约会的"他"从未见过面,却又说房里的墙上挂着一个怀表,"他"总是准时在清晨五点和"我"见面,这种情况已经有二十年。当然,从后文得知,所谓的未曾见过,指的是每次幽会,"他"总是背对着"我",从不掉转头。然而简短的文本中,却出现了四次怀表,这不由得引起人对时间的关注:第一次,交代"我"与"他"幽会的房里挂着怀表,其意义是它度量"他"赴约的准时,每天清晨五点和"我"见面,二十年如一日;第二次是他们相互追逐时,"他"累了,撇下"我"回去休息的时候,"我的怀表已经坏了,松弛了的发条在表壳里乱作一团"。第三次是"我"依偎着"他",试图询问"他","关于过去几十年里,他是怎样寻找过我;关于那所房子,他怎样推开房门走进去;他是否注意到墙上的怀表"。② 第四次更有点天荒地老的味道,"我的牙齿正在脱落,你听:一个、两个、三个……我看着你已经成了一个凝固不动的影,胭红从我皱缩的双颊里透出。那只怀表,我一直把它揣在怀里"。③ 时间完全由自己掌控,且与自我生命的体验相关,从而彰显出残雪独特的"时间哲学"。

读残雪的小说,你会觉得氤氲其中的是一脉浓得化不开的生命的诗情,读残雪的小说,就如同读鲁迅的《野草》。按照海德格尔的说法,思即生存的道说。残雪这种分身式的戏剧化对话,是灵魂敞开的独特方式,是灵魂的凝神之思,而一切思都是诗。李欧梵于《铁屋中的呐喊》一书中,以"鲁迅的哲学"构筑起其分析《野草》的起点,在经历了一番他称之为"召唤的、意象的、隐喻的"诗意分析之后,找到了这样一个散文诗的"故事",当然是深寓"鲁迅哲学"的"故事":

　　诗人的内心自我,陷在一系列难于解决的矛盾的绝路上,开始进行一种荒诞的对意义的求索。他认识到,在他长久求索的终点,并无什么至高的目的,只有死。当他在过去与未来的时间框架中寻求确定存在的意义时,发现"现在"也并无其他重大的意义,只是一个不断的时间之流,一个变化的过程。因此,诗人痛苦的情绪,可视为在希望和失望之间的不断挣扎。当他到达最黑暗的底层时,他在每一极找到的都是空虚;就在这最虚无的时刻,他决定依靠着从身内看身外,依靠着确定自己和他人的关系,

----

① 〔前苏联〕巴赫金:《巴赫金全集》(第5卷),白春仁、顾亚铃译,河北教育出版社1998年版,第38页。

② 残雪:《从未描述过的梦境》,作家出版社2003年版,第73页。

③ 残雪:《从未描述过的梦境》,作家出版社2003年版,第73页。

而走出这绝境。①

　　残雪的内心自我，也陷在一系列的矛盾之中，开始进行一种荒诞的对意义的求索。残雪也时时触碰死亡，死神挥之不去，如影相随，但她却少了鲁迅式的刻骨悲凉，多了一点生命的暖意，她总能在虚无的时刻，以编撰"好的故事"的方式，抽身而出，并于黑暗处造出光来。鲁迅教会人如何直面人生，而残雪却教会人如何直面自己的灵魂，他们都有一颗诗心。何为诗？鲁迅在《摩罗诗力说》中说，"诗即心声"。"凡人之心，无不有诗"，然凡人之心有诗却未能言，"诗人为之语，则握拨一弹，心弦立应，其声澈于灵府，令有情皆举其首，如睹晓日，益为之美伟强力高尚发扬"。这就是说，诗潜在于每一个人的心中，诗人只是诗的言说者。从鲁迅的诗中，人们可以窥见民族文化的秘密；从残雪的诗中，人们可以触碰到灵魂的真相。

---

　　① 李欧梵：《铁屋中的呐喊》，河北教育出版社 2001 年版，第 101 页。

第九章　涤除玄览:残雪小说的阅读方式

残雪的小说晦涩难懂,让一般读者望而却步,甚至连一些以文学批评为职业的论者也敬而远之。因此,在相当长的时间内,残雪研究寥若晨星,与其小说原本的价值相比极不相称。所谓"墙内桃花墙外红",其小说在国外却引起强烈的反响,并予以极高的品评;而残雪对国外的读者也予以极高的评价,并怀疑国内读者的审美能力,大有"大音稀声"而和者寡的慨叹。然而,残雪小说的难懂并非不能懂或反懂,就像当年的"朦胧诗",不是连一些颇有名望的人也大喊读不懂,甚至试图予以"棒杀"吗?然而,"青山遮不住,毕竟东流去",时过境迁,从今天看来,"朦胧诗"并不难懂,因为读者的涵养提升了,阅读的方式改变了。因此,能否读懂残雪的小说,关键在于不断提升读者自我的涵养,并采取恰当的阅读方式。本章引援道家"涤除玄览"的审美范式,从文本和读者两个向度切入,研究残雪小说的阅读方式。

一

残雪小说的晦涩难懂,这在国内外学界均有同感,是不争的事实,比如残雪在《答美国俄勒冈大学汉学家问》中就涉及"阅读"问题,认为残雪的语言拒绝读者。浙江师范大学高玉教授对残雪小说的价值具有高度的学术敏感,从阅读的维度,系统地阐述残雪小说的"反懂"和"反阅读"问题,颇有集束炸弹的效应,他是目前为止,从阅读角度研究残雪小说最为用心、最为扎实,也最具创造力的学者之一。常言道:他山之石,可以攻玉。因此,在展开本章的论述之前,有必要对其理论做一番巡礼和评述。

高玉教授之所以花那么多的时间和精力,系统地研究残雪小说的阅读问题,是因为他对残雪小说价值的学术敏感,这也正是他对残雪小说阅读研究的价值所在。因此,不得不提到他在《文艺争鸣》发表的《论残雪的写作及其研究之意义》一文。文章一开头就对作家残雪予以定位:

残雪不仅是中国文学中独一无二的作家,也是整个世界文坛上独特的作家。80年代,残雪和马原齐名,被认为是中国"先锋小说"的开创者之一,在国内外都获得很高的评价,比如西方有学者这样说:"毫无疑问,就中国文学水平来看,残雪是一种革命;就任何文学水平来看,她是多年来出现在西方读者面前的最有趣、最有创造性的中国作家之一。"90年代之后,当先锋作家们纷纷"转向"或者放弃、或者停止"先锋"探索的时候,残雪则独守"先锋",高扬"先锋",艰难而孤独地探索,艺术上独树一帜,取得了很大的成就。①

高先生把残雪置于文学史中予以考量,肯定作者卓尔不群的独特性以及艺术上独树一帜的成就。接着,他点出文学批评和文艺理论界面对残雪的写作及写作姿态集体"失语"的原因:

> 残雪的作品太独异了,独异得像是另外一个世界的文学,不仅小说所描写的内容像是在天外,小说在形态上也像是天外来客。如何评论这种小说,过去现实主义、浪漫主义那一套理论和标准完全失灵了,现代主义和后现代主义文学理论和标准也不完全适用,我们似乎找不到恰当的话语来言说它,我们还缺乏一套适当言说这样小说的话语方式。②

上述引文,可谓要言不烦,一针见血地点出当时评论界的尴尬处境:那些以文字批评为职业的人之所以集体"失语",是因为"缺乏一套适当言说这样小说的话语方式"。高先生与那些削足适履式的评论家不同,学术良知告诉他,"对残雪的研究不仅仅只是研究残雪,研究残雪的作品,更是对一种独特的文学现象进行研究,不仅仅只是一种评论,更是一种理论总结和探讨"。③ 总之,该文对残雪小说"对传统小说从观念到写作方式全方位的反叛,极大地拓展了小说观念,丰富了小说类型,使得小说呈现出另外的可能性"的论述见解不凡,颇有启示意义,同时也凸显出残雪小说研究的学术价值。

至于文中提到的残雪小说文本的"反懂"性,却值得商榷,有待进一步讨论。高先生在《小说评论》2011年第5期发表《论残雪小说"反懂"的文学观及其写作》一文,修正了许多读者"残雪的小说本身是不能读懂的"的观点,认为"残雪小说不能像传统小说来读懂的",对于这一点,笔者十分赞同。至于由此

---

① 高玉:《论残雪的写作及其研究之意义》,《文艺争鸣》2011年第6期。
② 高玉:《论残雪的写作及其研究之意义》,《文艺争鸣》2011年第6期。
③ 高玉:《论残雪的写作及其研究之意义》,《文艺争鸣》2011年第6期。

得出"残雪的文学观从根本上是'反懂'的,她的写作是一种'反懂'的写作,其小说文本具有'反懂'特点",却有待商榷。高先生接着对"懂"下定义：

> "懂"是现代汉语中特有的一个术语或者概念,在日常生活中也被广泛地使用。文学理论上,所谓"懂",其实就是理解和明白,包括理解和明白作者的意图以及对作品进行科学或者合理的解释。"懂"本质上是"理性"在文学欣赏中所表现出来的形态的一种通俗说法,其前提是认同作品的客观意义和价值,相信这些客观价值和意义或者是作者预设的,或者是文本必然生成的。①

对于高先生有关"懂"的定义中"文学理论上,所谓'懂',其实就是理解和明白,包括理解和明白作者的意图以及对作品进行科学或者合理的解释"的观点,大家不难接受,至于其中的"其前提是认同作品的客观意义和价值,相信这些客观价值和意义或者是作者预设的,或者是文本必然生成的"的说法,初看没有什么问题,然细细推敲一番,却有些问题,因为这个"前提"是论者所预设的,是作者理论的逻辑起点,但不一定符合文学欣赏的实际,难道非要认同作品的客观意义和价值,才算"懂"吗？ 对一部作品的客观意义和价值的评价相当复杂,有审美的评价,也有伦理的评价,即使"相信这些客观价值和意义或者是作者预设的,或者是文本必然生成的",也不一定认同,甚至可以予以颠覆性的批评。难道那些被评论家否定的作品,不是因为作品本身的问题,而是评论家没读懂吗？ 显而易见,以上预设不一定完全符合"文学欣赏"的实际。

接着,高先生根据他的"懂"的预设,推导出"残雪小说在文本上是'反懂'的",并由这种"外在形态"上的"反懂",推导出残雪"内在观念"上的"反懂"。这种推论的过程没有问题,问题在于"前提"的预设。该文对残雪小说的写作方式的概述,基本符合残雪写作实际：

> 残雪的小说写作前没有明确的意图,写作中没有形成自己的意图,写作之后自己也不明白是什么意思。她的写作不是源于意图,不是源于思考,而是源于冲动,源于表达的欲望,不是表达而是呈现,不是表达思想或者思考,而是呈现内心深处的稍纵即逝的潜意识。②

上述的文字是对残雪创作谈的一种概述,有根有据,做到论从史出,并由此对残雪小说作出判断："残雪的小说不再是传统意义上的小说,而是一种反

---

① 高玉：《论残雪小说"反懂"的文学观及其写作》,《小说评论》2011 年第 5 期。
② 高玉：《论残雪小说"反懂"的文学观及其写作》,《小说评论》2011 年第 5 期。

传统的小说。"①这个评价无疑是正确的,不过"不再是传统意义上的小说"或"反传统的小说"不一定是"反懂"的小说。

"反懂"的文本的确存在,比如间谍的"密电"之类的文本,无论从"密电"文本的"外在形态",还是"密电"编码者的"内在观念"看,都是"反懂"的。这是编码者刻意所为,目的就是不让圈外的人读"懂",不然也就不是"密电"。不过,人能编码,人也可以解码,历史上不是有许多"密电"被截获,并成功解码的例子吗?而残雪的小说却并不刻意要写得让人看不懂,她希望人们既"懂"她,也"懂"她的小说。本人十分敬仰高先生的才气和文章以及理论的创新能力,不过,以"反懂"来品鉴残雪的小说文本及文学观,愚以为不甚妥当,因为这样容易引起许多误解。

对于残雪小说的"读不懂"与"反懂"问题,高先生还在 2012 年《中国现代文学研究丛刊》第 6 期发表《论残雪小说的"读不懂"与文学阅读的"反懂"》一文,对"反懂"问题作进一步的阐述,从"没有写作意图;在内容上主要描写白日梦、幻觉、潜意识等精神中不可言说的非理性的部分;在艺术方式上彻底反传统,没有传统小说的故事、情节、人物、对话等;缺乏逻辑或者说反逻辑"等四个向度论述残雪小说的"反懂"性,并根据残雪小说写作和文本的"反懂"性②,颇有创造性地提出"反懂"的阅读方式。至此不难看出,高先生走的是一条迂回的路线,其实残雪的小说不是不能读懂,读懂与读不懂,关键不在小说文本本身,而在于采取什么样的阅读方式。

至于高先生于在《中国现代文学研究丛刊》2011 年第 9 期发表的《论残雪小说的"反阅读倾向"》一文,与其"反懂文学观"一脉相承,具有内在的逻辑性,可以看作《论残雪小说"反懂"的文学观及其写作》的姐妹篇。该文主要观点如下:

> 残雪的小说在时间上是不完整不连贯的,时而停止,时而跳跃,时而颠倒,有时则又是无时间的;在空间上是零碎的、不完整的,往往不符合物理规则。在内容上,是荒诞的,不只是写现实中的荒诞,更是荒诞地写现实。残雪的小说则很难说有意义,它有现实的碎片,但更多的是想象和幻想的碎片,既没有表面的关联性,也不具有内在的逻辑性,所以不能分析和理解。反逻辑是残雪小说的一个重要特征,主要表现为有意违背逻辑,

---

① 高玉:《论残雪小说"反懂"的文学观及其写作》,《小说评论》2011 年第 5 期。

② 高玉:《论残雪小说的"读不懂"与文学阅读的"反懂"》,《中国现代文学研究丛刊》2012年第 6 期。

思维上有意跳跃,模糊因果关系,前后矛盾或者解构。残雪的小说从根本上是一种"反阅读倾向"的小说。[①]

显然,该文从在时间、空间及内容等向度检索残雪小说的"反阅读倾向"。何为阅读,该文对这一核心的概念没有界定,因此,我们也无法揣测"反阅读"的出处及内涵。的确,残雪在《答美国俄勒冈大学汉学家问》中说过她的小说拒绝读者之类的话,其说话的语境及完整的意思如下:

沈睿:所以说白鸟是代表生命的,白脸人是本质。

残雪:是死亡。

沈睿:劳是在死亡与生命之间奔忙的象征。

残雪:对,对。可以说这样。

沈睿:如果这样看,就比较清楚了。你的小说有一个特点,不是我们发现的,是大家都这样讲,就是说,它是拒绝阅读的语言,你阅读它,你不知道它在说生命。

残雪:对,对,把人往外面推。就是我刚才说的,像那个白脸人一样,他是把劳往外面推的。他是拒绝的,但是在拒绝的同时,他又在引诱。向读者挑战,引诱读者,让读者进来。两个东西同时发生。

沈睿:你的语言拒绝读者,那你写作时,心中是不是也有一个读者?

残雪:拒绝读者,实际上是拒绝自己的世俗自我。大概是这样的。

沈睿:拒绝世俗的自我。我想,拒绝阅读,真是很难,我记得我上课的时候,要学生读《山上的小屋》,学生问这是在讲什么呀?我们后来一句句地读,还是觉得很难。我就想问,你在写这些故事的时候,心中的读者是谁?

残雪:我心中的读者是一个矛盾。一方面我是排斥一切读者的,因为要达到最纯净的境界,就要把所有的世俗全部排光。那不就是一个读者都没有吗?那是一个无。好像那个读者就是无。在排斥的同时,因为你是在写小说,你既然排斥一切读者,你就不要写了。为什么你还要写呢?在排斥的同时,又吸引读者进来,挑战读者,就是向所有的读者敞开。因为每个人都有灵魂,肯定都有渴望,但绝大部分人都不知道,比如说,90%的人都不知道。实际上我是向所有的人敞开。那是另一层。[②]

---

① 高玉:《论残雪小说的"反阅读倾向"》,《中国现代文学研究丛刊》2011年第9期。

② 残雪:《残雪文学观》,广西师范大学出版社2007年版,第40页。

从以上所引的沈睿与残雪的对话看来,"拒绝阅读"这一说法是沈睿代广大读者所说的,也不是他一个人的创造,这或许就是所谓"拒绝阅读"的出处吧。冠名权属于谁不清楚,反正不是沈睿,关于这一点,上面的对话已经说得再明白不过了。那么第一个人是谁呢? 笔者没有考证,也实在无从考证。沈睿首先说的是"拒绝阅读的语言",即"你阅读它"(这个"它"根据语境来看,应指残雪的小说《气流》),"你不知道它在说生命"(这里的"生命"即对话中的"白鸟",即代表"生命","白脸人"代表"死亡","劳是在生命与死亡两极奔忙的象征")。从上面的对话看来,是沈睿在说"拒绝阅读",而残雪也表示认同,而残雪说的却是"排斥读者",即便把"排斥读者"与"拒绝阅读"划上等号,也只是有关其小说阅读的一个方面,而另一个方面却往往被论者所忽略,不知是粗心,还是故意断章取义,我们不得而知。反正残雪说得再明白不过了,她说,她的小说文本挑战读者,诱惑读者,既将读者往外推,又向所有的读者敞开。

从阅读的角度说,残雪并不认同"排斥读者"之说,她说:"既然排斥一切读者,那你就不用写了。为什么你还要写呢?"意思是说,如若铁了心拒绝阅读,作家写小说就真的没有"客观的意义和价值"了;换言之,残雪认为她的小说是有也应该有"客观意义和价值"的。既然这样,那么,残雪为什么又要将读者往外推,拒绝一切读者呢? 这是从创作论的角度而言的,实际上残雪所拒绝的"读者",指的是她创作时自己的"世俗自我",而不是阅读论中指涉的"读者"。这种说法表面看有点像绕弯子,听起来有点累,但从本质看,却说得绝不含糊,说得再清楚不过了。

上述沈睿与残雪之间的对话,对残雪研究界来说,其意义不可小看,一方面我们弄清楚了"拒绝阅读"的出处,以及实际的内涵;另一方面它对残雪小说的阅读方式的探求也有重大的启示意义。

二

何谓"阅读"?《现代汉语词典》的释义为:看(书报)并领会其内容。"看"是眼睛的一种功能。阅读活动由眼睛开始。圣托马斯·阿奎那称视觉为"最伟大的感官,我们借着它来取得知识",圣奥古斯丁赞"眼睛为吾人经验世界的窗口"。"书报"指的是阅读的对象,这是一种狭义的阅读,而广义的阅读则不限于"书报",本人十分认同《阅读史》的作者阿尔维托·曼古埃尔的观点,现摘录如下:

阅读书页上的字母只是它的诸多面相之一。天文家阅读一张不复存在的星星图;日本的建筑师阅读准备盖房子的土地,以保护它免受邪恶势力侵袭;动物学家阅读森林中动物的臭迹;玩纸牌者阅读伙伴的手势,以打出获胜之牌;舞者阅读编舞者的记号法,而观众则阅读舞者在舞台上的动作;织者阅读一张待编织的地毯的错综复杂的设计图;弹奏管风琴的乐手阅读谱上编成管弦乐的各种同时性的串串音符;双亲阅读婴儿的表情,以察觉喜悦或惊骇或好奇的讯息;中国的算命者阅读古代龟壳上的标记;情人在晚上盲目地在被窝底下阅读爱人的身体;精神科医生帮助病人阅读他们自己饱受困扰的梦;夏威夷渔夫将手插入海中阅读海流;农民阅读天空的天气……①

上面引文,有几点颇有启示意义:一是无论广义的阅读,还是狭义的阅读,均如阿尔维托·曼古埃尔所说的那样,"一切阅读都和书本的读者共享辨读与翻译符号的技巧"②。尽管读者的职业身份五花八门,阅读的对象千差万别,阅读的过程却是相同的,即阅读的过程是一种辨读和解码的过程,并需要一项要求很高的技巧;二是阅读其意义的都是读者,允诺或承认事物、地方或事件具有某种可能性的是读者,觉得必须把意义归诸一套符号系统,然后辨读它的是读者。三是阅读的目的是以求了解或是开窍,阅读自身及周遭的世界,俾以稍得了解自身与处所。四是广义的阅读有助于各种阅读技巧的相互援用,以免作茧自缚。

阅读是一项十分复杂的心智活动。阅读跟人的阅历、认知系统、生命体验、职业背景、年龄心境、灵魂层次、审美趣味及价值取向等有着千丝万缕的关系。阅读是一种高级的能力,需要系统的学习和训练,才能不断提升这种能力;阅读不只涉及视觉与认知的过程,也关系到推论、判断、记忆、认知、知识、经验、联系过程;阅读也需要非逻辑、非理性的直觉参与……总之,正如阿尔维托·曼古埃尔说的那样:"这一切执行阅读动作的要素让阅读者增添了惊人的复杂性,若要成功执行,则非有上百种不同的技巧的配合不可。而且不只是这些技巧,还有时间、场所和执行这个动作所使用的刻写板、卷轴、纸页或荧屏,都可能对阅读造成影响。"③正因为阅读活动的复杂性,美国研究者胡邦承认:"彻底分析出吾人在阅读时的整个心智运作,几乎是心理学家的巅峰成就,因

---

①　[加]阿尔维托·曼古埃尔:《阅读史》,吴昌杰译,商务印书馆 2002 年版,第 7 页。

②　[加]阿尔维托·曼古埃尔:《阅读史》,吴昌杰译,商务印书馆 2002 年版,第 7 页。

③　[加]阿尔维托·曼古埃尔:《阅读史》,吴昌杰译,商务印书馆 2002 年版,第 40—41 页。

为这需要能够对人类心智中许多最错综复杂的运转机制作出描述。"然而,正如欧汉·帕姆克在《白色城堡》一书中所言,虽然我们距离揭开阅读史整个心智运作之谜仍十分遥远,但是假如当你有一卷在握,不管那本书是多么复杂或艰涩,假如你愿意的话,当你读完它时,你可以回到开头处,再读一遍,如此一来就可以对艰涩处有进一步了解,也会对生命有进一步的领悟。

　　本章的任务不在阅读活动的整个心智运作之谜的破解,而在于残雪小说的阅读方式问题。残雪小说艰涩难懂,这是读者的普遍共识,然而,艰涩难懂,并非一定是"反懂",并非真的排斥"读者的进入",即"拒绝阅读"。记得金庸的武侠小说《侠客行》中有这样一个情节:三十年来,江湖中的武林人士,即使是一等一的高手,只要接到"侠客岛"赏善罚恶两个使者的"赏善罚恶"铜牌,就等于宣布死刑,因为被强邀去岛上的豪杰,一去不返,因此,江湖之中,见牌丧胆。后来终于真相大白,岛上一个山洞里的石壁上刻着李白的那首叫做《侠客行》的五言古诗,其中隐含了一项绝顶神功。侠客岛主从中土以赏善惩恶令逼来众多武林高手,只是为了一起参详这项神功,但各人见仁见智,谁也破解不了,而对武学的酷嗜,却使这些人面对石壁神智痴迷,再也不想离开这个山洞。懵懂少年石破天听着众人的争论,看着他们痴迷的样子,只是感到害怕,却不明所以。众人都在诗句分解注释的各个小山洞揣摩参详,他却因为不识字,在那儿既害怕又看不出个究竟来,便来到刻着整篇诗的大洞。不料他往石壁上一看,目中所见都是一把把形态、剑势、剑意各各不同的利剑,所有的文字于他毫无实际的意义可言。他顺着剑势、剑意看去,内息自然而然随之流动,手舞足蹈,待得从头至尾看完一遍,这项神功已是被他练成了。

　　小说中所谓的那种绝顶武功自然是作者杜撰的,较不得真,然而,若从阅读方法的向度来参详,却定然颇有斩获。首先从"绝顶神功"文本(秘籍)编码者的主观意图来看,他的内心是相当矛盾的:一方面怕被品德恶劣的人得到并读懂,遗祸天下;另一方面又不想让它失去传人,毕竟品性善良的人获得,就能赏善罚恶,造福苍生。鉴于此,绝顶神功拥有者所能做的只有两件事,一是将不能轻易示人的"秘籍"进行编码,尽量让后人难以轻易参透;二是将其藏之深山、荒岛之类人迹罕至的秘洞之中。这就是绝顶神功拥有者所能尽的"人事",至于最终谁能到,能否参透,诸如此类的事他已无法掌控,只能由无所不能的老天负责,但他一定信奉"天下宝物,有德者居之"的信条,获得者一定是有缘人,当然,善缘也好,孽缘也罢,这就要看天意了。其次,从"绝顶神功"的阅读者来说,"绝顶神功"是用李白的《侠客行》编码的,既然是语言文字,就有参透的可能性。用索绪尔的理论来看,符号由两部分构成,即能指和所指。《侠客行》用文字编码,其能指是"字形、字音",其所指是"字义",而秘籍的编码者,只取其"形"编码,而舍弃"意义"的功用,这是一种典型的逆向思维的运用。作为读者,懵懂少年石破天之所以能参透,纯属机缘巧合,巧在他不识字,只能把文字当图画来看,巧在他已拥有无上的内功,两者缺一不可。那些武痴们为什么阅读了几十年却依然一无所获? 不是他们不勤奋,不用心,或心智低下,阅历不够,经验不足,而是囿于传统的阅读方法,一条道走到黑。

　　以上分析看似就事论事,其实,对阅读来说却具有普泛性的意义:首先,文本有潜文本与显文本之分,潜文本指的是作者及其他作品。因此,要读懂显文本,就必须读一读潜文本,比如作者及其传记和创作谈之类的有关文本,弄清作者编码的套路。其次,不同的文本,要采用不同的阅读方式,或理性式的阐释,或直觉式的把握,总之,要运用不同的方法和技巧。再次,必须不断提升自己的素质及审美层次。下面就从以上三个向度探讨残雪小说的阅读方法。

三

　　阅读残雪的小说,最好先阅读残雪。残雪,本名邓小华,1953 年 5 月 30 日生于长沙。从文化地域学看,长沙属古楚文化圈内。《汉书·地理志》云:"楚有江汉川泽山林之饶……信巫鬼,重淫祀。"明人陆粲《庚巳编》卷八云:"楚俗好鬼,最多妖巫……"可见,巫是楚文化的核心。残雪的老乡沈从文当年就曾以他的文字形构了一个神秘的湘西世界。沈从文在创作了牧歌般的《边城》的四年之后,发表了《湘西》。从体裁看,这是一组游记,基本遵循游记体的理性话语方式,但对凤凰的描述,其中一些幻想因素却超出了理性解释的范围,甚至把魅力与魔法重新植入湘西风景。在沈从文看来,湘西的神秘,不仅在于其风物,而且在于浸淫楚风巫雨的人:首先是女人。他将神灵附体的女人分为三类:第一类是贫穷而孤独的老妇,她们有可能成为草蛊婆,她们出于不可遏制的复仇欲望,常常毒杀小孩子(方法是在孩子食物里加入毒蚂蚁、蜈蚣或蛇)。她们要么恢复神智,要么被私刑或其他残酷的公共惩罚处死。第二类是克制而诚实的中年妇女,她们容易成为巫,有一段时间说话如有神灵附体,可以作人鬼之间的中介。她们发疯的时候常常与经期有关,此时只有行巫能治好她们。第三类是美丽敏感的年轻女性,年龄在 16 岁到 24 岁,她们容易"落洞"。这是一种疯癫状态。她们幻想有洞神爱上了她们,变得焦躁,在幻觉中多次见到自己的爱人,并最终与之团聚,因此憔悴死去。对这类女性来说,结婚是最佳的解决办法。沈从文认为:"三种女性的歇斯底里亚,就形成湘西的神秘之一部分。这种神秘背后隐藏了动人的悲剧,同时也隐藏了动人的诗。"①而湘西的男子则具有游侠特征。像传统的游侠一样,湘西男子遵守尊严、忠诚、义气的严格道德节律和特殊行为规范。他们在故乡很谦恭,但在战斗中却很勇敢。他们赌博从不欺骗,输了钱也不懊恼。如果他们违反了这些规则,就自断手脚来惩罚自己。沈从文还讲述了从一个亲历者那里听来的故事,来表现他们的戒律仪式的宗教性与戏剧性。一个青年男子被指控对他漂亮的嫂子不轨。他的所有弟兄都参加了一个庄重的仪式,这位被告赤身从八张桌子摆成的台子上跳进一个坑里,坑里随意放了三十六把尖刀。他毫发无损,证明了自己的清白。他的嫂子(原告)对他爱恨交集,对自己的情感也没有表示悔恨或羞愧。她现在要面临严厉的惩罚:丈夫砍下她的头,放在神坛上。她的眼睛闭着,似乎沉睡一般。结拜兄弟们把她的无头尸埋在一个墓穴里,然后大家(包括两兄弟)都离开,一言不发,一泪不落。沈从文告诉读者,这样的事在湘西有很多。在这些事里,"都是浪漫与严肃,美丽与残忍,爱与怨交缚不可分"②。残雪生于楚地,长于楚地,接受氤氲其间的楚风巫雨浸润,具有"楚人之血",她剔除了神秘背后隐藏的动人悲剧,却秉承了隐藏其中的"动人的诗",即"巫诗品格"。

残雪没有唬人的文凭,像她的老乡沈从文一样,小学毕业即辍学,没有接受系统的学校教育,没有机会对巫楚文化进行清理、祛魅;成长过程中喜好充满怪力乱神的古典小说,尤其对西方的现代派小说情有独钟,更孳乳了其秉承巫诗传统的品性。

残雪自小不善于与外界交往的秉性,使得她逃避外部世界,返回内心,在孤独的生命体验中,养成内敛、"向自己内部"叩问的品性,致使她与颇具巫风的外婆有一种自然的亲和性。残雪的外婆是位受尽磨难的"外乡人",善于在庸常的时间之流中,编织离奇的故事,以抗拒俗世生命难以承受之重,为童年的残雪敞开了一个异质的生命空间。相濡以沫的暖,在残雪稚嫩的生命沃野上催生出一串串丰腴的生命意象,并在匮乏、无聊的日复一日的时间之流中,进行常态与异质空间之间的自由往返,锻造出超凡的巫性。

残雪从小多病,尤其是风湿性病痛一直折磨着她,这是她的不幸,但对一个作家来说,却不一定是坏事,至少残雪是这样。风湿性等顽疾,以"病显"的方式彰显"身体"的存在,换言之,"病显"是身体启蒙的一种方式。正是这种病痛,让残雪参透了"肉身"与"灵魂"间既互相背离冲撞,又互相寻找协作的暧昧

---

① 沈从文:《沈从文散文》,周文彬编,百花文艺出版社2004年版,第230页。

② 沈从文:《沈从文散文》,周文彬编,百花文艺出版社2004年版,第227页。

关系,因此,残雪称自己的病中生活为"异质"生活,而笔者则更愿意将其生活称为艺术生活,或生活的艺术化。残雪说过:"人不但可以为艺术而艺术,人还可以把自己的生活变成艺术,在失去一切的同时通过曲折的渠道重新获取一切……艺术化的生活是一种最为模糊和暧昧的生活,人一旦失去遮蔽与身份,大千世界就展现出无穷的神奇魅力。"①当同龄人端坐窗明几净的教室进行系统的文字训练时,残雪或许正因"那大树上黄澄澄酸枣的诱惑"而迷路,进入她所谓的那种"悬置的空间",在焦虑中期待那奇异的转折,因为她始终确信,"在路口会响起我外婆的声音";或许正在"这么黑,这么逼仄,像童话里鼹鼠的住处一样"的家中冥想和阅读,在与书籍还有雨共同制造的忧郁世界里超脱,升腾;或许正在沟边或山脚,沉醉于同小鸟、同树、同不知名的昆虫的对话之中;或许正在黑咕隆咚的灶台边,好奇地看外婆吹火,学习黑暗中造光的能力……残雪如鱼得水地生活于那个"世界的原初处",日复一日,春夏秋冬,从不间断地锻造艺术品质。盲人听觉特别灵敏,聋子想象力异常丰富,生命的磨难有时候却有助于孕育艺术的奇葩,看来老天是公平的,用残雪的话说,"灰色而压抑的童年和青少年是老天给予我的馈赠,外界的现实越无味,越绝望,深渊里的王国越灿烂辉煌"②。

残雪这种奇秉异赋及独特生态与遭际,是无法复制的。这一切,日后均成为残雪小说的潜在文本,并在她的小说中重演:秋千架上"升腾"与"坠落"的体验,演绎成《气流》中"白鸟"与"白脸人"生与死的对话;断崖边缘的体验,植入了《归途》中"死而后生"的存在之思中;那背对栅栏内的游戏和歌声(社会化训练)迎向栅栏外外祖母(巫诗传统的濡染)的幼儿园三岁小女孩的姿态,成为拒绝"世俗化的自我",以求纯粹的灵魂言说的方式;背对点燃的爆竹,吓得魂飞魄散,捂着双耳飞奔的长腿小姑娘,是她以文学进行"死亡演习"的不变图式;后花园邂逅的雍容高雅、气质压倒群芳的"白茶花",化为诱使灵魂出窍的道具,"因为谁的灵魂出窍,他就可以同终极之美晤面",残雪也就成为决心将这种"邂逅演习"进行到底的狂人;那清晨白雾中轰隆隆现身,然后又从昏沉的空间消失的"火车",在《最后的情人》中,成为"文森特"夫妇穿越"死亡之谷",即跨越生死之界的工具,在《历程》等小说中则置换为"飞机"(因为飞机在空中,不受地域限制,即便再蛮荒偏僻地方的上空也能现身,不像火车,要受限于轨道),成为生命空间或边界的寓言……

---

① 残雪:《残雪文学观》,广西师范大学出版社 2007 年版,第 104 页。
② 残雪:《趋光运动》,上海文艺出版社 2008 年版,第 146 页。

　　由此可见,要阅读残雪的小说,最好先阅读她的自我精神传记《趋光运动》,因为该书以回溯童年的方式,展示了这位女作家特立独行的生命蓝图,与她的小说所展示的精神路向呈相向的态势,彼此互为文本。对此第二章已有讨论,在此不再赘述。此处笔者所关心的是这些业已远去的,过往的生命事件,又何以像趋光的小青虫,纷纷飞出幽暗而渊默的潜意识海洋,在她的小说中舞蹈呢?要厘清这种创作机制,非花一番心思不成。对此,第一章已有论述,不再重复,只添上几个例子,予以补充。

　　第一个例子是残雪于《蝴蝶》一文中关于蝴蝶与毛虫的思考:残雪最害怕的动物里面,除了蛇,就是那些丑陋的毛虫(毛毛虫)了。害怕的原因在于创伤性的记忆。"夏天上山拾柴时,毛虫掉到过赤裸的胳膊上和颈窝里。那可是不大不小的灾难,红肿刺痛要延续好几天。我观察过一种形体形状很大的棕色毛虫,身上有蓝色花斑,有毒刺密密麻麻。联想到被这类毛虫蛰过的疼痛,越观察越毛骨悚然。"[①]因此在残雪的最初印象里,毛虫是恶心的,是既无赖又阴毒的寄生虫,应该彻底消灭。然而到了蝴蝶的季节,残雪却被"飘飘而来的仙子们在展示世纪的奇观"所吸引,尽管外婆告诉她蝴蝶是毛虫变的秘密,并警告她,"翅膀上有毒粉"!残雪神往蝴蝶这种惊心动魄的美,并千方百计地去观察蝴蝶。让残雪感到奇怪的是阴沉可恶的回忆(毛虫)并不能遮蔽美的华彩(蝴蝶),并从内心深处涌出崇拜之情。就在"毛虫"与"蝴蝶"关系的联想思考中,残雪有了意想不到的收获:"我从毛虫身上看见蝴蝶,又从蝴蝶身上发现毛毛虫。我的目光既能混合,又能分解。又因为我拥有了这种技巧,'美'便被我保留下来了。"[②]

　　"毛毛虫"与"蝴蝶"对于残雪来说,其意义非同寻常,她日后就将这种"既能混合,又能分解"的技巧驾轻就熟地运用到"自我"生命的"混合"与"分解"中,而她的小说展示的也不是"毛毛虫"的恶心丑陋,而是"蝴蝶"的"绝对的美","至高无上的美"。正如她在《蝴蝶》文末所言:"那飘向天堂的仙子们,婀娜多姿,如梦的流光,然而他们却来自于丑恶不堪的肉体。"[③]

　　如同"火车"意象,在小说中可以置换为"飞机"意象,出于同样的原因,"蝴蝶"意象在小说中也可以被"鸟"置换。请看下面文棣与残雪有关小说《气流》的一段对话:

① 残雪:《趋光远动》,上海文艺出版社 2008 年版,第 365 页。
② 残雪:《趋光运动》,上海文艺出版社 2008 年版,第 366 页。
③ 残雪:《趋光运动》,上海文艺出版社 2008 年版,第 366 页。

文棣:对,白鸟,我们也想问一问,我们想学生一定会提这个问题。白鸟代表什着什么?

残雪:鸟就是神秘么。最脏的东西。有最纯净的形式感。

沈睿:最脏的东西?

残雪:对。生命就是从最脏的东西里面生出来的,但是它的形式感就是非常纯净的。在天上排成美丽的字母。

文棣:对,你说,从远处看,挺漂亮的,但是你要接近,就很脏。

残雪:唉。它的内容大概是很脏的,人活着的时候总是很脏。比如说我,走到外面,跟人说话,我总觉得还不如死了好,觉得自己脏死了。但是,正是从这个最脏的,也可以说是最深的地方,生出最纯净的形式。那种在天上飞的形式。所以,小说中说"我对白鸟消失的形式仍然有很大的兴趣"。是这样吧?形式,所有的美都是形式感。艺术就是一种形式。它就是从哪个里面,从白鸟,拉屎拉尿啊,脏得要死的里面,生出来。①

可见小说《气流》中的"白鸟"就是《趋光运动》中"蝴蝶"的异形。"蝴蝶"呈现出残雪自我的生命蓝图,是自我有关"肉"与"灵"、"死"与"生"的灵魂言说,用灵士唐望的话说,就是灵魂之旅的"开路者";对读者而言,"蝴蝶"就是进入残雪小说迷宫的钥匙。因此,残雪的小说从表层看,有毛毛虫的面相,恶心丑陋,身上长着蜇人的毒刺,而一旦进入"异端世界",那深渊里,沟壑边飞出的却是"飘向天堂的仙子",一种"绝对的美","至高无上的美"。可惜,许多读者只见"恶心丑陋"的"毛毛虫",而不见"婀娜多姿,如梦的流光"的"蝴蝶"。不妨以《黄泥街》为例作进一步阐述,下面是小说中有关"在出太阳的日子里"的情景:

一出太阳,东西就发烂,到处都在烂。

菜场门口的菜山在阳光下冒着热气,黄水流到街口子了。

一家家挂出去年的烂鱼烂肉来晒,上面爬满了白色的小蛆。

自来水也吃不得了,据说一具腐尸堵住了抽水机的管子,一连几天,大家喝的都是尸水,恐怕要发瘟疫了。

几个百来岁的老头小腿上的老溃疡也在流臭水了,每天挽起裤脚摆展览似的摆在门口,让人欣赏那绽开的红肉。

有一辆邮车在黄泥街停了半个钟头,就烂掉了一只轮子。一检查,才发现内胎已经变成了一堆浆糊样的东西。

---

① 残雪:《残雪文学观》,广西师范大学出版社 2007 年版,第 39 页。

　　街口的王四麻子忽然少了一只耳朵。有人问他耳朵哪里去了,他白了人家一眼,说:"还不是夜里烂掉了。"看着他那只光秃秃的,淌着黄脓,只剩下一个几乎看不见的小洞的"耳朵",大家心里都挺不自在的,忧心忡忡地想着自己的耳朵会不会也发烂,那可怎么得了呀?①

　　"烂"是一种去生命化的过程,所有这些"烂"在生活中是存在的,用巴赫金的话来说,就是作者"要把一切都作为同时共存的事物来观察,要把一切都平列而同时地理解和表现,似乎只在空间中而不在时间里描绘,其结果,甚至一个人的内心矛盾和内心发展阶段,他也在空间里加以戏剧化了"。②残雪正是通过不同时间的"同时共存"化和不同空间的"平列"化处理,对"烂",即"死亡"予以集中展示,这就产生了触目惊心的"戏剧化"效果,我们不妨把这种"烂"看作"毛毛虫",恶心丑陋。"死亡"本身并不美,而是丑陋的,那么残雪为什么要絮絮叨叨地予以展示呢?莫非作者真有"吮痈噬痔"的恶俗或"审丑"的怪癖?其实,这种猜测或指责是一种误读,因为他们只见"毛毛虫",而不见"蝴蝶",难道他们真的对黄泥街人生的坚强视而不见吗?深受儒家文化濡染的国人历来重生而忌讳死,残雪这种有关"死亡"的集中展示,的确对国人的审美习惯构成严重的挑战。不过,西方人却深谙"死亡"对于"生"的意义,存在主义哲学家海德格尔认为,死亡是人的最本己的可能性,本真的存在是向死而在。尽管残雪害怕死亡,不敢与它面对面,甚至忌讳"死"字,称它为"那个东西",却又时时处处彰显出与死亡抗争的生命热力与韧性。因此,残雪宣称:在我的作品里,是没有消极、颓废和死亡的位置的。我的作品是生命之歌。的确如此,难道我们真的还看不出"百来岁的老头"溃疡的小腿上绽开的"红肉"中凸显出生命的韧性和活的意志吗!用残雪自己的话来说,就是"站在纯的意境里面,死的意境里面,来说生命的东西的时候,它有种永恒的诗意"。③

　　第二个例子便是小说《蚊子与山歌》的构形。残雪在《好的故事》中写到小时对外婆的依恋,不管她到哪里,都要跟着去。其中讲述了一次随外婆到报社食堂去开家属会的事:

　　　　我们来到食堂大饭厅里,里面有很多桌子椅子,很多人拿着扇子在那里说话。外婆让我坐在桌前不要乱动。一会儿,一个胖子发言了,人们都

----

①　残雪:《黄泥街》,长江文艺出版社1997年版,第68—69页。

②　[前苏联]巴赫金:《巴赫金全集》(第5卷),白春仁、顾亚铃译,河北教育出版社1998年版,第38页。

③　残雪:《残雪文学观》,广西师范大学出版社2007年版,第48页。

安静下来,只听见扇子在那里簌簌响。那是很炎热的夏天,让人发困的季节。但我一点也不困,只是感到极其无聊。然而又不敢动,怕那些大人骂我。啊,屁股都坐麻了! 外婆让我在她面前站一站。好不容易胖子说完,又一个老婆婆开始说了。外婆抓住我的肩头不让我乱动,这时我感到自己像站在闷热的大澡堂里,说不出的难受、乏味……①

多年以后,残雪开始了"真正塑造灵魂的实验",就把这一情节植入他的小说《蚊子与山歌》之中:小说中写到一个孩子("我"),随三叔到山里砍柴,被三叔蓄意放在险恶的森林里,独自一人熬过绝望的时光。三叔每隔一两个小时回到他的身边一下,以防止他的勇气被耗尽。尽管恐惧得不行,到了下一次,孩子仍要随着三叔去森林里砍柴。年复一年,森林中度过的漫长时光成了永恒的记忆。②

残雪举这个例子,有两个用意。一是为了阐释她的写作机制:"当我在小说中写到这类情节时,并没有任何回忆掺杂其中。因为我的小说属于当今世界上存在的那种'自动写作'。如果我不在此处写这篇文章之际回忆幼时的情景,我也不会将那种事同我的写作联系起来。我相信,我开始写作这件事虽有很大的偶然性,但我的灵魂的成形,是由内在的必然性操控的。"③二是为了说明她从小拥有自力更生地从漆黑中造光的冲动和卓异品格。

笔者认为,残雪涉及《蚊子与山歌》的构形问题,只是说出了其中的一个情节,因为她在此言说的重心并不在《蚊子与山歌》的构形。如若把《蚊子与山歌》单独拎出,并从小说构形的角度言说,我想她肯定会提到《迷路》:"我"因"那树上黄澄澄的酸枣的诱使而迷了路",进入那种悬置的空间。然而,"不论我往那个方向走,不论我内心有多么焦虑,在路口会响起我外婆的声音。奇异的转折使我平添了许多胆量"。

或许是记忆的偏差,残雪在《好的故事》中,把《蚊子与山歌》中的最为重要的细节或"意象"忽略了,她所忽略的是"山歌"。我们不妨再摘录《蚊子与山歌》中的有关文本,将两者进行一番互文式的研读,就会水落石出:

> 当时我大约五六岁,总爱跟随三叔进山打柴,进了山,三叔就让我坐在一蔸砍平了的树墩上等他,然后他就消失在林子里了。这一去的时间

---

① 残雪:《趋光运动》,上海文艺出版社 2008 年版,第 225 页。
② 残雪:《趋光运动》,上海文艺出版社 2008 年版,第 226 页。
③ 残雪:《趋光运动》,上海文艺出版社 2008 年版,第 226—227 页。

或长或短，短则半小时，长则从上午等到下午。这么长的时光让我如何打发呢？再说难道不害怕吗？于是我学会了找事做。那些漫长的时光让我挖空心思。我就是从那时候开始领略三叔的魅力吧。大约每隔一小时左右，总是可以听到三叔沙哑的山歌声，那是他故意绕到附近来砍柴，以便使我放心。①

比照《好的故事》，此处的"学会找事做"，应是"斗霸王草"之类的故事吧。而此处"三叔沙哑的歌声"，则应来自《迷路》中"路口响起外婆的声音"，因为两者都是"声音"，是孤独的生命赖以"慰藉"、"取暖"的美好东西。难怪三叔要"我"倾听那并不存在的"歌声"，在三叔的启蒙引领下，"我"终于能"无中生有"地听到了那"歌声"，这意味着"我"的心智已上升到一个新的层次，三叔也完成了他的使命，弃我们而去了。可见小说《蚊子与山歌》的构形来自《好的故事》与《迷路》等童年生活中生命刻骨体验的一种整合，这种整合不是在理性操纵下的刻意整合，而是灵魂的自动运作，受"内在的必然性的操纵"，或称之为灵魂主动现身的言说。

阅读残雪的小说，最好也浏览一下她的创作谈。残雪声称自己的文学为纯文学，她拒绝"世俗关怀"，因为那是关怀表面的东西，不重精神的东西，而她要搞的是"深层关怀"；②她称自己的文学为"无根"文学，认为只有斩断了某些毒根，文学才有可能获得自由，她学习西方的传统中人类共有的精神的东西，学习那个文化中的人性内核，掌握了他们的方法后，灵活运用到自己的创作实践中，一头扎进潜意识这个人性的深层海洋，从那个地方发动她的创造力。③

她认为要改变世界，首先要改变自己的灵魂，因此，挖掘灵魂深处的东西，弄清那种东西的结构，是她致思的理路。写出具有最大普遍性的文学，也就是"纯"文学，呈现内在的精神内核，向读者提供一个美丽的心灵世界，④是她心目中的伟大作品，即那些具有永恒性的作品。⑤

她称自己的文学为"新实验"文学，她所切入的，是核心、是本质、是灵魂的叩问，是在冥想中进入黑暗通道，到达内心的地狱，在那种"异地"拼全力去进

---

① 残雪：《残雪自选集》，海南出版社 2008 年版，第 395 页。
② 残雪：《残雪文学观》，广西师范大学出版社 2007 年版，第 19 页。
③ 残雪：《残雪文学观》，广西师范大学出版社 2007 年版，第 8 页。
④ 残雪：《残雪文学观》，广西师范大学出版社 2007 年版，第 19—20 页。
⑤ 残雪：《残雪文学观》，广西师范大学出版社 2007 年版，第 122 页。

行人性表演,将自身的种种可能性加以实现;①她称自己的创作是高难度的创作,具体方法与众不同,她更依仗于老祖宗留给的禀赋,操作起来有点类似巫术似的"自动写作",但与一般的巫术不同,它是与强大的理性合谋的、潜意识深处发动的起义。②

残雪称她的小说是一种特殊的小说,特殊在它讲述的是灵魂的故事,是自我面对世俗强权时仍然保持内心领地的完整,是不停地分裂自身、不停地进行高难度的灵魂操练;是置身地狱,翘首天堂的不变姿态,是使灵肉分裂,并在忍耐中获得的张力,是战胜肉欲,让肉欲在反弹中重新爆发的技艺;小说的特殊还在于它呈现的是一种"异端的境界",为人们开创了"另一种生活",反省是创作的法宝,内心的渴望,是不得不每天进行这种操练的内驱力;特殊在它无法顾及各种层次的读者,它只会发出信息和召唤,使人在繁忙的日常生活中若有所思地停下来,然后自觉地进行某种精神活动;③特殊的小说并不拒绝读者,一方面它排斥读者,因为阅读这种小说需要特殊的素质,且要用心,而不是用眼睛阅读,另一方面,它向每个读者敞开,每个人,无论高低贵贱,只要加入到这种辩证的阅读中来,它就会感到作品排斥了的同时又受到强烈的吸引,它期待同谋者出现。④

残雪的创作谈虽然不够系统,较为零散,但只要有耐心,就能厘清残雪文学观,厘清残雪创作的意图、艺术的源流、精神的向度、作品的面目、创作的方法及阅读的进路。所谓磨刀不误砍柴工,要不然,就会事倍功半,甚至南辕北辙,就真的成了卡夫卡《城堡》中的"K",城堡近在咫尺,却永远无法进入。

阅读残雪的小说,最好也看看残雪的读书笔记。看《灵魂的城堡》,你会获取灵魂言说的奥秘;看《解读博尔赫斯》,你会明白"时空无限分岔"的技巧;看《艺术复仇》,你会领悟"灵"与"肉"既相背离,又互相寻找的真相,并看清置身地狱,翘首天堂的精神向度;看残雪读鲁迅,你就会发现作者如何在自己的内心设置一个无形的审判台,对自我灵魂拷问的图景……

残雪说过:"我的所有的小说都是精神自传,评论则是自我精神的分析。"⑤残雪写评论(读书笔记)的目的之一,就是为了启蒙读者,启"现代艺术"之蒙,

---

① 残雪:《残雪文学观》,广西师范大学出版社 2007 年版,第 127 页。
② 残雪:《残雪文学观》,广西师范大学出版社 2007 年版,第 127—128 页。
③ 残雪:《残雪文学观》,广西师范大学出版社 2007 年版,第 119—121 页。
④ 残雪:《残雪文学观》,广西师范大学出版社 2007 年版,第 104 页。
⑤ 残雪:《残雪文学观》,广西师范大学出版社 2007 年版,第 20 页。

以提升她的读者的层次。她说:"我的那些随笔评论是一座桥梁,它通向我的世界,不少一时进不了我的小说的读者都从中受益。"① 由此可见,为了保持她的读者的层次和数量,残雪还是做了很多工作,用她的话来说,就是"有时候推他们一把,就尽我的能力给一点点的线索,我过几个月再去看自己的作品是可以看得出来的。虽然不能完全把握它,但是我有些线索,我就把线索告诉他们,我这里面大概是写些什么东西"。② 而对于读者来说,则要发挥能动性,"他必须在灵魂里面发动革命,才能进入我的境界"。③ 当然,残雪就想写这种挑战读者的东西:既排斥读者进入,又向每个人敞开。我们别指望残雪会为了读者而改变自己的创作路数,要不,残雪就不是残雪了。

四

阅读了潜文本,逐步形成对残雪小说的理性认识,已初步达到了阅读残雪小说显文本(特指残雪的小说)的素质和心理层次,若要真正进入其小说文本,还需要采用一些方法或技巧。首先,针对残雪小说设计的第一道门槛,即"拒绝读者"——"拒绝自己世俗的自我",阅读应采用相对应的策略,就如同上飞机前,若要进入候机室,必须通过安检,这时你所能做的,就是动用自己的理性,忍痛割爱,老老实实地把"世俗的自我"留在外面,达到纯净的境界,笔者把这个过程称为"前审美状态"。巫者或灵士成为神与人或人与鬼沟通交流的中介前,大凡有斋戒、沐浴等仪式化的过程——通过古代遗存的仪式来通达"内心寂静"的灵境,这里因为遗存仪式具有原始性的生命完整意识的品质,而仪式的信仰则先在于仪式的效应。而对仪式的信仰则表征了"日常认知系统"的中断,"陌生认知系统"的启用,仪式能让人类沉睡于其中的潜能(生命完整意识)重见天日。

拒绝世俗的自我,达到纯净的境界的方式多种多样,因人而异,无须计较白猫黑猫,反正抓得住老鼠就是好猫。层次低的可借助一些外物,或喝茶品茗,涤除尘念,或处修竹茂林的雅室,隔断俗虑机心,于夜雨敲窗、黑影婆婆的子夜,让心突破屋瓦,进入异端境界……最高明的欣赏者,则能通过自己的灵修,随心所欲地移动聚焦点,不论白天还是黑夜,是雅斋还是闹市,均能"停

---

① 残雪:《残雪文学观》,广西师范大学出版社 2007 年版,第 62 页。
② 残雪:《残雪文学观》,广西师范大学出版社 2007 年版,第 82 页。
③ 残雪:《残雪文学观》,广西师范大学出版社 2007 年版,第 83 页。

顿世界",抵达"内在寂静"的状态,也即道家所谓的"涤除玄览"、"澄怀观道"、"静照忘求"的审美状态。关于如何抵达阅读残雪小说的"前审美状态"可参照第一章有关残雪前写作状态的文字,在此不再赘言。

一旦读者通过类似道家所谓的"心斋",即排除一切杂念,使心智纯一,心守虚寂,审美主体的五官会变得异常的灵动、超越,并进入全身心的、综合性的整体感受,使审美感觉成为一种有统觉特征的心觉,即庄子所说的"徇耳目内通而外于心知"。这时令人炫目的异端世界,也就向你敞开。

凝视,即聚精会神地看,是残雪小说的阅读方式。按照残雪的说法,阅读她的小说,"应该彻底扭转传统的、被动式的阅读欣赏方式,调动起内部潜力,加入作者的创造……对作品作长久的凝视,在凝视过程中去发现内部隐藏的、无比深远的结构……"①

《阅读史》的作者阿尔维托·曼古埃尔认为自己至少是用两种方式来阅读:一种是屏息紧盯事件情节与人物,不要停下来注意细节之处,阅读的加速步调有时候会将故事掷出最后一页;另一种是经由小心探究,细察文本以了解它的纠结意义,只在文字的声音中或在文字不希望泄露的线索中发觉乐趣,或者在怀疑是最深藏在故事本身,某种太可怕或太不可思议而无法正视的东西中。② 他称第二种阅读方法具有阅读侦探小说的特质,是他在阅读博尔赫斯等作家的作品中摸索出这种阅读方式的。总之,在他看来,阅读方式很重要,针对不同的书,要相应地采用不同的方式。他还举了两个故事:一个把《忧郁的解剖》误当《类似》阅读,结果读得一头雾水;而另一个将坎普藤的托马斯的《效法基督》当成詹姆斯·乔伊斯的作品来阅读,"这将可让那些空洞贫乏的心灵运动获得充分的更新"。

比较而言,用阿尔维托·曼古埃尔的第二种方式来阅读残雪小说还算凑合,第一种则绝对行不通。因为要"了解他的纠结意义","在文字不希望泄露的线索中发现乐趣","深藏故事本身,某种太可怕或太不可思议而无法正视的东西中",走马观花式的阅读,发现不了"内部隐藏的、无比深远的结构"。因此,阅读残雪小说,必须小心探究,细察文本,尤其是"凝视"。因为只有"凝视",才能出现类似唐望所谓的"看见",即"看见"灵魂"意愿"的"脉流"。按唐望的说法,"看见"和"做梦"是灵士必修的功课。唐望所谓的"看见",与我们所说的不同,他指的"看见",不是看见色相,而是"一种可以锻炼出来的特殊能

---

① 残雪:《残雪文学观》,广西师范大学出版社 2007 年版,第 104 页。

② [加]阿尔维托·曼古埃尔:《阅读史》,吴昌杰译,商务印书馆 2002 年版,第 14—15 页。

力,能让人了解'最终极'的本质"①。这种"看见"是一种对事物的直觉的领悟,或是对事物立即洞察,或是能够透过人们的表面,发现内在的意念与动机。而"做梦",也不是寻常意义上的做梦,他所说的"做梦",指"梦"的"不做",是通往力量的途径,这种"做梦"类似残雪式的"做梦":"梦里可以有意志地行动,他能够选择或拒绝。他可以从一大堆项目中,选择影响力量的事物,然后学习加以控制使用……在做梦中,你有力量;你可以改变事物;你可以发现无数隐藏的事实;你可以随心所欲地控制一切。"②残雪不是可以控制她的梦境吗?她可以自由出入,断了可以再续,而且通过做梦,在一次次的重返中改变心灵史。残雪还可以将"自我"分身成"一个个""自我的异在",并展开众声喧哗式的对话。而"自我的异在",就是唐望说的"替身",而"替身"开始于"做梦","替身"具有行动能力,"它就是本人"。③

　　唐望的"做梦"理论似乎专为残雪而设,两者之间具有惊人的相似性,这也正是笔者称残雪小说为"巫小说"的原因之一。这种"做梦"虽玄,却是能训练获得的,其方法为:"停止内心对话,然后刻意地在脑海中维持住一个他想要梦到的形象。"④唐望所谓的"看见"也很玄,类似庄子的"心觉",按照庄子的体会,也可以通过"心斋"、"坐忘"式的训练获得。不妨以残雪的《蝴蝶》文本,来解释这种"看见":在同一时空中,我们一般要么看见"蝴蝶",要么看见"毛毛虫"。残雪却与一般人不同,首先,她能在"毛毛虫身上看见蝴蝶,又从蝴蝶身上发现毛毛虫",这是一种视觉的超越,或称"心觉",从时空的维度分析,这是一种时与空的"共时化"和"平列化"整合的结果;其次,毛毛虫和蝴蝶均是表象,残雪所看见的是"最终极"的本质,即"绝对的美"、"至高无上的美"却"来自丑恶不堪的肉体"。⑤ 无论是前文所谓的"蝴蝶"的"异形""白鸟"也好,还是人也罢,莫不如此。也就是说,残雪"看见"的是具有"普泛性"意义的、"最终极"的本质,这也就是"深层结构"。

---

① ［美］卡罗斯·卡斯塔尼达:《力量传奇》,鲁宓译,内蒙古人民出版社1998年版,第19页。

② ［美］卡罗斯·卡斯塔尼达:《心灵秘境之旅》,鲁宓译,中国盲文出版社2003年版,第98页。

③ ［美］卡罗斯·卡斯塔尼达:《力量传奇》,鲁宓译,内蒙古人民出版社1998年版,第53页。

④ ［美］卡罗斯·卡斯塔尼达:《力量传奇》,鲁宓译,内蒙古人民出版社1998年版,第11页。

⑤ 残雪:《趋光运动》,上海文艺出版社2008年版,第366页。

当我们通过安检(把世俗的自我暂且放下),获取阅读的资格时,残雪的小说就向你敞开。因此,在你的"凝视"下,来自生命"地底的图案"逐渐显现出来,你终于可以"看见"灵魂的局部"本质"。然而,残雪的每篇小说均不是一个闭合的自足系统,它永远呈开放性结构,它引诱、召唤你(经过安检的读者)的加入,它"期待同谋者出现",邀约你一起加入"众声喧哗"式的灵魂对话中。故残雪说,起先"他"(读者)"可能只是倾听者,但他周围的一切会逐渐起变化;有那么一天,他终于会发现自己已站在了故事的中心,而只要他行动,就会结出时间的果子"。①

从一个"旁听者"如何变成"故事中心"的主角呢? 这就需要阅读残雪小说必须具备的第二种能力——冥想或者"做梦"(唐望式的做梦)。何谓"冥想",冥想(meditation)是一种改变意识的形式,或运用想象,创造你所想要的生活的一项技术。冥想有两种模式:接受型和积极型。在接受型模式下我们只需放松,允许意象或印象进入脑海,而对细节不做任何选择。而在积极型模式下,我们会有意识选择和创造我们希望看到的或想象的事物。阅读残雪的小说,应采用"积极型模式"。不妨举一个例子来说明,残雪在《我》一文中,回溯童年一些与"积极型模式"的冥想有关的生活片段:

> 那条小溪很宽,旁边长满了乌泡刺和野竹子。我将那些最肥最宽的竹叶摘下来,做成一只只小船。在一只小船里面,我放了一只瓢虫,嘀咕道:"这是我。"我将小船放下水,船儿立刻往前冲去,一会儿就不见踪影了。那种速度令我有点头晕。我想,船儿该是不会翻的,因为"我"在里头嘛。即使暂时被石头挡住去路,也会慢慢顺水溜过去的,然后呢,就会到达那个深潭。我睡在船里头逍遥自在。我又放下第二只、第三只、第四只小船,船里面载着虫子、砂粒或一根草茎,它们代表我的姐姐和弟弟们。在我的计划里,我们将在那个深潭里汇合。②

在上面所引文字中,你能看出什么? 是那盎然的童趣,是童年残雪的天真烂漫? 这没有错,但残雪回溯的目的不在此,而在于彰显她的"冥想"能力,在于她冥想中寻找"替身"的技术(这项技术与唐望的通过"做梦",找到自己的"替身"类似),而这正是一个艺术家必须具备、不能丢失的品质,因为没有"冥想"中发展出来的"替身",童年的残雪就不能创造出希望看到的或想象的

---

① 残雪:《残雪文学观》,广西师范大学出版社·2007年版,第104页。
② 残雪:《趋光运动》,上海文艺出版社2008年版,第189页。

事物。

下面是童年残雪与小伙伴在通往很高的屋顶的脚手架上玩耍的生活片段：

> 那些柔软的竹篾织成的斜桥，一道又一道，小伙伴们脚不停步地冲上去，又跑下来。他们毫不畏惧。但是我害怕，到了第三层楼那里我就腿发抖了，我只好跪下来，在斜桥上爬，我爬到二楼以下才敢站起来。多么恐怖的经历啊。我终于站在硬地上了。我仰着头，羡慕地看着那些男孩和女孩。我用视线追随他们的冒险。①

看到上面的引文，习惯于人物分析方式欣赏的读者，或许以为残雪通过童年糗事，表明从小身体平衡能力就差，具有恐高的倾向。如若这样欣赏的话，就又错了。其实这仅仅是一种铺垫。请看完下文：

> 有一个小女孩是新来的，特别胆大，那些弯弯角角的险处她眼都不眨就跨过去了。我将她设想成"我"，哈，"我"到了四楼！"我"又到了最顶上，手执一根棍子在那里挥舞！可是怎么下来呢？下来更危险，那里的斜桥只有板凳那么宽，而且陡，男孩子们都不敢涉足那个险处。"我"想都没想就展开双臂，摇摇晃晃地往下走了。下面的我吓得闭上了眼睛。哈，"我"已经到了三楼那里，"我"是如何下来的呢？扎着羊角辫的"我"竟然坐在三楼那里坐在了斜桥的边缘，"我"双腿悬空地晃荡着，那双小脚结实而灵巧，仿佛专为这类杂技动作而生。"我"的眼睛黑而亮，我爱上了这个"我"。②

可见，残雪回溯这一童年的生活片段，目的是为了展示"积极型冥想模式"的另一种形态，即"置换"。据残雪回忆，在她混沌的岁月里经常会出现或"替身"或"置换"的"我"的形象，而且那个形象往往出现在一桩冒险的事业里。即便"夫妻"关系，残雪也是采用这种"积极型冥想模式"，她在《表演》一文中写道：我时常将自己想象成"他"，用"他"的眼光再来看我。也许这个"他"并不是真的"他"，只不过是分裂的自我，③而这或许就是小说《约会》的深层结构吧。

弄明白了残雪式的冥想方式，精神通道便显现在你的眼前，你就可以轻而易举地走进残雪小说"故事的中心"，而且可能成为表演的主角。

---

① 残雪：《趋光运动》，上海文艺出版社2008年版，第190页。
② 残雪：《趋光运动》，上海文艺出版社2008年版，第190页。
③ 残雪：《趋光运动》，上海文艺出版社2008年版，第268页。

　　由走进"故事的中心"，参与其中的表演之说，又衍生出阅读残雪小说的另一种方式：既是读者又是作者，即创造性的阅读方式。对于这种阅读方式，无须参照任何理论，残雪小说《最后的情人》中"乔"的阅读方式就是典范，实践性强，具有可操作性，不失为一种可以速成的阅读方式，更重要的，这是阅读残雪小说的最好方法。

　　"乔"是"古丽"服装公司销售部的经理，也是一位"阅读"狂，由于其职业和嗜好的特殊性，注定他的阅读常常会被打断，然而正是这种断断续续的阅读方式使他练出一种特殊的将思维连贯起来的方法。为什么"每天他无数次地被工作上的事打断，但他却能在一秒钟内重新进入故事的流畅之中"①呢，其奥秘有二：一是得力于他的记忆品质——极为善于选择、嫁接的能力；二是得力于实践中练出的"聚焦点"移动的能力。

　　"乔"有一个宏大的读书计划："将这一生里头读过的小说故事重新再读一遍，让所有的故事全部贯通起来。这样，只要他拿起书，就可以不停地从一个故事走到另一个故事里头去，而他自己，也会被卷进去，变得丝毫不受外界的干扰。"②从"乔"宏大的读书计划中，有几点特别值得注意：

　　首先，从"乔""让所有的故事全部贯通起来"的雄心中，我们的记忆也惊人地活用了他的"链接"方式：《阅读史》的作者阿尔维托·曼古埃尔说过，"阅读是一种累积式的，以几何式的进展来增加；每种新阅读都是建立在先前所谓的基础上"。③ 这也正是阅读残雪小说的要求，因为残雪的文学是"灵魂自身的文学"，"灵魂文学的写作者以义无反顾的'向内转'的笔法，将那个神秘王国的层次一层又一层地揭示，牵引着人的感觉进入那玲珑剔透的结构，那古老混沌的内核，永不停息地向深不可测的人性的本质突进"。④ 所谓"夏虫不可以语冰"，如果你没有达到那个层次，怎么能参与其中的对话，更谈何进入"故事的中心"，参与表演呢？ 因此，阅读残雪的小说，最好是循序渐进式的，累积式的，注意它的系统性，且要前后贯通起来。

　　其次，"乔"自己"也会被卷进去"，具体地说，就是"乔"因为其职业特点，出差变得很经常，很少有时间读书，但并不妨碍他经营自己的故事。比如那次到北方"金"的"古丹蓝"牧场，在来的路上，他已经将自己的旅行纳入了他的故事

---

①　残雪：《最后的情人》，花城出版社 2005 年版，第 1 页。

②　残雪：《最后的情人》，花城出版社 2005 年版，第 2 页。

③　[加]阿尔维托·曼古埃尔：《阅读史》，吴昌杰译，商务印书馆 2002 年版，第 21 页。

④　残雪：《残雪文学观》，广西师范大学出版社 2007 年版，第 108 页。

网络。① "被卷入",采用的是被动式,可能阅读之初如此,但到了后来,比如"乔",这次出差途中,就不是被动,而是一种主动的加入。用现在流行的话来说,或许用"把自己也烧进去"更符合实际,因为"进入故事的中心",参与灵魂的表演,不但需要灵性,需要技能,还需要表演的激情。"乔"是如何走进"故事的中心",参与其中的表演呢,书中这样描述道:

> 一直到在书桌旁坐下,翻开那本日本人写的故事,乔的脑子里才变得清晰起来。乔一边大声念出故事的情节,一边深深地感到,他的生活最近完全颠倒了,日常生活变成了连环套似的梦境。虽然他念的是发生在东方的故事,但念着念着,那位穿木屐的女郎便款款地走进了他已经经营了两个月的、被梧桐树所环绕的广场,她藏身于一棵粗大的梧桐树的树干的背后,只有和服的下摆被风吹得露出一个三角形。乔看得两眼发了直,念不下去了。②

"大声念出故事的情节",表明"乔"以"诵读"的方式开始他的阅读,这是一种较为寻常的阅读方式,非同寻常的是阅读给他带来的惊奇变化,就像残雪介绍读她的小说的过程。起先,读者在倾听那种故事的时候,他周围的一切会起变化,这时的"乔"正深切地体验到这种变化:他的生活最近完全颠倒了,日常生活变成了连环套似的梦境。对常人而言,日常生活主"实",重物质,"肉"较为活跃,而"梦境"为"虚",属精神,"灵"较为自由。这是"乔"通过"阅读",逐渐进入纯粹境界的体悟。而"乔"以"灵魂"经营的包罗万象的"广场",是他的一种野心:将陈腐不堪的表面事物统统消灭,创造一个独立不倚的全新世界。一个自己随时可以进入的、广阔的场所。"乔"读的是日本人写的故事,很快地就进入自己的故事:那位穿木屐的女郎竟然也款款地进入他经营的故事中,那里头人所具有的它都具有,这该是一种怎样的生命激情或野心呢?"乔"所倾心经营的"广场"为什么是"被梧桐树"所环绕,而不是其他的什么树呢?这正是"乔"的灵魂诉求,他栽下梧桐树,是为了"筑巢引凤",引来《庄子·秋水》中那"非梧桐不栖,非练实不食,非醴泉不饮"的高洁的鸟儿。因此,那款款地走进他经营的广场的日本女郎,不应指涉肉欲,而应属于灵的诉求,因为"梧桐树"与"金凤凰"相对应,不然读者就会被表象所迷惑。

再次,"乔"的阅读,不仅仅是靠着细嚼文字来掌握文本内容,而且更真正

---

① 残雪:《最后的情人》,花城出版社 2005 年版,第 64—65 页。
② 残雪:《最后的情人》,花城出版社 2005 年版,第 8—9 页。

地将它们融成自我的一部分,自然,这阅读中的自我,就"变得丝毫不受外界干扰"。可见,这是一种救赎式的阅读,能将自我从浊世中拯救出来,真正进入那纯粹的精神世界。"乔"正是通过创造性阅读,最终走出生命的茧,成为一片故事的森林。下面就是《最后的情人》中,妻子和儿子眼中的"乔":

> 那天夜里,玛利亚因为睡不着去了书房,虽然她没有开灯,但是她看见"乔"的书房成了黑黢黢的书的森林。那些书长大起来,一本一本地从地上竖立着,书页一张一合的……她感到乔就在附近,在一本书的后面坐着,他的身旁有一条小溪,他正脱了鞋将脚伸到黑色的溪水里头去。玛利亚想,乔再也不会离开他了,多么好啊,就在她的祖先的宅基地上,她,丹尼尔,还有乔,他们一家人开始了他们自己的长城,这是一件多么美妙的事! 可是丈夫的身体恐怕是永远从家里消失了。
>
> ……
>
> "丹尼尔,如果一个人花费一生的精力将自己变成一片故事的森林,那么这个人还属于我们吗?"
>
> "他不属于我们了,但是天天和我们在一起。"
>
> "谢谢你,儿子。"①

上面引文,从玛利亚及其儿子的视角,并运用荒诞的笔法,确证"乔"通过自己特有的读书方式,抵达纯粹的精神境界。

阅读残雪的小说,需要找到"开路者"。所谓"开路者",指称"某个非常清晰回忆起的生命事件,它可以作为一盏明灯,使生命回顾中的一切事件都具有相同的清晰度"。② 这也就是阅读残雪的小说,最好先读《趋光运动》的奥秘所在:残雪《最害怕的事》中,那个逃避爆竹鸣响而"捂着双耳飞奔的长腿的小姑娘"就是这样一个"开路者"。对于童年的残雪,"爆炸就相当于死亡,在那个东西欲来未来之际,我的想象就进入了疯狂状态"。因此,"避死趋生"就是残雪的精神蓝图,凭借"开路者",残雪小说的深层结构就会呈现在读者的面前:她每一篇小说,都有一个核心的"行动元",即抗拒死亡潜猎,渴慕生命永生的完美舞蹈。"吹火的外婆"也是一个"开路者","于漆黑中造光"是残雪的生命蓝图,凭借"开路者",读者会领悟残雪"于绝望处反弹出希望"的精神特质。"出

---

① 残雪:《最后的情人》,花城出版社 2005 年版,第 306—308 页。
② [美]卡洛斯·卡斯塔尼达:《穿越生命之界》,鲁宓译,中国盲文出版社 2003 年版,第 106 页。

窍"与"病痛"也是"开路者",是残雪"灵"与"肉"既分离,又相互寻找的生命蓝图……详见第二章,在此不再赘述。

阅读残雪的小说,一旦进入她描述的"异端境界",作为读者也就抵达了斯蒂文生诗歌描述的境界:

> 这就是世界,而我就是国王;
> 蜜蜂来我旁边歌颂,
> 燕子为我飞翔。①

渐渐地你会发现,你与作者一起为生命、骄傲与爱而激动,即使合上书卷,那些"黑猫"、"雪豹"、"绿毛龟"、"蛇"、"白鸟"、"红浆果"、"悬崖"、"井"、"镜子"等生命化的意象也会从书页中飘荡出来,在你的梦中萦绕,挥之不去,飘渺而难以把握,就像一个个神秘的密码包裹着你等着你,于是你如同上了瘾,欲罢不能;你的阅读意味着接近一些将会存在的东西,你似乎在阅读"未来";有一天,你会发现,自己就如同一条通体透明的蚕,不再啃吃桑叶,而是吐出生命的丝,编织属于自己的生命图案。

---

① 〔英〕斯蒂文生:《我的国王》,《一个儿童的诗园》,伦敦,1885。

第十章 象征的丛林:残雪小说的意象构形

残雪小说中充斥"暗示"、"含蓄"、"隐喻"、"深邃"、"模糊"、"神秘"、"多义"等特质的"意象",进入残雪的小说,恍如进入波德莱尔所谓的"象征的森林",稍不留神,就会迷失其中。因此,弄清残雪小说的"意象"构形的方式,对于破译残雪小说之谜的意义就显得非同寻常。本章引援象征主义、符号学美学及中国的意象说理论,采用个案法,阐释残雪小说的"意象"构形方式,冀以达到举一反三、联类旁通的效果,为残雪小说的阅读和研究提供一些线索。

一

"象征的森林"概念的冠名权,应归于"恶之花"的代言人波德莱尔,他在《感应》一诗中提出这个比喻性说法。他认为,真正的诗就应当如这"象征的森林",运用有声有色的物象,来暗示新鲜而神秘的体验。① 残雪的小说具有诗性品格,她所谓的灵魂的言说或体验,是个体化的瞬间活动,它是独一无二的、短暂的、易逝的,类似玄冥幽微的"无",而艺术则能将其形式化,成为凝聚的、永恒的、具有普泛性意义的,可感可觉的"有"。这种化"无"为"有"的过程,从象征主义美学来看,就是意象的构形过程或生成过程,而从符号学美学来看,就是一种符号的编码过程。从意象的表现手法看,残雪小说中的意象更具马拉美所谓的"象征性意象"。何为象征?劳·坡林《谈诗中的象征》一文的解释是:"象征的定义可以粗略地说成是某种东西的含义大于其本身。"著名诗人、浙大教授吴晓认为:"象征是诗人对存在世界的艺术化发现,是将内心世界进行隐秘呈现的独特方式。"②按马拉美的说法,所谓象征,就是"暗示"。暗示即不是直接表现对象而是间接地、隐喻性地表现它。他说:"诗写出来就是叫人

① [法]波德莱尔:《恶之花》,人民文学出版社 1986 年版,第 19—20 页。
② 吴晓:《意象符号与情感空间》,中国社会科学出版社 1999 年版,第 43 页。

一点一点地去猜想,这就是暗示。……象征就是由这种神秘性构成的。"①可见,象征永远是与暗示、梦幻、神秘性相关的。

残雪称自己的写作不要任何技巧,只凭原始的冲动去"自动写作"。每天努力锻炼,使自己保持旺盛的经历。然后脑海空空坐在桌边就写,既不构思也不修改,用祖先留给我的丰富的潜意识宝藏来搞"巫术"。她称这种"巫术"为高级的"巫术",并打算搞一辈子。② 残雪这番有关其创作的话,内涵很丰富,也很玄,但其中有一点却说得十分明确,即她的写作"不要任何技巧",而这一点看起来却似乎与象征主义诗学意象构形方式相左,因为马拉美所谓的"诗写出来就是一点点地猜想",是刻意以含混、两可、暧昧的意象造成"梦幻"般奇妙的效果,构成神秘性,即象征。然而,只要往深处挖掘,就会发现,两者之间并不矛盾,而是具有惊人的相似性。残雪也说过:"我的写作是理性和感性合一的产物。"③这与前面的"自动写作"不是自相矛盾吗?其实不然,残雪写作过程中的"理性",不仅是"刻意"的,而且是十分强大的,不过,其"理性"强力控制的是"向人性核心"挺进的方向,理性拒绝的是"世俗的自我",抵达最纯净的境界,理性的控制是为了感性更肆意地发挥。

由此可见,残雪的理性思维往往出现在写作之前的刻意为之,而其"自动写作"则是在"感性"绝对支配下的"高级巫术",即象征主义诗学推崇的"直觉思维"。兰波曾提出过这样一个命题:打乱一切固有的感觉,要求以新的语言去破除陈旧的体验模式,重新获得本真的、未经变质的"直觉"。兰波的"破除陈旧的体验模式"与残雪的"不要任何技巧"相对应,而其"直觉",则与残雪的"感性"相对应。因为唯有直觉可以"洞观"生命的幽微隐秘的层次,发现存在的至深本质。

有人称残雪小说有一个特点:它是拒绝阅读的语言。按残雪的说法,她的语言是灵魂的语言,而按马拉美的说法,这是一种"生成性语言"。马拉美把日常的语言称为"消息性语言",而将诗的语言称为"生成性语言"。消息性语言是由陈规构成的浮泛的话语,它与生命的隐秘层次格格不入,而生成性语言则是一种"垂直性"的语言,是一种新的活的语言,它直指生命的内核。海德格尔曾将思维分成两类,即"计算型思维"与"沉思型思维"。前者指涉意愿、技术之

---

① ［法］马拉美:《关于文学的发展》,《西方文论选》(下卷),上海译文出版社 1979 年版,第 262—264 页。

② 残雪:《残雪文学观》,广西师范大学出版社 2007 年版,第 61 页。

③ 残雪:《残雪文学观》,广西师范大学出版社 2007 年版,第 20 页。

思,指向行动与物质世界;后者指涉情感、回忆、存在之思,要指向内在敞开之域去。马拉美所说的"消息性语言"对应于"计算型思维",它使人为着功利、技术而"遗忘了在";"生成性语言"对应于"沉思型思维",它使人把定"在",重新"谛听在之音"。①

残雪写小说,用的是"潜意识"。"潜意识"(unconscious)是弗洛伊德心理地形学(psycho-topgraphy)的核心概念,指被压抑的欲望、本能冲动,以及其替代物(如梦、癔症)。残雪所搞的"高级巫术",类似"梦的工作",所谓"巫言如梦"。按弗洛伊德"梦论","梦"就是被压抑的愿望伪装的满足。弗氏将人的梦境(dream content)分为两种:一种为"显性梦境"(或显相)(manifest content)又称显梦(manifest dream),指当事人醒来所能记得并陈述出来的梦境。它是梦的表面现象,即潜梦或隐意的化装,类似于假面具,并不代表梦的"真象";另一种为"潜性梦境"(或隐意)(latent content),又称隐梦(latent dream),指梦背后所隐藏的潜意识动机。它是梦的本质内容,即真实的意思,类似于假面具所掩盖的欲望。做梦好比制作谜语,显相是谜面,隐意是谜底。在弗洛伊德看来,潜意识愿望只有经过化装,才能通过稽查而进入梦境。所谓"梦的工作"(drean work),就是把隐意变作显梦的过程。②

残雪的"梦的工作"与弗氏有别,它介于"意识"与"潜意识"之间,倒与灵士唐望的"做梦"法相似,即"梦"的断续及进程具有可控性。尽管两者的性质有所区别,但工作的方式却是相通的。弗氏认为,梦的工作有四种方式:凝聚、移置、象征化、润饰。残雪的"高级巫术"主要采用其中的两种,一种是"凝聚",即将几种隐意用一种象征表现出来;另一种是"象征化",即以"具体的视象代替抽象的思想"。

当然,象征也好,视象也罢,都是内在隐意或思想的具象化过程,也即"意象"的构形过程。这个过程十分复杂,对残雪来说,仿佛是深渊飞出的古老的精灵,是突然的闯入或现身,是自然而然的,说不清它那形成的具体步骤,这就是艺术所谓的"直觉"活动或"统觉"思维;突然现身的意象是基于艺术直觉活动之上的一种灵感的闪现。

那么什么是直觉呢?答案五花八门。著名的美学家克罗齐肯定直觉的重要性,认为"知识有两种形式,不是直觉的,就是逻辑的",把"直觉知识"与"逻辑知识"相提并论,肯定其无法替代的价值;朱光潜则将克氏的观点予以发挥,

---

① 王一川:《意义的瞬间生成》,山东文艺出版社 1988 年版,第 284 也。
② 车文博:《西方心理学史》,浙江教育出版社 1998 年版,第 471—472 页。

指出人的"知"的方式有三种：最简单最原始的"知"是直觉，其次是知觉，最后是概念；阿恩海姆认为，直觉思维是"对本质的直接知觉"；中国古代有"神能知几"之说，神即指注意力高度集中时的一种心理状态，知几，即对内外宇宙万物的种种玄冥幽微的洞悉……本章无意于对各门各派的阐释作任何评价，而令笔者感兴趣的著名诗论家吴晓对直觉思维过程进展层次的划分与描述，因为他的理论对残雪小说意象构形的研究，不但具有指导意义，且颇具可操作性，现介绍如下：

吴先生将直觉思维的复杂过程化约为三个层次：第一层次是心觉。所谓心觉，是人触物时最初的心灵反映，表现为心灵被吸引的忘我状态。这种心觉也被称为"第六感官"，它往往先于其他感官的知觉。第二层次是感知。它是直觉的必要组成部分，是心灵与外界最直接的也是最基本的接触。第三层次是领悟。它是直觉活动的完成阶段。吴先生既是著名的诗论家，又是著名的诗人，虽然他将直觉思维的复杂过程化约为三个层次，却又根据其艺术实践，不忘提醒人们注意它的灵活性。诚如阿恩海姆所说："构成直觉思维过程的各组成部分的相互作用，是在一个整一连续的领域内进行的"，分出层次，只是为了认识上的方便。接着他还具体阐释了一些适合或必须用直觉把握、领受的领域，比如"特定情调、氛围的直觉表现"、"瞬间印象的直觉把握"、"直觉联想"、"直觉的心灵化表述"、"对情与理的总体透视"，最后还阐释了直觉意象的审美特征，即"审美的直观性"、"视觉的新奇性"和"指义的深度"。①

吴先生对直觉思维的阐释，既有学理价值，又颇具可操作性，对残雪小说意象的构形颇具启示意义。

下面就选择残雪小说中的一些出现频率较高且具有代表性的意象，分门别类予以阐释。

二

猫是一种较为常见的动物，一经残雪艺术构形，就成为一个个具有强大表意功能的象征性意象。在残雪"自动写作"创作过程中，猫或许是在特定情境下的一种主动现身，不是刻意而为，然而细加揣摩，依然可以发现一些蛛丝马迹。其线索大体有以下两个方面：

首先，猫是残雪最为喜欢的动物。在《趋光运动》中，残雪有两次写到猫。

---

① 吴晓：《意象符号与情感空间》，中国社会科学出版社 1990 年版，第 100—120 页。

一处是《直觉》。虽然该文的本意不是为了猫而写猫,而是以她饲养野小猫为例,以其特有的方式阐释她的直觉观。她说自己从小"做事总是凭直觉冲动,也不计后果,我的确是属于那种一点'心计'也没有的女孩"①。在有意无意间,残雪的"直觉说",正与海德格尔的思维分类法不谋而合,可见残雪与"计算型思维"无缘,而是一个典型的"沉思型思维"的女孩。她之所以承担起饲养野小猫的责任,不在功利的算计(富人养蟋蟀,是为了风雅,穷人养狗是为了看门),而在于审美直觉:"小猫儿太可爱了,怎么能不饲养它"②。什么是直觉?残雪的答案也是百分之百的直觉:食物是直觉,与小动物的身体接触也是直觉。并断言没有养过小动物的孩子,他们的直觉很难发展,也许从一开始就萎缩了。残雪的观点虽然有失偏颇,但有一点十分可贵,即她的直觉观是动态的,可以在生活实践中培养发展的。尽管残雪文章的题旨是"直觉",而她对猫的喜爱之情,却浸透字里行间:她爱猫给人的身体感觉,爱听猫儿美妙的呼噜声,爱猫儿的不那么呆板守规矩,爱猫的神秘(一次长久失踪之后回到家,不久就生了小猫),爱猫与人之间的情感交流,乃至信任和依恋。另一处是《猫之死》。文章是这样开头的:

> 在经历了好多天的严重腹水,和仅仅只给他带来剧痛和恐怖的抢救之后,我的老猫走到了生命的尽头。③

这开头,字里行间浸透刻骨的痛悼之情,而且用了人称代词"他",若非后面出现"老猫"两字,读者或许错以为某个至亲至爱的人走了,可见残雪对猫的至情、至性与至爱,猫成为她生命中难以割舍的一部分。然而,"老猫走到了他生命的尽头"。

接着,残雪从"下午起,屋里就开始弥漫着'死'。那是一种说不出的东西"到"凌晨三点,他张开了口,吐出最后的一口气",以女性特有的细腻风格,讲述了老猫死亡的整个过程,以及残雪对老猫的临终关怀。这个过程对残雪来说,是一种刻骨铭心的"死亡"体验:

> 突然,他又挣扎着出来了,他的腿立不起来了,他侧身用前腿费力地刨地,使身体一寸一寸地挪动。每挪动一下,他就侧过头来看我。我突然明白了,他害怕! ……我知道了,站立,还有喝水,是他活的姿态……冷不

---

① 残雪:《趋光运动》,上海文艺出版社 2008 年版,第 273 页。
② 残雪:《趋光运动》,上海文艺出版社 2008 年版,第 274 页。
③ 残雪:《趋光运动》,上海文艺出版社 2008 年版,第 386 页。

防又站起来了,颤颤巍巍的。因为只有站立,才是活啊。……也许那个瞬间他看到了那件事——他在自己熟悉的窝里。这是我多年里头见过的最美丽的死亡。①

按照海德格尔的观点,死亡是最本己的存在,具有不可替代性和超越性。残雪(此在),虽然没有"在本然意义上经历他人的死亡过程",却"可以靠陌生的此在通达",②而获得某种死亡经验。弗洛伊德主张人有两种本能,即生的本能和死亡本能,而残雪的《直觉》与《猫之死》,正巧是猫之生命的两端,即一端为猫之生,生之灿烂美好,另一端为猫之死,死之恐惧挣扎,却死得有风度,死得美丽。

可见,残雪的小说并非无源之水,无本之木,而是与残雪此在的重要生命事件有着或直接或间接的关系。当然,这种关系不是表层,而是深层的,它指涉内在的生命体验。

另外,意象具有自足性,即具有独立的表现性,这种表现性不是由人类的情感随心所欲地附加上去的,是事物本身固有的特征,是事物客观上与人类情感相通,具有如格式塔心理学所说的"异质同构"的关系,因而能表达人类情感。那么,猫本身具有怎样的表现性呢?首先,猫具有神秘性。猫眼最为敏锐,且富于变化,白天视力差,夜晚最好;脚掌上长着厚而软的肉垫,走路悄无声息;前肢五指,后肢四指,伸缩自如;猫贪睡,一般一天要睡 14—15 个小时,有懒猫之称,是夜行性动物;猫动作敏捷,善腾挪;猫的叫声不但传递信息,还可以表达丰富的情感;猫有多种肢体语言;猫生命力顽强,故有猫有九命之说,然死也是猫最本己的存在,寿终正寝之时,往往选一僻静之地,悄无声息地离去;猫的生命孤独而任性,与人的关系是平等而互利,不像狗完全被驯化;猫有洁癖,经常清理自己的毛,饭后会用前爪擦擦胡子,被人抱后总要用舌头舔舔毛;猫喜欢吃鱼,捕捉老鼠……

正是由于不同的猫性与残雪不同情境的邂逅,生成了一个个隐意各不相同的猫意象。

小说《历程》之中,"猫"在皮普准的生命历程中的关键处有三次:第一次是"离姑娘"走后,皮普准因莫名的焦虑而翻来覆去睡不着,他走到屋顶平台上去,不期然遭遇了"黑猫"——"死神"。在连续几天与"黑猫"的对视中,这是一

---

① 残雪:《趋光运动》,上海文艺出版社 2008 年版,第 387 页。

② [德]海德格尔:《存在与时间》,陈嘉映等译,生活·读书·新知三联书店 1999 年版,第 221 页。

种"猫"与"鼠"(皮普准的存在现实)的对视,唤醒了他的"死亡"本能,从而皮普准有了一种破釜沉舟的决心。此处之猫,与《猫之死》对应。第二次是皮普准在性力的驱使下终于走出蜗居,主动去离姑娘家找她,而离姑娘却不在家,她的父母正在替一只猫捉身上的跳蚤,他们见皮普准来了,就请他按住这只猫,他们好继续工作。"捉猫身上的跳蚤",隐喻清理生死问题,离姑娘的父母借以启迪皮普准的心智,而皮普准却觉得别扭,故意放走了猫,结果遭到离姑娘父母含沙射影似的斥责。此处之猫,是《直觉》与《猫之死》的统觉。第三次是皮普准被抛入一个陌生的小镇,失去了归路,陷入前后失据的困顿之中,他在梦中见了奇迹。"奇迹就是屋顶上的那只黑猫,在梦中,他与梦猫一块蹲在屋顶上一声不响,看见满天都是红云和绿云,于是他领悟了老妪让他留在这里的用意。"①此处之猫与第一次相似,即"猫"隐喻"死神"。而《最后的情人》中,主要有两处出现猫意象。一处是"玛利亚的爱好"一章,说玛利亚的丈夫"乔"的心思全在书籍上头,因为这,他们夫妻之间的精神生活好多年以前就分道扬镳了,直到近两年间才又有了某种微妙的沟通。是什么原因呢?玛利亚自己也不是很清楚,只是到现在她也同"乔"一样,会常常进入一种异常强烈的,近似于幻觉的状态,即类似"乔"的"神游"。一开始这种状态只是发生在她织图案古怪的挂毯的时候,慢慢事情就复杂起来了。当她坐在房子里和坐在花园里时,她可以清清楚楚听到先人的谈话声;她养的两只猫身上带电,尤其到了它们发情的期间更甚。② 另一处是"牧场主金"一章,金是一位充满原始野性与蛮力的人,他的坐骑是豹,尤其是金对乔谈起了他的家乡,"平房里的男男女女既不耕作也不外出做买卖,但这些人的内心却具有惊人的情欲,能够在梦里长久地交媾,昏睡不醒……黄色的玫瑰在冰山脚下怒放……"乔感到了体内的磁力,于是出现了猫:

　　屋外的暴风与冰雹只是加剧了乔体内的欲望的沸腾,在黑猫们交配的呻吟声中,乔想到的性伴侣既不是玛利亚,也不是这个屋子里的金,那似乎是一个性别不明的人,浑身长满了黑毛。乔不由得对自己这种陌生而又强烈的欲望有点畏惧。他想也许黑猫们诱发了他的性幻想吧。中途,他从被子下面爬出来,站到了屋当中。黑猫也随他下了地,其中一只在他小腿上咬了一口,那种新鲜的痛感又更刺激了欲望,乔觉得自己快发

---

① 残雪:《残雪自选集》,海南出版社 2008 年版,第 103—104 页。
② 残雪:《最后的情人》,花城出版社 2005 年版,第 87—91 页。

狂了……①

以上这两处猫意象,有一个共同的特点,即"发情期",俗话叫"猫叫春"。因此,这两个意象虽表现形态各异,一则身上带电,一则疯狂交媾,却具有相似的表意功能,即"原始的性力"。细研文本可以发现,猫与主人具有"异质同构"性:"丹古蓝"牧场主"金",以豹为坐骑,充满原始的蛮力,类似神话中原始部落的英雄,他与猫的"异质同构"性显而易见。玛利亚的性力也特别旺盛,仿佛春天涨满的小河,她的身上鼓荡着沸腾的欲望,然而,"当她想象自己是一头母狮之际,乔却化为了气体……只有在此刻,这个冰雹之夜,玛利亚丰满的身体才搂着乔在这张古旧的大床上翻滚。她发出雄狮的吼叫,从遥远的处所传来隐约的应和。这是玛利亚的地狱之夜,身体的煎熬使得灵魂出窍"②。而"此刻",真正的"乔"却不在家里,而在金的"丹古蓝"牧场,在"猫叫春"的刺激下,忍受着同样的煎熬。神奇的是两夫妻一个在家,一个在遥远的异地,在相同的情境下,却达成真正意义上的"神交",故有"她发出雄狮的吼叫,从遥远的处所传来隐约的应和"之说,颇有楚辞名家宋玉《高唐赋》、《神女赋》的遗风。由此可见,身上带电的猫,是玛利亚情欲的一种投射,一种外化,换言之,"猫"是玛利亚和乔身体启蒙的一种道具,它激活了夫妻俩潜藏的性本能。按照弗洛伊德的观点,"性力"是生命的内驱力,是精神创造的力量源泉。

蛇是一种无足爬行的冷血动物,有的还有剧毒,一般人常常谈蛇而色变,而残雪的小说中,却常常有蛇出没,即使《天堂里的对话》之中,也少不了它的身影。作为"意象",残雪缘何对蛇情有独钟,又是如何构形的呢?我们也按照分析猫意象构形的理路,来探寻其中的蛛丝马迹。

残雪对蛇的原初记忆,大概来自她的外婆。残雪《趋光运动》中的《幽默》一文这样写道:

> 我至今记得她用外乡人的口音讲述的关于蛇的隐喻,被蛇缠住颈部于窒息中产生的自我解嘲。在儿童的想象里,蛇是多么可怕的意象啊。剧毒的牙,冰冷的皮……外婆微微笑着,眼里闪着幽光。"雄黄是好东西,蛇吃了就松开了。"她几乎说得很轻松。我一点也不轻松,多少年过去了,一回忆起故事里的那种意象,仍然有种窒息感。也许在好多年里头,她一直就同死神睡在一起;也许她的体温甚至传到死神的身上,使得对方也有

---

① 残雪:《最后的情人》,花城出版社 2005 年版,第 66—67 页。
② 残雪:《最后的情人》,花城出版社 2005 年版,第 97 页。

了一丝暖意？她真的不怕死,她渴望休息,结束这比死还难受的生活。这一点同我正好相反,也可能是我没有落到她的那个地步过。①

从上面引文的叙述中,我们至少可以获取几点信息:一是残雪怕蛇,在残雪眼里,蛇几乎是类死神;二是从外婆讲述蛇的方式来看,这是一种苦难生命的自我解嘲,是地狱里的幽默;三是外婆不怕死,而残雪却渴望活。既然害怕蛇,又出于一种什么原因一次次写到蛇呢？残雪是这样解释的:

> 我害怕蛇,这种恐惧长年伴随着我,于是我便去努力构想蛇的意象。我在数不清的蛇的变体中生长,外婆的凄凉的微笑也在那当中闪烁。终于,我明白了那种地狱里的幽默。我用幽默使蛇的意象蠕动起来,开出数不清的蛇花。②

上述讲到蛇即"类死神",数不清的蛇的变体,指的是"死神"异形,有时是"病痛",有时是"黑影",有时是"黑猫",有时是"白脸人",有时是"悬崖",有时是"井",反正数不清,虽然她暂时还无法抵达外婆不惧怕死的境界,却学会了外婆那种"地狱里的幽默",写作就是她的"雄黄"。她在《有逻辑的梦》一文中说:"外界的现实越无味、越绝望,深渊里的王国越灿烂……是写作,激发了我在这方面的巨大能量,将我一次次带到悬崖上去体验永生的境界。"③正是出于对"死亡"的与生俱来的极度恐惧,残雪才选择这种"死亡演习"的写作。在她的每篇作品里都有死神,也有那些绝不放弃、绝不低头的怪人或小动物,他们身上凝聚着千年不死的东西。

这种"死亡演习"式的写作的心理机制,按照弗洛伊德的精神分析理论,倒可以作出合理的解释:在意识层面,残雪惧怕死亡,用她的话来说,就是不要听到那爆竹的一声巨响,也不要看亲人的残骸,即便听到了,看到了,也要将它们排除出记忆,绝不让它们来主宰生活,即根本不给它们留位置。弗洛伊德曾把"意识"比作和"大前房"(潜意识)相毗连的"接待室"。可见在残雪的"接待室"里,选择性很强,不要听不要看的东西是不予接待的。不过,像她自己说的那样,"时间一长,不要看不要听的东西便被对象化了,以越来越狰狞的面目出现"。可见残雪称的"东西"即"死亡",被对象化为"蛇"、"猫"之类的意象,即"潜意识"的伪装。因此,生与死的争斗是残雪小说的主题,在形态上却一直在

---

① 残雪:《趋光运动》,上海文艺出版社 2008 年版,第 232—233 页。
② 残雪:《趋光运动》,上海文艺出版社 2008 年版,第 233 页。
③ 残雪:《趋光运动》,上海文艺出版社 2008 年版,第 146—147 页。

花样翻新,故残雪在《最害怕的事》中如此说道:"所以我的每一篇小说都是危机四伏,它们那催命的鼓点越敲越紧,但表演的,不是死神的战胜,而是生的希望和生的光荣。"①

残雪也将其写作称为艺术复仇,她惧怕蛇,即死亡,而在她的小说中却对蛇无所畏惧,常常有踩死蛇的描写。比如《天堂里的对话》之一,两个相互寻找的孤独生命,终于找到了对方,于是就有了如下的描写:

> 相识的第二天早上,我和你脱了鞋,赤着脚在那条石板路上跳来跳去。我们哈哈大笑,踩死了数不清的小毒蛇,还在每个扣眼里插好一朵金银花。我们不害怕了,因为你牵着我的手,你的步子是那么稳健,你后来长得十分结实了。太阳已经晒起来,我们还在跳,两个人的面孔都是红彤彤的。我们相互向对方说:"你就是那个人!"②

这是一种怎样的生命狂欢啊!一个精神张扬的生命主体是无所畏惧的,即便是"死神",也可以将其踩在脚下。这样的情境同样出现在《最后的情人》中:

> 来农场的第一天,她舒展着年轻的身体站在那棵最高的椰子树下面时,便看见了草丛里那些忽隐忽现的蛇,那时她的直觉便告诉她:这里就是她的家乡,也是葬身之地。③

为什么埃达见到蛇,会产生这样的直觉呢?"家乡"指自己家庭世代居住的地方,指涉"生",而"葬身之地",则显然指涉"死"。按照弗洛伊德的本能论,人具有两种本能:一种是生的本能(life instinct),包括自我本能和性本能,它表现为生存的、发展的和爱欲的一种本能力量,代表着人类潜伏在生命自身中的一种进取性、建设性和创造性的活力。另一种是死的本能(death instinct),表现为生命发展的另一种对立力量,它代表着潜伏在生命中的一种破坏性、攻击性、自毁性的驱动力。④ 埃达是从泥石流的灾难中唯一成功出逃的人,对死亡有着刻骨的体验,她更明白死亡是怎么回事,从某种角度说,她至少在观念上已经超越了死亡。因此,她是一个可以与蛇共舞——与死神共舞——的人,以至于"马丁吓得拔腿就跑,因为他看见了埃达肩头那条银环蛇"。她甚至借助

---

① 残雪:《趋光运动》,上海文艺出版社 2008 年版,第 128—129 页。
② 残雪:《从未描写过的梦境》,作家出版社 2003 年版,第 52 页。
③ 残雪:《最后的情人》,花城出版社 2005 年版,第 48 页。
④ 车文博:《西方心理学史》,浙江教育出版社 1998 年版,第 467 页。

"蛇"的刺激,以激发她的自我本能和性本能,尽管她亲眼看见过一名外地的青年被蛇咬死,却有意地踩到那条小蛇身上,以至于她同里根的性交也以"乱蛇狂舞"来形容,难怪里根称她为"发情的母猩猩"。① 由此可见,蛇能激发埃达生命中野性的活力,因为埃达清楚,在一个充斥着毒蛇、乌鸦和地震的空间里,在虚幻感逼得人要发狂的异地,人所能确确实实依仗的,只有自己体内的热血。阅读小说的作者都会发现,埃达有一个怪异的举动,即苦苦寻找梦中的"钻石"。"钻石"是一个隐喻,隐喻"消失的过去",这是埃达的精神支柱。埃达不辍寻觅的姿态,彰显出那种在吞没一切的虚幻感中的坚持,那种即使是死也要死个明白的气概。②

总之,残雪小说的各式动物,什么老鼠、蛾子、麻雀、蟋蟀、青蛙、乌龟、泥鳅……举不胜举,它们也和人一样登场,自为自在地进行各自的表演。但残雪说过:"不论小说中的虫还是动物,绝不是现实中生存的虫和动物。因为那是我空想的。"③其实空想并非无任何依凭的乱想,这些动物都是残雪孩提时熟悉的动物,即使像《山海经》的怪物,不过也是在原有的物种的基础上,或添加,或删减,或整合罢了,残雪小说中的虫和动物在形态上倒没有太多的变化,只是被她的情感所凝聚,为直觉所把握,成为具有丰富表意功能的意象罢了。因此,读者凡是读到"虫"和"动物"处,均要停下来,细加端详,透过"显相",把握其中的"隐意"。

三

残雪的小说的空间构形中,植物是必不可少的,就如《最后的情人》中的"乔",在他经营的"广场"里,几乎人所有的它都具有,总之,他将偏爱的东西,煞费苦心地往里移植,其中就有"梧桐"。"梧桐"是一种"嘉木",在中国传统文化中,它是一个类似"箭垛式"的"意象",其隐意被不断地增加。陈淏子所著《花镜》记载:"梧桐,又叫青桐。皮青如翠,叶缺如花,妍雅华净。四月开花嫩黄,小如枣花。五六月结子,蒂长三寸许,五棱合成,子缀其上,多者五六,少者二三,大如黄豆。"其文体虽为说明文,然字里行间,却蓄满喜爱之情,难怪被人雅称为"花痴"。梧桐充满灵性,还有"知润"、"知秋"之说:说它每条枝上,平年

---

① 残雪:《最后的情人》,花城出版社 2005 年版,第 48 页。
② 残雪:《最后的情人》(序),花城出版社 2005 年版,第 4 页。
③ 残雪:《为了报仇写小说》,湖南文艺出版社 2003 年版,第 13 页。

生 12 叶,一边有 6 叶,而在闰年则生 13 叶。有无科学根据,笔者未做考证,不敢妄下断语。至于"知秋"却是一种物候和规律,所谓"梧桐一叶落,天下皆知秋",既科学,又有诗意。梧桐还有"筑巢引凤"的美丽传说。《庄子·秋水》中"非梧桐不栖,非练实不食,非醴泉不饮"的高洁的鸟儿,就是"凤凰"。李白也有"宁知鸾凤意,远托椅桐前"的咏怀之诗。魏晋时期文人雅士喜欢于庭前植桐,晋夏侯湛《桐赋》曰:"有南国之陋寝,植嘉桐乎前庭。"至于唐宋元明各代,梧桐更成为庭院造景不可或缺的嘉木。作为"意象",梧桐可以象征高洁美好的品格,虞世南《蝉》中有"垂緌饮清露,流响出疏桐。居高声自远,非是藉秋风"之句,以"蝉"自况,借"梧桐"衬托其清华隽朗的高标逸韵。梧桐也可以隐喻爱情的忠贞,孟郊《烈女操》中有"梧桐相待老,鸳鸯会双死"之吟,以"梧桐"与"鸳鸯"并举,颂扬忠贞不渝的爱情。梧桐也可以是文人笔下孤独忧愁的意象,如"无言独上西楼,月如钩。寂寞梧桐深院锁清秋"(李煜《相见欢》)。而在国破家亡,空闺独守的李清照眼里,梧桐又成了离愁别绪的象征,如《声声慢》中"梧桐更兼细雨,到黄昏,点点滴滴。这次第,怎一个愁字了得"。总之,原本寻常的梧桐,经过文人雅士的情感熔铸,成为一个个具有文化内涵且有重量的意象。残雪让笔下的"乔"在他用生命构形的"广场"周围植上"梧桐",足见"乔"之野心。

植物之中,残雪对树情有独钟,这跟她的童年记忆有关。在《隐喻的王国》一文中,残雪道出了这一秘密:

> 所有我住过的地方的周围都有树,品种不同的、形状各异的树。人不断地迁移,树根却仅仅往下生长。这些垂直发展的植物,总被我默默地注视,直到有一天它们变成我的镜子……它们是如何变为我的镜子呢?是因为我反复地注视吗?深山里的树和平民们院子里的树也许是不一样的,但是他们都同样从下面的黑暗王国里汲取生存的养料,那些探索的根须,扎得深而又深。当我爬到主干的最顶端时,我的瘦小的身体贴着它。我能感到可依赖的力量正从下往上涌动。我长大了,学到了"根基"这样的词汇。什么叫"根基很深"呢?深得过这些老树吗?黑暗中的盘根错节远远超出人们的预料。①

从上面叙述可见,残雪之所以钟爱树,是因为她是以树为镜,发现她(尤其是她的创作)与树之间具有"异质同构"性,即垂直发展。换言之,树的图式,也

---

① 残雪:《趋光运动》,上海文艺出版社 2008 年版,第 353 页。

是残雪的生命图式,正好与格式塔心理学所谓的"力的图式"说相契合。格式塔心理学有一个基本的假设,即把世间的一切事物都看作"力的图式",事物的表现性即由此种图式所决定。残雪在对树的"注视"(注视一词很重要,残雪说过,人首先看到的只是表面杂乱的色彩、形状,只有当你似看非看地"注视"良久,当你排除了习惯的干扰,才会发现内部的真正结构,那亮丽而深邃的意境)中①,发现了树的"力的图式"。而著名诗人屠岸也在对树的凝视中,发现《树的哲学》:"我让信念扎入地下我让理想升向蓝天我——/愈是深深地扎入/愈是高高地伸展/愈同泥土为伍/愈是有云彩作伴/根须牵着枝梢/勿让它/走向飘渺的梦幻/枝梢挽着根须/使得它/坚持清醒的实践/我于是有了/粗壮的树干/美丽的树冠/我于是长出了累累果实/具有泥土的芳香/像云一样彩色斑斓。"②小说家与诗人均发现了"根"与"梢"的辩证的依存关系,即树的"力的图式",发现自我与树具有"异质同构"性。然而,若细加品味,两人之间的侧重点不同,表意也有差别。屠岸紧扣"根"与"梢"辩证的依存关系,以完成主题——事物只有深深扎根于本源之中,才能具有持久的生命力;残雪除了屠诗的命意外,还从树的"垂直发展"性,从根的最深处引申开去,于是独特的意义生成了:树的垂直(空间)不迁与时间、历史的水平流动相对,指涉恒久的东西;树根则凭直觉能感到,"最深的地方通向海,而根子,在那里会化为深海的鱼"③——指涉生命的自由。可见残雪的树更具神秘性,既是她生命的蓝图,也是她艺术的宣言。

《苍老的浮云》中的楮树就是作为人的镜子伫立着,它按照自己的生命节律生长,春天开花,散发出浓郁的香气,秋天结出多汁的红浆果,具有蓬勃的生命力;而更无善、虚汝华们呢,却在吞没一切的虚无感中苦苦地挣扎,以各自的方式辨读自己的存在。于是小说开头就有了以下人与树之间关系的描写:

> 楮树上的大白花含满了雨水,变得滞重起来,隔一会儿就"啪嗒"一声落下一朵。

> 一通夜,更无善都在这种烦人的香气里做梦。那香气里有股浊味儿,使人联想到阴沟水,闻到它就头脑发昏,胡思乱想……④

所谓酒不醉人人自醉,扰得更无善头脑发昏,胡思乱想的,不是楮树花香

---

① 残雪:《为了报仇写小说》,湖南文艺出版社 2003 年版,第 66 页。
② 吴奔星:《中国新诗鉴赏大辞典》,江苏文艺出版社 1988 年版,第 879 页。
③ 残雪:《趋光运动》,上海文艺出版社 2008 年版,第 353 页。
④ 残雪:《残雪自选集》,海南出版社 2008 年版,第 3 页。

本身,而是楮树这面镜子,照出了他肉体的虚无,虽然他无善可陈,也即什么也不是,但他对自己的行为有清醒的认识,这是成为"人"的第一步。残雪曾说:"更无善这个人物与虚汝华是对应的,他用肉体的虚无呼应着虚汝华关于精神世界的证实,他们两个人的痛苦是一种痛苦的两种形式,也即生命的痛苦。"①从植物学的角度看,楮树别名有构桃树、构乳树、谷浆树、假杨梅等,属强阳性树种,适应性特强,抗逆性强。根系浅,侧根分布很广,生长快,萌芽力和分蘖力强,耐修剪,抗污染性强。有药用价值,主治肾虚、腰膝酸软、阳痿、止昏、目翳、水肿、尿水等,作为更无善的镜子倒是十分恰当。

《最后的情人》中的"橡胶树"也特别引人注目。橡胶一词,来源于印第安语 cau-uchu,意为"流泪的树"。制作橡胶的主要原料是天然橡胶,天然橡胶就是由橡胶树割胶时流出的胶乳经凝固及干燥而制得的。其性喜高温、高湿、静风和肥沃土壤,与里根(橡胶园主)等充满情热的人特别吻合,他们永远在策划,在积聚力量,在探索,尽管弄得"遍体鳞伤",却绝对没有颓废,内心永远沸腾着野性的活力。

如果说残雪小说中的树有些神秘,但毕竟还有现实的影子,而她小说中的花则显得更加空灵而飘渺,甚至是无中生有。

《天堂里的对话》之一中的"夜来香"相当神秘,飘渺得让人无从把握,因为"它从不曾存在某处",而耐心等待,机缘巧合时,却能闻到它的香味。显而易见,文本中的"夜来香"已不是寻常意义上的植物,而是一种象征,象征什么?根据小说的引言"诗与你长相伴随,引诱你创造奇迹"看来,这"夜来香"象征"诗"——生命之诗。其实生命的意义何尝不是无中生有呢?存在主义哲学家萨特曾经说过类似的话,生命存在的背景是虚无的,而人却能在虚无的背景中填写意义。

如果说"夜来香"有些诡异,但世间毕竟还有真的"夜来香"存在,而《紫晶月季花》中的"月季花",则纯粹是无中生有,是作者的一种创造:"种子是小小的月牙形,紫色",②"它们向地下生长,花也开在地下,不是我们通常看到的月季,这种月季的花朵只有米粒那么大,花瓣坚硬"。③ 对于这种虚幻的存在,煤和金夫妇俩却非常痴迷,并煞有其事,甚至有些一丝不苟地予以下种、精心地予以养护,这一情境,让人联想到一则名为《鸟树》的童话:两位小朋友心爱的

①　残雪:《为了报仇写小说》,湖南文艺出版社 2003 年版,第 109 页。
②　残雪:《紫晶月季花》,《上海文学》2009 年第 2 期,第 19 页。
③　残雪:《紫晶月季花》,《上海文学》2009 年第 2 期,第 19 页。

小鸟死了,他们从老农种花生的劳动过程中受到启示,于是开始种鸟树,挖坑,下鸟,培土,浇水,插树枝为记号……第二年春天,鸟树果然发芽了,于是两位小朋友欢呼雀跃,奔走相告:我们的鸟树发芽了,不久就会开出鸟花,长出鸟果,等到秋天成熟了,果子裂开,就会飞出许许多多美丽的小鸟。在儿童的世界里,什么奇迹都会发生,没有什么不可能的事,残雪也是。因此"紫晶月季"只是一个梦,却并不虚幻,用残雪自己的话说,"有梦,就有道具,一切事物都可以成为梦的道具;有梦,就会有激情,寻找的操练会使得平凡的人趋向最高的理想。"①

因此"紫晶月季"就是煤和金夫妇的梦想,也是残雪点石成金的神来之笔。如若再往深处挖掘,"煤"和"金",不就来自地下,是地下精魂吗? 他们原本就是来自地心的言语! 因此,有理由相信,"紫晶月季"就是残雪式艺术的一个寓言,就是残雪心目中最伟大的作品。

四

残雪的小说中有关"空间"的意象构形,也颇具特色。出现频率最高的是"飞机"、"火车"、"渡轮"等。这些具有现代文明标识的意象,为近现代的作家频繁使用,表意明确,不难把握。清末有"诗界革命"的旗子之誉的黄遵宪诗中,就有专门吟咏。比如,被何藻翔誉为"千古绝作"的《今离别》就是这类诗的代表作。这组诗,分别吟诵轮船、火车、电报、照相术以及东西半球昼夜相反之事。试看期中一首:

> 别肠转如轮,一刻既万周。眼见双轮驰,益增中心忧。古亦有山川,古亦有车舟。车舟载离别,行止犹自由。今日舟与车,并力生离愁。明知须臾景,不许稍绸缪。钟声一及时,顷刻不少留。虽有万钧柁,动如绕指柔。岂无打头风,亦不畏石尤。送者未及返,君在无尽头。望影倏不见,烟波杳悠悠。去矣一何速,归定留滞不? 所愿君归时,快乘轻气球。

这类诗,写新事物、新科技,反映了近代社会生活的巨大变化,确实突破了传统诗歌题材的狭隘内容,给诗界带来了新的气息、新的变化,显示了"新派诗"的内容特色。② 但从意象构形来看,其表意功能是明确无误的,即现代科技

---

① 残雪:《趋光运动》,上海文艺出版社 2008 年版,第 27 页。

② 任访秋:《中国近代文学史》,河北大学出版社 1988 年版,第 230 页。

文明;从启蒙维度看,属于科技启蒙。

郭沫若的《日出》一诗,竟然让古希腊的太阳神阿波罗骑上了摩托车:"哦哦,摩托车前的明灯! 你二十世纪底亚坡罗! 你也改乘了摩托车吗? 我想做个你的助手,你肯同意吗?"①

郭沫若这种突破时空的嫁接能力,的确彰显出其非凡的想象力,不过从意象构形来看,其表意功能也是明确无误,并无多大的创造性;从启蒙维度看,也与黄遵宪大体一致,属于科技启蒙。

至于现代的小说作家,虽然也十分喜欢将"火车"、"渡轮"、"飞机"等意象植入他们的小说之中,但出发点大都在于其小说的空间构形上,而不着眼于"现代文明"的启蒙。比如张爱玲的小说《封锁》,就是通过"电车",人为地(即"封锁"——切断的、人工化的时空)创设了一个"非日常的时空",以考量人性。时空有"固定时空"与"非固定时空"之分、"日常时空"与"非日常时空"之别,总之,随着当代学术界对空间理论的思考或"空间转向",什么"绝对空间"、"神圣空间"、"历史空间"、"抽象空间"、"同质空间"、"差异空间"、"异度空间"等概念不断刷新人们的视域。这种"空间转向",意味当代文化思想范式的转型。列斐伏尔创造性地提出空间生产理论,将日常生活批判具体落实到空间反思批判层面。在列斐伏尔看来,"如果不曾生产合适的空间,那么'改变生活方式'、'改变社会'等都是空话",因此,"为了改变生活……我们必须首先改造空间"。这也正是现代作家喜欢对"非固定的、非日常的、异质的"空间构形的奥秘所在:张恨水《平沪通车》中的艳情故事,发生在"火车"上;冰心的《西风》,借助"轮渡"展示"秋心"内心深处的"深闺"意识;萧红的《欧罗巴旅馆》中借助"非日常的时空"演绎"短暂关系"……难怪古代才子佳人的艳情故事大都发生在进京赶考的风餐露宿之中。

残雪虽然也采用这些具有现代文明标志的指涉空间的意象,却浸润着自己独特的生命体验,与外在的世俗世界无关,因而更具形而上的象征意义。所谓冰冻三尺非一日之寒,残雪的空间意识的形成,也绝非一朝一夕之间完成,而是在她痴迷的"行走"中,日渐生成的。小时候一次有惊无险的迷路,让她从此痴迷于以各种方式进入"悬置的空间",于是就有了《历程》中那"陌生"的小镇;童年曾经登临的"烈士塔",成为《最后的情人》中"五龙塔"构形的蓝图;走街串巷的经历,让她领悟了空间的边界、延伸与无限地分岔……

坐轮渡船在残雪的记忆中占有极为重要的位置。"舟"在中国艺术史上,

---

① 郭沫若:《郭沫若诗文名篇》,于依选编,时代文艺出版社 2003 年版,第 33 页。

具有举足轻重的位置,正如北大哲学系教授朱良志所言,"人们着意将心灵活动的场所搬到了水上舟中"①。因为"舟"的功能在"渡",渡者度也。在外者为渡,渡河的渡;在内者为精神的度,度到一个理想的世界中。②《渡轮》一文回溯了残雪5岁时的有关"非固定时空"——坐轮渡的体验:

> 最早坐轮渡船的记忆大概是5岁那年。父亲发配到河西劳教,我们全家从东城区搬往河西的郊区……我们不敢趴到船边上去观景,因为大人不准,我们站在舱中体验船在水中的摇摇晃晃。那是依稀的记忆,但令人永生难以忘怀……那雾中的轮渡、那充满启示的汽笛,带给我们的是难以言说的双重体验——乐园和人间地狱并存;美丽的大自然和处处隐藏的阴谋并存;关爱和冷漠并存……那是祸,也是福。我看不破无常的命运,唯有那种中转之地沉在记忆的底层永不消退……③

残雪将自己的命运遭际与渡轮放在一起加以体察,于是有了独特的感悟:空间的转换,意味着命运的转折——"轮渡是一种隐匿的转折,是开拓未来的准备"④。因而,在她的小说中,总是充满寻找"轮渡"(或异形)的激情和忧思,而那一声意义含糊不清的"嘟——"也在她的小说中不时响起,让一颗善感的心进入某种永恒的遐想,即便是一种伫立的姿态,也能读出静候时的意义。

《归途》之中,将悬崖上的小屋(闭锁的,类似渊默的地狱的空间)与悬崖下的海(开放的空间)并置,极富张力,对于陷落于失去时间、失去自由的黑暗小屋中的我来说,海上的一叶小舟及舟中的渔夫,就是一种"随风飘荡,一任东西"的纯粹自由境界。

《天堂里的对话》之三中行色匆匆的"我",在河边,在灯塔,在船头,在沙滩上,在黄昏的桂花林里,在烟色的雨雾中伫立的姿态,写满与"你"不期而遇的期待。这里的船之类的空间意象,类似舒婷《赠别》:"人的一生应当有/许多停靠站/我但愿每一个站台/都有一盏雾中的灯……"其中"停靠站"即象征"重逢"的欢愉。

《海的诱惑》中"痕"夫妻与朋友"景兰",一辈子追逐于海,试图进入海的意境。因为海能"冲垮思维的栅栏,让他进入那种无痛苦的模糊地带","海代表

---

① 朱良志:《生命的清供——国画背后的世界》,北京大学出版社2005年版,第72页。
② 朱良志:《生命的清供——国画背后的世界》,北京大学出版社2005年版,第4页。
③ 残雪:《趋光运动》,上海文艺出版社2008年版,第314—315页。
④ 残雪:《趋光运动》,上海文艺出版社2008年版,第316页。

另一种空间，一种熟悉了的想象驰骋之地"。① 而"海轮"的出现则让"景兰"夫妻一次次欢呼："一艘海轮开过来了，米眉从石头上跳起来，踮着脚，将手中的草帽举得高高的，口里乱起八糟的不知喊什么，一直喊到那轮船消失。"②当然，这轮船就如郑愁予《错误》中所谓的"美丽的错误"。

"火车"，在残雪的童年记忆中，也是一道永不褪色的风景。《火车》一文，就清晰地回溯了有关"火车"童话般的记忆：

> 秋天里，我第一次近距离地看到了客车。由于临时停车，那长长的绿蛇卧在了煤站里。在黄昏的朦胧中，我看到车窗一扇接一扇地全打开了，有少女和小男孩从窗口探出头来，吃惊地打量眼前的煤山，叽叽喳喳地说着不大听得懂的方言……我走了几步又回头看一看，在黑黑的煤山之间，那一条亮着灯的狭长空间里的生活，对于从未离开过小城的我来说，是多么难以理解……隔着玻璃，那些模模糊糊的晃动的人影更加显得不真实了。他们像宇宙人一样。……然后列车就从昏沉的空间里消失了。③

上述有关"火车"的记忆，至少有两点值得关注：一是"火车"带来的空间讯息——熟悉的小城有它的边界，它的外面还有并置的"陌生空间"存在；二是每逢遇到类似的情景，都会短暂地丧失现实感，沉浸在某种陌生而惶惑的自由感中，致使后来迷上了那种"异地"的虚幻感——因为，那种既无助，又微微紧张的感觉有益于心灵的超拔。换言之，这种"异地"虚幻感的追求，意味着对"同质空间"的异化现象的自觉拒斥和对自由解放的多样差异空间的寻求。

有关火车的意象在前几章已有讨论，在此不再重复。总之"轮渡"、"火车"、"飞机"等意象是进入模糊地带的开路者，代表另外空间的存在，是一种空间意识的启蒙，从形而上的角度看，残雪的每篇小说都有"轮渡"、"火车"、"飞机"的影子，或显或隐，只有具备足够的眼力，才能看见。

①　残雪：《蚊子与山歌》，中国文联出版社 2001 年版，第 93 页。
②　残雪：《蚊子与山歌》，中国文联出版社 2001 年版，第 93 页。
③　残雪：《趋光运动》，上海文艺出版社 2008 年版，第 317—318 页。

参考文献

[1] 阿尔维托·曼古埃尔.阅读史[M].吴昌杰,译.北京:商务印书馆,2002.

[2] 爱德华·傅克斯.欧洲风化史——文艺复兴时代[M].侯焕闳,译.沈阳:辽宁教育出版社,2000.

[3] 爱德华·索亚.第三空间——去往洛杉矶和其他真实和想象地方的旅程[M].陆扬,刘佳林,朱志荣,等,译.上海:上海教育出版社,2005.

[4] 巴赫金.巴赫金全集[M].钱中文主编.白春仁,晓河,周启超,等,译.石家庄:河北教育出版社,1998.

[5] 巴什拉.空间的诗学[M].张逸婧,译.上海:上海译文出版社,2009.

[6] 柏棣.西方女性主义文学理论[M].桂林:广西师范大学出版社,2007.

[7] 彼得·布鲁克斯.身体活——现代叙述中的欲望对象[M].朱生坚,译.北京:新星出版社,2005.

[8] 波德莱尔.恶之花[M].北京:人民文学出版社,1986.

[9] 布莱恩·特纳.身体与社会[M].马海良,赵国新,译.沈阳:春风文艺出版社,2000.

[10] 残雪.残雪文集[M].长沙:湖南文艺出版社,1998.

[11] 残雪.残雪文学观[M].桂林:广西师范大学出版社,2007.

[12] 残雪.残雪自选集[M].海口:海南出版社,2008.

[13] 残雪.从未描述过的梦境[M].北京:作家出版社,2004.

[14] 残雪.黄泥街[M].武汉:长江文艺出版社,1996.

[15] 残雪.解读博尔赫斯[M].上海:华东师范大学出版社,2008.

[16] 残雪.灵魂的城堡[M].上海:华东师范大学出版社,2008.

[17] 残雪.末世爱情[M].上海:文汇出版社,2006.

[18] 残雪.趋光运动[M].上海:上海文艺出版社,2008.

[19] 残雪.为了报仇写小说——残雪访谈录[M].长沙:湖南文艺出版社,2003.

[20] 残雪.蚊子与山歌[M].北京:中国文联出版社,2001.

[21] 残雪.艺术复仇[M].桂林:广西师范大学出版社,2003.

[22] 残雪.紫晶月季花[J].上海文学,2009(2)。

[23] 残雪.最后的情人[M].广州:花城出版社,2005.

[24] 策勒尔.古希腊哲学史纲[M].翁绍军,译.济南:山东人民出版社,1992.

[25] 车文博.西方心理学史[M].杭州:浙江教育出版社,1998.

[26] 陈骏涛.精神之旅——当代作家访谈录[M].桂林:广西师范大学出版社,2004.

[27] 邓晓芒.灵魂之旅[M].武汉:湖北人民出版社,1998.

[28] 弗·杰姆逊.后现代主义与文化理论[M].唐小兵,译.西安:陕西师范大学出版社,1986.

[29] 弗洛伊德.弗洛伊德论美文集[M].张唤民,陈伟,译.北京:知识出版社,1987.

[30] 傅修延,夏汉宁.文学批评方法论基础[M].南昌:江西人民出版社,1986.

[31] 伽达默尔.美的现实性[M].张志扬,译.北京:生活·读书·新知三联书店,1991.

[32] 高玉.论残雪的写作及其研究之意义[J].文艺争鸣,2011(6).

[33] 高玉.论残雪小说"反懂"的文学观及其写作[J].小说评论,2011(5).

[34] 高玉.论残雪小说"反懂"的文学阅读的"反懂"[J].中国现代文学研究丛刊,2012(5).

[35] 高玉.论残雪小说"反阅读倾向".中国现代文学研究丛刊,2011(9).

[36] 格奥尔格·西美尔.生命直观[M].习承俊,译.北京:生活·读书·新知三联书店,2003.

[37] 古希腊罗马哲学[M].北京大学哲学系,编译.北京:商务印书馆,1961.

[38] 郭沫若.郭沫若诗文名篇[M].于依,选编.长春:时代文艺出版社,2003.

[39] 郭璞注.山海经[M].毕沅校.上海:上海古籍出版社,1989.

[40] 海德格尔.存在与时间[M].陈嘉映,王庆节,译.北京:生活·读书·新知三联出版社,1999.

[41] 海德格尔.形而上学导论[M].熊伟,王庆节,译.北京:商务印书馆 1996.

[42] 荷马.奥德修斯记[M].杨宪益,译.北京:工人出版社,1995.

[43] 赫西俄德.工作与时日[M].张竹明,蒋平,译.北京:商务印书馆,1991.

[44] 黑格尔.逻辑学[M].杨一之,译.北京:商务印书馆,1977.

[45] 洪汉鼎.诠释学——它的历史和当代发展[M].北京:人民出版社,2001.

[46] 洪涛.逻各斯与空间——古代希腊政治哲学研究[M].上海:上海人民出

版社,1998.

[47] 洪涛.逻各斯与空间——古代希腊政治哲学研究[M].上海:上海人民出版社,1998.

[48] 洪兴祖.楚辞补注[M].白化文,点校.北京:中华书局 1983.

[49] 霍尔.荣格心理学入门[M].冯川,译.北京:生活・读书・新知三联书店,1987.

[50] 江绍源.中国古代旅行之研究[M].台北:新文丰出版公司,1980.

[51] 靳凤林.死,而后生——死亡现象学视阈中的生存伦理[M].北京:人民出版社,2005.

[52] 卡洛・金斯伯格.夜间的战斗[M].朱歌姝,译.上海:上海人民出版社,2005.

[53] 卡洛斯・卡斯塔尼达.穿越生命之界[M].鲁宓,译.北京:中国盲文出版社,2003.

[54] 卡洛斯・卡斯塔尼达.力量传奇[M].鲁宓,译.呼和浩特:内蒙古人民出版社,1999.

[55] 卡洛斯・卡斯塔尼达.前往伊斯特兰的旅程[M].鲁宓,译.呼和浩特:内蒙古人民出版社,1997.

[56] 卡洛斯・卡斯塔尼达.心灵密境之旅[M].鲁宓,译.北京:中国盲文出版社,2003.

[57] 李欧梵.铁屋中的呐喊[M].石家庄:河北教育出版社,2001.

[58] 李贽.李贽文选译[M].陈蔚松,顾志华,译著.成都:巴蜀书社,1994.

[59] 利奇德.古希腊风化史[M].杜之,常鸣,译.沈阳:辽宁教育出版社,2000。

[60] 栗丹.荒漠中的独行者[M].沈阳:辽宁大学出版社,2010.

[61] 林幸谦.女性主体的祭奠[M].桂林:广西师范大学出版社,2003.

[62] 刘纪成.物象美学[M].郑州:郑州大学出版社,2002.

[63] 刘小枫.沉重的肉身[M].北京:华夏出版社,2004.

[64] 鲁迅.朝花夕拾[M].上海:人民出版社,1979.

[65] 鲁迅.鲁迅全集:第三卷・而已集[M].北京:人民文学出版社,1981.

[66] 罗班.思想和科学精神的起源[M].陈修斋,译.桂林:广西师范大学出版社,2003.

[67] 罗炳良,等.墨子解说[M].北京:华夏出版社,2007.

[68] 罗伯特・布莱.上帝之肋——一部男人的文化史[M].田国力,卢文戈,译.重庆:重庆出版社,2006.

[69] 罗璠.残雪与卡夫卡小说比较研究[M].北京:人民出版社,2006.

[70] 罗兰·巴特.符号学美学[M].董学文,王葵,译.沈阳:辽宁人民出版社,1987.

[71] 马大康.文学时间研究[M].北京:中国社会科学出版社,2008.

[72] 马拉美.关于文学的发展[M]//伍蠡甫.西方文论选:下卷.上海:上海译文出版社,1979.

[73] 马利坦.艺术与诗中的创造性直觉[M].刘有元,罗选民,译.北京:生活·读书·新知三联书店,1991.

[74] 马塞尔·莫斯,昂利·于贝尔.巫术的一般理论献祭的性质与功能[M].杨渝东,梁永佳,赵丙祥,译.桂林:广西师范大学出版社,2007.

[75] 米尔恰·伊利亚德.神圣的存在[M].晏可佳,姚蓓琴,译.桂林:广西师范大学出版社,2008.

[76] 米歇尔·福柯.规训与惩罚[M].刘北成,杨远婴,译.北京:生活·读书·新知三联书店,1999.

[77] 莫里斯·布朗肖.文学空间[M].顾嘉琛,译.北京:商务印书馆,2003.

[78] 南怀瑾.庄子南华[M].上海:上海人民出版社,2007.

[79] 尼采.偶像的黄昏[M].周国平,译.长沙:湖南人民出版社,1987.

[80] 欧阳询.艺文类聚[M].汪绍楹,校.北京:中华书局,1965.

[81] 钱理群.与鲁迅相遇[M].北京:生活·读书·新知三联书店 2003.

[82] 四本八中[M].茆泮林辑本.北京:商务印书馆 1957.

[83] 晴万川.巫文化视野中的中国古代小说[M].北京:中国社会科学出版社,2003.

[84] 任访秋.中国近代文学史[M].石家庄:河北大学出版社,1988.

[85] 沈从文.沈从文散文[M].周文彬,编.天津:百花文艺出版社,2004.

[86] 宋家典.荣格原型理论浅释[J].内蒙古农业大学学报(社科版),2003(4).

[87] 孙隆基.中国文化的深层结构[M].桂林:广西师范大学出版社,2004.

[88] 唐君毅.生命存在与心灵境界[M].北京:中国社会科学出版社,2006.

[89] 王一川.意义的瞬间生成[M].济南:山东文艺出版社,1988.

[90] 维柯.新科学[M].朱光潜,译.北京:人民文学出版社,1986.

[91] 吴奔星.中国新诗鉴赏大辞典[M].南京:江苏文艺出版社,1988.

[92] 吴晓.意象符号与情感空间[M].北京:中国社会科学出版社,1990.

[93] 伍尔夫.伍尔夫随笔全集:Ⅱ[M].王义国,张军学,邹枚,等,译.北京:中国社会科学出版社,2001.

［94］萧统.文选:卷十一［M］.李善,注.北京:中华书局 1977.

［95］萧元.圣殿的倾圮［M］.贵阳:贵州人民出版社,1993.

［96］谢纳.空间生产与文化表征［M］.北京:中国人民大学出版社,2011.

［97］亚里士多德.形而上学.吴寿彭,译.北京:商务印书馆,1959.

［98］杨正润.外国传记鉴赏辞典大系［M］.上海:上海辞书出版社,2009.

［99］应劭.风俗通义校注［M］.王利器,校注.北京:中华书局 1981.

［100］余虹.革命·审美·解构［M］.桂林:广西师范大学出版社,2001.

［101］余华.中国当代作家选集丛书:余华［M］.北京:人民文学出版社,2001.

［102］张冬梅.俄罗斯民族世界图景中的文化观念家园和道路［M］.哈尔滨:黑龙江人民出版社,2009.

［103］张法.佛教艺术［M］.北京:高等教育出版社,2004.

［104］张颐武.身体的想象:告别现代性［J］.美苑,2004(5).

［105］周与沉.身体:思想与修行［M］.北京:中国社会科学出版社,2005 年。

［106］朱良志.生命的清供——国画背后的世界［M］.北京:北京大学出版社,2005.

［107］庄子.庄子［M］.张彩民,张石川,注评.南京:凤凰出版集团,2007.

［108］左丘明.左传［M］.冀昀,主编.北京:线装书局 2007.

索　引

历史救济 23

灵魂 1,4,5,7,10,17,18,19,21,23,25,32,33,35,37,38,39,40,41,43,
45,47,57,59,60,61,62,63,64,68,69,72,74,75,76,78,79,86,87,89,96,99,
100,101,102,103,108,109,114,117,120,122,124,125,126,127,130,132,
134,135,136,137,138,139,140,143,145,147,151,152,154,155,156,158,
160,164,167,169,170,175,177,180,181,183,185,186,187,188,189,191,
193,194,197,198,204,215,216

鲁迅 2,14,17,24,25,30,36,37,48,63,64,94,98,101,102,103,114,115,
137,141,164,165,168,169,170,187,215,216

M

猫 46,47,48,62,71,74,75,78,82,97,105,114,137,138,188,196,200,
201,202,203,204,205

毛毛虫 4,182,183,184,190

梦魇 5,19

密码 196

名缰利锁 73,132

模糊地带 213,214

魔鬼 41,58,61,119

陌生认知系统 6,15,20,31,188

牧场 71,73,80,193,203,204

N

内部世界 50,130

涅槃 7,65,86,87

O

偶然性 93,185

P

排斥读者 176,187,188

铺叙 120

Q

脐带 50,151

前写作状态 14,37,127,189

后　　记

给最后一章画上句号,抬眼望去,已是春雨敲窗的午夜。在夜的腹地,只有路灯还亮着,将婆娑的树影投射于地上,摇曳出一幅三维立体画的意境,不期然,一颗不眠的心竟冲出屋瓦,凌空而去……

于是生命中的某些清晰的人和事件,把我照得透亮。一个农家孩子,赤着脚,从青石板铺成的小路走来,他遇到了生命中的第一个贵人——"公羊"先生。"公羊"先生是他的第一任老师,姓陈,名洪祥,字公羊。对于先生的字,少不更事的他,曾困惑了好久,世上好字多的是,为何非称"公羊"不可呢?后来才明白,其出处为《公羊传》,即注释《春秋》的书,有左氏、公羊、谷梁三家,称为"春秋三传"。先生贤良方正,满腹经纶,尤其对古文有很深的造诣,儒家的大多经典都能背得滚瓜烂熟,却因成分高,下放本村当了个小学教师。先生上课,标准的男中音,底气足,有磁性,且声情并茂,广征博引,听他的课简直是一种享受。先生待人接物崇礼,即便是八九岁的小学生上门,也要起身相迎,让座,泡茶,临走时,必起身相送。先生每天闻鸡辄起,清嗓诵读,经年不断。闲暇之日,练练书法,楷草隶篆均有很深的造诣,村里年节的对联,乃至标语大半是其墨宝,而且有求必应。在先生的濡染下,他不仅涤除了身上的戾气,而且养成了读书的好习惯,即便是那些面朝黄土背朝天的艰难岁月,也不敢一日忘怀于书卷。

一路走来,虽然备尝生活的艰辛,却一如残雪所言:"不论我往哪个方向走,不论我内心有多么焦虑,我始终确信,在路口会响起我外婆的声音。"黄世中的唐诗,钱志熙的宋词,张靖龙的西方哲学,侯百朋的教学艺术,蒋文钦的《红楼梦》,陶冶我的酒神精神,潘悟云的音韵学,任国权、李美容的现代文学,周湘浙的西方心理学,吴晓的诗学,杜卫的美学,梅新林的文化学……就是路口响起的,类似残雪"外婆"的声音,正是这种声音给他平添了许多寻找的胆量,而寻找的操练则使得平凡的他有了趋向最高理想的姿态。

"他"就是"异在之我",而"此在之我"则正被一股深沉的感情所笼罩。按照灵士唐望的说法,此时此刻,我要做的就是消除自怜,忘掉受过伤害的想法,作为战士旅行者的唯一美德，就是在回忆上保持住所有曾经影响过自己生命的事物，唯一感谢与道别方式，就是把所爱的人神奇地保存在内在的寂静之中。此时我第一要做的事就是感谢：感谢我所有的授业恩师，感谢历届学校、学院对我呵护关心的领导，感谢同行长辈和一起战斗的兄弟们，感谢《中国现代文学丛刊》、《社会科学战线》等杂志的编辑们，感谢浙江大学出版社的宋旭华编辑，感谢人文学院中国语言文学专业对我出版的资助。

此外，我还要感谢残雪，是残雪的小说让我学会如何"自我解缚"，从而获得"随心所欲"而不逾矩的心灵自由；是它让我找到了"启蒙自我"的途径，从而看清自己生命的蓝图；是它让我悟出了黑暗中造光的窍门，既照亮自己，又温暖他人；也是它让我懂得如何改写自己的心灵史，在历史的救赎中，抵达纯净的境界，从而走向自我人格的完善之旅。

此时，置身城市的我，虽听不见雄鸡的啼鸣，却依稀可以看见黎明的曙光，陪伴我的有一室的书，还有一盏温暖的台灯。

马福成

2013 年 3 月 28 日

图书在版编目(CIP)数据

巫文化视域下残雪小说研究 / 马福成著. —杭州：
浙江大学出版社，2013.5
ISBN 978-7-308-11479-0

Ⅰ.①巫… Ⅱ.①马… Ⅲ.①残雪－小说研究
Ⅳ.①I207.42

中国版本图书馆 CIP 数据核字(2013)第 096811 号

巫文化视域下残雪小说研究

马福成 著

责任编辑	宋旭华	
封面设计	续设计	
出版发行	浙江大学出版社	
	（杭州市天目山路 148 号　邮政编码 310007）	
	（网址：http://www.zjupress.com）	
排　　版	浙江时代出版服务有限公司	
印　　刷	杭州杭新印务有限公司	
开　　本	710mm×1000mm　1/16	
印　　张	14.5	
字　　数	260 千	
版 印 次	2013 年 5 月第 1 版　2013 年 5 月第 1 次印刷	
书　　号	ISBN 978-7-308-11479-0	
定　　价	45.00 元	

版权所有　翻印必究　印装差错　负责调换

浙江大学出版社发行部邮购电话　(0571)88925591